U0453102

国家社科基金项目"日本战后派战争小说研究"
（编号：12BWW018）结题成果

湖南科技学院校级应用特色学科资助项目

日本战后派作家的战争体验与书写

● 何建军 等著

中国社会科学出版社

图书在版编目(CIP)数据

日本战后派作家的战争体验与书写/何建军等著. —北京：
中国社会科学出版社，2021.5
ISBN 978-7-5203-7902-1

Ⅰ.①日… Ⅱ.①何… Ⅲ.①军事题材—小说—文学研究—日本 Ⅳ.①I313.074

中国版本图书馆 CIP 数据核字(2021)第 027651 号

出 版 人	赵剑英
责任编辑	郭晓鸿
特约编辑	杜若佳
责任校对	师敏革
责任印制	戴 宽

出　　版	中国社会科学出版社
社　　址	北京鼓楼西大街甲 158 号
邮　　编	100720
网　　址	http://www.csspw.cn
发 行 部	010-84083685
门 市 部	010-84029450
经　　销	新华书店及其他书店
印　　刷	北京明恒达印务有限公司
装　　订	廊坊市广阳区广增装订厂
版　　次	2021 年 5 月第 1 版
印　　次	2021 年 5 月第 1 次印刷
开　　本	710×1000　1/16
印　　张	23.25
插　　页	2
字　　数	313 千字
定　　价	138.00 元

凡购买中国社会科学出版社图书，如有质量问题请与本社营销中心联系调换
电话：010-84083683
版权所有　侵权必究

目　录

前言 …………………………………………………………………（1）

绪论 …………………………………………………………………（1）
　第一节　问题的提起 ……………………………………………（1）
　第二节　研究综述 ………………………………………………（5）
　第三节　研究思路和方法 ………………………………………（11）

第一章　野间宏战争小说论 ………………………………………（14）
　第一节　战后初期作品群中的"肉体"苦痛 …………………（16）
　第二节　战后初期作品群中的精神创伤 ………………………（35）
　第三节　《真空地带》中的反军主题和反战思想 ……………（57）

第二章　梅崎春生战争小说论 ……………………………………（75）
　第一节　青春的挽歌
　　　　　——《樱岛》……………………………………………（77）
　第二节　人性的拷问
　　　　　——《日暮时分》………………………………………（92）
　第三节　漂泊的人生
　　　　　——《剧烈摇摆的风筝》………………………………（103）

第四节　无常的人生
　　——《幻化》 …………………………………………………（116）

第五节　梅崎春生战争小说的特点 …………………………（131）

第三章　大冈升平战争小说论 …………………………………（135）

第一节　人性的反思
　　——《俘虏记》 ………………………………………………（136）

第二节　战争与人性
　　——《野火》 …………………………………………………（144）

第三节　侵略者的赞歌
　　——《莱特战记》 ……………………………………………（158）

第四节　大冈升平战争文学中的反战思想 …………………（167）

第四章　武田泰淳战争小说论 …………………………………（177）

第一节　文学的出发点
　　——《司马迁——史记的世界》《审判》 ……………（178）

第二节　罪恶、灭亡与延续
　　——《蝮蛇的后裔》 …………………………………………（189）

第三节　疯癫与救赎
　　——《富士》 …………………………………………………（206）

第四节　武田泰淳战争小说的主题思想 ……………………（225）

第五章　堀田善卫战争小说论 …………………………………（230）

第一节　文学的出发点
　　——上海体验 …………………………………………………（232）

第二节　战后初期的混沌
　　——《齿轮》 …………………………………………………（239）

目 录

第三节 个人主义、民族主义与国际视野
————《广场的孤独》……………………………（246）
第四节 堀田善卫战争小说的特质 ………………………（261）

第六章 战后派战争小说概论 ……………………………（266）
第一节 战后派作家的战争体验与文学创作 ……………（266）
第二节 战后派战争小说的反战主题 ……………………（275）
第三节 战后派战争小说中的日本人形象 ………………（285）
第四节 战后派作家的战争认知 …………………………（299）
第五节 战后派战争小说与中国当代战争小说之比较 …（318）

参考文献 …………………………………………………………（331）
后记 ………………………………………………………………（359）

前　言

　　日本战败投降后,以野间宏、梅崎春生、大冈升平、武田泰淳、堀田善卫、岛尾敏雄等为代表的战后派作家创作了大量二战题材的文学作品,着重表现战争给日本民众带来的肉体摧残和精神伤害。本书以战后派战争小说为研究对象,在对其代表作进行重点解读的基础上,对其主题思想、人物形象、战争认识等进行综合性的探讨。全书由六章构成,主要内容如下。

　　第一章,野间宏战争小说论。野间宏在战后初期的小说创作中,首先尝试将心理问题与生理问题即"肉体"问题结合,这在《阴暗的图画》《第三十六号》《悲哀的欢乐》以及以"肉体"命名的系列小说中有所呈现。他采用这种创作手法不仅是为了突破传统以及西方心理主义文学手法,也与其反抗自幼受到的宗教思想和战后日本政府压制"肉体"的意识有关。其次,野间宏认为要更好地描写人的心理活动,必须将其与社会现实联系起来。在《脸上的红月亮》、《残像》和《崩溃感觉》中,他分别描绘了主人公们的战后日常生活,平淡的笔触下流露出战争给当事人留下的精神苦痛。之后创作的《真空地带》堪称野间宏战争小说创作的高峰。该作品揭露了日本法西斯军队的本质,表现出作家试图恢复人的尊严、自由、价值及民主权利。

　　第二章,梅崎春生战争小说论。梅崎春生战争小说的内容跨越战前和战后，涉及日本本土、菲律宾战场和中国战场。《樱岛》以九州的一个海军基地为舞台，刻画了主人公"我"（村上兵曹）面对生死抉择的心路历程，描写了因战争而变得黯淡的青春岁月，书写了一首青春的挽歌。《日暮时分》以菲律宾战场为背景，通过宇治中尉对"命运"的反叛，描写了日军个体官兵在生死存亡之际的选择和复杂心理，探究了极限状况下的利己主义。《剧烈摇摆的风筝》和《幻化》则把战争小说和市井小说有机地结合在了一起。《剧烈摇摆的风筝》讲述了矢木家族在战争中走向解体的故事，通过描写主人公矢木城介因偶发事件偏离人生正常轨道、最终毁于战争的悲剧，表达了对战争以及天皇制的否定态度。《幻化》和《樱岛》在题材上相呼应，通过一个精神病患者的视角，侧面描写了战争给普通民众带来的心理创伤，揭示了战后社会繁荣假象背后庶民的呻吟。

第三章，大冈升平战争小说论。大冈升平创作了《俘虏记》《野火》《莱特战记》等作品，其战争叙事主要是站在日本人受害立场上讲述的"故事"，从史料的选择到对史实的评价都带有较强的主观色彩。他一方面从战争受害者的立场出发批判了日本军部、军队机构的冷酷和人性中的利己主义，一方面从狭隘的民族主义立场出发赞颂了"履职尽责"的日军官兵。在创作过程中，他与作品人物的心理距离由远到近，对战死者的态度由冷漠转为怜悯、同情乃至崇敬。这些作品中或多或少流露出一些反战思想，主要表现在描写了战争的残酷及其对人性的扭曲，揭示了日军内部冷酷无情的人际关系，抨击了日本战后的战争动向等。值得注意的是，大冈的战争史观有不少错误的认识。比如，在《莱特战记》中，他把太平洋战争看作日美两国争夺经济利益和殖民地的战争，从中可以看到错误的"美英同罪史观"的端倪。

第四章，武田泰淳战争小说论。武田泰淳在作品中表达了对个体与世界、灭亡与存在、善与恶、罪与罚等问题的思考。在其作家身份形成过程中，他的中国经历起了决定性的作用。他作为士兵第

前 言

一次踏上中国的土地,在中国战场的所作所为使他形成了"没有杀人就没有历史"的独特认知,承载这一认知的《司马迁——史记的世界》成为理解武田泰淳文学最为重要的作品之一。在中国经历战败让他体验到了幻灭,自此"灭亡"思想成为他作品的永恒低音,《审判》《蝮蛇的后裔》《"爱"的形式》等作品均承载了他关于罪恶、灭亡等问题的思考。延续与灭亡如影随形,而探究灭亡与延续的最终落脚点还是在个体的存在之上。在《光藓》《富士》等与社会问题密切相关的作品中,武田泰淳将灭亡以及个体存在等问题放到了宗教层面进行思考。正因为体验过幻灭,所以他总是怀着感动之情面对无法重复的生命存在。正因为被个体生存的光辉所打动,所以他力图将个体从所有既成的观念中解放出来。武田文学站在宗教的高度,拷问着在将善恶、美丑、罪恶全部涵盖在内的灭亡的尽头,如何肯定世界抑或如何否定世界。

第五章,堀田善卫战争小说论。堀田善卫的文学基于他在中国上海的所见所闻和所感。因亲眼看到了日军在中国的所作所为,所以他能够站在日本外部审视战争的意义,深刻认识到战争的邪恶本质,将对战争的反思与对中日关系的思考融合为文学作品的主旨。《时间》是海外作家所创作的第一部以南京大屠杀为题材的长篇小说。堀田善卫善于将西方哲学思想引入作品中,关注战争、国际政治以及国内政治对个人命运的影响,并探讨日本知识分子的战争责任,呼唤在高度集中体制下对个人与人性的观照。其作品《广场的孤独》的意义即在于此。同时,堀田善卫在作品中积极思考战后日本所处的地位,探索真正独立的形式与意义。长期致力于日本与第三世界国家文学交流的经历使他具有国际化视野,即不局限于日本,站在整个东方甚至所有被殖民国家的角度,思考如何摆脱西方的殖民统治与文化霸权。因此,其作品在战后派中独树一帜,拥有更加深刻的现实意义与哲学内涵。

第六章，战后派战争小说概论。主要从以下几个方面探讨了战后派战争小说的共性特征。（1）战争体验与创作。战后派作家以自身的战争体验为素材，创作了大量的文学作品。把战争体验文学化时，他们大多站在民族立场上，把焦点集中在太平洋战争末期，把个人的战争体验尤其是所谓的受害体验文学化，大书特书战地、军营的悲惨生活和战后的精神创伤，揭示战争对人性的摧残与扭曲。（2）反战主题。就对战争的态度而言，战后派战争小说的主题既不是反对侵略战争，也不是反对战败，而是从人道主义的立场出发对第二次世界大战进行反思，描写战争的残酷和带给普通民众的身心创伤。作品中或多或少地流露出反战、厌战的思想意识，其中既有深层次的社会、政治、思想、文化等方面的原因，也与作家的个人体验密切相关。（3）日军形象。战后派战争小说在人物塑造上表现出一定的模式化倾向，一是通过对官兵对立、职业军人与预备役军人对立的描写，塑造出思想顽固的下层军官、下士官形象和"女性化"的知识分子士兵形象；二是塑造了一批背负着战争创伤无法融入战后社会的复员兵形象。（4）战争认识。战后派作家从多个角度对战争进行了反思，表达了反战、厌战的思想，具有一定的积极意义。但是，他们较少从宏观的视野去追问这场战争的根源、性质以及日本军国主义的本质等。（5）战后派战争小说与中国当代战争小说之比较。20世纪40年代中后期至50年代，中日两国都出现了大量战争题材的文学作品。虽然两国的作家都亲身经历了战争，但由于两国社会状况、历史文化传统、审美情趣和作家生活体验等方面的差异，两国的战争文学在题材内容、创作方法、表现手法等方面也表现出不同的特点。

本书的绪论、第二章、第三章、第六章和参考文献由何建军执笔，第四章、第五章由史军执笔，第一章由刘青梅执笔。此外，何建军负责全书的统稿、章节的编排、内容的增删、体例格式的统一，以及后期出书的全部工作。

绪　　论

第一节　问题的提起

日本在第二次世界大战期间对外推行侵略扩张政策，先后发动了全面侵华战争及太平洋战争，给周边国家和地区带来了深重的灾难，也让本国民众品尝到了战争的苦果。日本战败投降后，如何对这场战争进行理性反思成为摆在日本文学家面前的一个重大课题。很多作家从不同的视角描写了这场战争，其中战后派作家的战争书写尤为引人注目。

在日本文学史上，战后派文学是指自 1946 年至 1950 年前后登上文坛的一群新人的文学。1946 年 1 月，平野谦、本多秋五、埴谷雄高、荒正人等创办了同人杂志《近代文学》。他们"都是接受了马克思主义的洗礼，在无产阶级文学的退潮期度过了直面法西斯主义和战争的'暗谷'的青春的文学、政治青年。他们经历了战争体验基本上指向革命文学，主张文学的主体性、自立性和人道主义，扬弃无产阶级文学、现代主义文学和私小说等，期待西方规范的、思想性的文学"。[①] 这些文艺批评家作为理论上的指导者引领着战后派文学的发展。

[①] 奥野健男：『日本文学史』，中央公論社 1970 年版，第 194 頁。

1947年，野间宏的短篇小说《阴暗的图画》由真善美社出版发行，本多秋五称其是"战后派作家的第一声，在某种意义上也应该说是整个战后文学的第一声"。① 然而，战后派文学并没有统一的文学纲领，成员构成也比较松散。学界多依据登上文坛的时间顺序，将其划分为"第一批战后派"和"第二批战后派"。如大久保典夫等把野间宏、椎名麟三、中村真一郎、梅崎春生等看作"第一批战后派"，把大冈升平、三岛由纪夫、堀田善卫、安部公房、岛尾敏雄等看作"第二批战后派"。② 然而，正如松原新一所指出的那样，"从他们的作风和在文艺思潮史上所占地位来看，这种区分不尽恰当"。③ 奥野健男在其专著《日本文学史》（1970）中论及战后派时便没有做这种区分。我们认为，"第一批战后派"和"第二批战后派"的区分并无多大实质意义，倒不如把他们看作一个整体来研究更为合适。

战后派作家在战争年代，或因参加进步活动身陷囹圄，在铁窗生活中遭受摧残与迫害，或被强征入伍，在战场上经受血与火的生死考验。战后，他们从自身的战争体验出发，创作了一大批战争题材的文学作品，即通常所说的战争文学。关于战争文学，日本学者的定义大都比较宽泛。比如，矢野贯一指出："不仅是取材自战场的文学，描写后方的文学，以及有关和平时期军队军人的文学均可理解为广义的战争文学。换言之，也可以说这是明显的或潜在的与战争相关的文学。"④ 安田武指出："战争文学不单是描写战场和军队的作品、描写后方的作品，而应该是包含那个时代的一切的整个'环境'，且必须如此。"⑤ 有山大五指出，战争文学包括"直接以战

---

① 本多秋五：『物語戦後文学史』，新潮社1971年版，第118页。
② 大久保典夫他：『現代日本文学史』，笠間書院2012年版，第136页。
③ ［日］松原新一等：《战后日本文学史·年表》，罗传开等译，上海译文出版社1983年版，第279页。
④ 矢野貫一：『近代戦争文学事典』（第一輯）·例言，和泉書院1989年版。
⑤ 安田武、有山大五編：『近代戦争文学』，国書刊行会平成4年版，第11页。

争为题材的文学,诸如描写战斗场面的作品,主要舞台是战场的作品,以军队、军人为中心来描写的作品,虽然舞台是后方但以战争为中心的作品,或者与此类似的作品"[①]。日本战后编辑出版的《昭和战争文学全集》(1964)和《战争文学全集》(1972)均依据广义的战争文学概念,收录作品涉及面较广。因此,为了全面把握日本战争文学独特的风格和艺术魅力,我们所说的战争文学也涵盖了与战争相关的不同题材的作品,不仅包括描写战时的战场、后方与军队的作品,而且包括描写战后战争创伤的作品。

战后派战争文学中数量最多、艺术成就最高的是小说体裁的作品,因此我们把战后派战争小说作为主要研究对象,兼论其相关的随笔、纪实文学和文学评论。战后派文学到 50 年代初期即告一段落,但战后派作家的创作并未停止,而且有很多作家到晚年又重新创作了战争题材的作品。因此,为考察战后派作家战争文学的全貌及其战争观的变化轨迹,我们将其文学生涯的战争小说都列为研究对象。战后派代表性的作家作品有:野间宏的《脸上的红月亮》(1947)、《真空地带》(1951),梅崎春生的《樱岛》(1946)、《剧烈摇摆的风筝》(1963)、《幻化》(1965),武田泰淳的《审判》(1947)、《蝮蛇的后裔》(1947)、《光藓》(1954),大冈升平的《俘虏记》(1948)、《野火》(1951)、《莱特战记》(1967—1968),岛尾敏雄的《出孤岛记》(1949)、《终于没有出动》(1962)、《鱼雷艇学员》(1985),堀田善卫的《齿轮》(1951)、《广场的孤独》(1951)、《时间》(1955)、《审判》(1963)等。

战后派战争小说不仅在日本深受读者和评论家的好评,而且被大量译介到世界其他国家和地区。日本颇有影响力的《群像》杂志于 1955 年 9 月号公布了"读者推选的战后优秀作品"投票结果,野

---

① 有山大五:「戦争文学論——〈戦争文学〉とその研究への一視点」,『芸術至上主義文芸』2000 年 11 月。

间宏的《真空地带》、大冈升平的《野火》和《俘虏记》入选"读者推送的战后优秀作品"前10名；大冈升平、野间宏入选最受欢迎的前5位作家。1960年，《群像》杂志举办了由作家和评论家投票推选的"战后最优秀的五篇作品"活动，大冈升平的《野火》、野间宏的《真空地带》和大冈升平的《俘虏记》占据了前三名。[①] 此外，大冈升平的《俘虏记》《野火》《莱特战记》、野间宏的《脸上的红月亮》和武田泰淳的《审判》《坏家伙》等作品长期入选日本中学的国语教材，《俘虏记》《野火》《脸上的红月亮》等作品也为中国高校的日本文学选读教材所采用。战后派战争小说经久不衰的艺术魅力和社会影响力由此可见一斑。

关于战争文学研究的意义，中国有学者指出战争文学"一方面记录着生死场上的残酷搏杀，另一方面承载着时代的伦理价值观念并激烈地张扬之，使之以极端的方式呈现出历史与时代的精神状况。因此，对战争文学的研究，实质上也是对历史与人的精神的一种价值审视"[②]。从现实情况看，如今距日本战败投降过去了70多个春秋，第二次世界大战的亲历者大都已经作古，战争的记忆在人们的脑海中日益淡化。然而，日本至今没有对其二战期间侵略战争的历史进行总清算，历史教科书问题、参拜靖国神社问题一直是横在日本和亚洲邻国之间的一道鸿沟，妨碍着彼此之间深层次的交流与合作。日本阁僚不时出现否认南京大屠杀的言辞，从军慰安妇等问题也成为焦点。面对这种情况，我们不禁要思考日本人为什么拒不认错，他们究竟是如何看待二战的？我们今天重温日本战后派战争小说，对其进行系统的、深入的、全方位的探讨，不仅具有较高的学术价值，也具有一定的现实意义。从文学的角度看，日本战后派的

---

① ［日］松原新一等：《战后日本文学史·年表》，罗传开等译，上海译文出版社1983年版，第425—426页。
② 武跃速、蒋承勇：《20世纪西方战争文学中的"毁坏"意识》，《浙江社会科学》2011年第8期。

战争小说既是日本现代文学的重要组成部分，也是世界战后战争文学的有机组成部分。通过对战后派战争小说的考察，有助于我们把握日本战后文学的发展脉络，了解日本作家的战争记忆与战争书写，理解其叙事特色和文学主题。从现实的角度看，通过对日本战后派战争小说创作语境的考察和文本分析，可以了解日本作家笔下的战争画面及其对战争与人性的认识与反思等，由此加深对日本人的认识。

第二节　研究综述

日本学者自战后派文学诞生之日起就开始对其进行研究，研究对象涵盖了战后派作家的大多数作品。随着中日文化交流的展开，中国学者自20世纪80年代开始把战后派文学纳入研究视野，并取得了一批具有较高学术价值的成果。下面将简要归纳整理中日两国在战后派战争小说研究方面取得的主要成果，并指出研究中存在的问题和不足。

一　日本学者的研究

从历时的角度看，日本学者战后初期多对战后派文学予以高度评价。进入80年代中期，随着日本政治的右倾化，关于战后派文学开始出现较多的负面评价。对战后派文学的再评价呈现出以下特点："把战后文学作为'战后派文学'把握，在此基础上展开对'战后派文学'的全面否定"，或者"反倒称赞'战后派文学的弱点'"。[①]

日本出版了几部战争文学方面的专著，但是其内容都较少涉及战后派作家。如安田武的《定本战争小说论》（1977）仅论及了武

[①] 佐藤静夫：「『戦後派文学』を問う——戦後40年という時点から」，『民主文学』1986年6月号。

田泰淳的战争小说。川村凑等编著的《我们是如何讲述战争的》（1999）主要论及了大冈升平、岛尾敏雄的战争小说，《阅读战争文学》（2008）仅论及了大冈升平的《莱特战记》。野吕邦畅的《迷惘的士兵——战争文学试论》（1977）则主要通过战场上幸存下来的普通士兵的手记、实录，探寻在战争这种异常的极端条件下，日本人在想什么、做什么。

此外，日本出版了一些论述战争文学的专辑。如安田武、有山大五主编的《近代战争文学》（1985）由"近代战争文学的意义""战争文学成立的基础""战争文学的各种样式""战争文学作家论"四章构成，收录了22篇论文。其中，论及了大冈升平、岛尾敏雄、武田泰淳、野间宏等战争文学作家。艺术至上主义文艺研究会于1999年、2000年先后编辑出版了《战争文学》专辑，各收录了16篇相关论文，论及了岛尾敏雄、武田泰淳和大冈升平等战后派作家的战争小说。

关于战后派作家，都有相关的研究专著，其中或多或少涉及了他们的战争小说。如日本文学研究资料刊行会编《野间宏·岛尾敏雄》（1983）、渡边广士编《野间宏研究》（1976）、中村正义著《大冈升平札记》（1989）、野田康文著《大冈升平的创作方法》（2006）、立石伯著《武田泰淳论》（1977）、川西政明著《武田泰淳传》（2005）、吉本隆明著《岛尾敏雄》（1990）、红野谦介著《岛尾敏雄》（1995）、中井正义著《梅崎春生——从〈樱岛〉到〈幻化〉的路程》（1986）、中野信子等著《堀田善卫——其文学和思想》（2001）等。关于战后派战争小说的代表作，日本学者的研究成果较为丰硕，个案研究集中在野间宏的《脸上的红月亮》《真空地带》、大冈升平的《俘虏记》《野火》《莱特战记》、梅崎春生的《樱岛》《幻化》以及武田泰淳的《光藓》等作品，对岛尾敏雄、堀田善卫的战争小说研究较少。迄今为止，既没有对战后派战争小说进行整体性研究的专著，也缺少以某个战后派作家的所有战争小说为对象的专项研究。

二 中国学者的研究

战后派作家中,野间宏最早被介绍到中国。他于1960年率领日本文学家代表团访问中国,受到了毛泽东主席等党和国家领导人的接见。20世纪80年代中后期,李德纯、叶渭渠、尚侠等率先对战后派文学进行了综合性的述评,拉开了研究的序幕。① 在早期的研究中,学者大多把战后派的战争小说视为反战文学予以了积极评价。到了90年代中后期,一些学者指出战后派战争小说在战争认识上的局限,甚至由此否认日本战后有反战文学。

总体而言,关于战后派的综述性论文占较大数量,内容涉及战后派的兴衰、反战思想及其主题等方面。如徐东日、李玉珍指出战后派文学从人类整体的角度洞察了二战,并揭示出日本军国主义者在战争中扮演的侵略者、占领者角色,真正形成了日本现代反战文学的高峰。② 何建军指出日本战后派战争文学的主题既不是反对侵略战争,也不是反对战败,而是从人道主义的立场出发,对第二次世界大战进行反思,描写战争的残酷以及带给普通民众的心理创伤。③ 雷慧英指出战后派文学的兴衰与日本战后社会的变化密切相关。④

对战后派作家作品的研究,早期主要围绕野间宏的《脸上的红月亮》《崩溃感觉》和大冈升平的《俘虏记》《野火》等几部代表作展开。目前出版了两本相关专著,何建军的《大冈升平战争文学研究》(2012)以大冈升平的"战争五部曲"为主要研究对象,以其

---

① 参见李德纯《论日本战后派文学》,《外国文学》1987年第2期;叶渭渠《战后派文学运动诸问题》,《日本学刊》1988年第5期;尚侠《日本战后派文学及其主要作家》,《东北师大学报》(哲学社会科学版)1990年第6期。
② 徐东日、李玉珍:《战后派文学——日本现代反战文学的高峰》,《东疆学刊》1997年第4期。
③ 何建军:《论日本战后派战争文学的主题》,《解放军外国语学院学报》2007年第2期。
④ 雷慧英:《日本战后派文学兴衰原因之剖析》,《外国文学研究》2004年第5期。

战争体验为主线，将历史事实、文学文本和作者本人的言论作为基本的实证材料，结合作品产生的历史文化语境，在文学文本分析的基础上展开实证研究，分析了作家所描绘的战争画面及其战争体验艺术化的手法、作品主题、人物形象、对战争的认识等。莫琼莎的《野间宏文学研究——以"全体小说"创作为中心》（2012）从小说文体学和叙事学的角度出发，分析和论证了野间宏文学中"全体小说"创作思想的形成、"全体小说"理论在系列小说创作中从萌芽、发展到成熟的过程。

研究论文也有很多概论性、综述性的内容。如刘炳范指出野间宏的战争文学虽然批判了日本军国主义专制统治及其发动的侵略战争，但也存在着故意模糊战争的侵略性质、为日本人的侵略战争推卸责任的思想意识。[①] 刘立善分析了野间宏《真空地带》等作品的反战特色。[②] 陈端端分析了大冈升平在战争题材小说《俘虏记》《野火》《莱特战记》中自身的人生观和价值观的折射。[③] 尚侠探讨了大冈升平小说中体现出的战争观、文人意识、大冈情绪与美学构成。[④] 何建军指出大冈升平的战争题材文学作品描写了二战给人们带来的创伤，具有浓厚的反战色彩，其文学创作深受司汤达的影响。[⑤] 在个案研究方面，学者主要探讨了这些作品对战争与人性的反思，也有学者对作品的创作手法、人物形象、叙事特点等进行了分析。

2005年以后，中国学界对战后派作家的研究有了进一步的发展。一是期刊发表的论文数量明显增加。2010年以后出现了一批研究战后派作家的硕士论文，如丁世理的硕士论文《堀田善卫的战争文学

[①] 刘炳范：《野间宏的战争文学批判研究》，《齐鲁学刊》2002年第5期。
[②] 刘立善：《论野间宏作品的反战特色》，《日本研究》2014年第2期。
[③] 陈端端：《从大冈升平的战争小说看其人生观和价值观的折射》，《外国文学研究》2001年第3期。
[④] 尚侠：《战后日本文化演进与大冈小说精神》，《日本学论坛》2001年第1期。
[⑤] 何建军：《浅析大冈升平的战争题材文学作品》，《解放军外国语学院学报》2002年第3期。

研究——以其在华经历与战争观为中心》(2015)较全面地分析了堀田善卫的《时间》《汉奸》《纪念碑》《桥上幻象》《方丈记私记》《广场的孤独》等战争文学作品。二是研究范围不断扩大，开始把武田泰淳、堀田善卫、梅崎春生、岛尾敏雄作为研究对象。尤其是关于武田泰淳和堀田善卫发表了一些具有较高学术价值的论文，研究涉及武田泰淳的《蝮蛇的后裔》《审判》和堀田善卫的《时间》等作品，主要探讨了这些作品对战争的反思以及两位作家的中国体验方面。[①] 如冯裕智通过考察武田泰淳的中国战争经历和战地作品，探讨了战争前后他对华态度的转变以及对日本侵华战争的反思。[②] 王伟军分析了武田泰淳文学作品中体现出来的反战思想、反战姿态和现实价值。[③] 徐静波考察了武田泰淳的上海因缘、上海意象及其中国观，并探究了堀田善卫对中日关系的认识。[④]

总体来看，我国学者偏重于从政治学、社会学和意识形态的角度进行研究，主要站在中国是日本侵略战争的受害者的民族立场，着眼于文学的政治功能，以批判的眼光论述战后派作家在二战认识上的成就和局限，较少从审美的角度研究作品的艺术价值。

三 研究中存在的问题

如前所述，中日两国在战后派战争小说研究领域都取得了不少成果，为今后的研究奠定了良好的基础。但是，该领域的研究还存在一些问题和薄弱环节，尤其是中国的日本战后派文学研究尚处于

[①] 参见王伟军《武田泰淳和〈审判〉》，《东北师大学报》（哲学社会科学版）2015年第6期；徐静波《〈时间〉：堀田善卫对南京大屠杀的解读及对中日关系的思考》，《日本问题研究》2013年第4期。

[②] 冯裕智：《武田泰淳的中国战争经历与战争反思》，《日本问题研究》2016年第5期。

[③] 王伟军：《武田泰淳反战思想的生成及价值取向》，《北方论丛》2016年第5期。

[④] 参见徐静波《作家武田泰淳的上海因缘和上海意象》，《中国比较文学》2012年第4期；徐静波《昭和中期日本自由派知识人对中国和中日关系的认识——以作家堀田善卫为例》，《复旦学报》（社会科学版）2014年第2期等。

起步阶段，还有不少空白点。主要问题有以下几点。

一是研究对象不够全面，缺乏系统性。日本学界的研究集中在野间宏、大冈升平、梅崎春生以及武田泰淳的战争小说代表作，很少涉猎他们其他的战争小说以及岛尾敏雄、堀田善卫的战争小说。中国学界的研究集中在野间宏、大冈升平以及武田泰淳的若干战争小说代表作，近年有学者论及了梅崎春生的《樱岛》和堀田善卫的《时间》，但岛尾敏雄的战争小说还无人问津。

二是研究立场民族性强，缺乏客观性。中日两国学者的一些研究太拘泥于自身的情感体验和民族立场，致使其研究感情色彩浓厚，缺乏理性思辨，结论不够客观。如日本研究战争文学的著名学者安田武亲身经历了战争，有过战场体验。面对战后日本人的战争体验正在逐渐风化的情况，安田武说："我们应该一边同这种风化赛跑，一边加速挖掘、记录尚未挖出的体验，正确地评价已经出版的战争文学，并确定其应有的地位。无论是否有意义，我想应该把十五年间牺牲了三百几十万同胞生命的记录作为民族的历史，毫无遗漏地记录、传承下去。"① 中国学者的研究大多从正义的价值观和政治倾向出发进行评判，与中日关系和当前的社会现实密切相关。针对国内在日本文学研究中一些盲从日本人学术观点的现象，北京师范大学王向远指出研究者应该坚持中国人的学术立场，强调"在日本问题、日本文学的研究中，谈'爱国主义'也不是一句空话，它是历史留给我们的最刻骨铭心的经验教训，有着实实在在的现实意义"。②

三是研究方法各有侧重，有偏颇之处。文学具有审美功能、认识功能和教育功能，战争文学的叙述视角也有感性层次、理性层次、

---

① 安田武、有山大五编：『近代戦争文学』，国书刊行会1992年版，第12页。
② 王向远：《王向远著作集第9卷　日本侵华史研究》，宁夏人民出版社2007年版，第236页。

人道层次和本体层次之分。由于民族立场、文学批评传统等方面的差异，中日两国学者研究的方法和关注的重点都不尽相同。大体而言，日本学者缺少宏观的视野，多是微观层面的个案研究，且偏重于从艺术的角度分析，以艺术性和审美价值作为衡量作家作品的标准，大多没有关注到战后派战争小说在战争反思方面的局限。中国学者更注重作品的思想价值，多是站在正义与非正义、侵略与反侵略的二元对立立场，用社会学批评的方法去解读战后派战争小说，旨在考察作品中所反映的战争观或历史认识，研究中有缺乏实证的弱点。此外，部分学者学术态度不够严谨，缺乏对文本的认真研读，观点没有说服力。

第三节　研究思路和方法

本书将结合作品诞生的历史文化语境，从宏观和微观两个层面对战后派战争小说进行研究。首先对战后派代表作家的代表作进行解读，以揭示战后派作家战争小说的个性特征。在此基础上，对战后派战争小说的主题思想、创作手法、人物形象、战争观等进行综合性的探讨，归纳总结出战后派战争小说的一些共性特征，揭示其鲜明的战后特色。

鉴于目前国内外对战后派战争小说的研究现状，为推动该领域的研究向更深的层次发展，我们在研究时将遵循美学的和历史的观点相统一的批评原则和真善美相统一的批评标准，吸收现代文学理论的成果，在文本细读的基础上展开实证研究。主要遵循以下原则和方法。

一是坚持中国人的学术立场，力求客观评价。不同的文化背景和文学传统会影响学者的研究，使研究带上特有的民族性。我们既要吸收日本学者的研究成果，又不能落入他们的窠臼，人云亦云。

就第二次世界大战而言，包括中国人在内的世界上一切热爱和平的人们，期望日本有良知的作家能对战争进行深刻的反省，揭露日本侵略战争的罪行，而不是大讲特讲自己受到的伤害。但是，我们不能以愤怒、憎恨的民族主义情绪遮蔽理性的思考，而应始终坚持学术的立场，避免发表太多感性的议论。对日本战后派战争小说，我们既要从中国人的立场出发进行研究，又不应局限于中国人作为战争受害者的立场，应本着科学的态度，客观地分析战后派作家笔下的战争是什么，他们何以会这样看待战争，他们战争认识的局限性和错误在什么地方，等等。质言之，我们应超越狭隘的民族主义立场，从多重维度理解战争及战争文学，深入思考战争与个人、民族乃至人类的关系。

二是结合作品创作的历史文化语境，尝试从文化的角度进行解读。文本解读离不开一定的历史文化语境，这种语境既包括文本解读时的语境，也包括作者创作时的语境。王向远指出："在面对某些研究对象的时候，我不反对纯文学的价值观，但面对更加纷纭复杂的文学现象的时候，我主张采取视点更高、视野更开放的'文化学'的文学观。"[①] 日本战后派战争小说反映的是日本发动的侵略战争，我们不可能抛开政治去进行所谓纯文学的研究。我们需要研究作家的思想倾向和作品的思想内容，看它对战争的反映是否真实、是否正确、是否深刻，并可从中管窥作家的战争观等，由此促使处在和平时期的人们正视战争、思考战争。但是，战争文学作品毕竟是作家审美的创造物，是对生活现象的审美反映。因此，我们也可从美学批评的角度，运用艺术标准去研究作品的艺术手法及审美价值。基于这种认识，我们将运用文化语境式批评的方法，把战后派战争小说置于广阔的社会历史文化背景下去解读，立体地、全方位地把

---

① 王向远：《王向远著作集第9卷 日本侵华史研究》，宁夏人民出版社2007年版，第236页。

握其战争文学的创作过程及与日本社会变迁的关系，并考察作家个人的战争经历和日本的民族文化传统对战争文学创作的影响。我们既要从现在的视角对战后派战争小说进行解读，又要避免完全站在现在的立场去看待历史，不加具体分析地批判，而得出的比较武断的结论。

三是历时的研究与共时的研究相结合。一方面，日本文学根植于本国的土壤，我们可以从历时的角度考察战后派战争小说与甲午战争、日俄战争后日本战争小说的关联，了解这些作品如何吸收文学传统的营养，在日本文学史上处于什么地位。另一方面，日本战后文学深受西方文学思潮的影响，而且也被广泛译介到世界各国，拥有大量的读者。我们可以从共时的角度考察战后派战争小说与二战后其他国家战争小说的异同，在世界战后战争文学的格局中对其进行多角度、全方位的研究，运用比较文学的方法更好地分析其特点，更好地了解战后派战争小说与他国战争文学的共性与个性。

此外，中国学界对日本战后派战争小说的一些研究是依据中译本进行，多缺少第一手资料。为克服这种使用非原典的、非母语的间接文本的研究可能带来的论证依据、论证过程和结论的不确定性，本书的研究将在仔细阅读战后派战争小说日文原著的基础上进行，把原著作为文本解读的依据，并广泛涉猎中日学者既有的研究成果。

第一章　野间宏战争小说论

野间宏（1915—1991）在大学期间接触了马克思主义思想，参加过工人运动。1941年10月应召入伍，作为补充兵编入炮兵中队，经过三个月的训练，被派往中国华北战场。1942年初，随部队南下，转赴菲律宾战场，先后参加了菲律宾巴丹（Bataan）战役、科雷吉多尔（Corregidor）战役，作战约三个月。1942年10月，因患疟疾被遣送回国。1943年因违反"治安维持法"，作为思想犯被关进大阪陆军监狱，年底被释放回到部队。1944年，附加狱外监视重新服兵役，至年底解除兵役，但是因刑期未满而不能返回市政府，改在军需公司工作，直到日本战败投降。

野间宏的文学创作大致可分为三个时期。第一个时期是野间宏的中学时代到大学时代，此阶段是他的文学活动的蓄积阶段。在此期间，野间宏相继发表了大量的诗歌、散文、小说和文学评论，但并无太多有影响力的作品。第二个时期是从1946年到1948年初。短短的两年时间，野间宏创作了9部中短篇小说，主要有《阴暗的图画》（1946）、《脸上的红月亮》（1947）、《崩溃感觉》（1948）等。这些作品探讨了战后社会中日本人的生存面貌，采用西方意识流等手法探讨"肉体意识"等问题，不仅具备一定的社会影响力，而且出现了日本传统文学作品以前没有的新特点。通过发表以上作

第一章 野间宏战争小说论

品，野间宏正式作为"战后派"作家登上文坛并逐步确立了自己的地位。第三个时期是从1948年初到80年代。野间宏发表的作品以长篇小说为主，代表作有《真空地带》（1952）、《骰子的天空》（1966）、《我的塔矗立在那里》（1970）、《青年之环》（1971）等。其间，野间宏积极参与各种社会活动，创作视角呈现多元化的特点。发表了关注部落问题的《狭山审判》（1976）以及反映医院和生态危机的《生生死死》（1991）等作品。

在野间宏的作品中，战争小说占据了相当一部分。他在《关于战争小说》（1949）中阐述了如何将自己的战争体验和军队体验移植到小说中。他说："我还没有写过以战争为主题的小说。虽然已经写过两三篇夹杂有战争场面、军人生活等的小说，但那都不能说是从正面描述战争的作品。""迄今为止的战争小说，主要把人限定为孤立的存在，试图弄清被日本军国主义扭曲的人的形象。与其说是战后文学，毋宁说还在固守战争中自我的乖僻（当然这是因为抵抗战争而产生的），受其限制，是在局限于此的立场上创作的。从这个意义上说，还没有完全摆脱战争。"由于"我还没有从战争中摆脱出来，所以还未把战争当作一个实体和客体来把握"。"要把战争真正作为战争来把握，就必须立足于消灭战争的立场，站在能够明确地批判战争的立场上。""如果不站到这个立场上，就无法真正描写战争。""在整个战争期间，我一直在想一定要构思一部战争小说，尤其想写以批判军队为目的的小说。""要写第二次世界大战，就必须明确提出这场战争是近代战争，即不单是武器和武器的较量，而是综合战力——经济力、政治力的较量，进而是民主主义和法西斯主义的斗争。"写战争小说时需要同时具备参谋的视点和士兵的视点，才能揭示出战斗的全貌。①

---

① 野间宏:「戦争小説について」,『野間宏全集』第14卷，筑摩書房1970年版，第260—262頁。

这篇随笔清楚地说明了野间宏想写战争小说却没有直接从战斗体验出发的理由。也就是说，在野间宏看来，以往的战争小说着重列举个人的孤证，而包括自己在内的战后的作家们在创作战争小说时，需要面对的对象是具备近代战争特点的第二次世界大战。这种新的状况要求作家用整体视野来看待战争，所以虽然自己一直有创作战争小说的打算，而且自身的经历也适合写此类小说，但下一步最需要做的是提升构思战争小说的能力，如此方能写出适应新情况的战争小说。虽然彼时正面或者侧面描写战争的小说已为数不少，但野间宏在深入思考如何刻画战争，如何反映战争给包括自己在内的普通人带来的影响，在创作过程中这种思考逐步成熟起来。本章将按照野间宏战争小说的发表顺序，探讨他就这一问题的思索及其与创作实践的结合。

第一节 战后初期作品群中的"肉体"苦痛

野间宏战后初期系列小说主要是指他 1946 年至 1948 年间集中创作的中短篇小说。按照作品发表的时间顺序，这 9 部小说分别是：《阴暗的图画》（1946）、《两个肉体》（1946）、《濡湿的肉体》（1947）、《脸上的红月亮》（1947）、《第三十六号》（1947）、《地狱篇第二十八歌》（1947）、《残像》（1947）、《悲哀的欢乐》（1947）、《崩溃感觉》（1948）。在《从〈阴暗的图画〉到〈真空地带〉的创作意图》中，野间宏阐述了创作初期作品的动机：

> 在战争中，有不少人表面上对战争采取了协同的态度，但是内心里却有着自己的想法。由于无法忍受过于严苛的镇压，很多人变得十分孤僻，从而被封闭在各自孤独的思考中。我也不例外。由此，我开始关心自己和研究自己的内心世界。从能力上说，我很擅长探究人的内心。只要朝着外部看一看，就会

第一章　野间宏战争小说论

发现战争和军国主义赫然已在那里。我原本应该做的是清醒地睁开双眼审视这外部世界,但是却遮住了眼睛,向下看了。在这种情况下,描写人的心理自然就成为小说叙述的第一对象。(中略)我的探索和欧洲盛行的心理主义文学不同,我对心理的探究是更为深层的、与心理相关的生理方面的内容。也就是说,我不打算把心理仅仅当做精神现象,而是试图将其与肉体的生理结合起来研究。

但是,仅是如此还不够。在这里,我们必须考虑以下问题。我们闭着眼睛试图忽视的外部世界是曾经带给很多人灾难、让日本社会走向灭亡的战争。如果忽视了这一现实世界,还可以抓住人类的本质吗?(中略)真实的内心世界只是人类的一小部分,为了抓住人的真实、普遍存在的真实,我们必须认真地看待社会问题。①

从上述文字中可以看出,在战后初期的小说创作中,野间宏试图以战争对人的影响作为主题,并且在刻画主题的过程中准备从两个方面入手:首先是突破一直以来的传统手法,不把心理问题当作独立的内容看待,而尝试将其与生理问题结合,即与"肉体"问题结合;其次是要想更好地描写人的心理活动,必须将其与社会现实联系起来。

野间宏要把心理问题和生理问题结合起来,不仅是为了突破传统以及西方心理主义文学,而且是努力正视战争以及抹去战争给人的肉体带来的苦痛。有关这一点,我们可以从野间宏的初期文学评论中窥见一斑:

在现代日本文学作品中,没有一部作品能够从内心深处抹

---

① 野間宏:「私の小説観——『暗い絵』から『真空地帯』への創作意図」,『野間宏全集』第 14 卷,筑摩書房 1970 年版,第 279—280 頁。

去战争带来的不安、痛苦和黑暗,没有一部作品能够纠正自己的扭曲、肮脏和丑陋,也没有一部作品能够从根本上支撑自己、使自己勇敢地活下去。①

文中提到的"不安、痛苦和黑暗"以及"扭曲、肮脏和丑陋"都是战争带给人类"肉体"的东西。野间宏文学的酝酿时期,正值军国主义统治日本的时代,个体的精神受到极大的压抑,政府更是以精神的名义来促使个人"肉体"的奉献乃至死亡。

根据野间宏的叙述,他初期小说的构思经历了一个"合—分—合"的过程。最早创作的《阴暗的图画》以京都大学的学生运动为题材,刻画了战争发生前后青年知识分子们的精神探索历程,以及战争带给他们的"肉体"上的焦虑。此时,野间宏尚未找到精神与肉体的结合点。从这部小说延伸出两条支流,一条着重探讨"肉体"问题,如《两个肉体》、《濡湿的肉体》、《第三十六号》和《悲哀的欢乐》;另一条则侧重反映"精神"层面的问题,如《脸上的红月亮》、《残像》和《崩溃感觉》。在创作过程中,野间宏逐渐摸索出将心理问题与生理问题统一起来的方式,并将这种思索的结果呈现在初期作品的收官之作——《崩溃感觉》中。

一 《阴暗的图画》中的"肉体"痛苦

1946年,《阴暗的图画》的发表,给日本战后文学带来一种新的气象。它与日本战前文学有着明显不同,表现出一种新的时代精神。本多秋五认为这部作品是"战后派作家的第一声,在某种意义上来说,也应该是整个战后文学的第一声"②。他之所以这么说,是

---

① 野間宏:「自分の作品について」,『野間宏全集』第14卷,筑摩書房1970年版,第251頁。
② [日]松原新一等:《战后日本文学史·年表》,罗传开等译,上海译文出版社1983年版,第16页。

第一章 野间宏战争小说论

因为该作品具备典型的"战后"意义。这里所说的"战后"意义，并非指一般文学意义上的、发表时间是在战后的文学作品，而是指战后派的作家们使用了全新文学技巧创作的作品，构筑出一个有别于1945年前的文学世界，带有异质性的文学真实。

（一）《阴暗的图画》的创作背景和内容构成

对于战后的日本文坛和战后派作家，《阴暗的图画》是一个起点，对于野间宏个人而言，这部小说也具备开创性的意义。在此之前，野间宏虽然有过或多或少的文学创作体验，但这部小说却宣告了其作为战后派作家重新的开始。根据野间宏在《谈谈自己的作品》中的叙述，他创作《阴暗的图画》的动机与好友之死有关。野间宏在京都大学就学期间，结识了京都大学《学生评论》杂志社的成员布施杜生和永岛孝雄。因三人有着相同的理念，逐步发展为好友。《学生评论》杂志社带有进步学生运动色彩，在引起当局注意后，遭到残酷的打压。1938年，永岛孝雄和布施杜生作为杂志社的骨干成员被捕入狱，并在狱中遭到虐待，先后于1942年和1943年离世。两位好友的悲惨遭遇激发了野间宏的创作欲望，在好友入狱后的1939年，野间宏写出了《阴暗的图画》的草稿。二战结束后，野间宏重新开始创作，此时，草稿已然遗失，但好友们的遭遇在他的脑海中反复浮现，并逐渐清晰。野间宏说："在战争期间重压在头顶的压力被解除后，以爆发的形式将郁积在心底的东西书写出来"[①]。森川达也认为这种动力和激情支撑着"野间宏战后所有的创作活动"，甚至可以说是"整个战后派文学作家全体的原动力"[②]。对于野间宏而言，二战后重新开始创作时，好友已魂归天国，野间宏本人也经历了战争的残酷洗礼。战争期间被压抑的心情与失去好友的沉重心

---

① 野間宏：「自分の作品についてⅠ」，『野間宏全集』第14巻，筑摩書房1970年版，第253頁。

② 森川達也：「野間宏——短編小説の世界」，薬師寺章明編『叢書現代作家の世界 野間宏』，文泉堂1978年版，第35頁。

情叠加，构成了野间宏再次提笔的强大动力。

《阴暗的图画》主要描写青年知识分子在帝国主义控制下的黑暗社会中的生存与苦闷，有着深刻的社会背景。故事发生的时间背景，大概是在1937年的深秋。在这一时期，日本帝国主义已开始全面侵华战争，为了保证因扩大战争而急需的庞大兵力和军需物资，近卫内阁开展了法西斯总动员运动，企图举全国之力，获得侵华战争的胜利。为此，法西斯政府首先要对国民进行思想上的禁锢与控制。1937年8月至10月，日本政府开展了"国民的思想运动"，成立了由军方控制的、该运动的指导组织——"国民精神总动员中央联盟"。截至1938年3月31日，参加这个组织的有时局协议会、爱国妇女会、大日本联合青年团、佛教联合会等74个右翼团体。[①]在这一运动指导下，日本展开了大清洗，共产主义者成为首当其冲的对象。

无产阶级政党和团体在日本命运多舛。日本共产党在1922年成立后，遭到政府的镇压，加之党内以山川均（1880—1958）为首的右倾机会主义者竭力迎合统治阶级软硬兼施的政策，于1924年解散。1926年日本共产党重新成立，但1928年受到日本政党内阁两手政策的影响，党内再次四分五裂，不少重要领导人如德田球一（1894—1953）等也被当局逮捕。不仅共产主义者成为反动当局的眼中钉，民主主义者、自由主义者也未能幸免。当局以违反"治安维持法"的罪名起诉并逮捕了东京大学经济学教授大内兵卫等人，同时禁止市场上发行其著作。对日本发动战争稍作批评的东京大学教授矢内原忠雄等人也被解聘，当局甚至声称："今天帝国大学的法律、经济两学院是人民阵线的大本营。"[②] 1938年1月，日本内阁会议制定和通过作为

---

① 内閣情報部：『国民精神実施概要』，長浜功编『国民精神総動員運動 民衆教化動員史料集成Ⅰ』，明石書店1989年版，第24頁。

② 明石博隆など：『昭和特高弾圧史』第1卷，太平出版社1976年版，第170頁。

第一章　野间宏战争小说论

推行战时体制根本措施的国家总动员法，其根本目的是便于法西斯当局全面控制全国的国民经济和政治生活，达到举全国之力进行战争的状态。《阴暗的图画》的故事正是发生在上述黑暗的时代。

小说内容由四个部分构成。开篇令人印象深刻，因为其中充满了特殊笔法描绘的画面，这些画面来自佛兰德画家勃鲁盖尔（1525—1569）[①]的画册。画册之所以置放于小说的开篇，是因为便于交代主人公深见进介的一系列回忆：他和画册的初识、他和朋友们一起欣赏画册的场景以及朋友们的悲惨现状。深见进介初次见到这本画册，是在好友永杉英作的公寓里。翻开画册，深见进介便被其中的画面吸引，而那时的他正过着苦闷且拮据的生活。1937年深秋的一天，身为京都大学学生的他接到了父亲的来信，信中说因母亲生病几乎花光了家中所有的积蓄，不能再继续给他提供读书的费用，同时再次重复着迄今为止的信中不断强调的话题——注意与人交往时的思想性。在这期间，深见进介的恋爱也出现了问题。他和北住由起平静无波的恋爱持续了一年，在一个月前发生了一次小小的不快，最后等来了女友要求断绝关系的来信。父亲对其思想上的控制和女友的绝情都让深见进介沮丧不已，他对周遭的一切都心怀不满。这是小说的第一部分。

小说的第二部分讲述了深见进介在饭馆中的见闻与遭遇。去好友永杉英作家中倾诉苦闷之前，深见进介先去饭馆解决吃饭问题，顺带试图向饭店老板借钱以缓解当下之急。在饭馆的外间，老板不仅拒绝了其借钱的请求，而且不肯让他赊账。在饭馆的里间，以经济系的小泉清为代表的"合法主义者"们，对革命极尽嘲讽之事，

[①] 佛兰德是比利时西部的一个地区，传统意义上的佛兰德还包括法国北部和荷兰南部的一部分。勃鲁盖尔是16世纪荷兰最伟大的画家。一生以农村生活作为艺术创作题材，所以被称为"农民的勃鲁盖尔"，因其两个儿子也是画家，所以又被习惯上称为"老勃鲁盖尔"。他是欧洲美术史上第一位农民画家，多以反映农民生活和革命斗争方面的内容为绘画题材，往往会采取隐晦的方式，来隐喻他所生活的时代政治。

大肆诽谤永杉英作这些革命者。现实的金钱困境和爱情困局使深见进介十分烦恼,而在如何对待革命的问题,如何定位自己在现状中的身份上,小泉等人的话也使其陷入自己是否也是一个"合法主义者"的思索。小说的第三部分描述了深见进介到达永杉英作家后和好友们相聚的情景。他们一起谈论当前的时局,表示对继续干革命的决心,然后一起欣赏勃鲁盖尔的画册,现实中的深切体验与画中的场景使他们产生了深刻的共鸣。小说的第四部分描述了离开永杉英作家的深见进介和木山省吾在路上的谈话,他们继续谈论勃鲁盖尔的画,一致认为画中黑暗的可厌的洞穴象征着绝对专制统治下的人们的自由。面对永杉英作的选择,两人发生了分歧,木山决定追随永杉,但深见进介却心中另有主意,并决定和这些朋友们选择一条不同的道路。小说以两人在岔路口分手这样象征性的结束收尾。

(二)深见进介的"利己主义"

总体而言,小说描绘了主人公深见进介等青年在苦闷环境下的思考与选择,这是野间宏在战争结束后的深刻反思,折射出战后知识分子的精神动态。《阴暗的图画》之所以被推崇为战后派小说的开端,与其别具一格的开端有密切关系。小说以勃鲁盖尔的画作作为开端,具有深刻的寓意。关于小说故事发生的时间,文中有两处关键性描述。首先是"人民战线事件"。1937年12月,第一次近卫内阁大肆打压日本民主主义和共产主义力量,先后逮捕左翼民主主义者、日本共产党和"日本工会全国评议会"领导人及骨干成员四百多人,并强令立即解散这两个组织,罪名是"企图组织人民阵线",史称"第一次人民战线事件"。1938年,日本政府以"实现共产主义为目的"的罪名逮捕了《世界文化》杂志小组成员以及"劳农派"学者小组成员,史称"第二次人民战线事件"[①]。其次是"建设

---

① 参见明右博隆など『昭和特高弾圧史』第1卷,太平出版社1976年版,第138、170頁。

第一章　野间宏战争小说论

东亚新秩序的近卫声明"，这是指 1938 年 11 月 3 日，近卫文麿内阁在举行庆祝日军攻占中国广州和武汉的仪式时，正式宣布了所谓的"亚洲新秩序"一事。1937 年 6 月，近卫文麿内阁成立后，为了缓解国内矛盾，将国内视线转移至国外，决定发动全面的侵华战争。到 1937 年底，日军通过集中投入大量人力物力，快速占领了中国华北五省的主要城市。1938 年 7 月，继徐州战役后，日军又发动了对武汉三镇和广州的进攻，幻想通过这两次战役，占领全中国。但武汉三镇沦陷后，中国仍未投降，日军已出现物资兵力不足、后续乏力的情况。为了摆脱这种困境，日本政府改变了侵华策略，即对国民党实行诱降同时持续打击共产党的势力，从而实现"以华制华"的侵略方针。基于这种动机，1938 年 11 月 3 日，日本政府发表声明："帝国希望中国分担建设东亚新秩序的责任。帝国希望中国国民能够理解我国的真意，愿与帝国协作。如果国民政府改变思维，积极参加新秩序的建设，我方并不打算拒绝。"① 此外，野间宏对《阴暗的图画》的内容作过如下概括："对如何度过战争感到茫然的青年们为了追求内心认为的正确道路而付出了实际的行动，但最终结局却不尽如人意，他们的思想、心理以及肉体活动被我集中浓缩在了中日战争②爆发后不久的某一日中。"③ 综合以上信息，大体可推测出故事发生的背景是在 1938 年 11 月份以后。

若是抛开野间宏在小说开篇对勃鲁盖尔的画作进行的抽象描写，仅从构成小说主干内容的主人公深见进介的生活来看，很容易断定这是一部青春小说。如日本评论家平野谦就认为，从岛崎藤村的《春》（1908）到中野重治的《歌声的告别》（1939），日本文学中存在一个"青春小说"系列，而《阴暗的图画》是给这系列添上浓墨

---

① 日本外务省编：『日本外交年表並主要文書』下卷，原书房 1968 年版，第 401 页。
② 1937 年 7 月 7 日开始的日本全面侵华战争，中国称为"抗日战争"。
③ 野間宏：「私の小説観——『暗い絵』から『真空地帯』への創作意図」，『野間宏全集』第 14 卷，筑摩书房 1970 年版，第 280 页。

重彩一笔的小说。深见进介生活拮据，恋爱之路也颇不顺畅，似乎与青春小说中主人公所能经历的困难别无二致。但是，野间宏在小说中为这位主人公增加了一种社会色彩，即"对自身的不满以及对社会的憎恨"，这种对时代的愤懑则必然会导致人们对自己所生活社会的批判，最终引向对社会革命这一问题的探讨。

在黑暗的社会背景和政府严酷的思想控制下，深见进介等人试图寻求一条定位"自我"的道路。深见进介曾阅读过共产主义的书籍，对校内的学生革命团体抱有好感。他所在的京都大学的学生团体内部，针对如何开展革命，有着不同的意见，这映射出京都地区当时的革命形势。1932年，日本共产党在第三国际的指导下，制定了"32纲领"，将日本定位为绝对主义天皇制下的半封建国家，并提出了"二次革命论"，即当前的任务不是进行无产阶级革命，而是要先经历民主主义革命，而后向社会主义革命进发。20世纪30年代后半期，京阪神①地方革命团体中，存在稳健派和强硬派的对立。虽然观点不同，但此时学生运动正在如火如荼地展开，京都大学里也聚集了从各地高校和东京帝国大学而来参加运动的学生们。在此，野间宏巧妙地将真实社会面貌和个人经历融入小说中。

深见进介和他的朋友们就是参加学生运动的一分子。1937年日本全面侵华战争爆发后，深见进介的三个朋友，即木山省吾、羽山纯一与永杉英作先后被捕，最终全部死在狱中。深见进介则被"检举入狱，转向后出狱，为了谋生，进入了一家军需工厂"，苟延残喘到战后。"转向"是深见进介得以保存性命的关键。"转向"一词带有深刻的时代印记，是特定年代产生的特殊词汇。20世纪30年代，法西斯统治势力对以日本共产党为代表的进步力量展开了疯狂的镇压。1933年6月，日本共产党领导人佐野学、锅山贞亲等人在狱中投降变节，并发表《告共同被告同志书》，声明脱离共产主义事业，

---

① 位于日本关西地区的京都市、大阪市以及神户市的合称，是日本第二大都市群。

第一章 野间宏战争小说论

支持日本帝国主义侵略中国东北，他们将自己的背叛行为称为"转向"，这给当时的日本无产阶级事业带来了沉重的打击。1934年，日本无产阶级文化联盟、日本无产阶级作家联盟被迫解散，大批无产阶级作家宣布"转向"。"转向"可分为狭义和广义。狭义的"转向"是指"共产主义者放弃了共产主义理想"[1]；广义的"转向"的对象不仅限于共产主义者，社会主义者、自由主义者以及宗教信仰者均有可能是"转向"的主体。鹤见俊辅认为"转向"是"由于强权导致的思想变化"[2]；吉本隆明指出转向的外部原因首先是权力的强制和压迫，其次是"远离大众的孤独感"[3]。也就是说，他们认为，比起入狱和敌人的严刑拷打等物理性镇压，迄今为止的信念、意识形态等精神层面的幻灭、反省，以及远离大众更容易引起"转向"。

在《阴暗的图画》中，野间宏的本意并非刻画因转向带来的痛苦，而是着力刻画特殊环境下深见进介的新的出发。深见进介是一种新的文学形象，他选择的"第三条道路"包含着"战后"因素。对此，文艺评论家本多秋五指出："在国内外形势险恶的日子里，学习了共产主义学说的青年知识分子，想寻求一条既不成为叛教者也不成为殉教者的新的道路——不管是否存在的一条新的道路。"[4] 本多秋五的评价可谓精到，参加革命运动的人们往往最终只有两条道路：或是遵从自己内心，始终忠实于革命，最终被反动力量处死或处刑，成为殉道者；或是背叛革命，成为叛教者。深见进介首次以第三种形象出现。他对好友的革命气节深感钦佩，但又不想白白送死。同时他又对小泉清等机会主义者深恶痛绝，不断提醒自己不能成为那样的人。因此可以说，深见进介是一个秉持着自我保存主义

---

[1] 文艺理論研究会：『本多秋五の文芸批評——芸術・歴史・人間』，菁柿堂2004年版，第196頁。
[2] 鶴見俊輔：『共同研究　転向』（6），平凡社東洋文庫2013年版，第58頁。
[3] 吉本隆明：『転向論』，講談社1990年版，第291頁。
[4] 本多秋五：「『暗い絵』と転向」，『転向文学論』，未来社1957年版，第234頁。

的"利己主义者"。同样,中野重治也对"第三条道路"进行了解释,他在《〈阴暗的图画〉的时代背景》中指出:"自古以来,从事革命工作的人们只有两种结局:殉教者或叛教者。而在《阴暗的图画》主人公面前,首次出现了第三种选择。"①

平野谦认为,从白桦派作家到无产阶级作家宫本百合子,都在作品中塑造过致力于"实现自我"的人物,但前者离开社会和阶级谈知识分子,陷入了自我沉醉的怪圈;后者则将知识分子与革命紧密结合,最终成为"政治"的附属品。与之相对,深见进介是一个"精神独立的知识分子",身边人的举动虽然让其内心泛起涟漪,但他却始终保持了精神独立,同时又完成了自我的实现,"这类知识分子在《阴暗的图画》中第一次出现"②。正因为深见进介有着独立的精神世界,所以面对朋友的死亡,他心中默念"只有在日本人心中深深刻上实现自我的信念,除此之外,没有其他可以令人活下去的方式"③。

小说中对"第三条道路"有着如下描述:"基于个人利己主义之上的、保存自我、散发着固执己见气息的道路。"④ 这句话隐含的意思是:选择这条道路的目的是"保存自我",简单而言就是活下去。这也是深见进介虽对好友的革命意识深感钦佩,但最终没有像他们一样从容赴死的原因。为了"保存自我",就必须建立在个人利己主义之上,即便是被旁人认为是固执己见也没关系。但是,在整篇小说中,野间宏并未对"利己主义"做出清晰的解释,只是泛泛地将其描述成"通过科学性的操作追求自我完成的各种努力"⑤。显然,这种解释只是停留于表层,并透露出一种暧昧的气息。尽管如

---

① 野間宏:「暗い絵」,『野間宏全集』第1卷,筑摩書房1969年版,第3頁。
② 平野謙:「野間宏」,渡辺広士編集『野間宏研究』,筑摩書房1976年版,第43頁。
③ 野間宏:「暗い絵」,『野間宏全集』第1卷,筑摩書房1969年版,第32頁。
④ 同上書,第35頁。
⑤ 同上。

此，作者依然为我们提供了解读"利己主义"的突破口，那就是深见进介与女友北住由起的恋爱。

（三）"利己主义"背后的"肉体"意识

深见进介和北住由起的恋爱可谓"不幸"。深见进介不是一味沉迷于官能感觉的青年，也不是对生活失去信念的人。他充满知性，也怀有革命理想，应该是一位尊重女性的人。但是他的恋爱却并不符合他本人的形象。这是因为他对自己的恋爱定位略显肤浅，他认为如果自己不和北住由起发生肉体关系，就无法爱上她。在他看来，两人虽以恋人之名相称，但实质上没有真正"恋爱"的感觉。深见进介对北住由起的感觉无论是被吸引还是贪恋，都建立在"肉体"基础上。北住由起那"小巧而富有弹性的身体""隆起的胸部""光滑的膝盖"，无一不令深见进介深深着迷。虽然发生关系的提议被对方拒绝，深见进介也曾下决心再也不与她见面，但对北住由起肉体的贪恋使他难以离开。

基于这种"肉体"认识，深见进介对勃鲁盖尔画册中最感兴趣的，是有关"洞穴"的画面。这些洞穴呈黑色漏斗状，遍布大地；洞穴里充满着阴暗的淫荡画面，如"一个裸体的女人在抱着一个裸体的男人接吻，那男人长着一张狼嘴、一双野兽般的腿"[①]。与其说这是一个男人，不如称之为生物，因为它既不是人类，也不是野兽。但令人惊异的是，深见进介对这种常人会感到不适的、非人非兽的生物表现出意外的亲切感。他用眼光追逐着它，毫无厌恶之感，因为这幅画触动了他的痛苦，也使他想起了和北住由起相处的场景。深见进介将画中的女人想象成北住由起，将非人非兽的男人代入自己，渴望自己与恋人能和画面中的男女一样，实现肉体上的融合。小说正是以这种极具个性化的、"肉体化"的形式体现出深见进介的利己主义。

---

① 野間宏：「暗い絵」，『野間宏全集』第 1 卷，筑摩書房 1969 年版，第 46 頁。

现实中的北住由起在大阪当老师，是一位普通的知识女性，尊敬、信赖并深爱着深见进介。然而，他们恋情的可悲之处在于她的这些情感对于深见进介是一种沉重的负担。深见进介的愿望并非通俗意义上的肉体欲望的满足，也不是单纯的爱，而是更为激烈的、更为厚重的情感，但它是如此晦暗不明，甚至连深见进介自己也无法完全弄清楚，只在他心中留下"肉体的热情"。北住由起害怕的正是这种热情，她也无法理解对方的"肉体解放思想"。因为在她看来，这是一种关于肉体的利己主义思想。与之相比，深见进介看似大逆不道的"左翼"思想，对北住由起而言反倒没那么可怕。但是，北住由起对"肉体"的利己主义思想害怕到何种程度，文中却没有展开描述，小说只是模糊地写道北住由起认为自己的想法非常浅薄而庸俗，最后羞愧地离开了深见进介。

如果说深见进介建立在"肉体"问题基础之上的利己主义思想导致了恋爱的失败，那么他和好友们之间的隔阂也同样有着"肉体"问题的因素。前文提到的深见进介最感兴趣的"洞穴"画面，更多的是他的想象，因为在勃鲁盖尔的画册中，虽然存在较为明确的"洞穴"画面。但是在深见进介眼里，洞穴还呈现出以下奇异的状态：

> 那洞穴的周围散发出一种光，仿佛是充满生命力的嘴唇发出的光泽。
>
> 正中间的洞穴，仿佛在等待着一遍遍的、充满淫欲的接触。另外，好像还有许多像软体动物似的生物向大地张开了大口。[①]

深见进介以独特的眼光发现了这些洞穴，他所看到的已经不是画家呈现出来的画面，而是发动了更多的自我想象，掺杂了更多的个人观感。他的这种独特性，不仅使其在学校中成为众人排斥的对

---

① 野間宏：「暗い絵」，『野間宏全集』第 1 卷，筑摩書房 1969 年版，第 3 頁。

第一章 野间宏战争小说论

象,被周围人当作"孤僻的灵魂",而且令他与好友也有了深刻的隔阂。也就是说,深见进介与好友不仅仅是政治理念不同,对"肉体"问题的认识也不同。比如深见进介独特地在勃鲁盖尔的画册中发现了"洞穴",并由此引申出其他事物的想象体。"像爬虫类的生物岔开双腿……在双腿之间,也有着像大地上洞穴一样漏斗形的洞。"在他眼中,双腿之间的洞好似性器官,这些生物仿佛"除了性器官就没有别的器官了"①。他甚至任凭自己的想象驰骋,认为它们用这器官吃东西、大笑和哭泣。

但是,这些疯狂想象只能掩藏在深见进介的内心,他无法与恋人交流,同好友之间也存在着巨大的认知差异。他曾经向木山省吾吐露过关于肉体问题的想法,说日本人的肉体是扭曲的,我们必须将这些肉体扳回正轨。但他的这些想法并未得到好友的太多反响。因为他们深受马克思主义的熏陶,心中怀揣着战斗思想,没有深见进介所纠结的性意识以及肉体问题。这样,他们与深见进介之间的认知隔阂越来越深。结果,因为"肉体"问题的认知差异,深见进介的恋爱失败了,同时也与好友们渐行渐远。

> 我现在成了一个人。是的,我又一次回到了原点。
> 我必须再一次从自己的底层钻出来。②

从这番内心独白中可以看出,深见进介反思了自己恋爱和友情上存在的问题及失败的原因,也试图打破孤独和利己主义造成的种种不利局面。在他看来,一切问题的根源在于其与众不同的"肉体"认识。

事实上,反映"肉体"问题是野间宏初期创作中的一个重要课

---

① 野間宏:「暗い絵」,『野間宏全集』第 1 卷,筑摩書房 1969 年版,第 4 頁。
② 同上書,第 60 頁。

题。继《阴暗的图画》之后，野间宏延续了对"肉体"问题的探讨。其中，野间宏先后在四部作品中聚焦恋人间的"肉体"问题，如《两个肉体》中的由木修和光惠，《濡湿的肉体》中的木原始和优子，《地狱篇第二十八歌》中的木原始①和江岛春枝，以及《崩溃感觉》中的及川隆一和西原志津子。这些小说中的男主人公们被女主人公们的肉体深深吸引，但是在他们的内心往往不存在太多爱情的因素。他们一方面意识到自己肉体的丑陋，一方面希望通过女性的肉体给他们以精神上的慰藉甚至灵魂上的救赎。《濡湿的肉体》中的一段话清楚地表明了他们的这种想法：

> 木原始所求的，是一具能够正确引导他的肉体，是一具能够正确认识他的肉体的内涵、构造和机能，并能柔软地包容他的肉体。他所求的，是这样一具女性的肉体，这具肉体散发出的香气、肉体中隐藏着的生命力以及肉体的柔软弹性，可以拥抱他，引导出他的生命延展力，使其痛快地释放出他那被封闭的、阴暗的欲望，继而带领他的肉体抵达生气勃勃和充满自由的地方。她是肉体的比阿特丽斯（Beatrice）。②

"肉体的比阿特丽斯"来源于但丁的作品《神曲》，意为引导但丁进入天堂的完美女性，后多理解为男性所向往的理想女性之代表名字，但是现实中并不存在这种女性。他们的爱往往以失败而告终，因为他们一方面为了单纯满足自己的欲望而沉迷于女性肉体不能自拔，一方面对现实中的女性又抱有如上不切实际的幻想。

值得注意的是，《两个肉体》、《濡湿的肉体》以及《地狱篇第二十八歌》中的"肉体"问题主要反映了肉体与精神的撕裂，与战

---

① 和《濡湿的肉体》中的男主人公同名，但并非同一人。
② 野间宏：「肉体は濡れて」，『野间宏全集』第1卷，筑摩书房1969年版，第82页。

第一章　野间宏战争小说论

争并无太多的直接联系。而作为源头的《阴暗的图画》虽没有直接描写战争场面，但与上述三部作品相比，与战争的联系更为紧密一些。因为在这部小说中，战争作为故事发生的背景板而存在，主人公如何生存是小说探讨的主题，其中"肉体"是其生存的一个重要表现方式。

野间宏之所以在初期作品中如此重视"肉体"问题，原因有二。一是他自幼接受宗教思想。野间宏的父亲是亲鸾①教的忠实教徒，从小便向其传授教义，使其内心有种性欲是罪恶的思想。为了打破宗教对自己的思想禁锢，野间宏反其道而行之，试图通过对"性"问题的探讨，来探寻自我的存在。正如他所言，"我通过性的冲动，知道了我究竟为何人"②。二是野间宏在战时和战败后的经历。战时政府以精神的名义驱使人们"肉体"赴死。每个人的肉体并不属于自己，而是被统一并控制起来，最终成为行尸走肉，茫然地活在世间。战败初期的环境也依然不适于"肉体"的解放，压抑的氛围使野间宏感到无比愤懑，为了挣脱这种苦闷的心情，"肉体"问题成为一个切入点，这也与战后社会呼吁解放人性的潮流不谋而合。关于这一点，野间宏曾解释说：

> 日本人的思想、心理和肉体在长期以来的军国主义和封建主义中被严重扭曲了。（中略）我想从肉体的角度去描写这种扭曲的现象，而不是从思想或是精神的角度。因此，我在描写每一个人物时，关注的焦点都是在他的肉体上。③

---

① 亲鸾（1173—1263），日本佛教净土真宗创始人。29岁投身净土宗，拜法然上人门下。后因与当权者神权统治思想的矛盾而被流放到越后国（今新潟县），遇赦后在各地传播佛法，著书立说。其教义认为只要诚心信佛，所有人皆可成佛，包括罪孽深重的罪人。
② 野間宏：「鏡に挟まれて」，『全体小説と想像力』，河出書房1969年版，第211頁。
③ 野間宏：「私の小説観——『暗い絵』から『真空地帯』への創作意図」，『野間宏全集』第14卷，筑摩書房1970年版，第280—281頁。

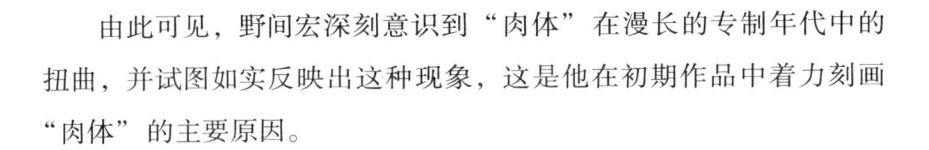

由此可见，野间宏深刻意识到"肉体"在漫长的专制年代中的扭曲，并试图如实反映出这种现象，这是他在初期作品中着力刻画"肉体"的主要原因。

二 战争对"肉体"的摧残

上述四部小说中战争的描写若隐若现，初期作品中的《第三十六号》和《悲哀的欢乐》则直接呈现出军队与"肉体"问题的结合。在《第三十六号》中，野间宏塑造了一个可笑又可悲的逃兵形象。作品着力从两个方面刻画战争对人类"肉体"的摧残。首先，正面刻画第三十六号在狱中受到的非人待遇。小说以第一人称叙述，"我"与第三十六号的初次相遇，是在"我"因治安维持法被逮捕，押送至陆军监狱的途中。彼时，第三十六号趁吃饭之机逃走，途中被巡逻的宪兵发现，再次被捕入狱。陆军监狱的生存环境十分恶劣，犯人们被囚禁在狭小的空间，"呼吸都不畅快，从黑暗的牢房里传出的深重叹息声，相互交织，缠绕在天井的上方"，"监狱中飘荡的唯一的音乐，便是这些叹息声编织出的交响乐"。[①] 监狱里的犯人没有自己的真实姓名，人人皆以编号代称，三十六号是他在狱中的"称谓"。除了居住条件恶劣，犯人们还受到了非人的折磨。洗浴是犯人们每日唯一的轻松时刻，但此时依然会受到严密的监视，甚至连入浴时的动作都有严格规定。每日的点到必不可少，正常的生活需求也无法得到满足。如在一日清晨的例行点到中，第三十六号因痔疮请求看医生，但遭到了无情的拒绝。不仅如此，他还被命令面朝墙壁闭眼背诵狱中规则。由于他已是第四次入狱，所以对陆军监狱的一切都了然于胸，也有了自己的一套可以"快乐度过监狱生活的方式"。三十六号"终日发出一种虚假的、自怨自艾的长叹声"[②]，其

---

① 野間宏：「第三十六号」，『野間宏全集』第 1 卷，筑摩書房 1969 年版，第 222 頁。
② 同上書，第 219 頁。

第一章 野间宏战争小说论

目的只是恶作剧,引起周围人的注意。

但陆军监狱的环境令人窒息,所以即便是自诩为"监狱通"的第三十六号,也不免时常发出深重的叹息。每隔一段时间,犯人们会被从狱中提审至陆军法院,这是犯人们难得的放松时间。在路上,当"我"贪婪地看着窗外的景色时,第三十六号脸色沉重,忐忑地等待着法院对他的宣判。当听到法院最终给出的五年刑期,他的面部表情瞬间僵硬了。

其次,野间宏用曲折手法表达出战争对"肉体"的折磨。第三十六号在和"我"的交谈中,炫耀自己的女性关系,并透露他在刚刚结束的逃亡过程中,又交往了一名女性,虽然连对方的姓名、职业、年龄都一无所知。在"我"看来,第三十六号之所以在男女关系上十分混乱,是因为他双亲亡故、身无一物,赤条条无牵挂的状态使他面对女性如同肉食动物看到肉,达到"饱腹"状态后便心满意足。可以说,无论是第三十六号,还是他交往的女性们,在战争状态下已经失去了作为"人"的尊严,只余下一具具行尸走肉。

在《第三十六号》中,野间宏花费了大段篇幅描述陆军监狱的残酷。监狱作为战场的延伸,是勉强生存下来的人们不得不再一次面临的艰难境地。第三十六号是这一群体的缩影,我们从他身上不仅可以看到战争带给"肉体"的直接折磨,而且可以探寻到法西斯陆军监狱对人类精神造成的沉重打击。这部小说的结尾充满了象征意味,由于被判刑五年,第三十六号需要从独居的牢房转至混居的监舍,这无疑是更为压抑和折磨人的场所。第三十六号以低低的声音回应了看守的命令,穿上鞋子,走向混居监舍的方向,"脚步声越来越远,直至完全消失"[①]。

在《悲哀的欢乐》中,野间宏又一次将"肉体"作为刻画的焦点。小说的开篇写道:

---

① 野間宏:「第三十六号」,『野間宏全集』第1卷,筑摩書房1969年版,第239頁。

>三个怀揣着外出许可证的士兵一个小时前接受了贴身搜查，暂时获得了解放。外出时间是中午十二点至下午六点晚饭前。在短短的半天内，他们可以暂时摆脱军队的命令，充分满足自己的欲望。时间过得总是格外快，所以他们必须努力将快速流逝的时间和满足欲望的行为对等起来。①

这里说的"欲望"是指横山、市川和西野一等兵的食欲和肉欲。事实上，他们的胃里已经有了各种各样的食物，这次外出的主要目的是满足另一个"悲哀的欲望"。

这三个士兵有着相似之处，同时也存在着差异。他们的肩章虽然显示出一等兵身份，但实际上均已在军队待了四年。作为老兵，他们熟悉军队的一切规则，如军服的穿着、佩刀的佩带方式和卷裤脚的方式。同时，为了凸显老兵的身份，他们又在一些细节上着重装饰了自己，如襟布是白色的，而不是统一配发的卡其色，穿的是下等兵禁止穿着的牛皮靴。他们都是补充兵，擅长利用军中规则漏洞为自己行方便，如他们懂得了如何逃避被更高一级指派，如何避开士官们的巡查偷偷睡午觉，如何不动声色地增加外出的次数，等等。总体而言，相比新入伍的一等兵，他们三人已经过上相对"时髦"和"潇洒"的军中生活。

就三人而言，他们也存在着巨大的差异。西野俨然是三人中的"王者"，因为曾经从事贩卖药材生意，深谙世间生存法则。在与女性交往方面，西野在三人之中也是经验最为丰富的，这使他相比另外两人有一种优越感。市川是大学毕业后进入军队，虽有学识，但体力柔弱，也不能很好背诵军人敕谕，训练时动作迟缓，是一个不适合军队生活的人。横山虽然体格强壮，但秉性却出奇的柔弱，加之有拉肚子的毛病，一旦遇到急行军，往往会变成拖累集体的人。

---

① 野間宏：「哀れな歓楽」，『野間宏全集』第1卷，筑摩書房1969年版，第240页。

总之，性格完全不同的三人，却因相同的身份聚在了一起。驱使他们出外寻欢的最大动力，是暂时逃离压抑环境的渴望。三人在新町妓院游荡，但是那里只有三个女性。其中一人上了点年纪，神情疲惫；一人是二十来岁的美女，头发喷香松软，嘴巴嫣红，眼睛水灵灵的；另外一人则完全不像女人，头发稀疏，个头矮小。三个士兵来到她们跟前，双方相互打量着对方，很快达成了分配的默契。事情告一段落后，西野三人分别从屋子里出来，在厕所相遇，聊天的内容是"换女人"，结果未能如愿。三人结束了短暂的欢愉归队，随着距离营地的大门越来越近，刚才"悲哀的欢乐"已荡然无存，只剩下"对法西斯军队的厌恶和失望，郁闷的心情再度袭来"①。野间宏用生动的笔触，通过这部作品向我们展示了法西斯军队的残酷以及士兵们空虚的精神世界。短暂的外出是他们的放松时间，而"换女人"则反映出处于法西斯军队最低级地位的他们为了缓解压抑和郁闷，只能单纯依靠肉体获取快感的丑态。

第二节　战后初期作品群中的精神创伤

战争不仅造成巨大的物质破坏和人员伤亡，也给人们带来严重的精神创伤。据野间宏说，"《脸上的红月亮》、《残像》和《崩溃感觉》属于同一个系列的作品。这些作品跨越了战时和战后，侧重描写战争对人类产生的影响。（中略）《残像》主要描写的是战争在人的内心留下的感觉，如同光的残影余像，这也正是小说名所体现出来的意思。"② 这三部小说通过不同的侧面，揭示了战争给人的心灵造成的创伤，给人与人的关系投下的阴影，对人们战后的社会生活

---

① 野间宏：「哀れな歓楽」，『野間宏全集』第 1 卷，筑摩书房 1969 年版，第 250 页。
② 野间宏：「自分の作品について I」，『野間宏全集』第 14 卷，筑摩书房 1970 年版，第 254 页。

造成的深远影响。

关于创伤，《韦氏第3版新国际英语词典》的定义是"外部暴力对人体造成的伤害，可能导致受害者行为或情绪混乱，以及由此而导致的精神和心理上的震惊"。世界卫生组织1992年出版的《国际疾病分类》（International Classification of Disease，ICD-10）将创伤事件描述为特别具有威胁性和灾难性的事件，如杀人、拷打、不幸事故、战争和自然灾害等，指出上述事件均可能使人产生弥漫性的悲痛。从上述两个定义看，创伤主要侧重讨论灾难性事件、暴力、严重伤害事件对受害者所产生的长远而深入的伤害和影响，而这主要体现在精神层面。卡如斯（Cathy Caruth）对精神创伤做出了如下解释："它是由某一事件所引发的一种不断重复的痛苦，同时又体现为从这一事件现场的一种不断别离……要倾听产生此创伤的危机，并非只倾听这一事件的本身，而是如何静听别离。"[①]这里的"别离"不是指离开某种地方，而是指人试图在精神上或者情感上摆脱某种困扰而不能，痛苦的记忆时时闪现，在当事人的脑海中反复出现，给他们留下不可磨灭的创伤记忆，最终成为其精神世界的一部分。就这一意义而言，创伤终究会变为一种记忆，是受创个体的个人思维形式，不管他们是否愿意，现实中任何一个受创伤的实体或者他们自己的一举手一投足，都会非常容易地唤起他们对痛苦的过去的回忆，从而使他们变得不快乐或者感到不安全。

对于有过战争经历的野间宏来说，战争对人类造成的影响是其文学创作无法回避的一个话题。日本战后"反战文学思潮的重要内容之一，是反映战争造成人的心理创伤。……他们不是从广阔的社会视野出发，而是根据个人内在的意识活动来把握客观存在的事物"，"另一个重要内容是追究战争的责任问题和战争根源

---

① 转引自卫岭《奥尼尔的创伤记忆与悲剧创作》，博士学位论文，苏州大学，2008年，第23页。

问题"①。严格来说，《脸上的红月亮》等三部小说并不是典型的反战作品，它们只是如实传递出人类在战争中受到的精神创伤。通过将自我体验付诸创作实践，不仅可以帮助野间宏获得个人的满足感，而且折射出其作为战后派作家的良知。就这一意义而言，创作这三部小说也是野间宏的自我疗伤方式。

一 《脸上的红月亮》和《残像》中的"精神伤痕"

（一）两部小说的相通性

《脸上的红月亮》和《残像》存在一系列相通性。首先，就发表时间看，两者均发表在1947年。《脸上的红月亮》发表于8月号的《综合文化》上，《残像》发表于《潮流》的11月号上。两部作品均介于野间宏战后初期作品的中段，具有承上启下的意义。其次，就主题层面看，两部小说均描述了男女主人公之间的感情纠葛，相较于《脸上的红月亮》中的两个人相爱但不能相守，《残像》中两人的纠葛显得更为颓废，但无论如何，两部小说中男女主人公无法结合的原因在于战争带来的精神创伤。战后初期的出发之作《阴暗的图画》探究了在战争这种非正常状态下人应该如何生存下去的问题，收尾之作《崩溃感觉》却带有极为浓重的否定色彩，讲述了战争是如何给人们心灵蒙上巨大阴影、带来虚无感的。这两种纠结的情绪同时在《脸上的红月亮》和《残像》中得以呈现。换言之，两部作品中既有经历了战争的人们探寻新生活的强烈意愿，同时又不断地否定了这种愿望，而造成这种矛盾状态出现的原因，在于主人公们对利己主义的厌恶与绝望。再次，两部作品存在结构上的相似性，即采取了倒叙和插叙手法来讲述故事。

（二）男女主人公之间的接近和疏远

《脸上的红月亮》中的男性主人公名叫北山年夫，他已年过三

---

① 叶渭渠：《日本文学思潮史》，北京大学出版社2009年版，第352页。

十,曾当过六年兵,退役后任职于东京车站附近的一家公司。他在公司所在的大楼里多次见到一位女性——堀川仓子。这是一个年轻的寡妇,丈夫在南洋战场不幸死去。对北山而言,遇见仓子仿佛是命中注定,这可以从小说开头的文字中一窥端倪:

> 寡妇堀川仓子的脸上,总有一丝凄苦的表情。……她的那张脸上透露出:旺盛的生命力曾经横遭一场暴力的摧残,因此,总像什么地方留下了一点伤痕,这给她的那张脸赋予了异常动人的美。并且,她脸上的凄苦表情也渗透在宽阔而又白皙的前额、灵巧而又消瘦的嘴角。①

在北山年夫看来,仓子既与普通的日本女性不同,也并非具备独特五官之美的女性,她的魅力来自脸上的凄苦表情。仓子之美不带有肉欲色彩,而是一种超越肉体的精神,这也正是深深吸引北山的地方。两人的关系并不能用恋爱的眼光看待,而是基于相同经历的两个普通人的心灵的相通。这种精神上的苦涩,是连接两人关系的关键所在。这样的一位女性,与其说是恋爱的对象,倒不如说是可以帮助北山年夫度过漫长而又痛苦的战后岁月的精神支撑。在重新出发的战后时代,具有相似精神层面的人如果结合,不仅会互相取暖,而且会帮助彼此找到人生的新意义。北山的这种想法被如实地记载在了小说中:

> 他凝视着仓子的脸。……心想,这张脸的确有战争带来的那种痛苦。他多么想闯进她那痛苦的心里去。……假如两个人能够心心相印,互相分担痛苦;假如两个人,能够彼此倾吐心灵中的秘密;假如两个人,相互之间,真诚以待,……这样,

---

① 野間宏:「顔の中の赤い月」,『野間宏全集』第1卷,筑摩書房1969年版,第115頁。

第一章　野间宏战争小说论

才可以说，生活有了新的意义？①

但如果小说仅仅停留在这一层面，即两个有着相似痛苦经历的人结合，《脸上的红月亮》就只能流于通俗小说的范式。关于这一点，野间宏在文中也进行了否定："如果是战争中失去了丈夫的女人和一个由于战争才懂得爱情的男人结婚……可有点像小说的情节啊！"②

为了使小说突破通俗小说的范式，成为一部带有"战后"意义的小说，还需要更深层次的要素，因此作品提出了战争带给北山年夫和仓子的精神创伤，即利己主义的问题。北山年夫的利己主义首先表现在对死去恋人的冷眼以对。因为家庭的反对，同时也无法承担起未来家庭的重担，北山年夫不得已与初恋分手，但心中始终不能忘怀。第二位恋人是北山所在军需厂的办事员，这个女人对他倾注了一腔热情，并将自己的一切都交给了他。而对北山而言，这个女人只是其初恋的一个替代品，也是满足其虚荣心的存在，所以北山年夫明知对方的强烈爱意却无动于衷，也从未主动了解这个女人。他进入战场后不久，听到了恋人的死讯，加之艰苦的战地环境，这使北山年夫初次意识到真正爱自己的人只有母亲和这个女人。北山年夫的利己主义还表现在战场上对战友的冷漠无情，这是为文本增添"战后"含义的重要情节。昔日对战友的见死不救导致北山年夫在战后长久地活在战争的记忆中，利己主义的特性也顺延了下来，成为他个性的一部分，也成为他人际交往中的严重障碍。这是他虽然被有同样经历的仓子所吸引，但最终却止步不前的重要原因。

仓子的利己主义更多地呈现出自保的色彩。仓子也是一位战争

---

① 野间宏：「顔の中の赤い月」，『野間宏全集』第 1 卷，筑摩书房 1969 年版，第 126 页。
② 同上。

的受害者，但她的价值观和对生活的态度与北山年夫并不完全相同。虽然只与丈夫度过三年的时光，但过得很幸福，所以丈夫死后，仓子没有什么可抱憾的。因为之前为了丈夫，已做过所有身为妻子该做的事情。她对以后的生活也充满了信心，觉得自己能够顺利活下去。昔日的甜蜜时光成为慰藉战后艰难的仓子生活下去的勇气，但同时，战争带给日常生活的不确定性也成为她在战后无法轻易接纳别人的一个理由。因为战时的艰难生活教给仓子一个深刻的道理，即世事无常，当下的平静有可能被突如其来的事情打断，与其畅想未来，不如脚踏实地度过一生。故而，仓子虽然明显地感受到北山年夫的好意，但出于自保心理，她并不愿和对方再进一步。

小说的高潮点出现在末尾，是以北山年夫的幻觉形式出现的。战场上的利己主义的实质是"自我绝对性"，这是战争留给人们内心的永远的精神创伤，而且它还时不时从记忆中跳跃出来，以幻觉的形式出现，困扰着战后人们的精神世界。野间宏用象征主义的手法描述了这种幻觉：

> 北山年夫凝视着仓子那白皙的脸。忽然，发现仓子的脸上有一个小小的斑点。奇怪的是，他的心，竟被这小小的斑点搞乱了。……其实，令北山心烦意乱的，并不是仓子脸上的斑痕，而是他觉得自己内心的某个角落，有一个小小的斑痕。至于心中的那个小小的斑痕意味着什么，他自己是清楚的。他开始凝视自己心中的那个斑痕。……他在仓子雪白的脸上，见到那斑痕越来越扩大面积，是一颗很大很大的通红溜圆的东西在仓子的脸上出现，是南方热带的一轮很大很大的、血红血红的圆月亮在仓子的脸上冉冉升起。还有军队中患热带病的焦黄的病脸和一直排列到远方的混乱的军队。①

---

① 野間宏:「顔の中の赤い月」,『野間宏全集』第 1 卷, 筑摩書房 1969 年版, 第 136 頁。

第一章　野间宏战争小说论

　　这段略显冗长的引文是《脸上的红月亮》的核心内容。青少年时期的野间宏曾醉心于日本诗人竹内胜太郎。这位诗人在日本并不算十分出名，主要原因在于他的诗歌侧重思想性，与当时日本诗坛流行的抒情风格不符。此外，他的诗歌虽然具有明确的象征主义的特征，但他却并不是首批将其译介到日本且进行模仿创作的诗人。野间宏"不仅从这位诗人那里学到了思考的方法，而且还学到了生活的方式"[①]。在文学创作手法上，竹内胜太郎对野间宏影响最大的是象征主义。在文学评论《象征主义和革命运动之间》中，野间宏认为自己的文学立场就是象征主义，而利用这一手法去改造日本文学是其自学生时代就有的想法。野间宏认为，象征主义最大的优点在于可以帮助自己释放出被封闭在身体内部的意识内容，这在肉体被压抑的时代格外有用。

　　在上述段落中，野间宏采用独特的象征主义手法，为读者揭示了"红月亮"的真正含义。在这里，存在外部和内部的呼应。处于外部的是仓子白皙脸上的一个小小的斑点，这与北山年夫心里内部角落的斑痕相呼应。当外部凝视和内部凝视结合起来后，便形成了"脸上的红月亮"。换言之，南方热带的很大且血红的圆月亮在北山年夫内心浮现的同时，也在他一直盯着的仓子脸上"冉冉升起"。透过这轮圆月亮，北山年夫看到了彼时自己参加的队伍中那些患热带病的士兵们。在北山年夫的眼中，即将和他分离的仓子的脸与当时患病而导致面部焦黄的士兵的脸重叠了起来。

　　本多秋五认为，对于北山而言，在战场上对战友见死不救的自私心理，与放弃战后废墟艰难生存的寡妇仓子的自保想法是相通的。无论是失去幸福婚姻的仓子，还是在战场上失去性命的中川，都是被北山试图忽视的悲惨存在。《脸上的红月亮》也正是基于这种相通性而被建立起来。

[①] 野間宏：「小さな溶炉」，『野間宏全集』第1卷，筑摩書房1969年版，第133頁。

与《脸上的红月亮》相比，《残像》的情节较简单，篇幅也较短。主人公泽木茂名和藤枝美佐子，在青年时代有过一段刻骨铭心的初恋。一个国家体制的建立决定了整个民族及其后代的命运，因为历史的扭曲，美佐子的父母也被扭曲了，他们根据当时的思维定式，逼迫女儿同陆军大学学生结成一段残破的婚姻。被迫与藤枝分手后，泽木经历了大约10年的战争生活，昔日对平凡而温馨生活的向往早已成过眼云烟，只是麻木地从慰安所的女性身上寻找慰藉。

分手13年后，两人在战争结束后再次相遇。泽木茂名和藤枝美佐子在共同驻足凝望新桥市场发生的火灾时，无意间在人群中遥遥相对，但因为漫长的战争给两人带来了全方位的改变，一时间没有相认，因为两人的外貌均发生了变化。泽木年轻时的圆脸蛋变成了葫芦形，皮肤也失去了光泽，满脸沧桑，瘦骨嶙峋，浑身散发出暮气沉沉的味道。而藤枝的头发变成了战后女子的时髦发型，脸上涂了脂粉，但眉笔画过的痕迹非常丑陋。战争还改变了两人的人生轨迹。泽木茂名应征当兵后四处征战，因病在战争结束前复员回到日本内地，后来应聘做了函授教学工作。藤枝美佐子的丈夫在5年前战死，她寄居在静冈的哥哥家里，最近又在银座的亲戚家开的化妆品店帮忙。

昔日的恋人偶然相遇，尴尬之余，内心还残留着一丝往日的甜蜜，这为两人的叙旧埋下了伏笔。藤枝一直想对泽木解释曾经发生的事情，所以主动邀请对方来家中小坐。对此，泽木没有拒绝，但也没有表现出过高的热情。两人一起在藤枝所住的粗陋的出租屋里一边有意无意地交谈，一边极力排遣尴尬的氛围。此时突然停电，在这里，野间宏以旁白的语气道出当时的生活条件，电力时常供应不足，所以停电是家常便饭。按照一般道理，这种偶发事件对昔日的恋人或许会起到浪漫的助推器的作用，但两人只是相对无言。一对曾经的恋人，在各自经历了战争带来的创伤之后，再也没有能力

第一章　野间宏战争小说论

去爱别人，在战后依然恶劣的环境中相互取暖。两个人或许依然合适，但是并不适合再续前缘，只能任凭深深的孤寂逐步吞没自己。

综上所述，两部小说反映出相似的主题，即经受过战争精神创伤的人们，精神面貌更多地呈现出"自保"的姿态，所以即便是在战后相遇，类似的经历或许只会给双方增加一份谈资或相同的心境，但实际已经不可能在一起。而战争带来的精神创伤，正是野间宏赋予小说"战后"意蕴的主要内容。

（三）战争带来的精神创伤

战争带给北山年夫的重大精神创伤是利己主义。如果说上战场之前，北山年夫的利己主义还主要表现在对恋人的冷酷，这是性格的一部分，战场上所遇到的一切，使这种利己主义扩大化。战时状态下的利己主义之所以形成，有两种原因。一是军队冷漠的人际关系。被野间宏称为"真空地带"的军营是一个剥夺人性的地方，新兵们除了上操，还要接受上级士官以及老兵们的体罚。在长官眼里，士兵们甚至还不如一匹马的价值大。即便是在国内还一起吃苦、同病相怜的新兵们，一旦上了前线，人性的弱点便暴露无遗。严酷的环境使北山意识到只有"自己"才是可靠的，文中对这种自我保存意识是这样描述的：

> 如同每个人都把饮水装进自己的水壶一样，也把生命装进了自己的背囊。谁都不肯把水分给别人用，也绝不肯用自己的生命去援救别人，假如有人体力差，他就是一名落伍者，死亡必将向他招手。假如在饥饿临头的时候，把自己的粮食分给了别人，这就意味着他自己的末日来临。①

战场的宿命便是孤独，对他人仁慈就意味着自己的灭亡；一个

---

① 野間宏：「顔の中の赤い月」，『野間宏全集』第1卷，筑摩书房1969年版，第119页。

人如果不能活下去，等待他的唯有死亡。可以说，这种利己主义建立在保护自我生存的基础之上。所以，在前往南方的急行军中，二等兵中川精疲力尽，一再表示自己坚持不住，向北山求救时，北山却装作听不见战友的呼喊，只是埋头向前进。因为在他看来，"如果帮助别人，自己就会失掉活命的力气，只有死亡"。① 北山年夫出于保护自己的本能，选择了见死不救，这导致了中川最终葬身于萨玛特山坡的滚滚黄沙之中。这记忆瞬间定格成为永恒，成为他不能忘却的心灵伤疤，长期受到灵魂的谴责。

作家福田恒存指出："文中主人公在那样的形势下，在行军途中对战友的死视而不见，作者在战后进行自我指责有些可笑。因为在那种场合下，不论是谁除了那样做之外别无他法。过多的要求只能是故意挑剔。"② 这个意见看似合理，但野间宏似乎不这么认为，因为刻画战场上的利己主义，是为了衬托出北山年夫战后的利己主义。正如藤堂正彰所言："战场上对战友的见死不救，成为北山年夫永远的伤痛，时时困扰着他。较之《阴暗的图画》，《脸上的红月亮》中刻画的利己主义有着跨越战时和战后的深度。"③ 在北山年夫眼中，自己的行为固然是可恶的，但是在当时的情形下，其他人或许也会做出同样的选择。战后，北山年夫一次走出餐馆，看到斜对面有个穿着不合身旧军服的、面孔瘦削的年轻人正在舔盘子，狼狈的景象使他回想起战场上不愉快的经历——被自己打死的猪、在林加延湾抢他水壶的那个家伙、曾经欺负过他的松泽上等兵以及自己对口粮斤斤计较的心情。每当这类讨厌而又难以排遣的回忆过后，他的心情更加黯淡，感情上留下斑斑伤痕。继而他想到，战后的这些人虽然能照常吃饭、走路、呼吸，但"他们在战场上，和我们一样：只

---

① 野間宏：「顔の中の赤い月」，『野間宏全集』第1卷，筑摩書房1969年版，第122頁。
② 转引自李先瑞《象征主义与意识流手法的完全结合——评野间宏的短篇小说〈脸上的红月亮〉》，《日语学习与研究》2005年第1期。
③ 藤堂正彰：『野間宏論』，文泉堂1978年版，第78—79頁。

第一章　野间宏战争小说论

顾自己，为了一点吃的，互相仇视；对战友见死不救"①。

站在北山年夫的角度，对战友中川的同情无法跨越肉体的"自我绝对性"，即自己的东西只有靠自己才能维系。在残酷的战场上，肉体的个体性并非通过抽象的形式，而是以现实的方式赤裸裸地展现在每个人面前。只要战场上无法解决肉体的个体性之间的冲突，人与人之间就无法敞开心扉，坦诚以待，遑论帮助他人。即便是在战后，这种利己主义依然普遍存在于日本社会，人人都忙着自保而忽视他人。正是这种从战场上延伸至战后生活的利己主义，直接妨碍了北山与仓子的结合。

与《脸上的红月亮》相比，《残像》中的精神创伤则显得更加直白而残酷，这主要体现在泽木茂名身上。作为战争的亲历者，泽木在战场上直面受到了精神上的冲击，乃至在战后战争造成的精神创伤不断重复，削弱了他年轻时的朝气。作品主要通过"漠然"一词体现泽木的精神创伤，这首先体现在他对女性的"漠然"。在泽木看来，女性只是"一个物体"、一个"可怜的形状扭歪的吹满空气的肉块"②，所以没有必要和任何女性进行过多的接触，投入太多的感情，简单而言，即是将女性物体化。"漠然"还体现在泽木主动疏远人群，他战后的生活简单而枯燥，即便有时工作到很晚，心里想到两三个朋友的名字，也没有去拜访他们。正是心中的漠然，使泽木茂名陷入了精神的污淖，变成了一具行尸走肉，浑浑噩噩地度过每一天。学生时代充满求知欲的、活力十足的目光早已黯淡，没有自己的思考方式，也没有养成读书的习惯，工作上也没有丝毫的上进心。与泽木相比，战争给藤枝带来的精神创伤则显得比较隐晦。由于婚姻是父母一手包办的，藤枝美佐子婚前忍不住写了一封信给泽木道歉，婚后也不断重复这个行为，但写出的很多信都被她亲手撕

---

① 野間宏：「顔の中の赤い月」，『野間宏全集』第1卷，筑摩書房1969年版，第125頁。
② 野間宏：「残像」，『野間宏全集』第1卷，筑摩書房1969年版，第156、169頁。

掉了。而她的丈夫因知道了她的恋爱经历，在婚后刻意冷淡她，直至应征入伍。归结起来，藤枝的精神创伤可以概括为"懦弱"二字。藤枝虽对泽木心中有愧，但因为懦弱，不敢给对方去信解释；也因为懦弱，面对丈夫的冷暴力，而不敢违抗；最终还是因为懦弱，在战后即便遇到了昔日的恋人，也错失了解释与重温的良机。

（四）精神创伤带来的结局

《脸上的红月亮》全篇并未痛斥战争的残酷，而是用淡淡的笔触来描述战争对人们内心造成的精神创伤。北山年夫并非狂热的好战者，从战场上生还后，他只想抱着平常的心情度过战后的平凡生活。跟死去的战友相比，北山年夫无疑是幸运的，但同时他也必须忍耐战争带来的精神伤痕。这创伤即便是在战后也时时闪现，困扰着当事人的心。仓子脸上的斑点引出北山年夫内心的斑痕，即他内心深处的痛苦回忆。这内心的斑痕越来越大，充斥了北山年夫的头脑，使其出现了幻觉，战场上的红月亮开始显现，由此引发出他对利己主义的思索。基于这种利己主义，北山年夫最终不得不和仓子分手，小说结尾用象征性的手法来表现两个人的隔离：

> 堀川仓子下了车，关了门，电车又开动了。他看见仓子在远处还在向车窗玻璃中寻找他。他眼看着站台上的堀川仓子的脸越来越模糊了。他眼看着车窗的破玻璃擦过仓子的脸，他自己的生存擦过的仓子的生存。他眼看着两颗心之间插进了一张透明的玻璃。电车以惊人的高速，飞也似地驰过了。①

此处用了略显生硬的词语"生存"，虽然北山年夫和仓子同是战争的受害者，都有着战争带来的精神创伤，但两人战后的生存方式却并不相同。隔着透明玻璃的两个人虽然能看到对方在做什么，但

---

① 野間宏：「顔の中の赤い月」，『野間宏全集』第1卷，筑摩书房1969年版，第137页。

第一章　野间宏战争小说论

始终只能远观而不能靠近，也无法为对方做些什么。野间宏用象征主义的手法来预示着两人的结局——虽然情感上已起波澜但最终却要无奈地分开。而造成这种结局的，主要的责任方在北山年夫。对于他而言，选择放弃仓子有着双重含义。首先，他虽然被仓子所吸引，但也深知自己与对方是两种人，仓子对未来的向往能够支撑她走下去，却无法将自己从沮丧的回忆中拯救出来，所以最终选择了放弃。其次，战争的经历使他形成了深刻的自我否定意识，自己的命运只能自己负责，面对仓子满怀期待的目光，他却只能选择逃避，因为他明确知道自己并不具备拯救他人于苦难之中的能力，而只能自保。正如他自我剖析的那样："倘若处在与当年相同的境地，恐怕对别人仍然会见死不救的。不错，我现在依旧明哲保身。所以对仓子的痛苦，我也爱莫能助。"① 不断地自我否定最终使他放弃了与仓子的结合。正如古林尚所言："两人各自的精神伤痕导致他们无法回归正常的生活，男女关系呈现相克的态势，感情上相互吸引但精神层面却相互抵触，这使得两人最终无法顺利结合。"②

无独有偶，野间宏在《残像》中同样采取了象征性的手法预示了两人的结局。遇到停电的泽木和藤枝坐在黑暗中，相对无言。在黑暗中，泽木睁大双眼，隐约看到远处的田野中有火焰在跳动，然后随即熄灭了，"火焰闪耀着，又熄灭了……火焰在他的道路上纵横奔驰，照亮了他的过去，又漠然地熄灭，漠然地，仅此而已"③。小说以这样的方式结束了。烛光作为无生命体，原本不具备"漠然"的特质，但在野间宏笔下，为了突出战争给泽木带来的精神创伤，用了一个象征的方式来突出泽木精神世界的"漠然"，这种手法与前述的"红月亮"如出一辙。在《脸上的红月亮》中，表面上是仓子

---

① 野間宏：「顔の中の赤い月」，『野間宏全集』第1卷，筑摩书房1969年版，第136页。
② 古林尚：「『野間宏』参照」，『日本文学』，日本文学协会1962年版，第106页。
③ 野間宏：「残像」，『野間宏全集』第1卷，筑摩书房1969年版，第174页。

脸上的斑点，实际上却是北山年夫内心的精神伤痕；《残像》中的"漠然"表象上是指烛光，而实则是泽木的精神状态。

描写战争造成的精神创伤是野间宏战争小说的重要组成部分，相较于"肉体"的苦痛，精神创伤显得比较隐晦，更多体现在战后主人公的精神状态，以及由于低迷的精神状况带来的一系列负面效果。无论是北山年夫还是泽木茂明，在学生时代都曾经有过自己的思想，但是后来被战争的经历磨灭了意志，战争结束后也迟迟走不出阴影，无法愈合旧日的精神创伤，实现心灵的重建。建立在"肉体的自我性"基础上的利己主义使北山年夫无法顺利同仓子结合；泽木茂明在与昔日恋人重逢后，由于战争带给的"漠然"，无法很好地重温过去。值得注意的是，虽然精神上同样受到战争的影响，但北山年夫内心还存在一丝对未来生活的向往，只是利己主义绊住了他重启新生活的脚步。与之相较，泽木茂明的精神虚无感更甚，感到自己的"身体与内心都充满了空虚的内容"，而接下来的小说《崩溃感觉》中的及川降一则是具有完全颓废型人格的人物形象。

纵观《脸上的红月亮》和《残像》，可以发现，无论是北山的利己主义，还是仓子的自保心理，抑或是泽木的漠然与藤枝的懦弱，野间宏通过两对相遇但最终不能相爱的"恋人"故事，揭示出战争带给人们深刻的精神创伤。但揭示并不是野间宏的终极目的，正如李德纯先生所言，"主人公们在战后新时代的阳光下，早日走出阴影，愈合旧日的精神创伤，完成心灵的重建，是野间宏呼唤人性的复归和人的自觉的终极目的"[①]。

二 《崩溃感觉》中肉体和精神的双重崩溃

（一）《崩溃感觉》的内容构成及文学地位

《崩溃感觉》不仅是野间宏初期小说系列的收尾之作，也是野间

[①] 李德纯：《战后日本文学史论》，译林出版社2010年版，第116页。

第一章 野间宏战争小说论

宏战后初期系列作品的集大成之作，发表于1948年1月。《崩溃感觉》带有明显的"实验小说"特点①，之所以这么说，是因为这部小说是一部打破了野间宏最初构想——"全体小说"范畴的、带有实验性质的作品。为了准确刻画出一个人物，需要描写出围绕人物的心理、生理和社会因素，这是野间宏主张的"全体小说"创作方法，同时也是他一直致力于在初期小说中呈现的。单就《崩溃感觉》这部作品来看，文中除了着重描写主人公及川隆一的生理和心理，还选择性地介绍了与其有关的社会因素，如他的社会地位、工资情况、工作内容、家庭成员、朋友以及亲戚等。

《崩溃感觉》内容由两大部分构成：一是及川隆一正在进行中的战后生活，包括与恋人西原志津子和邻居荒井幸夫的关系；二是间或插入的回忆，在中国战场上自杀未遂，结果失去两个指头的回忆。将及川隆一带入战后生活的是西原志津子，而及川也从对方的肉体上获得了快乐，但这并不意味着他可以从战时的回忆中彻底解脱，因为残破的手指时刻提醒着他那段不愉快的岁月。不仅如此，邻居大学生荒井幸夫的自杀更加重了他痛苦的战场回忆。

关于《崩溃感觉》的文学地位，最有代表性的论点来自野间宏本人和战后著名文艺评论家本多秋五。野间宏在《关于自己的作品》中对这部小说做出如下评价：

> 在《脸上的红月亮》、《残像》和《崩溃感觉》三部小说中，我认为《崩溃感觉》是最有深度的作品。（中略）战争对人的影响，并非像光的残影一般，而是深入人的骨髓中去。如果不站在这个角度看待战后的人们，就无法说明当今人们的生

---

① 野間宏:「自分の作品について（Ⅰ）」,『野間宏全集』第14卷,筑摩書房1970年版,第255页。

存状态，这就是一种崩溃的感觉。①

本多秋五谈及对《崩溃感觉》的印象时说：

> 在《崩溃感觉》出版之际，我曾经第一时间拜读过。凝重的文体令我印象深刻。阅读这部小说时，我感觉自己就好像走在一片泥沼中，仿佛人一旦踏入，就不知如何从中抽身。又仿佛在稻田里插秧时，如果不放进去一架梯子，就无法进行正常的操作。
>
> 后来，我又读过几遍这部小说。这次重读，再一次感到无尽的疲惫，如同走路迷失了方向，不知下一步该往何处去，出口又在哪里。这部小说最吸引我的，恐怕就是这种无穷尽的谜团吧。②

在这部小说中，野间宏娴熟地运用意识流等现代主义手法，以细腻的笔触描写主人公及川隆一在战争中的遭遇以及战后的岁月。按照传统小说的标准衡量，《崩溃感觉》无疑是一部特别难懂的作品。在该作品中，保留了野间宏战后初期作品的两大特征：从《阴暗的图画》中延续下来的象征主义风格的黏液质文体，以及从《脸上的红月亮》开始刻画的战争创伤。但仅仅如此，还不足以使这部小说成为"最有深度"的作品。为了拓展作品的深度，进一步揭示战争对人类造成的伤害，野间宏首次将战争带来的"肉体"苦痛和精神创伤有机统一，全方位使用了生理、心理和社会因素刻画主人公及川隆一的生存状态，一言以蔽之，即肉体和精神的双重崩溃。

---

① 野间宏：「自分の作品について（Ⅰ）」，『野間宏全集』第 14 卷，筑摩書房 1970 年版，第 254 頁。
② 本多秋五：『戰後文学の作家と作品』，冬樹社 1971 年版，第 49 頁。

第一章　野间宏战争小说论

（二）肉体的"崩溃"

在野间宏的笔下，主人公及川隆一是一个"香肠人"。这类人不具备太多外在的社会因素，只是将个人感觉、生理、心理、意识等内在因素装进一个皮囊中，近似于一根"香肠"。对此，文中有着精准的描述：

> 骨头、血液、肠胃以及体液等都被塞进一张薄薄的皮袋中，并不停地晃动。（中略）这幅皮囊中塞进去的东西，除了自己之外，旁人无法理解。除了我，任何一个人都不知道这"香肠"里面的东西是什么。①

换言之，所谓"香肠人"，是指极端孤独的人，他们死死守住自己的内心世界，拒绝被旁人理解，靠着生理与心理活动活下去。靠着这种独特的"实验性"方式，野间宏在小说中塑造出一位被战争击垮或者说虽然从战场上幸存下来，却遭遇了极大的肉体和精神创伤，结果变成行尸走肉般的人物。

及川隆一同《脸上的红月亮》中的北山年夫有着相似的经历，但他的言行与北山却存在很大的不同。在及川隆一的身上，集中了三个方面的特点：手指被炸伤那一瞬间的"肉体毁灭的崩溃感"、对恋人西原志津子肉体的焦躁感以及"无法重新开始人生的"虚无感。这三种感觉时而交替出现，时而交织在一起，使他不断陷入战后生活的泥淖。

及川隆一的肉体崩溃感觉可以概括为两个方面。一是身体残破的感觉，野间宏通过及川隆一战前和战后的对比来凸显这种崩溃感觉。及川隆一在战前的学生时代，是一位兴趣广泛又比较认真的学生，对自己的外貌和举动充满自信，家境条件优越，缺点是意志力

---

① 野間宏：「崩解感覚」，『野間宏全集』第 1 卷，筑摩書房 1969 年版，第 202 頁。

薄弱。可以想见，这种性格是无法适应严苛的军队生活的。及川隆一在陆军当二等兵时曾经做过一些荒唐事，比如窃取别人的机枪盖子以掩盖自己弄丢的事实，假装咳血来躲避急行军，等等。残酷的战争一直持续，不知何时能结束。及川隆一无法忍受这种状况，企图用手榴弹自杀，"把自己从军队丑恶的压迫和苦痛中解救出来"，结果自杀未遂，左手的中指和无名指被弹片削掉，剩下的三个手指便成为战争伤痕的象征。左手皱巴巴的伤痕，不仅一直带给他肉体上的痛苦，更重要的是会不断唤起及川隆一屈辱的战争回忆，这段回忆一直提醒他是个懦弱的人，是个为了逃避痛苦而选择不恰当方式的人。值得注意的是，相较于《脸上的红月亮》中的北山年夫，及川隆一的复杂性表现在肉体与精神的相对统一，战争带给北山年夫的是精神创伤，而带给及川隆一的除了三根残破的手指，还有精神上的虚无感。就这一意义而言，及川隆一是北山年夫的进化版，是更能全面体现战争给人类带来的伤害的人物。

及川隆一的肉体崩溃感觉还表现在与恋人西川志津子之间的肉体交往。在《脸上的红月亮》中，北山年夫最终未能和仓子结合，主要原因在于北山拒绝融入新生活，没能积极地去治疗战争带来的精神创伤，而只是一味地沉浸在回忆中，形成以自我为中心的封闭式思维，这种思维发展到最后，便形成了自私的心理，使他无法为旁人的将来负责任。《崩溃感觉》中的及川隆一则十分不同，小说的开篇第一句是："及川隆一走出借宿的二楼东侧的房间，去和恋人西原志津子约会。"① 在东京九段下的一家书店的狭窄通道里，他和西原志津子初次见面。两人眼神的无意间接触，使他们意识到对方的存在。他们都在对方的眼神中看到了强烈的"纯肉欲的、赤裸裸的回应"。其后，两人又有过两三次偶遇，就顺理成章地、"极其简单地、过于简单地"发生了肉体关系。但是，及川隆一是一个不轻

---

① 野間宏：「崩解感覚」，『野間宏全集』第 1 卷，筑摩書房 1969 年版，第 175 頁。

第一章 野间宏战争小说论

易相信别人的人,他说:"每个人都只是了解自己,而对其他人一无所知。"① 在这一点上,及川隆一和深见进介是相同的。但是与他们交往的女性却有着天壤之别。堀川仓子是一个战争寡妇,本质上同上述两位男性主人公相似,都是战争的受害者,与战争有着直接的关联。而西原志津子却完全不同,虽然她也因战争失去了哥哥,但当其描述自己对战争的感觉时,只是用了"战争是挺讨厌的"这种事不关己的语气的话。与仓子相比,志津子对战争只是一种模糊的感觉,而缺乏一定的批判性,即便是向及川隆一诉说自己的不满,也只是停留在反对自己供职的军需工厂的某些规章制度的层面上。但是,恰恰是志津子这种对战争的冷漠感,吸引了不想回忆过去的及川隆一的目光,使得不信任别人、不轻易与旁人产生联系的及川隆一和她的结合成为可能。

在《崩溃感觉》中,志津子是将战争与现实生活连接起来的中介人物,同时也是将及川隆一带入战后生活的女性。这一点与《脸上的红月亮》的仓子明显不同。因为对北山年夫而言,仓子是能够勾起他痛苦战争回忆的女性。也就是说,志津子将及川隆一带入"现在",而仓子则不停地提醒北山年夫回忆起"过去"。

值得注意的是,北山年夫和仓子是通过相似的战争创伤连接起来的,而及川隆一和西原志津子的恋爱则始于肉体的相互吸引,两人的恋爱关系也只停留在肉欲层面,而没有精神层面的交流,但西原的肉体给他带来了欢乐。"在西原富有弹性的肉体上,及川仿佛感受到了生命的弹跳,继而感到了重生。但这只是一种虚妄的重生。"②及川从西原的肉体中获得了极致的快乐,但是这种欢乐带来的"灼热感"也被消解在内心的溃败感中。换言之,及川隆一试图在西原的肉体中寻求生命的支撑点,但得到的却是"虚妄的"感觉以及挥

---

① 野間宏:「崩解感覚」,『野間宏全集』第 1 卷,筑摩書房 1969 年版,第 187 頁。
② 同上書,第 186 頁。

之不去的焦躁感。其根本原因在于他丧失了重新开辟人生道路的意志，封闭了通往未来的道路。

（三）精神的虚无感

战争的经历带给及川隆一深重的虚无感，这种感觉一直持续到他的战后生活。作品通过一些细节向我们展示了日本战后的日常生活，比如书店销售的大型时装杂志，街上走着的身穿腰间皮带垂下来的外套的女学生。对于这种新变化，身处其中的及川隆一不可能做到完全无视，但是也无法及时地、很好地顺应新生活。从军队复员后，及川隆一进入一所大学的研究室，但只是聊以度日，对学问并无太大的兴趣。他认为，无论是学问还是思想，对自己的人生都起不到什么作用。抱着这种虚无的想法，及川隆一靠父亲寄来的生活费，过着空虚的、寄生虫似的生活。

大学生荒井幸夫的自杀使及川隆一的虚无感更深一层。荒井幸夫和及川隆一居住在同一栋公寓中，小说正是从描写这位大学生的死讯开始的，当房东夫人慌慌张张在走廊里穿梭，大声嚷嚷楼里有人自杀时，及川隆一闻讯赶来，并进入荒井幸夫的屋子里，因为这名学生平日与及川有一定交集。文中并未详细介绍荒井幸夫自杀的缘由，及川隆一只是通过间接的渠道得知或许是由恋爱不顺利引起的。荒井幸夫的尸体给及川带来极大的精神冲击。荒井幸夫自缢所用麻绳的打结方式，以及脚上穿着的红色颜料染就的白色军袜，都显示出他生前曾有过战争经历。而且，荒井还特意洗净了袜子，这完全是一种毫无理由的、支离破碎的行为，显示出死者内心的崩溃感。眼前的景象令及川回想起被崩溃感觉所支配的战时光景，而且升腾起一股焦躁感。荒井幸夫的自杀引起了及川隆一的隐痛，并设置了一道妨碍他重新走进战后生活的障碍。在见到荒井幸夫的尸体之前，提醒及川隆一回忆起战时岁月的主要是残破的手指。手指受伤的缘起在于他薄弱的意志力，手榴弹引线被拉开的那一刻，及川

第一章　野间宏战争小说论

隆一未能得到他所希望的结果——死亡，反而给自己的躯体留下了终身的残疾。即便是在战后，手榴弹爆炸时的巨大声响和冲击力还仿佛时时停留在他的耳边：

> 软乎乎的感觉、黏稠的脑浆、自己的体液向体外迸发的影像在黑暗中一下子涌入自己的眼帘。爆炸引起的强烈震动使他感到全身的肉、体液、淋巴球以及神经网都在摇动，继而带来一种黏糊糊的感觉。①

这种"崩溃"的感觉不断地撕裂着及川隆一，破坏着他重新开始生活的希望，不断地将其拉回那不堪回首的战时岁月。为了消除这种焦灼感，及川隆一将自己沉浸在西原志津子的肉体享受中，只有在这个时候，他才觉得自己获得了自由和解放，这也给他一种已经顺利进入战后生活的错觉。但是，这一感觉被突如其来的荒井幸夫的尸体打乱了。如果说，通过与西原志津子的交往，及川隆一勉强融入了战后的日本社会，那么面对荒井的尸体，他被迫再次回到"战争"中，重新回忆起战时痛苦的经历，这无疑是一种极不愉快的心理体验。

按照野间宏的观点，打破崩溃感觉、迈向新生只有一种办法，那就是将自我、宇宙、历史融为一体，而后创造出朝向未来新生活的动力，这是他为《阴暗的图画》中的深见进介安排的未来之路。但是，及川隆一只是一味地沉浸在痛苦的过去，而没有抓住未来生活的欲望，这种生存姿态与深见进介完全相反。沉溺在过去的结果，是及川隆一变成了一个彻头彻尾的"香肠人"。

> 他的手、脚、胸部都陆续从知觉中消失了。最后，连他的

---

① 野间宏：「崩解感覚」，『野間宏全集』第1卷，筑摩書房1969年版，第180頁。

头部也消失了。留在他身体内的，是温水般的黏液。这种黏糊糊的感觉充斥了他的全身，由此整个人陷入了被封闭在香肠内的无尽的黑暗中。①

及川隆一被"香肠内的黑暗"吞噬，自我意识逐渐消亡。这"黑暗"的深处，是"绵软的肉体崩溃的感觉、背部的神经被撕裂的感觉，以及存在于自己周围的外部世界和形成自我内部的内在世界都毁灭的、讨厌的崩溃感"②。

如果说《阴暗的图画》中的深见进介为早日过上新生活而积极谋求"第三条路"，尚属于"上升型"人格的人物，及川隆一则是一位彻底的"下降型"人物。他是一个思想意识薄弱、人生态度消极的人，或者说只是一个秉性柔弱的有钱人家的少爷罢了。为了摆脱战争带来的阴影，及川隆一采取了极端的方式，即只是沉溺在女性的肉体中。"肉体"是贯穿野间宏初期作品的主题之一，但野间宏反对像及川隆一这样通过肉欲来获得"肉体的解放"。他说："只将肉欲层面扩大，并呈现在世人面前，这是错误的做法。"因此在作品中"批判了及川隆一沉溺在西原志津子的肉欲中而想把战争的记忆从脑海中抹去的玩世不恭，并促使及川隆一必须走正视战争的回忆的路"。③

在从《阴暗的图画》到《崩溃感觉》的初期小说群中，野间宏反复表达了一个观点，即曾经经历过的战争是无法被抹杀的，战争给人的肉体和精神上带来的痛苦也无法轻易地消除，这一切，都归结于自我无法逃避这一命题。为了早日摆脱战争带来的影响，作为个体的"自我"，本应朝着光明的、积极的方向去努力，但是在《阴

---

① 野間宏：「崩解感覚」，『野間宏全集』第 1 卷，筑摩書房 1969 年版，第 202 页。
② 同上書，第 180 页。
③ ［日］松原新一等：《战后日本文学史·年表》，罗传开等译，上海译文出版社 1983 年版，第 104 页。

暗的图画》中的深见进介身上还能看到这种倾向，《脸上的红月亮》中的北山年夫的精神活动更多地处于晦暗不明与犹豫的地带，而在《崩溃感觉》中的及川隆一身上则只能看到一位彻底"下沉"的人物。正如《崩溃感觉》这个题目所显示的那样，小说中处处隐藏着压抑的、一触即发的"崩溃感"，及川隆一的战后命运比深见进介和北山年夫更为不幸。在小说的末尾，经历了多事的一夜，及川隆一回到自己的住处，一种挥之不去的"沉重感"却久久萦绕在心头，这不仅是他的心理感受，或许也是野间宏自身的真实想法。无论是沉重感还是崩溃感，都是野间宏运用现代主义手法，尤其是意识流手法，经过精心提炼和加工，通过描写主人公的生理感受与心理活动来实现的。描述战争给人的精神和肉体带来的双重伤害，是野间宏一直致力于在战后初期作品群中呈现出来的主题。但是，若想进一步构思宏大的作品主题，彻底完成"全体小说"的构架，则还须将现实社会的变化与人物命运紧密相连。《崩溃感觉》显示了野间宏战后初期作品创作手法成熟的极致，但同时也是其创作生涯的一个瓶颈，野间宏本人也意识到了这一点。以《崩溃感觉》的完结作为一个节点，野间宏开始尝试长篇小说的创作。所以，"《崩溃感觉》是野间宏初期创作的顶峰，也是其开辟后期创作的新起点"[①]。

第三节 《真空地带》中的反军主题和反战思想

1951年1月至2月，野间宏以"真空管"为标题，将《真空地带》三分之一的内容发表于杂志《人间》上，其后野间宏对内容进行了篇幅上的增容，最终在1952年2月由河出书房出版了单行本。这部揭露军队内务班实质的小说一经问世，便引起了很大的反响，

[①] 莫琼莎：《野间宏文学研究——以"全体小说"创作为中心》，南开大学出版社2012年版，第105页。

成为当时的畅销书之一，并在同年获得每日出版文化奖。

如果说野间宏战后初期的系列小说是分析性的小说，那么《真空地带》则是综合型的小说，是他实现"全体小说"目标路上至关重要的一环。在这部小说里，野间宏为组织和展开故事情节做出了很大努力，以致在战后初期小说群中经常看到的对人性的挖掘在一定程度上被削弱了。因此，《真空地带》虽然是当时的畅销书之一，但在文学评论界却引起了巨大的争议，对阵的双方是大西巨人和野间宏。1952 年 10 月，大西巨人在《新日本文学》上发表措辞严厉的评论，指出野间宏一味强调法西斯军队的特殊性和封闭性，在严重脱离社会背景的前提下创作的文学作品，不仅客观上是对法西斯的退让，而且主观上没有凸显出身为作家的创作意图。对此，野间宏回应称，大西巨人看待法西斯军队的观点与自己截然不同，因为对方只看到军队的社会属性，而自己则认为法西斯军队是绝然于社会的"非人类的"存在，是与人民对立的统治机关、控制民意的场所。①

由上述论争可以看出，野间宏创作这部小说的用意十分明确。首先，他要在作品中着重突出战争中日本军队和军国主义的本质，这是他创作《真空地带》的第一个动因。其次，他要通过揭露法西斯军队来反映战争的可怕与残酷，最终达到反对日本再次进入或被卷入战争的目的。这是野间宏的创作动机，同时也是《真空地带》反映出的主题。

一 《真空地带》的反军主题

关于《真空地带》中的反对法西斯军队的主题，野间宏先后在不同的场合中提及：

---

① 关于论争的内容，可参考臼井吉见『戦後文学論争 下巻』，番町書房 1972 年版。

第一章　野间宏战争小说论

在战争期间，我始终抱着这个决心：我应该写反战小说，尤其要写暴露军队的小说。在服兵役时，有一次我对上等兵和班长宣告说：等我复员后，一定写一部揭露军队内部的小说给你们看。每当受他们的处罚时，我的心都被强烈的怒火所燃烧，我暗自发誓：没有把这个军队的实质揭露以前决不能死！①

我打算在《真空地带》中描写军队的内容和结构。在这部小说中，我想写的内容有以下几个方面：一旦进入了军队人性是怎样被剥夺的，这些被剥夺人性的士兵是怎样被培养成战士的。我认为，通过描写军队中的内务班，就可以达到上述目的。因为内务班是一个束缚士兵、令人窒息的场所。②

野间宏之所以将内务班设置为故事发生的主要场所，是因为在他看来，内务班是最能体现日本法西斯军队特征的地方。

在处理有关军队题材时，我想首先必须要刻画内务班。究其原因，是因为内务班是军队一个末端单元，士兵们首先被整编为一个内务班，而后投入战斗。内务班一旦形成，便将士兵们紧紧约束在一起，休戚与共。在战斗中被敌方打散，士兵们四处逃亡之际，方可宣告内务班解散。据此，我认为内务班是军队的一个根本性要素。所以，我在《真空地带》中刻画出内务班的本质。③

---

① 野间宏：「戦争小説について」，『野間宏全集』第21巻，筑摩書房1970年版，第332頁。
② 野间宏：「『真空地帯』大阪公演に寄せて」，『野間宏全集』第17巻，筑摩書房1970年版，第525頁。
③ 野间宏：「『真空地帯』を完成して」，『野間宏全集』第14巻，筑摩書房1970年版，第277—278頁。

在日本二战时期的军队机构中，内务班是士兵接触到的最基层的单位，二三十名士兵被编成一个内务班，由下级士官带领。野间宏认为，即便是没有在日本旧军队服役过或者经历过二战的人，也可以从内务班中了解军队和战争的本质。

在《真空地带》中，野间宏以现实主义手法描写了一个普通士兵受到的诬陷与迫害，揭露了法西斯军队非人性、不人道等黑暗、丑恶的现实，尖锐地指出日本军队就是扼杀一切生命的真空地带，敢于坚持正义的人在那里都要受到灭绝人性的摧残。①

（一）通过正面描写人物遭遇突出军营体系的残酷

《真空地带》中故事发生的舞台主要是内务班，中间穿插了主人公木谷利一郎在军事法庭和陆军监狱的经历。在人物设置上，以两位主人公——第一主人公木谷利一郎和第二主人公曾田原二的言行为中心，并刻画了围绕在他们周围的次要人物群像，如以安西为代表的学徒兵、动作粗鲁的初等兵以及一些老兵，如实反映出军队等级森严的景象。在故事情节设置方面，正面刻画出木谷利一郎的经历，以曾田的侧面观察与推测作为副线，在木谷的回忆与曾田的调查中穿插军队上层的腐败和非法行为，反映出在人类的自然性和社会性被剥夺、如真空地带一般的军队内部，充斥着异常的人际关系。

真空地带一词来自曾田之口，他认为军队是一个制造"真空管"的"真空地带"。

> 兵营系用条条框框和栅栏围起来的一块四方形之空间，是用强大压力制造出来的抽象的社会。人在其中被抽取人性之要素而成为士兵。确实，兵营里是没有空气的。它被强大的力量抽走了。不，那与其说是真空管，不如说是制造真空管的地方，

---

① 朱维之主编：《外国文学史》，南开大学出版社1998年版，第349页。

第一章 野间宏战争小说论

是真空地带。人在里面被剥夺掉一定的自然本性和社会生活，最终成为士兵。①

在曾田看来，日本的法西斯军营中是不存在人的自然本性和社会性的，或者说，不允许士兵们带有这两种正常人的性质。

> 军队里面没有山，也没有海，也没有女人，没有父母兄弟——但是，却有人造的山和海，还有人造的父母——中队长和班长。这是个处处受到强制的社会，以及有着各种剥夺人类自由的制度。②

成千上万的士兵一旦进入这种人为的、非人性的地带，便失去了原本的朝气蓬勃和个性，变成了行使暴力的机器。小说的两位主人公木谷和曾田虽然都意识到了军队作为"真空地带"的性质，并有着不同程度的反抗，但这反抗最终依然是徒劳的。

在野间宏看来，比军队更为残酷、更能凸显"真空"性质的地方，是陆军监狱。这两处地方是主人公木谷和作者野间宏亲身体验过的。野间宏说："没有经历过陆军监狱的人，就无法理解日本军队。"③ 在《真空地带》中，野间宏通过正面描写一位从陆军监狱回到内务班的上等兵木谷的思想和行动，不断地将陆军监狱和内务班进行对比，突出了陆军监狱极端"真空地带"的性质。野间宏之所以这么描写，是因为与完全被剥夺人身自由和思想自由的陆军监狱相比，内务班还存在着些许的"人味儿"。生活在内务班的士兵和军官们，正因为还留存着一些人性，所以显示出了性格上的各种缺点，

---

① ［日］野间宏：《真空地带》，肖肖译，人民文学出版社 1959 年版，第 181 页。
② 同上。
③ 野間宏：「対談 想像力の解放」，『野間宏全集』第 20 卷，筑摩書房 1970 年版，第 392 頁。

如老兵对新兵的为非作歹、新兵对老兵们的拍马逢迎、军官们的利欲熏心以及争权夺利，等等。

关于木谷受冤的真相，小说采取了一种"闭眼摸索法"①，即如同盲人探物，左手移至右手处，或者右手确定好左手位置后方开始行动。小说中只是单纯列举出很多人名以及他们的所属管理单位，但没有特别明确指出这些人所在兵营的具体人员构成，小说发生的舞台即炮兵中队和师团司令部所处具体位置也非常模糊。但即便如此，并不影响读者理解故事情节。这部小说看似节奏缓慢，但故事推进方式层层递进，基本符合了读者的心理预设。从创作手法上来说，这部小说如同一部推理小说，以悬念开始，逐一破解谜团，最终呈现给读者以木谷事件的真相以及木谷本人最终的命运。

小说一开始展现在读者面前的，是一位充满谜团的上等兵木谷形象。"他入伍后第一次没有打绑腿，也没有带刺刀；相反地藏在上衣里的双手却给戴上手铐，腰间系上捕绳，被带出营门。"② 绑腿是当时士兵的必备装束之一，没有打绑腿的木谷自进入军营那一刻起，自然引起了别人的注意。军官们的目光集中在木谷的身上，令其坐立不安，这让他觉得旁人仅凭这一点，就可以推测出他是刚从陆军监狱里出来的。木谷结束了两年零三个月的刑期，回到了军营。小说以没有打绑腿暗示了这一人物的特殊性，之后的情节自然而然地随着木谷的言行而缓缓展开。换言之，木谷是串起小说中各种事件和人物的主要人物和关键线索。

服刑的经历使木谷体会到了陆军监狱作为极端"真空地带"的性质，所以再次进入军营的木谷第一感觉是"回来了"。当他看到副官室围炉里的炉火、闻到内务班四处散发的油质气味，他在心中重

---

① 转引自李先瑞《日本战后文学——作家评论、作品赏析》，香港新华彩印出版社1999年版，第136页。
② [日]野间宏：《真空地带》，肖肖译，人民文学出版社1959年版，第1页。

第一章 野间宏战争小说论

复默念"我回来了",这无疑带有一种亲切的味道。被打入陆军监狱之前,充满着"浓重而冰冷气息"的内务班,是木谷所深深厌恶的。再次回到这里,情感上之所以发生了翻天覆地的变化,是因为较之内务班,陆军监狱是一个连自己五官都不能自由活动的地方。在那里,每天都要进行严格的身体检查;每顿饭都有定量,吃饭时有人发出指令,如若不从就会被强制脱光衣服,被看守用木枪刺来刺去;最令木谷感到侮辱的是,每次如厕后,都要撅着屁股匍匐在地板上,以供看守检查肛门是否擦拭干净。正因为经受过如此经历,木谷重返军营后感到亲切,也是可以理解的。

但是,木谷重返军营后接触到的一系列人物和事件,逐渐消除了他最开始的亲切感。无论是上级军官还是士兵们,都没有把他看作一个归来者,而是认定他是一个从陆军监狱回来的特殊人物。前来迎接木谷的人事股准尉只是冷淡地瞥了他一眼,便立即引起他的心理反射。虽然准尉对他的态度总体还算温和,但是在木谷心里,依然对他和队长感到畏惧。被服股的曹长[①]因为是唯一知道木谷过去历史的人,所以也让他感到害怕,觉得对方温和的微笑也不值得相信。而对自己表现冷漠的吉田军曹,更让木谷"内心里泛起了要从军曹背后行动起来的念头,就像在监狱里做苦工的时候,忽然想从看守的背后扑上去的念头一样"[②]。在下士官室碰见的今井上等兵和其他两个老兵,看到木谷进入宿舍后,便停止了交谈,贼眉鼠眼地盯着他,并不时低声议论着。小说通过木谷对周围人态度的推测与反应,刻画出一个疑心很重的人物形象。木谷经历了被捕、残酷的监狱折磨,精神上遭受了极大的创伤,所以当他再次融入自己熟悉的环境的时候,却再也回不到以前的状态。他对所有人基本都保留了极大的怀疑,这一精神状态也使他继续保持着与众不同的特殊形象。

---

① 日本陆军下士官中仅次于特务曹长之军阶,曹长下面还有军曹和伍长。
② [日]野间宏:《真空地带》,肖肖译,人民文学出版社1959年版,第16页。

在陆军监狱服刑的经历令木谷陷入了极大的矛盾与痛苦中，他努力使自己尽快和周围人融为一体，却最终发现这是徒劳的。在强烈的不甘和怨恨中，木谷开始调查自己被捕的真相，以求获得精神上的释放。在军营不允许士兵有自己独立的思想与行动。木谷试图去探寻自己含冤的事实，无疑是违反常规的。作者在这里赋予了木谷一个特殊的任务，即引导读者随着他的言行慢慢接近真相，主要是通过木谷的回忆来实现这一过程。

为了塑造好木谷这一人物形象，野间宏自称"耗费了很多心血，与其有关的人和事，我都仔细推敲，并身体力行地进行了一番想象和体会"①。这是因为野间宏想通过正面描写这一人物，不仅揭露日本法西斯军队和战争的本质，说明军队是把人变为非人的士兵的真空地带，而且还要彻底暴露日本旧军队极端的帝国主义本质。他说：

> 《真空地带》是为创作长篇小说的预热。历时一年零四个月。
>
> 在情节设置方面，我考虑过很多，我认为其中很重要的一点是彻底克服私小说带来的影响。作家并不是要如实刻画自然生长的人，而是要和自然界（神灵）创造"万物"一样，去刻画真正的"人"。换言之，作家不能停留于描述事实，而要探寻事实背后的实质。为此，作家要将社会中生存的"人"的类型加以整理，并塑造成典型性人物。②

由此可见，野间宏试图从主人公木谷身上挖掘出来的并不仅仅是简单的事实，而是"事实背后的本质"。他通过正面描写木谷探索真相的过程，来揭示出日本帝国主义军队的本质，木谷利一郎这个

---

① 野間宏:「『真空地帯』を完成して」,『野間宏全集』第14卷，筑摩書房1970年版，第278頁。

② 同上书，第277页。

第一章 野间宏战争小说论

人物由此成为贯穿小说的一条明线与主线。

在揭开木谷被捕谜团的过程中，读者可以清楚地看到他是如何含冤被捕、如何在军事法庭遭受了不公平待遇以及如何在陆军监狱受到非人折磨的。木谷最初在部队本部会计室工作，由于文字功底了得，深得上级信任，有时甚至连会计室呈报给师部的书面报告都由他来执笔。会计室的掌管者是中堀中尉，因不满会计委员林中尉，上任不久便将其逐出了会计室。木谷在部队的会计室工作期间，目睹了那里的军官们的一系列暗地操作，如拉拢承办官厅用品的商人，对中队施加影响，并介入人事权的腐败等，所以木谷在不知不觉中卷入了他们争权夺利的旋涡之中。林中尉被撤后，木谷也被调到中队当兵。

一天，木谷站岗交班后去办公室的途中拾到了一个钱包，但他没有上交，而是揣入了自己的口袋，这次占小便宜的行为是他之后不幸命运的开端。林中尉发现钱包丢失，便报告给了宪兵队。遭到审讯时，木谷坚称钱包是捡的，而对整个会计室心怀怨恨的林中尉却想借此机会公报私仇，认为是木谷偷了自己的钱包。因此木谷最终由宪兵队逮捕，并被交与师部军事法庭，被判了两年三个月的有期徒刑，关进了陆军监狱。

木谷服完两年刑期，由上等兵降为一等兵，从陆军监狱回到内务班时，因战事吃紧，曾经的战友们都被派去了中国的中部战场，因此他这个刑满释放分子孤寂无鸣，并处处遭到了冷遇。唯有知识分子出身的曾田原二上等兵具有反军思想和社会主义思想，对木谷抱有好感和莫名的同情，并期待他能打破部队这令人窒息的"真空地带"。

在调查过程中，木谷逐渐搞清楚了内务班的现实以及军事法庭、陆军监狱的真相，知道自己原来是军官之间争权夺利斗争的牺牲品。据林中尉透露：诬陷木谷犯有盗窃罪、泄露军事机密罪、思想犯的人却是木谷一直以为在为减轻他的罪行而四处奔走的部队会计室的中堀中尉和金子中士。

木谷被卷入了会计室的权力争夺和腐败，接下来遭遇了更大的不幸。师团上层领导考虑到假如部队会计室的腐败败露，进而波及师团会计部的话，会损害军队的威信，影响战局，因此决定把木谷送到前线。当时因战事升级，部队要抽调士兵编成独立步兵部队，派去南洋作战。本来被抽调士兵名单已经拟定，刚晋升为军曹的金子班长，却暗中与中队准尉勾结，加入了"麻烦的家伙"木谷利一郎的名字。对他们而言，踢走木谷意味着会计室免除了后患，中队也去掉了一个危险人物。在小说的末尾，木谷得知了自己要被送往前线的消息，决定逃跑，这是小说最后的一个亮点，与小说开始不打绑腿一样，充满着象征意义，使得小说成为一部首尾呼应的完整作品。

> 木谷好容易才脱下皮靴，抛到围墙外面去，又往上爬。他穿着冰凉的袜子的脚在墙板上不知几次地滑下来。当他终于爬到墙顶上的时候，他就一纵身跳过墙外的一道明沟，屈着脚跌倒在冻硬了的马路上。在他硬邦邦的身子下面，有块积了雨水的地面反射着对面民房的灯影，照出他的脸。木谷的脚再不能在冻土上跑路了。被雨水打湿了的地面好像从下面沉重地冲击着他的脚底板。很明显，他不能再打着光脚逃跑。冰冷的雨水弄湿了木谷的头、木谷的脸和木谷的脊背。他的胸部好像火一般地燃烧着，但是，却在愈来愈小地紧缩着，僵硬起来。①

在庞大的法西斯军队机构面前，木谷无疑是一个不识时务者。他试图通过努力来寻找真相，事实上最后他的确发现了真相，但可

---

① ［日］野间宏：《真空地带》，肖肖译，人民文学出版社 1959 年版，第 379 页。

第一章　野间宏战争小说论

悲的是，致使他陷入困境的上层机构的力量又一次捉弄了他的命运。木谷空有一腔愤懑，但无处申冤，他试图逃跑也没有成功，被塞进了开往海外的兵船。虽然木谷最终依旧无法摆脱强大的"真空地带"，但就本质而言，木谷依然是一个反抗者，这是他区别于包括曾田在内的其他士兵的最大特点。

（二）通过侧面描写反映军营体系的不公

曾田上等兵从《真空地带》的第二章开始登上舞台。野间宏赋予木谷的感觉、情感和行动，很多是借助曾田的视角来反映的。如果说作者通过正面描写木谷来让读者知道了他悲惨命运的源头，曾田则在小说中起到副线的作用，进一步让读者从另外一个视角来观察事件发生的经过与结果。

野间宏曾在《完成〈真空地带〉后》中提到写这部小说的一个目的是出于"知识分子和革命家的责任"，并指出曾田是一个有人物原型的形象。可以说，曾田是野间宏的化身，野间宏把 20 世纪 50 年代知识分子对日本过去以及未来的思考寄托在了这一人物身上。曾田是毕业于京都大学的高才生，由于他经常能和军队上级军官打交道，所以在军营中具有特殊的地位，是普通士兵和基层军官们的消息来源。曾田原本是中学老师，由于战时的特殊需要被强征入伍，被迫在军营中伪装"自己"，这让曾田感到厌烦与乏味。与此同时，他还暗藏着社会主义思想，知道《共产主义宣言》。所以对曾田而言，军队是一个令他无法自主呼吸的地方。有机会离开军营的时候，曾田觉得自己像"把嘴伸出水面，一口一口呼吸着空气的金鱼"①。但是一出营门，他便觉得有一种说不清的东西紧紧跟上来，随时都会把他拉回去。可以说，曾田有着与其他士兵不同的知识分子视角，这种视角令其发现了木谷这一特殊人物的存在。对方坚持调查自己含冤真相的举动，成功激起了曾田强烈的好奇心。在这中队里，他

---

① ［日］野间宏：《真空地带》，肖肖译，人民文学出版社 1959 年版，第 50 页。

"最关心的就是木谷一等兵,但这和他内心里的情感一样,是决不能向队里的任何人泄露的"①。

有了好奇心,曾田便试图拉近与木谷之间的距离。一次偶然的机会,两人一起奉命去跑马场放马。在这个令人身心得以放松的场合,木谷感到了久违的生命活力。"他感到有一种力量鼓舞着他,想对曾田讲清自己的全部历史",因为害怕曾田可能会从别人那里听到与事实不符的、不利于自己清白的传言,所以他"更想尽快地揭露事情的真相"②。通过木谷的讲述,曾田明白了军需室的两种势力——林中尉和中堀中尉之间的对立导致了他含冤被捕,也明白了军事法庭判断案情的所谓标准,即"军官的话都是对的,士兵的话都是胡说",同时听到了木谷对毫无人性的陆军监狱的控诉。经过这番交流,曾田初步明白了木谷并非自己想象中的思想犯,但也不是单纯的盗窃犯。他认为在木谷身上,兼具这两类特点,但木谷身上的谜团还没有完全解开。

之后有了全面了解木谷事件的机会。一次,曾田偶然看到一份师团下发的关于最近部队里存在的犯罪倾向以及克服办法的通报,通报通过对照的方式列举出一个士兵争取悔过自新的例子,和一个士兵已经没有自新希望的例子。曾田从通报的内容推测出后者指的正是木谷。根据通报内容,木谷因两次犯罪被判刑,一次是在火药库放哨时,偷了巡查官的钱包,另一次是向妓女花枝泄露军事机密。该士兵在服刑期间虽经典狱长和工作人员谆谆教诲,却不但毫无悔过之心,反而前后三次对值班看守动手抗拒被教诲,甚至企图用劳作工具从背后杀害看守,因而在狱内受过多次犯规处分。通报中分析,这位士兵之所以如此穷凶极恶,说到底是缺乏"国家观念"所致。所以得出的结论是,要想教育出忠实、优秀的士兵,就必须灌

---

① [日]野间宏:《真空地带》,肖肖译,人民文学出版社1959年版,第56页。
② 同上书,第116页。

第一章　野间宏战争小说论

输国家观念和皇军的自觉性。而审判长认为木谷之所以进行了偷窃行为，源于他的出身。木谷幼年时家境贫寒，父亲病故后，一家人便各奔东西。哥哥去外地当学徒，木谷随母亲一起投靠外婆家。他十三岁时被母亲遗弃，此后被哥哥收养。因此法官认为，从少年时代一直过着放浪生活的木谷，入伍第一年就对纪律严格的军队生活怀着强烈的不满，经常把兵营生活说成不能忍受的生活而横加诅咒，由此产生了轻视军规的念头和对长官不应有的、不可饶恕的反抗态度，基于这种态度，木谷才大胆地违反军规，不经检查和妓女私自通信，并且在信中毫不顾忌地暴露军事秘密。

看过通报的曾田对木谷有了一种全面且全新的认识，如果说最开始的注意是因为对方的神秘，通报里面的内容则让曾田觉得木谷不仅仅是一个普通的盗窃犯，而更接近于思想犯。曾田在军营里是孤寂的，找不到可以吐露自己真实想法的人。他对"真空地带"怀有强烈的不满，但却无力也不敢去抗争，所以期待着一位能够打破"真空管"玻璃的人物出现，来使"真空管内部发生些微的变化"[①]。对于在"真空地带"生活感到窒息并具有社会主义思想的曾田来说，敢于反抗军队体制内思想的木谷，无疑是一个英雄般的人物。在曾田心目中，木谷的形象经历了神秘的出狱者—盗窃犯和思想犯—军队体系的反抗者的一系列变化。

通过一系列的了解和观察，曾田明白了木谷是这样的一个人：他受到冤屈被捕入狱，因而内心怀有一种对军队不满的、惊人的力量，这种力量带有打破"真空管"的希望，同时令其区别于其他的士兵。在得出这个结论后不久，曾田最终看到了木谷的爆发。前情是众人因猜测谁要上前线而变得惶惶不安，愤懑与不安情绪交织的木谷刚好遇到了地野上等兵的挑衅，所以情感变得一发不可收拾。木谷疯狂地击倒了地野，打得他鲜血直流，继而将一等兵、三等兵

---

① [日] 野间宏：《真空地带》，肖肖译，人民文学出版社1959年版，第192页。

和补充兵——拉至自己面前，用拳头挨个教训了他们，这其中甚至还包括了曾田。"曾田的心被木谷的嘴里爆发出来的奇妙的哭声和仿佛永远不停的殴打声扰乱了，他的身体不禁颤抖起来。"①

曾田有一种微妙的反战思想，却没有勇气付诸行动。所以，当行动派风格的木谷出现在面前时，曾田便被他吸引，且对其抱有极大的希望。但是，当木谷呈现出令人战栗的爆发性力量，曾田却又因此而畏惧了。曾田身上带有一种典型的知识分子性格，内心活动丰富但缺乏行动力，所以对极具行动力的人怀有惊异或者畏惧的心理。与具备"动态"特征的木谷相比，曾田属于"静态"类型的人。同时，我们可以看到，具有行动力的木谷并不是一个完人，他虽然有着明显区别于知识分子的特点，但行动上有时候也会陷入不可控制的状态，野间宏将这种性格上的缺点归结为周围人以及社会的影响。就木谷而言，使其爆发的根本原因是周围人对他的不屑以及侮辱。

在野间宏战后初期的作品中，塑造了一些典型的知识分子形象，他们苦恼于战争带来的影响，但并无太多勇气去消解这种苦痛，只会隐藏于内心深处。如《阴暗的图画》中的主人公决定走自己的路之后，陷入了行动不可能实现的崩溃状态；《崩溃感觉》中的及川隆一则彻底陷入了精神上的虚无，呈现出一种下降态势；《真空地带》中的木谷则显然与他们不同，他敢于和周围环境抗争，虽然最终还是被强大的法西斯军队机构所吞没，但并没有放弃自己的努力与反抗。这是一种有别于知识分子的普通民众的存在，也正是野间宏的希望。

二　《真空地带》的反战思想

在《真空地带》中，野间宏通过正面或侧面描写了日本法西斯军队对人性的剥夺，以及不义战争的残酷。这是读者们可以从小说

---

① [日]野间宏：《真空地带》，肖肖译，人民文学出版社1959年版，第317页。

第一章 野间宏战争小说论

中获取到的最直观的信息，同时也是野间宏创作这部小说最基本的动机。在反军主题的背后，野间宏通过《真空地带》还反映出另外一个创作思想，即反对法西斯战争，反对日本再次卷入战争中。

事实上，在《完成〈真空地带〉后》（1952）中，野间宏曾谈到了这一创作思想："发动战争是军队的本质，也是资本主义和帝国主义的本质。但是，我在《真空地带》中想写的是知识分子和革命家的责任。我是想通过木谷来思考战时的日本国民。"① 换言之，木谷代表的知识分子是野间宏赋予希望的对象，但野间宏更希望的是，通过普通民众拯救再次陷入战争危机的日本。1954年，野间宏在《文学入门》中解释了自己逐步意识到普通民众对于国家的重要性：

> 写《阴暗的图画》的时候，我没有过多地考虑读者。从那之后，我慢慢领会了自己的作品有着读者群这一事实。因为小说发表后，我曾收到过读者的来信，也受到了大众以及评论家们的点评。（中略）那个时候，我注意到一个现象，即我的读者大多是知识分子，工人以及普通市民则偏少。这让我意识到作品中反映出来的还仅仅是自己的问题，而还并未将自己的问题扩展至社会问题。（中略）想要成为一名民众诗人，无疑是有困难的。我目前想要去尝试这样一件事，即尽量使用简单易懂的语言，要将沙龙式的封闭式的比喻，甚至连巴尔扎克都感到困惑的隐喻变为大多数人都能明白的、真实的东西。
>
> （中略）
>
> 可以说，在研究人性方面，《真空地带》要逊色于我以前的作品。（中略）但是，我在创作这部作品的时候，首先考虑的是

---

① 野間宏：「『真空地帯』を完成して」，『野間宏全集』第14卷，筑摩書房1970年版，第277頁。

如何创造和大众产生共鸣的、互相呼应的世界。①

结合上述言论，我们可以看到，野间宏在创作《真空地带》时，有意识地将普通民众纳入阅读自己作品读者的范畴，塑造出的木谷形象也明显区别于他以往作品中的知识分子。在木谷身上，可以看到明显的决断力和典型的行动力，两种力量相互交织，最终爆发出足以打破"真空地带"的希望。这一人物形象的塑造背后，寄托着野间宏内心的期冀与渴望。而这一切，都与当时的社会背景息息相关。

二战结束后，日本民众并未很快迎来向往中的民主生活，美国统治的阴影笼罩在日本上空。朝鲜战争爆发后，日本成为美国在东亚地区反社会主义阵营桥头堡的作用越发凸显，这使得美国试图重新武装日本。1950年8月，吉田茂内阁第三次奉驻日美军最高司令官麦克阿瑟之命成立警察预备队，共7.5万人，同时还将保安厅人员扩充了8000人。这支力量的首要任务是对付国内人民，其次是代替开赴朝鲜战场的美军，守护美军在日的军事设施和军需物资仓库。值得一提的是，这支力量带有深刻的美国痕迹，队伍完全由美式武器装备而成，队员们进行美式训练，最高指挥官是美军。换言之，这支队伍实际上是美军在日本的一个军事力量延伸，终极目标是为美国的远东地区战略服务。此外，美国希望加快重新武装日本的速度和规模。1951年新年伊始，美国便要求把警察预备队增加为32.5万人，但遭到日本方面的抵制，最终双方进行了妥协。与此同时，美国还着手准备仅有美方阵营的各国参加的对日单独媾和。

在这种情况下，以有组织的工人与知识分子为首的、反对将日本基地化、反对日本重新武装和单独媾和、要求包括中国与苏联在内的所有旧交战国参加的全面媾和的国民运动就发展起来了。② 在持

---

① 野间宏:「文学入門」,『野間宏全集』第20卷,筑摩書房1970年版,第90頁。
② ［日］井上清:《日本历史》,闫伯纬译,陕西人民出版社2010年版,第408页。

第一章　野间宏战争小说论

续民主运动的浪潮推动下，终于在1952年的五一劳动节迎来顶峰。这次参与的主体突破了工人阶层，是普通民众的一次自发运动。导火线是当局从1951年起禁止使用二战后一直被民众作为庆祝劳动节会场的皇宫前广场，游行群众与警察队伍发生激烈冲突，最终发展成为两人死亡、数百人重伤的流血事件。

声势浩大的民主运动对深知日本法西斯军队本质的野间宏无疑是一种触动。对于日本政府配合美国积极进行再度军备的事实，野间宏的内心十分复杂：

> 败战后不久，有关战争的问题再次席卷了我们，曾经主动解散法西斯军队、放弃战争的日本目前又开始了再次武装。被追究战争责任的军人们和财阀们陆续被释放，成为再军备的负责人。面对这种现实，我一直以来坚持的写作计划重新在内心燃起。我准备集自己所有的文学之力同再军备问题进行一次战斗，势必摧毁它们，打乱当政者的计划。对于那些战时岁月中年龄尚幼、不懂得法西斯军队本质为何物的人，我要尽自己所能向他们传递真实的情况，让他们即使没有参与过战争也能知道战争和军队的本质是什么，以及了解曾经在战争阴影下的人们当时是如何生存下来的。[①]

由此可见，当战后慢慢平复的日本再次有可能陷入战争的时候，深受其害的野间宏出于作家的责任感，创作了《真空地带》。他想通过这部作品，向所有人尤其是那些没有经历过战争、不知道法西斯军队本质的人描绘人性是如何在军队和战争中被抹杀的，继而引起民众对不合道义的战争以及军队的怒火和共鸣，合民众之力来避免

---

① 野間宏:「『真空地帯』を完成して」,『野間宏全集』第14卷,筑摩書房1970年版,第277頁。

日本再次陷入战争的旋涡。"既然世上大多数人爱好和平，试图挑起战争的人尚属少数，那么就一定可以避免战争的危机。"① 这番话可以看作是野间宏创作军队题材小说的原始动机之一，他进一步将这个希望寄托在广大爱好和平的普通民众身上。因为，在野间宏看来，普通民众是痛恨军队机构的群体，同时也是真正能够反抗法西斯军队旧体制的力量。

野间宏曾在随笔中表达过自己创作战争小说的用意：一是直接暴露非正义战争和法西斯军队的本质，二是反映战争经历对人类肉体和精神上的创伤。通过上述与战争直接或间接相关的小说，野间宏向世人展示了他眼中的"战争"：因不义战争陷入悲苦境地的国家和地区人民，是最大的受害者；而普通士兵们作为法西斯军队的一员，不仅在从军时深受上级和同级老兵们的层层剥削和压迫，在战争结束后也长久地陷入精神上的折磨，以致无法顺利展开正常人的生活。同时，野间宏作为一名有良知的作家和知识分子，在上述作品中还展示了知识分子在战争中和战后的状态，是遵从国家意志还是自己的内心，这不仅是野间宏的反思，而且是他对同类人乃至社会提出的深刻问题。

---

① 野間宏：「戦場のノート」，『野間宏全集』第9卷，岩波書房1969年版，第93頁。

第二章　梅崎春生战争小说论

梅崎春生（1915—1965）1940年从东京帝国大学毕业后，在东京市教育局就职。1942年，他被陆军征召入伍到对马重炮队，因身患疾病当天返回家乡。1944年6月，他接到海军的召集令，到佐世保的海兵团①学习密码。因切身体会到当士兵的辛苦，便接受了士官②教育，翌年5月晋升为通信科的二等兵曹。之后辗转于南九州的陆上基地，在那里迎来了战败。霜多正次说："战争结束时，他是最深切地体味到解放感的知识分子之一。"③

梅崎春生在大学期间就发表了处女作《风宴》（1939），战后因《樱岛》（1946）而一举成名，以此为契机开始进行职业创作，发表了一系列战争题材的小说，之后又转向了市井小说的创作。他既是第一批战后派的代表作家之一，又被视为第三批新人的老大哥。古林尚把梅崎春生的创作划分为四个时期。第一个时期是以《风宴》为代表的习作时代，第二个时期是以《樱岛》、《日暮时分》（1947）等为中心的战争小说时代，第三个时期是以《破屋春

---

① 日本旧海军设置在各镇守府的陆上部队，负责军港的警备以及下士官和新兵的教育训练。
② 日本旧军队中位于军官和士兵之间的下级干部。旧陆军中为曹长、军曹、伍长，旧海军中为上等、一等、二等兵曹。
③ 霜多正次：「学生時代の梅崎春生」（『梅崎春生全集』月报第2号）。

秋》（1954）为顶点的滑稽小说时代，第四个时期则以《剧烈摇摆的风筝》（1963）和《幻化》（1965）为代表。① 本多秋五认为，《剧烈摇摆的风筝》和《幻化》把梅崎春生的战争小说和市井小说有机地结合在一起，因此也可列入战争小说的系列。② 大久保典夫也把《幻化》看作是"战后的战争文学的最大收获"。③ 因此，我们也把这两部作品列入研究对象。从题材上看，梅崎春生的战争小说主要有以下三类：一是取自他本人的战争体验，以日本本土为舞台，描写不能适应军队的一些士兵，反映军队生活的某些侧面，如《樱岛》、《悬崖》（1947）、《演习旅行》（1961）等。二是根据他人的传闻，以虚构的手法描写菲律宾战场的情况，如《日暮时分》、《B岛风物志》（1948）、《鲁奈特的民兵》（1949）等。三是与其弟弟忠生应征去中国战场、在内蒙古自杀有关，以中国战场为背景描写了战争的一个侧面，如《红色的天空》（1965）、《剧烈摇摆的风筝》。

日本学者研究梅崎春生的专著主要有中井正义《梅崎春生——从〈樱岛〉到〈幻化〉的路程》（1986）、和田勉《梅崎春生的文学》（1986）和广濑盛世《人生似幻化 梅崎春生》（1995）等。其中，和田勉着重考察了介川龙之介、梶井基次郎、葛西善藏、果戈理等作家对梅崎春生的影响，并尝试对梅崎文学中的"笑"进行分类和分析。广濑盛世则试图从精神科医生的立场，阐明形成梅崎文学基础的"悲哀的快感和对绝望的憧憬"以及"死的恐怖和生的执着"的根源。从发表的论文看，20世纪90年代之前集中在《樱岛》和《幻化》两部作品，之后逐渐出现了从总体上把握梅崎文学的论文。学者研究了梅崎春生的精神结构、文学方法以及对人

---

① 转引自和田勉「梅崎春生の文学史的位置」，『国語国文学研究』1986年2月号。
② 本多秋五：『梅崎春生全集』第一卷・解説，新潮社1966年版，第437頁。
③ 转引自中井正義『梅崎春生——「桜島」から「幻化」への道程』，沖積舎1986年版，第81頁。

第二章　梅崎春生战争小说论

和时代的认识等。总体而言，这些论著都较少论及梅崎春生的战争小说。梅崎春生的《樱岛》于20世纪80年代初被译介到中国，2019年10月，南京大学出版社出版了梅崎春生的小说集《幻化》，收入其《樱岛》《日落处》①《幻化》三部代表作品。迄今为止，中国学界鲜有学者对其作品进行研究，张晓莉简要分析了《樱岛》的人物刻画和艺术构思。② 本章将主要研究梅崎春生《樱岛》《日暮时分》《剧烈摇摆的风筝》《幻化》等具有代表性的战争小说。

第一节　青春的挽歌
——《樱岛》

短篇小说《樱岛》1946年9月发表于《纯朴》杂志。该作品以梅崎春生自身的战争体验为素材，以日本战败前位于九州的一个海军基地为舞台，描写了主人公"我"（村上兵曹）面对生死抉择的心路历程，是日本战后文学、战争文学的代表作之一。《樱岛》问世后，日本学者从人物形象、创作手法、反战思想等方面进行了研究。如长谷川泉（1955）、岸田正吉（1991）分析了该作品中的主要人物形象及其面对死亡的不同态度和表现，饭野博（1966）以该作品为例探讨了梅崎春生将其战争体验文学化的方法，和田勉（1979）阐述了该作品中的分身、事实与虚构的关系等，户塚麻子（1997）指出该作品通过对战争中的日常的描写超越了同时期战争文学作品批判军队的创作模式。本节拟在吸收既有研究成果的基础上，深入探讨该作品的主题思想。

---

① 该作品原文是『日の果て』，中文译名有《日落》《太阳深处》等，本书译为《日暮时分》。

② 张晓莉：《鲜明的形象　独特的构思——〈樱岛〉读后随想》，《外语与外语教学》1986年第2期。

一 战争中的生死体验

二战末期，梅崎春生在九州南部的海军部队当密码特技兵，并在那里迎来了战败。《樱岛》凝缩着作者海军时代的生活体验，带有较强的纪实色彩，叙述了主人公"我"自1945年7月初去樱岛前线至8月15日日本宣布无条件投降这段时间的战场生活。值得注意的是，《樱岛》虽然借用了私小说的形式，但不是传统意义上的私小说，也不是纪实小说。该作品并不是简单地再现作者的战争体验，里面加入了很多虚构的内容，如少一只耳朵的妓女、中年哨兵等。濑沼茂树指出：《樱岛》"并非私小说式的告白，而是有意识地设置为自我对话的场所，是经过考虑的、通过思考而完成的小说世界"。[①] 简而言之，梅崎春生的创作意图不在于忠实记录历史，而是借战争的舞台来描写注定要灭亡的日军士兵的众生相，着重探究"我"在生死边缘徘徊的心境。而作品中"我"对死亡的恐惧和抵抗，应该与梅崎春生受到弟弟忠生在内蒙古死亡的打击有关。

《樱岛》采用第一人称限制视角叙事，"我"既是主人公又是叙述者。作品一开始就用简洁明快的语言描绘了战争末期日军大势已去、垂死挣扎的局势以及"我"在驻鹿儿岛坊津基地的生活情况。坊津是一个远离战场的美丽小城，虽然驻扎有特攻队[②]基地，却与外部的日常世界相通。"我"的工作是翻译密码，然而电报量很少，没什么事可做。因此，"我"每天下海钓鱼、上山采杨梅，与邮局的女孩儿谈情说爱，享受着生活的乐趣。然而，1945年7月初"我"接到了立即返回谷山本部的命令，知道此行凶多吉少，当天晚上一个人喝得酩酊大醉，不慎从山崖上摔下去划破了眼睑。可以说"我"

---

① 中井正義：『梅崎春生——「桜島」から「幻化」への道程』，冲積舎1986年版，第282页。
② 特攻队的全称是"特别攻击队"。第二次世界大战末期，日本陆海军为挽回败局而特别编制的实施自杀式攻击的部队。年轻的军人驾驶飞机或特别制造的小艇冲向敌舰以击沉它们。

第二章 梅崎春生战争小说论

这次酗酒是试图借酒浇愁,排解心中的苦闷,为自己饯行。

出发后途经一个小镇时,"我"没有设法搭乘军队的便车前去谷山本部报到,而是决定留宿一晚。由此不难看到"我"对战争的消极态度和对日常生活的留恋。在"我"眼中,这个小镇是不同于军营的自由世界,迈出这里就将走向真正的战场。"我"在街上偶遇一位姓谷的海军中尉,在他的恣惠下,前往一家冷清的妓院与一个只有一只耳朵的妓女过了一夜。这个妓女瘦弱、残疾的身体隐喻了日本社会下层民众的生活状况。她反复追问"我"怎么死比较好,会怎么样死去。这一方面使"我"意识到死亡已迫在眉睫,也进一步用"临终的眼光"看待周围的一切,另一方面勾起了"我"对甜蜜爱情的渴求、对美好生活的向往。"我"感到"自己毕生没有体验过女人温柔的爱情,把青春荒废殆尽,带着这份遗憾必须去客死异地他乡"。"这是生平第一次踏足的城镇,却已经不可能再次来访。"①可见这个妓女是联系"我"与外部日常世界的媒介,这家妓院虽然冷落却可以感受到些许人世间的温情。正因为如此,在鹿儿岛码头等船时,"我"回想起这个女人,感到一丝温馨。到达樱岛后,"我感觉昨晚的记忆仿佛是很久以前的事情。那是遥远的、已经不能再重温的世界"。②也就是说告别这个妓女意味着告别富有人情味的日常世界。

樱岛的生活开始后,"我"从战争的旁观者和局外人变为置身于战争的参与者和局内人。日本战败的迹象日益明显,"我"把樱岛看作是与现世隔绝的死亡之岛,预感到自己将葬身此地。但是,由于日本当局对普通民众封锁消息,加之军国主义的宣传教育,很少有人预测到日本会战败投降。梅崎春生说,他到鹿儿岛以后没有看过报纸,"由于从事密码工作的关系,关于战况知道一点,但那也是局

---

① 梅崎春生:「桜島」,『梅崎春生全集』第一卷,新潮社1966年版,第10—11頁。
② 同上書,第15頁。

部的信息，尤其是规定己方损失的电报和重大电报都由军官翻译，不让我们的眼睛看到"。① 部队的密码员素质低下，大多是志愿兵②，还有少年兵。"我"对战争局势感到悲观，听到一个少年兵坚信日本会胜利的回答，看到他天真的表情，感到心情沉重。面对这种不可抗拒的命运，"我"虽然恐惧死亡，却没有办法逃避。虽然有了死亡的精神准备，但是又不能完全相信自己的宿命，不能理解也不想去理解自己为什么会来到这个南方岛屿并且一定要死在这里。因此，"我"时而想顺从命运的安排"优雅地死去"，时而又因不明白自己为什么要死在这里而产生一种无处发泄的愤怒；时而跟自己的顶头上司吉良兵曹长对抗，时而去山丘上的瞭望台观赏风景。

战局日益紧张，士兵们到了必须做好以什么方法什么形式去死的精神准备的地步。8月1日，部队发生了瞭望所误把夜光虫看作敌方舰队的事件，引发了一阵慌乱。当时，"我"想假如美军在东京登陆的话，自己在樱岛就有救了。从中可以看到"我"对生命的依恋和侥幸心理。得知误报的真相后，"我"感到内心被荡涤得神清气爽，"幸福地沉浸在这个感伤之中。寂静的孤独感，愉快地充满了全身"。③ 此时，面对死亡的来临"我"束手无策，虽然想死得优雅，但又不知道在那一瞬间自己究竟会采取什么态度。"我"一直在深深地思考，不停地追问：

> 在死亡迫在眉睫的瞬间，已经抛弃了虚荣和逞强好胜之心的我，又该采取什么态度呢？当敌人把钢刀对准我的身子，企图消灭我这个个体的瞬间，我会逃跑吗？会跪地求饶吗？或者会为维护自己的自尊而与之搏斗吗？这些只有到那个瞬间才能

---

① 梅崎春生：「終戦のころ」，『世界』1950年8月号。
② 二战时期，日本兵役法规定满20周岁接受征兵检查，应征入伍。不满20岁而志愿入伍的士兵被称为志愿兵。当时在贫困的农村，很多人为了糊口而志愿参军入伍。
③ 梅崎春生：「桜島」，『梅崎春生全集』第一卷，新潮社1966年版，第26—27頁。

第二章　梅崎春生战争小说论

知道。三十年的探求也会在这个瞬间弄明白吧。对我来说，这一瞬间的逼近比敌人更可怕。①

这段话揭示了"我"面对死亡时的心理，紧张中的自我凝视、自我追问。"我"不愿意为"大日本帝国"、为没有胜算的战争做无益的牺牲，但是也未必会为了活命而当逃兵或者投降，也有可能会为了自尊而豁出自己的性命。

得知日本战败投降的消息后，在跟随吉良兵曹长离开居住区前往密电室的路上，"我"长期压抑的感情突然宣泄出来。

为了能跟得上吉良兵曹长，我在石子路上快步走着，眼里突然流出两行灼痛眼睑的热泪。无论我怎么擦，泪水还是不停地滴下来。风景在泪水中一边扭曲一边分裂。我咬紧牙关，抑制着涌上来的呜咽继续前行。脑海里各种各样的东西交织在一起，摸不着头脑。也不知道那是不是悲伤。只有眼泪不断地充满眼眶。我用手掌遮住脸，摇摇晃晃地一步一步沿着坡道走下去。②

随着日本战败投降，"我"彻底摆脱了死亡的威胁，从军队的桎梏中解放出来，切实体味到生存的喜悦。但是，对"我"而言停战并不等于彻底解放，生还的喜悦之中还包含着对未来的担忧和对前途的不安。梅崎春生在8月16日的日记中写道："我去值班时，翻看来电记录，得知停战的消息，怀疑自己的眼睛。今后会怎么样呢？领土、军队、赔偿，还有国民生活等等。左思右想，未能入眠。"③因为日本战败，"我"将重新回归日常世界。但是，这个世界充满了

---

① 梅崎春生：「桜島」，『梅崎春生全集』第一卷，新潮社1966年版，第35—36頁。
② 同上書，第45頁。
③ 轉引自中井正義『梅崎春生——「桜島」から「幻化」への道程』，沖積舍1986年版，第244頁。

很多未知的因素，已经不是战前的那个世界。此时此刻，"我"同大多数日本国民一样，心情是很复杂的。"我"的眼泪表达了当时那种无以言表的复杂感情，但其中更多的是最终得以幸存的喜悦之情。正如岸田正吉指出的那样，"这里的'热泪'是不知道是悲是喜的难以言尽的思绪，是解放感，是迈向不确定的未来的不稳健的无意识的步伐"。①

二　战场上的心象风景

《樱岛》描写了九州南部战场的自然风光，但是作品中的景物描写并非完全写实，大多是主人公内心世界的外化表现，表达了主人公面对死亡时的不安和得以幸存时的感动。浅见渊指出："这部作品虽然整篇呈现出战败前后一个海军基地中纪实小说般的风貌，但事实绝不是那样。……作者把题材分解并重新组织。同时，把作者自身精神内部的心象风景现实化并交织进去。"②但他并没有就此进行具体的分析和论述。

接到调令从坊津动身时，"我"才发现坊津的风景如此充满生机，于是频频回首、恋恋不舍，产生了"诀别的感伤"，觉得今生今世可能再也见不到坊津的亮丽风景了，为此感到撕心裂肺的痛苦。"我"之所以如此，是因为预感到之前那种相对悠闲的生活将画上句号，自己生存的连续性、反复性和日常性将被战争中的死亡所切断。本多秋五指出："'诀别'不单意味着要离开熟悉的土地，也预想到生命的终结。这里的风景之所以显得十分清新亮丽，是因为主人公是在用靠近死神的'临终的眼光'观望它。"③

在樱岛，从位于半山腰的营区爬上山岗，可以眺望波光粼粼的

---

①　岸田正吉：「『桜島』私論——〈その生と死〉」,『日本女子体育大・紀要』1991年4月号。
②　转引自久保田芳太郎「梅崎春生『桜島』」,『国文学解釈と鑑賞』1978年4月号。
③　本多秋五：『梅崎春生全集』第一卷·解说,新潮社1965年版,第424页。

第二章 梅崎春生战争小说论

大海和樱岛岳的全貌。但是，樱岛岳因"我"的心境不同而呈现出不同的风貌。第一次通过望远镜眺望樱岛岳的全貌时，"我"因为不满吉良兵曹长命令属下挖通风口的做法而心情郁闷，感到眼前的樱岛岳是"寸草不生的黄褐色的大土堆，是令人害怕的红色熔岩的巨大堆积物。这已经不能称之为山脉"。① 一天上午值班时"我"因迟送一封电报受到了训斥，觉得自己受到了不公正的对待，午睡时梦中留下了泪水。"我"对把自己推到此般境地的势力感到强烈的愤恨，觉得一切都是徒劳，感到自己的"青春已逝。樱岛的生活，不过是残度余生而已"。② "我"登上山岗，眼前大自然的美景与个人的悲哀形成鲜明的对照。"我"感到只有大自然是美丽的，人类制造的废墟则死气沉沉，丑陋不堪。在山岗上与一个中年哨兵重逢，他告诉"我"近来在思考"灭亡之美"，说："我觉得人有求生的意志，同时也有赴死的意志。总有这种感觉。在这生机盎然的大自然中，人像飞蛾一样脆弱地死去。有种奇异的美感吧。"③ 作品通过与这个哨兵的对比，揭示了"我"的苦恼，描写了不得不面对死亡的下层士兵的抑郁和哀伤。

"我"第一次在山岗上遇到哨兵，跟他到一小块洼地躲避美军飞机时，他曾笑着说这就是他的棺材。不料一语成谶，他数日后在山岗上值班时遭受美军飞机的空袭葬身于此地。哨兵中弹时靠在山顶的一棵栗树上，"我"把他的尸体平放到地面上起身时，"在横卧于栗子树下的尸体上面，我看到了自己摇摇晃晃的身影"。④ 这里的身影更是"我"心里的阴影，是死亡的影子。可以说哨兵是"我"的分身，预示着"我"的命运。此时，一只当年最早出现的寒蝉正低声叫着，发出像"地狱使者"似的不吉利的声音。"我"抓住那只

---

① 梅崎春生：「桜島」，『梅崎春生全集』第一卷，新潮社1966年版，第17页。
② 同上书，第28页。
③ 同上书，第29—30页。
④ 同上书，第39页。

寒蝉，出于一种残忍的嗜虐心理，把它捏为粉碎。寒蝉在该作品中多次出现，是个不吉利的象征物，预示着死亡的来临。哨兵讲述过他对寒蝉的厌恶与恐惧，说自己每当寒蝉开始鸣叫的时候就会倒霉。"我"捏碎寒蝉的行为表达了对死亡的抗拒，也是对哨兵逆来顺受的生活方式的否定。

8月的一天，部队接到收听"玉音广播"的命令，但是因为杂音太大听不清，有传言说天皇宣读的是本土决战的诏书。为防备美军登陆，士兵们开始在山上焚烧密码本。"在飘动的烟雾的对面，樱岛岳像巨人一样耸立着。眺望着那座山的形状，我心里感到了些许平静。""我"想："即使被切断退路，不是也无所谓嘛。什么都不要想了。就算不能从容赴死，我也要有我自己的死法。等我的尸体埋到地下，变成无机物以后，无论日本发生什么事、如何变化，都已经和我没有关系了。不慌不忙，沉着冷静地走向死亡吧……"① 此时此刻，"我"终于做好了坦然面对死亡的精神准备。户塚麻子认为樱岛岳在这里作为促使"我"感情净化的装置发挥作用，其雄壮和沉稳净化了"我"之前内心的纠葛、愤怒和悲伤。② 事实上，美丽的大自然在多数情况下都是作为救济者出现在"我"面前。

"我"虽然预感到日本会战败，但得知"玉音广播"是停战诏书时，还是感到震惊，异样的战栗从头顶传到手指尖和脚趾尖。梅崎春生曾回顾说："我一直认为日本不可能无条件投降。那些顽固的军人不会投降，一定会拉着国民破罐破摔继续打下去。"③ 离开居住区时，"我"由于亢奋，脚步似乎有点不稳，头脑里不断闪现出说不清楚的复杂的念头。此时，映入"我"眼帘的是一幅明快清新的风景。

---

① 梅崎春生：「桜島」，『梅崎春生全集』第一卷，新潮社1966年版，第42页。
② 户塚麻子：「梅崎春生『櫻島』——戦争体験とイロニーの発現」，『日本文學誌要』1997年7月号。
③ 梅崎春生：『梅崎春生全集』第七卷，沖積社1984年版，第251页。

第二章　梅崎春生战争小说论

  走出堑壕时，晚霞明亮地映照在海面上。傍晚的薄暮笼罩着道路。吉良兵曹长走在前面。悬崖上是留着夕阳余晖的樱岛岳。随着我脚步的移动，树林里时隐时现、被染上深浅不一的红色和绿色的山地，仿佛天上美景。①

  晚霞夕照的"天上美景"展示出一片生机，象征着樱岛已摆脱死亡的威胁，映射着"我"确认远离死亡、获得生存的喜悦之情，与"我"的解放感是一致的。

三　虚幻的死亡美学

  《樱岛》描写的战场没有滚滚的硝烟，没有惨烈的厮杀，但是能够清楚地嗅到死亡的气息。置身于战场，主人公作为一个知识分子士兵，对生死有更多的思考，并形成了自己的死亡美学，但是这种死亡美学最终随着战局的变化而幻灭。

  在去谷山本部报到时途经的小镇，偶遇的谷中尉对"我"说："优雅地死去，想优雅地死去，这种想法不过是多情善感罢了。"②二战期间，日本大肆宣扬建立"大东亚共荣圈"，呼吁士兵为天皇而战，并把死后能够进入靖国神社视为荣耀。但是从作品内容看，"优雅地死去"并没有为了天皇和"大日本帝国"英勇作战、壮烈牺牲的意味，更多地是指死亡的场面不要太血腥，死相不要太难看。谷中尉通过自己在战场上的见闻否认了这种死亡方式，而"我"作为一名还没有亲身经历过战斗的知识分子士兵，出于一种感伤的情绪，产生了"想优雅地死去"的念头，想把它作为面对死亡时的精神依托。这种想法只能说是"我"初上战场时抱有的浪漫幻想。

  看到在鹿儿岛湾上空飞行的破旧的教练机，"我"联想到在坊津

---

① 梅崎春生：「桜島」，『梅崎春生全集』第一卷，新潮社1966年版，第45頁。
② 同上書，第10頁。

曾经看见过几个水上特攻队员喝酒的场面。他们衣着打扮显得庸俗、土气，相貌粗野，令人厌烦，"我"不由得怀疑"这就是特攻队员吗?!""我虽然可以想象欣然赴死未必是在透明的心情和环境下去做的，但眼前看到的这幅景象充满了一种令人厌恶的体臭。""我"由此想到"我要美好地生活""我要死而无憾"。① 战时日本官方把特攻队员视为帝国的骄傲，对他们的自杀式攻击行为大加赞扬。这里却描写了被迫送死的特攻队员精神的颓废和内心的焦躁不安，他们的言行完全没有"帝国军人"的样子，颠覆了战时媒体宣传的"英雄"形象。"我"对特攻队员的蔑视与"我"想优雅地死去相对照，凸显了"我"作为知识分子士兵的清高和孤傲。

随着死亡的阴影日渐逼近，"我"不想与吉良兵曹长等人为伍，像他们一样毫无意义地死去。这种自恃清高的傲慢和矜持，进一步转化为"想优雅地死去"的愿望。苏联对日宣战后，吉良兵曹长用挑衅的语气问"我"是否怕死。这说明他在内心里瞧不起知识分子出身的士官。"我"觉得："死亡并不可怕。不，没有不可怕的事情。直截了当地说，我不愿意死。但是，如果横竖非死不可的话，我想明明白白地死。——就这样在这个岛上，同这里的蝼蚁之辈一起，像丧家之犬一样死去，那不是太悲惨了吗？我有生以来，没享受过真正的幸福，辛辛苦苦拼命积累着什么东西，然而一切都将埋入泥土。但是，那样不挺好吗？那样不好吗？"想到这里，"我"跟吉良兵曹长说："如果我也要死的话，死的时候我想死得优雅些。"② 由此可见，"我"不想死，更不想稀里糊涂地死去，不甘心接受这种命运的安排。但如果非死不可的话，想要像个人样、明明白白地去死。吉良兵曹长和谷中尉一样，认为想要死得优雅是一种不切实际的幻想。他讲述了战场上的惨状，如士兵战死后满脸血污，尸体遭乌鸦

---

① 梅崎春生：「桜島」，『梅崎春生全集』第一卷，新潮社1966年版，第21頁。
② 同上書，第34—35頁。

第二章　梅崎春生战争小说论

啄食，腐烂生蛆，雨后化为白骨，随后反问"我"是否还想优雅地死去，"我"听后感到一种不可思议的悲哀。

苏联参战的消息扩散开来，部队弥漫着萎靡不振的气氛。"我"想写封遗书，提起笔来又无话可写，不知从何说起。因为"一旦写成文字就会变成谎言，我希望让人理解这种语言难以表达的悲伤"。① 于是，"我"再次登山去瞭望台。途中遭遇美军飞机的空袭，此时对死亡的思考，反过来激发了对生存的执着追求。"我"在山岗上发现了哨兵的尸体，他的前额被子弹打穿，一道道血迹流到了太阳穴。第一次直面死亡，"我"流下了滚烫的泪水。

> 他的姓名、遭遇、家乡，我最终什么都没有问过。对我来说他不过是萍水相逢的人。他讲述灭亡之美，可能是为了借此说服自己接受必须在这里死亡的命运吧？在不祥之兆的威胁下，他一定无数次给自己讲述灭亡之美。他一定是费尽心机地想出支持自己预感到死亡的理由，并努力使自己相信它。
>
> （灭亡怎么可能会美丽呢？）②

这个哨兵之所以无名，一方面是"我"把他当作路人，不关心他的姓名、籍贯等信息，另一方面可以说他代表了一大批这样的下层士兵，他们在军队本来就是默默无名的存在，也没必要突出他的名字。至此，"我"终于明白了哨兵讲述灭亡之美是为了让自己接受不可抗拒的死亡命运。他虽然对所处的环境感到不满，但是深感个人在国家机器和战争旋涡中的软弱无力，由此产生了宿命论的达观，试图让自己接受命运的安排，在日常工作中则继续恪守士兵的职责。这是一种精神胜利法，既然无力改变，就不加抵抗地顺从。目睹哨

---

① 梅崎春生：「桜島」，『梅崎春生全集』第一卷，新潮社1966年版，第37页。
② 同上书，第39页。

兵的死亡，"我"终于认识到灭亡不可能是美丽的。眼前血淋淋的现实否定了哨兵所说的"灭亡之美"，也击碎了"我"想优雅地死去的幻想，表达了这种死亡美学的虚幻。要而言之，"我"面对死亡既不像谷中尉和吉良兵曹长那样现实，也不像中年哨兵那样达观，有一些本能的抗拒，更多的是知识分子的感伤。

四　朴素的厌战思想

虽然樱岛远离本土，地处战场的前沿，但是作者没有把这里当作与日常生活完全隔绝的极限空间来描写，《樱岛》表现了战场上日益迫近的死亡与单调乏味的日常生活中的紧张，把战争对人的摧残融合在日常生活之中。贯穿这部作品的是日益逼近的生存危机，作品通过设定樱岛这个相对孤立的环境，战争一直收敛在个人心中。这部作品虽然没有高声呼吁反战，但字里行间蕴藏着厌战思想，散发着淡淡的哀愁和悲伤，主要表现在以下两个方面。

一是描写了主人公和一般士兵的厌战心理。"我"作为一名应召入伍的知识分子士兵，没有接受过正规的军事训练和军国主义教育，具有较浓厚的人道主义思想。"我"从普通民众和下层士兵的视角看待战争，表现出对死亡的恐惧、对生存的渴求以及对战争意义的怀疑。在军队的日常生活中，"我"缺乏战斗意志，没有严格的等级观念，对下属也比较宽容。比如，从谷山本部前往樱岛的通信科报到的途中，同行的一个年长的士兵看到"我"的背囊比较重，提出把背囊换过来背，遭到了"我"的拒绝。这是因为他虽然看上去是一个善良的人，但是他墨守军队常规的那种愚直，让"我"觉得不舒服。"我"不适应或者说不喜欢军队的上下级关系，更愿意按照自己的感性行事。吉良兵曹长对待士兵态度严厉，动辄体罚他们。"我"则因自己当士兵时有过遭受处罚的屈辱的、不愉快的记忆，不愿意让士兵遭受无谓的处罚，觉得大敌当前，自己人不必互相残杀。因

第二章 梅崎春生战争小说论

此，"我"觉得吉良兵曹长归根到底跟自己是完全不同的两个世界里的人，把以他为代表的同伴视为另类，在内心深处与他们划开界线，由此表达了对不近人情的军队机构的厌恶和反感。"我"一方面对把自己推到此般境地的势力感到强烈的愤恨，另一方面又觉得一切都是徒劳，为此感到深深的苦闷。得知美军在广岛投下原子弹和苏联对日宣战的那天，"我"喝得酩酊大醉。想到哥哥在菲律宾战场生死未卜，弟弟在蒙古战死，"突然一股怒火像疾风一样涌上心头。付出这么大的牺牲，日本这个国家究竟得到了什么呢？说是徒劳——假如这是徒劳的话，我该向谁发出怒吼声才好呢？"① "我"在这里从家族遭受的战争灾难和日本的利害得失出发，意识到应该有人为这场毫无意义的战争负责，但是没有继续深入追究下去，把它上升到批判侵略战争的高度。北村耕认为其原因在于，"平民士兵对没有斗志被迫直面死亡的不合理的强烈的反感，虽然间接地成为对那场战争的抗议和对战争责任的追究，但是仅仅这样还是不能搞清楚造成这种不合理的原凶以及帝国主义战争的本质"。②

"我"所属部队的其他士兵也大都士气低落，无心打仗。"夜光虫事件"引发了日军上下的一阵慌乱，判定敌人的舰队是指向东京方向时，人性的阴暗面赤裸裸地呈现了出来。有人幸灾乐祸地说这次军令部③和东京邮电局那些人该惊慌失措了，有人开玩笑说假如美军登陆，明年这时候大家也许都会在佐世保码头扛面粉，那时就没有官兵之分了。苏联参战后，基地日军上下都弥漫着怠工的气氛，军官们成天无所事事，士兵们干活慢慢腾腾。部队甚至喝啤酒狂欢，完全是一幅自暴自弃的场面。因此，他们最终以比较平静的心态接

---

① 梅崎春生：「桜島」，『梅崎春生全集』第一卷，新潮社1966年版，第33頁。
② 北村耕：「戰爭責任の追及と主体の回復――戰後派作家の諸作品」，『民主文学』1967年9月号。
③ 军令部设置于1933年，是旧日本海军的中央统帅机关，相当于陆军的参谋本部，负责制定作战计划、管理参谋军官、督促海军训练等，1945年撤销。

受了"停战诏书"。正如饭野博指出的那样,《樱岛》的"主人公在经常与死神相伴的异常世界里,被迫无所事事、百无聊赖、心灰意冷地忍耐着'死亡'的恐怖而生活着,作品通过这个人物形象,以冷静的笔触清晰地描绘了非人的'军队'以及在其重压下受苦受难的人们的呻吟"。[①]

二是塑造了暴虐的吉良兵曹长的形象。吉良兵曹长和主人公形成鲜明的对比,可以说是一个狂热的军国主义分子,一个缺乏人性的战争工具。作品通过对他的人物刻画,批判了日本军队机构如何对人性进行压抑和摧残,把人变为遂行战争的工具、变为非人。吉良兵曹长以身为军人而自豪,行为偏执、残忍。"我"初次见面就跟他格格不入,对他感到憎恶和恐惧,有种不祥的预感。他可怕的眼神充满狂乱的神色,让"我"感到不寒而栗。他说反正大家都要死在这里,就不要做让人耻笑、让人戳脊梁骨的事情。后来他误把天皇的停战诏书听为本土决战的诏书,扬言美军登陆时他要用军刀把胆小怕死的部下一个一个都砍了。确认"玉音广播"是日本宣布无条件战败投降的消息后,"我"三次回头看他。第一次他面无表情,欲言又止,脸颊上流下了泪珠。第二次他挂着军刀,目光呆滞地注视着墙壁。第三次他唰地抽出军刀,出神地凝视着刀身,身上充满了杀气,随后又把刀身收回刀鞘。对吉良兵曹长来说,军国主义的价值体系随着日本战败而崩溃,他作为军人的存在价值也随之消失。他的眼泪是不甘心日本战败、为战败感到懊悔而流下来的,他抽出军刀时也许闪现过为天皇自杀谢罪的念头。

日本战后有很多文学作品描写了行伍出身的职业军人与临时应召的预备役军人之间的对立,《樱岛》也把吉良兵曹长塑造为现役军人的一个典型,一方面从主人公的视角表达了对他的不满,另一方面借中年哨兵之口对他进行了批判。这个哨兵虽然是一个底层士兵,

---

[①] 飯野博:「戦争体験の文学化——梅崎春生の『桜島』」,『民主文学』1966 年 10 月号。

第二章 梅崎春生战争小说论

但是说话带有知识分子的理性思考。本多秋五认为他是"作者的传声筒,是另一个分身"①。他说:日本海军士兵"没有情趣。自以为是人,其实不是人。人内心世界不可缺少的某种东西,在海军生活中完全退化,变成了像蝼蚁那样没有思想没有感情的动物"。志愿兵"被榨干了油水,失去宝贵的东西,当上下士官"。那些兵曹长"要么成为不可救药的俗人,要么成为行尸走肉,非此即彼"。② 也就是说,他认为在绝对主义天皇制的军队机构中,要适应那里的生存就必须压抑人性的愿望和意志,丧失人的主体资格和尊严。然而在"我"看来,吉良兵曹长"既不是行尸走肉,也不是俗人,是完全不同的另一类型的人"。③ 他因当志愿兵时遭受过毒打而滋生出复仇情绪,萌发出人类内心深处冷酷无情的东西。户塚麻子指出:"哨兵的想法基于好人、坏人二元论的思想,是譬如说坏人随意打仗这种非常单纯的公式化的东西。作者虽然赋予这种军队批判某种程度的真实感,但是没有向这种主张公式化的军队批判的方向发展。"④ 这一点确实是该作品在战争认识上的局限之所在。与此相关,作品虽然描写了吉良兵曹长的残酷无情,但是没有把他完全放到"我"和其他士兵的对立面,作为十足的加害者描写。在作者笔下他不是纯粹的坏人,甚至可以说他也是军国主义的牺牲品。他同"我"和士兵之间的矛盾并非不可调和的敌我矛盾,两者之间没有尖锐的冲突场面,这为"我"跟他的最终和解作了铺垫。

综上所述,《樱岛》通过战场上的若干个生活片段描写了"我"、吉良兵曹长、中年哨兵等面对死亡时的不同表现,并在一定程度上揭露了日本军队的野蛮和战争的残酷,通过对日本军队生理上的厌

---

① 本多秋五:『梅崎春生全集』第一卷・解说,新潮社1965年版,第425頁。
② 梅崎春生:「桜島」,『梅崎春生全集』第一卷,新潮社1966年版,第19頁。
③ 同上。
④ 戸塚麻子:「梅崎春生『櫻島』——戦争体験とイロニーの発現」,『日本文學誌要』1997年7月号。

恶，把强烈的人道主义思想上升到对战争的批判，但是没有对日本侵略战争的非正义性质进行明确的价值判断。"我"虽然面临着死亡，但是没有深入思考自己究竟为什么而死、这种死亡有什么价值，没有从政治的、社会的立场思考军队和战争的本质。和田勉指出："《樱岛》从个人的视点挖掘认真地度过战争时期的人的内心世界，几乎没有呼吁读者反战、厌战、进行社会启蒙的意图。不是带着政治意图的宣传，只是更加谦虚地从不合理且难以抵抗的军队中谋求把人当作人来对待。"① 总体而言，该作品虽然描写了战争，但是其主旨不在于再现战争、批判战争，而是哀叹主人公因战争而失去的青春。作品中感性多于理性，感伤多于愤恨。作品聚焦在"我"面对死亡的紧张心理以及军队生活中令人心颓废的疯狂和异常，描写了一个知识分子士兵在生死边缘徘徊的心境，用"临终的眼光"和富有诗意的文体描述了主人公面对死亡的孤独感、虚无感与求生的希望，写就了一首黯淡的青春的挽歌。饭野博指出，梅崎春生之后创作的军队题材的作品都是"作者在《樱岛》中提出的、对于把人'变质'为非人的'军队'的告发，也可以说是《樱岛》的变种"。②

第二节　人性的拷问
——《日暮时分》

梅崎春生以《樱岛》为开端，根据自身的战争体验，先后创作了《悬崖》、《山伏兵长》、《眼镜的故事》和《演习旅行》等一系列作品，刻画了一批不适应军队生活的日本老兵和应招兵形象，揭示了军队生活的一个侧面。与此同时，为了从不同的角度探究日本人

---

① 和田勉：「梅崎春生『桜島』論」，『福岡女子短大紀要』1979年6月号。
② 飯野博：「戦争体験の文学化——梅崎春生の『桜島』」，『民主文学』1966年10月号。

第二章　梅崎春生战争小说论

经历的二战,梅崎春生把笔触转向自己未曾经历的菲律宾战场,先后发表了《日暮时分》(1947)、《B岛风物志》(1948)、《鲁奈特的民兵》(1949)等作品。这几部作品都是以他人的讲述为素材创作的虚构小说,描写了日军在菲律宾战场的情况。梅崎春生凭借《日暮时分》确立了他在日本战后文坛的地位。有学者指出,《日暮时分》是梅崎春生根据他哥哥梅崎光生从菲律宾复员回来后提供的素材创作的,梅崎光生就是该作品的主人公宇治中尉的原型。① 本节拟以该作品为中心,探讨梅崎春生对人性的思考。

一　战场上的生死选择

《日暮时分》以太平洋战争末期的菲律宾吕宋岛北部为舞台,以主人公宇治中尉逃亡为主线,以第三人称的叙事视角叙述了一天之内发生的事情。该作品通过宇治对"命运"的反叛,描写了日军个体官兵在生死存亡之际的选择和复杂心理。

(一) 生存至上的人生哲学

《日暮时分》叙述的故事发生在1945年6月下旬的菲律宾战场。当时马尼拉已被美军占领,日军失去了有效的抵抗。主人公宇治中尉33岁,是名应召入伍的军官,负责制造突击队使用的武器装备。他所属的旅团最初驻守在吕宋岛北部的阿帕里,旅团撤离该地区南下至圣何塞盆地北部的入口时,遭到美军的炮击,死伤惨重。随着战局不断恶化,官兵之间开始出现厌战的气氛。先是突击队执行任务的士兵中途逃跑,之后大部队的士兵也开始逃跑。

宇治患有结核病,他清楚地知道自己即便能侥幸躲过战场上的炮火,也难逃病死的命运。尽管如此,宇治还是决定逃跑以求得一线生机。他燃起求生欲望主要有两方面的因素。一是死亡的征兆日益明显。宇治身体虚弱,在行军途中开始咯血。"虽然可以预想到不

---

① 戸塚麻子:『戦後派作家梅崎春生』,論創社2009年版,第57頁。

久将死于炮弹或刺刀,但他有时也会浮现出冷笑,觉得病情有什么好担心的呢?奇怪的是一看到痰中的血色,他心里常常会猛然产生想活下去的欲望。"① 也就是说,面对战场上司空见惯的死亡,宇治还抱着一丝侥幸心理。但是,看到咯血这种现实而具体的死亡征兆,宇治产生了要为自己而活下去的想法。这与《樱岛》的主人公村上兵曹颇为相似。村上在登山去瞭望台的途中遭遇美军飞机的空袭时,对死亡的切身感受激发了对生存的执着追求。面对生死的选择,宇治开始把求生当作第一要务,他认为:

> 人的生死都是由非常细微的要素决定的。虽然一开始就知道这是战争中常有的事,但是一旦直接面对现实就感到难以忍受。他不知道渴望幸存的心情是纯粹的还是不纯的,觉得甚至于思考这件事本身就是无意义的。北口的官兵将全军覆没已经是时间问题,南口的大队的命运也如同风中之烛。这是谁都预感到的。尽管如此还想留在原部队是怎么回事呢?是作为人的矜持吗?这里已不可能有矜持和自律,只有生存或者被杀这种冷酷的现实。没有什么善恶。所谓的真实只有一个。那就是灵魂深处的声音,是想生存下去的希求。为自己而生存是唯一的真实。其他行为都不过是感伤而已。②

二是花田中尉的示范效应。宇治的同事花田是一名军医,他在阿帕里结识了当地一个女人,把她包养为情妇。部队遭到美军炮击时,他腿部负伤,扔下死伤的同伴,在其情妇的帮助下,逃到了一个小村落里,用随身携带的药品换取粮食维持生活。宇治晚上筋疲力尽地躺到床铺上,就会在心里默念那些没有回来的同事和部下,

---

① 梅崎春生:「日の果て」,『梅崎春生全集』第一卷,新潮社1966年版,第77页。
② 同上书,第82—83页。

第二章　梅崎春生战争小说论

那时必定会模模糊糊地想到花田中尉。宇治对花田抱有一种说不清的复杂的感情，才会时常在脑海里浮现出花田的形象。他们一个是应召入伍的下层军官，一个是不直接参战的军医，都没有被军国主义思想彻底洗脑。在日军败局已定的情况下，他们没有把当逃兵视为极其可耻的行为。当时军纪紊乱，很多日本军官包养了女人。宇治之所以没有包养女人，是因为害怕自己的心灵颓废。但是，花田跟那个女人一起欢笑的情景历历在目，让宇治嫉妒花田顽强的生命力。花田把军队的纪律和规章制度抛之脑后，按照自己制定的规则独立生活。在宇治眼里，花田的身上被赋予了一种幸福、新鲜的形象。因此，宇治早上领命前去射杀花田中尉时，便下定了趁机逃跑的决心。

（二）苟且求生与军人职责的冲突

宇治虽然决意逃跑，但他深知这个行为有违军人的职责，不能像花田那样把自己的逃跑行为合理化、正当化，因而产生了激烈的思想斗争。一方面，战场上残酷的现实促使他下决心逃跑，觉得活下去才是正确的选择。另一方面，作为军人尤其是下级军官的职责意识又阻止他逃跑。宇治仍然牵挂着自己的部下，早上出发时手下那些士兵锐利的目光使他难以毫无顾忌地逃往东海岸。因此，他觉得自己早就失去了判断的支柱，怀疑自己决心逃跑不是出于理性，而是一时头脑发热。宇治没有简单地接受战场上冲锋陷阵、舍己救人的"美谈"。在他看来，失去了支柱的人，"无非是失去了影子的鬼魂。……鬼魂的行为不可能有美丑"。"在战场上个人的生命算不上问题。有时仅仅小小的恣意就可能夺取人的生命。……无论是谁都失去了判断的支柱。只有跟现象呼应的感觉，大家都确信那种感觉就是自己的理性。"[①] 宇治在战场上已多次目睹人们因为瞬间的感动而丧命，觉得不能因为"其他力量和瞬间的感伤"而违背射杀花

---

① 梅崎春生：「日の果て」，『梅崎春生全集』第一卷，新潮社1966年版，第90—91頁。

田的命令。他认为这次逃亡或许也出于"瞬间的感伤"。

宇治带着矛盾的心理,动身去追杀花田时,为了"同对自己逃跑的通俗的非难交锋",选择了让高城伍长随行。高城是个稚气未消的年轻军士,"对跟情妇逃跑不归队的花田,从内心里感到通俗的愤怒"。① 他原本是花田军医的部下,如今要去杀死自己的长官,却没感到有什么抵触情绪,认为自己只是在执行命令而已。可见高城在军队生活中丧失了自我,已经变成了只会忠实执行上级命令的机器。在这里,"通俗的"与"世俗的"含义相同,其"非难""愤怒"都是站在一般民众和士兵的立场而言,符合大众社会对军人的期待与评价。对宇治而言,假如高城能追随自己逃跑的话,他也可以由此确认自己逃命的正当性。

途中宇治告知高城自己决定不再返回原部队,要去战火还没有波及的东海岸。此时,高城面临三个选择,一是跟随宇治一起逃跑,二是背弃宇治返回部队,三是开枪射杀宇治。高城选择了回原部队,这一方面表明了他的稚气与单纯,另一方面也说明他受军国主义教育的毒害较深。宇治想到高城回去报告情况后,队长可能会派追兵过来,曾闪过击毙高城的念头,但最终还是放走了高城。这是因为"宇治想赌一次。会有追兵重新赶来。或许对自己的逃跑越是有外部的压力,宇治就越抗拒并能确认自己的正当性。他想确认这一点。他不愿意像预感到船只要失事而从船舱逃出的老鼠那样偷偷摸摸地逃跑。不管是好是坏,他想推开障碍物逃跑,想通过感到抗拒来确认自己的行为"。② 也就是说他一直在寻找自己逃跑的合理性。之后,宇治逃亡的决心又几度动摇。沿途看到到处都有脱离大部队后饿死的士兵的遗骸,宇治感到早上出发时打算逃跑的意图渐渐变得令人不快。他不认识路,担心自己也会像遇到的伤病员那样饿死在森林

---

① 梅崎春生:「日の果て」,『梅崎春生全集』第一卷,新潮社1966年版,第84页。
② 同上书,第84—85页。

里。这种死亡的预感扫去了他逃脱部队的喜悦，他由此失去了逃跑的动力，并担心追兵会很快赶来。但是不知何故，高城中途折返回到了宇治身边，他恳求宇治见到花田后，执行队长的命令将其击毙，这样还能回到原部队。

（三）不可抗拒的命运

宇治和高城在花田原来的住处碰到了从马尼拉逃来的一对日本男女，女的相貌姣好，但是个疯子。男的表示跑到哪儿都一样，已经厌倦了东藏西躲，要和这个女人在这儿过一辈子。宇治嫉恨那对男女的生活，趁着酒劲儿下令高城杀死他们。高城赶过去二话不说就一枪击毙了那个女人。由此可见，他们视人命如草芥，已经完全丧失了人性。不但大肆屠杀当地居民，而且随意杀害本国同胞。

夕阳西下时，他们寻觅到了花田的踪迹，花田的情妇看到他们后大声喊叫为花田报信。他们在河堤遇到花田，花田先拔枪射击却没有打响，宇治趁机将他击毙。"无论怎么努力也无法摆脱的命运，好像正在用有力的手掌紧紧地抓着他。"① 出人意料的是花田被击毙后，其情妇回房取出一把手枪，把枪口对准了宇治。此时，花田和宇治的死亡场面犹如电影中的慢镜头，没有血淋淋的骇人场面，显得平静而温和。花田中枪倒地后，"些许鲜红的血从口中流出，黏稠地滴落到脸下面盛开的黄色花瓣上。花茎因血的重量而弯曲，血液滑落了一半后，又缓缓地挺直了"。宇治中弹倒地后，"四周已经雾气弥漫。……宇治感到手脚相继没有了感觉，渐渐地失去了意识。暮色也降临到了那里"。② 这与大冈升平《野火》的主人公射杀菲律宾女人的场面极其相似。"我开枪了。子弹好像击中了女人的胸膛。血迹迅速在她天蓝色的薄纱衣服上扩散开来。女人右手捂住胸口，

---

① 梅崎春生：「日の果て」，『梅崎春生全集』第一卷，新潮社1966年版，第105页。
② 同上书，第105—106页。

奇妙地扭转身子，向前倒了下去。"①

宇治的死亡结局表明从《樱岛》到《日暮时分》，梅崎春生对命运的看法发生了变化。《樱岛》的主人公"我"（村上兵曹）虽然不能接受死亡的"宿命"，但并没有积极地反抗。他所说的"优雅的死亡"是在不可抗拒的命运中的死亡，是一种悲剧。面对残酷的现实，他最后抛弃了这种幻想。《日暮时分》的主人公宇治虽然开始主动地反抗"宿命"，但最终以失败告终，说明人的命运往往为各种偶然因素所左右。户塚麻子指出："在战场上死亡，不是有意义的死亡也不是古典戏剧那种英雄般的悲剧，而是无意义的死亡、是不可能成为'悲剧'的'悲剧'。"② 宇治之死便是如此。

二 战争中的利己主义

政治的暴力，在战争时期达到了极限。人性的善恶，在战争的极限状况下表现得最为充分。在战争中，多数人必须面对"死亡"和"杀人"的问题。战争拷问着人性，梅崎春生则在不断地通过战争探讨人性。

（一）《日暮时分》中的利己主义

《日暮时分》虽然以战争为题材，但并不是从社会历史的角度审视战争，而是通过战场这个舞台探究人性。在该作品中，花田中尉和宇治中尉身上都体现出极端的利己主义思想，主要表现为人际关系冷漠，相互之间没有信任和友爱，为了自己的生存不惜牺牲他人的一切。当时日军这支部队的医务人员严重不足。花田作为一名军医，拒不履行医生救死扶伤的职责，擅自逃离战场，找各种借口拒绝上级令其归队的命令。部队派人前去联系时，他刚开始以自己伤未痊愈、行走困难为由拒绝归队，之后又说自己是高级军医，不能

---

① 大岡昇平：「野火」，『大岡昇平集3』，岩波書店1982年版，第312页。
② 戸塚麻子：『戦後派作家梅崎春生』，論創社2009年版，第65页。

第二章　梅崎春生战争小说论

去最危险的地方，应该派遣实习军医或卫生下士官去那些地方。他最后携情妇逃亡到了吕宋岛的东海岸，那里是传说中的"圣地"，有丰富的大米、食盐和鱼类。如果说花田最初逃跑是在生死关头的一种本能行为，那么他之后继续逃跑就是一种有意识的行为。

宇治应征入伍以来，转战各地，"在战场的阵地上看到的是人露骨的形态。拄着拐杖艰难地朝着圣何塞盆地行进时，宇治痛下决心要只为自己而活，也是因为他耳闻目睹的现实清楚地教给了他这些。诸如人只为自己的利益或快乐服务，所谓的牺牲和献身，只有在弥补了其痛苦后还余有自我满足时才能成立"。[1] 正是秉承这样的人生哲学，宇治决定利用追杀花田之机逃跑。此外，宇治始终与他人保持一定心理上的距离，没有推心置腹的知己。他带领高城一同执行任务，但是对高城的真实想法并不了解。比如他中途折返回来是不是想一起逃跑，为什么回来时眼含泪水等等。因为不信任高城，处处对他小心提防。正如平野谦指出的那样，"大家都不是'坏人'，却要相互憎恨。同样是'受害者'，却不去面对共同的敌人，而是走向相反的方向越发相互伤害"。[2]

除了花田和宇治，在其他士兵身上也可以看到利己主义的表现。日军这支部队是名副其实的乌合之众，人与人之间只有相互利用的利害关系。大家之所以没有彻底地分道扬镳是因为面临着同样的危险和相同的命运，在某种程度上需要抱团取暖应对危机。生死之际，大家便各自保命。在艰难的行军途中，因疲劳过度而倒下的士兵要么自杀要么被枪杀，没有人会施以援手。宇治在圣何塞遇到了一个日军报道班成员，也和一个土著的女人生活在一起。据说，他后来为菲律宾的游击队带路，导致宇治所属部队的四五个士兵被杀。可

---

[1] 梅崎春生：「日の果て」,『梅崎春生全集』第一卷，新潮社1966年版，第90页。
[2] 中井正义：『梅崎春生——「桜島」から「幻化」への道程』，冲積舎1986年版，第275页。

以说支配他们行动的都是源于其内心深处的利己主义思想。

（二）同时期作品中的利己主义

梅崎春生对人性的探讨并未止步于《日暮时分》，他在其后创作的菲律宾题材的作品中进一步揭示了人性中的利己主义。如《B岛风物志》首先揭示了日军官兵之间截然不同的生存状态。"军纪在这里已经不起作用。……人类社会的生物法则渐渐地、切实地开始支配这里。"① 日军士兵被饥饿、疲劳和恐惧搞得失魂落魄，丢下枪械和军用背包，逃到一片热带密林深处，栖身的窝棚里弥漫着热带溃疡溃烂化脓的气味。粮食匮乏，他们只能每天夜里出去搞些野菜充饥。军官则只顾自己逃命，坐着轿子，大声叫骂着推开挡路的人扬长而去。军司令部和师团司令部，每天都可吃到美味的鸡鸭鱼肉。其次，该作品讲述了士兵之间对同伴的见死不救，甚至是自相残杀。大家都竭力保存自己的体力，谁也不愿去帮助身边的人。如伴兵长同村的一个战友横倒在路边，抱住他的腿讨要面包时，被他一脚踹开。他认为："就算给他干面包，走不成路还是要被遗弃，终归不久就要死了。"② 一些逃兵在密林中彷徨，没有食物时为了自保，便袭击日军部队的宿舍，杀死士兵，夺走他们的物品。更有甚者，有马兵长病死被埋葬后，其尸体臀部的肉被伴兵长和仁木挖下来吃掉了。和田勉指出，这部作品的内容"不像抒情性的题名，描写极限状况的悲惨甚至到了故意暴露自己缺点的程度，也可以看作是《野火》和《光藓》等作品的先驱"。③

《鲁奈特的民兵》是梅崎春生最后一部菲律宾题材的作品，描写了在硝烟弥漫的战场上人处于生死之间时表现出的利己主义。作品一方面揭示了集体的利己主义。美军登陆时，原本负责守卫马尼拉

---

① 梅崎春生：「B島風物誌」，『梅崎春生全集』第一卷，新潮社1966年版，第138頁。
② 同上書，第132頁。
③ 和田勉：「梅崎春生『桜島』論」，『福岡女子短大紀要』1979年6月号。

第二章　梅崎春生战争小说论

的十万日本正规军集体逃往蒙塔尔万山区。为了给上级有个说法，他们下令五千名装备简陋的守备军留下来坚守马尼拉。这些人成为"马尼拉的弃儿"，遭到美军的重创，被赶到鲁奈特公园内的三座建筑里做垂死挣扎。另一方面揭示了个体的利己主义。美军进攻马尼拉时，三田、河边、铜座等一行五人决定从城内逃到马尼拉湾，再从那里逃往巴丹半岛方向。他们刚进城就遭到美军的机枪扫射，河边中弹后滚到三田的身边，双手抱住了三田的右腿。三田感到暴怒，使出浑身的力气摆动右腿，踹河边的脸令其松手，挣脱河边后独自疯狂逃命。

此外，梅崎春生对战后人性的认识与他对战争中人性的认识是相通的。在他眼里，日本战败后的世态是一幅利己主义的图画，物资匮乏，粮食短缺，人们要保存性命就要牺牲他人的利益。他说："在现在的时代要维持生存就必须钻法律的空子直接到农村买粮食，要乘坐电车就必须把别人撞到一边。不能在书斋里过悠闲的日子。现在必须倾注全部身心与这个世态抗争。要有高度的狡黠并在牺牲他人的基础之上才可能生活下去。""假如说文艺复兴始于个人的觉醒，则当今时代始于利己主义的觉醒和扩张。总之现世的颓废必将走到谷底。不管是否愿意，我们都将会认识到活下去是最高的美德，牺牲和献身是最大的欺骗。这样我们将不得不彻底地拥抱我们的利己主义。"① 这与他在《日暮时分》中表达的"为自己而生存是唯一的真实"的观点是一脉相承的。梅崎春生在《世代的伤痕》（1947）里阐述了同样的观点，文中写道："……首先生存是最重要的，这不仅是我，而且是所有的人通过这场战争都能得出的观点。""……我也并不认为自己的利己主义是好的。但是因为不容忍它就活不下去，所以我肯定它。我想从肯定的地方重新出发。假如现世能有新的伦理的话，我认为那不应该仅仅是由人类内心高尚的部分合谋而成的

---

① 转引自户塚麻子『戦後派作家梅崎春生』，論創社 2009 年版，第 67—68 页。

柔弱的伦理，而应该是新建在人类所有可能性的基础之上。"①

梅崎春生同时期创作的《蚬贝》（1947）便体现了他的这种观点。作品描写了一辆满员列车的连接处没有车门，一个40岁左右的中年男人为了救助一位同车的女士，被挤下了列车。但是，在场的乘客们对他既没有同情也没有担心，却在大声地哄笑。主人公不由得感叹日本人幸福的总量有限，一个人幸福了，相应就会有另一人不幸。因此，大家与其祈愿自己的幸福，莫如祈愿他人之不幸。作为生物，活着便是最高的追求，其他的念想皆为感伤。木村功指出："战争带给国民和老兵们的不只是战败和悲惨的战后生活，而且是'利己主义的觉醒和扩张'，梅崎从这里看到了'新文学出发'的条件。"② 这个分析触及了梅崎春生战后认识的实质。

综上所述，《日暮时分》以普通士兵的视角，重点讲述了一个逃兵的故事，其中贯穿着"活命是正确的"这一思想。该作品一方面通过宇治对"命运"的反叛，追究极限状况下极端的利己主义，揭示了人性中丑恶的一面。另一方面，通过对战场的描述，深入揭示了日军个体士兵在生死存亡之际的生存方式、复杂心理及人性，反映了他们对死亡的恐惧和对生存的渴求。户塚麻子认为宇治试图逃跑是"想拒绝并反抗从上面控制、限定自己的行动的'命运'"。然而他对命运的反抗最终以失败告终。因此，"可以说《日暮时分》是一个想反抗'命运'的人最后败给'命运'的故事"。③

宇治、花田等人之所以想当逃兵，只是因为在日本败局已定的情况下不愿充当炮灰。宇治对军人个体死亡价值的否定、对自己

---

① 转引自岸田正吉「『桜島』私論——〈その生と死〉」，『日本女子体育大・紀要』1991年4月号。
② 木村功：「『戦後』を抱きしめて——梅崎春生の戦後認識」，『国文学解釈と鑑賞』2005年11月号。
③ 戸塚麻子：「〈運命〉への反逆——梅崎春生『日の果て』にみる戦争観と戦後意識」，『芸術至上主義文芸』2007年11月号。

"宿命"的反抗本质上也是对战争的否定,可视为反战的一种表现,然其本质是一种趋利避害的利己主义。在《日暮时分》中,梅崎春生既没有简单地反战,也没有简单地援引战后廉价的人道主义理论对在战场上求生的行为持肯定态度。胜又浩指出,宇治拼死要确认的东西"很难用一句话来概括。但是,要说不单纯的逃兵宇治由此代行了《樱岛》的主人公未能完成的最后的决斗,这似乎没错"。[①]从日本战后文学看,梅崎春生揭示人性的主题与同时代的其他日本作家也有相通之处。

第三节　漂泊的人生
——《剧烈摇摆的风筝》

1951年,日本同以美国为首的同盟国签订《旧金山和约》后,结束了被同盟国军事占领的状态。随着经济的恢复和发展,日本人的战争记忆开始风化。受其影响,在文学领域,继第一批战后派、第二批战后派之后,安冈章太郎、小岛信夫、远藤周作等"第三新人"逐渐占据文坛的主流,他们描写的对象开始由战争转向日常生活。

在战后派作家中,梅崎春生较早把笔触由战争转向了日常生活。他在NHK的"晨访"(1964)中,关于《日暮时分》等以菲律宾为舞台的战争小说曾说过下面一段话。"我并非有意去追究人性。因为有这样的战争,当时是这么感觉的,就是说停留在猜想的层次。因此,那是虚构的故事。我觉得这样不行,就不再写战争,把目光转回了日常的生活。"[②] 抱着这样的想法,梅崎春生创作了《蚬贝》(1947)、《轮唱》(1948)、《黄色的日子》(1949)等市井题材的小说。之后,又创作了长篇小说《剧烈摇摆的风筝》。该作品首先在

---

① 勝又浩:「飢えと旅人——梅崎春生論」,『群像』1976年7月号。
② 转引自和田勉「梅崎春生の文学史的位置」,『国語国文学研究』1986年2月号。

《群像》杂志1963年1月号至5月号连载，同年9月由讲谈社出版单行本，翌年2月获得文部大臣艺术选奖。

该作品以梅崎家族为素材，以梅崎春生的老家九州为舞台，添加了一些虚构的成分创作而成。梅崎春生弟兄六人，他跟三弟忠生最合得来。忠生战争期间应征入伍到了中国内蒙古，在即将回国的前一天晚上服安眠药自杀。梅崎春生对失去弟弟深感悲痛，战后久久不能抚平丧失亲人的创伤。他说："经过20年终于写了。由于悲伤渐弱，写得较客观，所以我想是成功的。"① 可以说探究弟弟忠生自杀的真相，是梅崎春生创作这部作品的直接动机。城介的原型就是梅崎忠生，该作品可以说是作者献给弟弟的一首挽歌。荣介身上也能看到梅崎春生的影子，如都是家里的次男，都在东京求学等。高木伸幸指出："梅崎春生心里怀着对夺去弟弟忠生性命的人的极大愤怒，他通过把忠生的死亡作为城介的死亡来表达，试图探究弟弟死亡的原因并予以批判。"② 本节将着重通过该作品探讨战争年代个人和家族的命运。

一　战后岁月与战争年代的交织

《剧烈摇摆的风筝》设置了一个超叙述结构，"我"是最高层次的叙述者，也是现在视点的人物。叙述者"我"本质上是一个观察者、一个记录者，而不是行动者。超叙述提供了两个人物即矢木荣介和加纳构成复合叙述者。故事发生在20世纪60年代的东京。一天，大学教师矢木荣介（44岁）下公交车时意外摔倒受伤，导致腰椎变形。"我"作为他大学时代的朋友前去他家里探望。在两人的对话中，主要通过荣介的视点，以其不安的生活为线索，回顾了矢木

---

① 鹤冈征雄：「『桜島』から『幻化』まで——梅崎春生論」，『民主文学』1986年6月号。
② 高木伸幸：「梅崎春生『狂い凧』論：『戦争』『家父長制』そして『天皇制』」，『国文学攷』2013年6月号。

第二章　梅崎春生战争小说论

家族的历史，讲述了其伯父幸太郎的今昔、死去的父亲福次郎及双胞胎弟弟城介的情况。城介也是"我"的朋友。他应征入伍之前把自己的日记交给"我"保存，随侵华日军远赴中国战场，最后在即将复员之际服安眠药自杀。荣介想通过城介的战友加纳了解城介在部队的详情。"我"联系到加纳后，和荣介一同去千叶拜访加纳，听他讲述了城介在战场上的情况，获悉了城介自杀的真相。

作品时间跨度达40年，从大正末期矢木荣介一家人捣年糕的场面开始，到昭和30年代后期幸太郎去参拜多摩御陵结束，舞台空间则从日本本土到中国的山西、内蒙古等地。其间日本发动了对外侵略战争，普通民众不同程度地卷入其中，日常生活中的战争和战争中的日常生活交织在一起。作品起首部分，荣介因受伤趴在床上让人做石膏床时，回忆起了小时候捣年糕的情景。那是司空见惯的日常生活场面，是普通民众正常的生活状态。当时，荣介的父亲健在，兄长龙介和弟弟城介都还活着，一家人其乐融融。荣介想：

> （我长大成人后，每逢年关也要拿出臼和杵，自己捣年糕。）
> 还是小孩子的他对这件事深信不疑。没有怀疑的机会。因为自古以来这种任务都必定由大人做，而且他做梦也没想到世道会变化。太阳从东方升起到西边落下。与此相同，那时这是不言自明的事实。①

然而，战争夺去的正是这种日常生活的连续性。这个场面与战后崩溃的矢木家族形成鲜明的对照。故事叙述者矢木荣介和加纳都是战场的幸存者。就荣介而言，他1942年被陆军征召入伍，因为支气管不好，当天就返回家乡。城介去世后过了一年多时间，荣介又收到了海军的征兵通知书。他对战局非常悲观，请一个寺院的住持

---

① 梅崎春生：「狂い凧」，『梅崎春生全集』第六卷，新潮社1967年版，第166页。

在发生空袭时关照自己的家人。他们到指定的海兵团报到的第二天，半数人员就被派遣去了塞班岛，这些人几无生还。荣介侥幸在南九州迎来了战败，两个月后回到家乡。

作品以现在的视点回顾过去，现实与历史交错，和平时期与战争年代交叉，主要有两条线索：一条以矢木荣介回想的形式，讲述了矢木家族在战争中走向解体的故事。但是，战争只是其家族解体的因素之一，不能把家人的死亡和离散都归咎于战争。一条通过荣介和加纳的追忆，讲述了城介的人生轨迹因偶发事件偏离正常轨道、最终毁于战争的故事，探究了城介战死的真相。

二　矢木城介的悲剧人生

《剧烈摇摆的风筝》没有直接描写战争，而是通过间接叙述法描写了战争。矢木荣介躺在石膏床上，讲述了城介入伍之前的事情。1950年前后，城介的战友加纳先后给荣介寄了张明信片和一封信，简单地写了城介服安眠药自杀的情况。当时荣介不忍心打听城介在军队吃的苦头，就没有回信。之后过了六七年，荣介受伤后突然想知道有关城介的事情，便设法联系到加纳，然后借加纳之口讲述了城介入伍之后的经历，揭示了他的悲惨命运。

（一）偏离正常生活轨道

矢木城介性格活泼开朗，为人正直。上初中时，一天城介与三个同学翻墙头到一家面馆吃面条，几个人餐后因都没有带钱决定不付账逃走。面馆老板到学校追究当事者的责任，其他三个同学家里社会地位较高，支付了高额的说和金，私下了结此事，三个人免于处分。城介家里无权无势，只好为此事担责决定退学。城介觉得这一切不是自己做事不得要领，而是运气不好。校长为了推卸责任，还要求城介把退学日期改在事件发生之前，城介的父亲不得已答应了这个要求。可以说，城介的命运以该事件为契机开始偏离正常的

第二章　梅崎春生战争小说论

轨道，走向一条与荣介截然不同的道路。

城介因这次意外事件失去了继续读书上大学的机会。退学后，他听从伯父矢木幸太郎的建议，到东京的一家殡仪馆当学徒。幸太郎的理由是随着战争规模的扩大，战死者不断增多，这个行业最能赚钱。城介进京时，只有荣介送他到车站，两个人在车站前的一家面馆饮酒话别。这是荣介在城介的劝说下第一次喝酒。1938 年 12 月，城介收到入伍通知书。出征前夕，家里为城介举办了简单的壮行会，已上大学的荣介为城介送行到下关。喝酒时，城介告知荣介有个有夫之妇怀上了他的孩子，笑言自己"只是从葬人的职业改做杀人的职业"。在荣介眼里，"他是个多愁善感的人，比我爱感伤又爱面子，不愿让别人看到自己流眼泪"。① 没想到兄弟两个人在这里分别后就再也没有机会见面。告别城介，荣介去一家小酒馆投宿，同店里的女招待发生了关系，第一次体验了男女之事。荣介一直在校读书，可以说是在城介的引领下喝酒、玩女人，逐步地走向社会。

（二）战场上的日常生活

城介随部队在下关乘船抵大沽，又在那里坐火车前往山西大同，来到中国大陆腹地。他在火车上与加纳邻座，由此相识。城介觉得自己简直是去屠宰场。下车后，城介和加纳一起被编入独立步兵第十二联队第二大队，驻左云县。部队接收了民房，在里面生活。加纳觉得如果没有战争，这里可以说是世外桃源。新兵训练期间，城介因腿脚慢、动作笨拙经常挨揍。但他性格开朗，人缘很好，并没有为此感到郁闷。他曾为了战友仗义执言顶撞上级，说待在强制生存竞争的组织中就丧失了生活的动力。有时他会做一些胆大妄为的事情，比如翻墙外出买白酒、托平民邮寄未经审查的书信等。三个月的新兵训练结束后，部队开始招募各兵种的军人。加纳和城介都是城市出身，认为自己不适合干体力活，便报名当卫生兵，在大同

---

① 梅崎春生：「狂い凧」，『梅崎春生全集』第六卷，新潮社 1967 年版，第 201、202 页。

的医院接受了6个月的学习。学习很轻松,城介虽然懒惰,但是头脑敏锐,理解能力强。1939年10月,他们学习期满,同时晋升为上等兵,跟随日军参加了春秋两季的"大扫荡"。加纳所属分遣队唯一的患者是川边军曹。他嫖娼时染病,听说把人的骨头研成粉喝有奇效,就挖出了一个半年前被日军杀死的中国密探的头盖骨,放在火上烧了七天七夜,服用那颗粒状的人骨。虽然作者对日军的行为轻描淡写,但我们从中不难看出日军掠夺财物、杀害中国军民甚至食人头骨等惨无人道的行径。

两年后,随着战火的蔓延,日军上层认为有必要充实下士官。上级命令1939年1月入伍的所有卫生兵在大同集结时,大家还以为是要解除兵役,没想到是劝他们报考下士官。大家都没有报考的意愿,因为作为士兵还有回国的希望,下士官是职业军人,一时难以回国。由于士兵中间弥漫着这种厌战情绪,上级便设法诱骗大家报考。在军医部长的训示下,大家被迫半强制性地参加了考试,但不约而同地采用了一种软抵抗的方式。"有的在答题纸上写些敷衍了事的话,有的写些谎话,还有的直接交了白卷。以此表明没有打算报名。"① 城介想早日回国,也交了白卷。但是,出乎意料的是结果大家都算考试合格,被晋升为预备役伍长,没有像上级之前承诺的那样回国,而是在当地被临时征召入伍。大家明知上当受骗也无可奈何。这次城介和加纳又到了一起,被分配到位于内蒙古厚和的第一野战医院。城介身体比较虚弱,害怕寒冷,到那里时已患了哮喘,因为艰苦的行军日趋严重。刚开始的治疗方法是皮下注射肾上腺素,口服麻黄素。城介在厚和的生活很轻松,工作大都推给了后入伍的卫生兵,他可以专门休养。因药物没什么疗效,城介利用当卫生兵之便,开始使用镇痛止咳药复方羟二氢可待因酮。

---

① 梅崎春生:「狂い凧」,『梅崎春生全集』第六卷,新潮社1967年版,第235页。

第二章　梅崎春生战争小说论

（三）走上死亡之旅

1940年冬，日军发动了鄂尔多斯战役，有很多士兵冻伤。野战医院要快速移动，城介一旦哮喘发作就跟不上队伍。作为一种立竿见影的疗法，城介在这次战役中开始服用复方羟二氢可待因酮止咳，并在使用过程中中毒。城介表示讨厌战争，对战争深恶痛绝。战役结束回到厚和后，加纳和城介被分到不同的守备队。1941年11月，已晋升为军曹的加纳和城介奉命去中国香港参与开设第二陆军医院。途中，他们从上海乘船到高雄时，发生了一起慰问品风波。当地爱国妇女会带来了羊羹、红糖等慰问品。一个妇女会会长模样的人讲了些以恩人自居的话，惹得加纳等人很生气。于是，城介到街上叫来卖香蕉的，让大家买着吃，把妇女会带来的甜点原物奉还。此事充分表现了城介放荡不羁的性格特征。马来半岛战役告一段落后，部队再次返回北方。从香港出发时，发生了野战医院复方羟二氢可待因酮大量丢失的事件，城介逐渐被列入嫌疑对象。

1942年6月末，城介所属的部队从香港返回厚和。城介违规使用药品被发现，但是他拒绝住院治疗。据加纳分析，这可能有两方面的原因。一是城介的上司中田军医少佐极端自私，平时只顾考虑自己的晋升。他可能为了隐瞒部队里有人药物中毒，撤回了让城介强制住院治疗的命令。二是城介抱着同归于尽的心理准备，带着手枪去见中田军医少佐，可能对他进行了威胁。中田感到害怕，而且料定城介活不了多久，因此没有命令他强制住院治疗。回到厚和后，城介等人因马上就要退伍，没有太多的事情可做。城介想治愈后回国，但是不愿意被上司强制住院。他努力想戒掉毒瘾，可是做不到。对他而言，回国并不是一件很高兴的事。这是因为大家带着"要暂时告别多年生死与共的同伴的心情，还有要回到已经忘却的家庭里去的不安"。① 此外，城介一旦退伍离开部队，就搞不到药品。如果

---

① 梅崎春生：「狂い凧」，『梅崎春生全集』第六卷，新潮社1967年版，第253页。

途中药瘾发作，就会被强制送到医院接受治疗。城介大概是考虑到这些因素，对前途失去了信心，所以选择了自杀。

加纳跟城介一起从下关出发时，有种"不安的心情和悲壮的感觉。觉得去了北方，可能再也不能活着渡海回来了"。① 他觉得大家在军队里像牲畜一样，不被当士兵看。退伍回到日本后，他再次应召入伍被派到了新几内亚。据他说，日军去了20多万人，只有7200人生还。他觉得自己不过是侥幸生还，城介即便回国，也一定会在新几内亚战死。他感慨地说："同年入伍的两百个卫生兵当中，现在活着的有几个人呢？大概有十个吧。刚开始的时候我曾想，你们怎么不跟我打个招呼就死了呢，太不讲理了吧。可现在我已经想开了。与其说是想开了，不如说是既然幸运地活了下来，就替他们尽量活下去。我想多活上几年。"② 可以说，在加纳眼里，城介无非是日军无数牺牲品中的一个代表。在战场上生死都受偶然因素的影响，就当时的战争局势而言，死亡的可能性更大，幸存更为不易。

三 矢木大家族的分崩离析

关于《剧烈摇摆的风筝》，梅崎春生曾解释说："被战争打乱的一家人的命运——我的工作不是写战争本身，而是把它浮现在现在的时代、嵌入战后的时代。去年，我因意外事件伤了脊柱。利用那种日常的生活和'我'这个与问题无关的人，可以说是尝试着间接地去写。"③ 下面我们探讨一下作品是如何揭示矢木家族的命运的。

（一）传统家父长制的残存

在日本传统的家制度下，家长位于权威结构的核心，长子继承家产和家业，本家的地位优先于分家。战后，家制度被废除，日本

---

① 梅崎春生：「狂い凧」，『梅崎春生全集』第六卷，新潮社1967年版，第217頁。
② 同上書，第242頁。
③ 转引自和田勉「梅崎春生『砂時計』『つむじ風』『狂い凧』論」，『福岡女子短大紀要』1981年6月号。

第二章 梅崎春生战争小说论

的家庭形态开始从直系家庭向以夫妻为核心的小家庭转变。作品中荣介的伯父幸太郎作为传统的家父长制的代表人物，在极力维护自己的权威。他作为长子继承了家业，以矢木家族的本家自居，经常干涉弟弟福次郎家的事情，对其家人颐指气使。他因为没有子嗣，便提出资助荣介和城介兄弟两个当中学习成绩好的一个上学，如果自己一直没有孩子则将其收为养子。福次郎虽然不满幸太郎的这种做法，但是因家里拮据还是不情愿地答应了。

幸太郎把战争看作赚钱的机会，可以说是从战争中得到利益的人。他从事海产品批发，因为海产品是军需品，需求量大，生意兴隆。在他眼里，家族的荣耀高于一切。1942年8月，荣介家里收到了城介回国前突然病死的消息。幸太郎闻讯并没有为城介之死感到惋惜，而是把城介"光荣战死"视为家族的荣誉。城介的遗骸还没有送到家，幸太郎就毫不顾及城介母亲等人的心情，制作了一根木柱，亲笔写上"故陆军卫生曹长矢木城介之灵"几个字。同年岁尾，荣介刚从名古屋把城介的骨灰带回家，幸太郎就让人把那根木柱立起来，并把"英灵之家"的牌匾钉在门柱上，以此显示矢木家族的威信和自身的权力。战争刚爆发时，挂这种牌匾的家庭可以免除邻组的集体作业和防火训练等事务，但是随着战死者的增加牌匾很快就没什么用了。因此，荣介觉得幸太郎这么做很无聊，跟母亲商量后决定不举办葬礼。

幸太郎年老后到东京投靠荣介，在荣介的劝说下答应去养老院，去之前他说想参拜多摩的墓地，于是荣介邀"我"一起带他去矢木家族墓地所在的多摩墓地。但是到达那里后，幸太郎不给亲人扫墓，却说他想参拜的不是这块家族墓地，而是安葬着大正天皇的天皇御陵。可见战争已结束多年，日本也以民主国家自居，但是幸太郎的思想依旧顽固。他和战前一样崇拜天皇，把天皇看作日本这个国家的大家长。

（二）矢木大家族的解体

尽管幸太郎一向以矢木家族的家长自居，但是随着时代的发展，矢木家族在渐渐解体。首先，幸太郎作为矢木家族的嫡系却没有子嗣，而荣介最终也没有去他家做养子。鸟越皓之指出，战前日本家族制度的特征之一是"人们高度重视家以直系家庭形式超越世代永久地延续和繁荣"。[1] 因为断了香火，幸太郎的直系家族制度自然无以为继。其次，福次郎作为旁系虽然人丁兴旺，但家里遭受了不少变故。长子龙介初中毕业没考上高中，受共产主义思想的影响，因"赤化"被关进了拘留所。他在那里患肺病，出来住院期间自杀身亡。城介如前所述，从中国战场回国前夕服安眠药自杀。福次郎从三流的专科学校毕业后进入政府机关工作，因长子是"赤化分子"而被迫辞去公职，到朋友经营的一个小公司上班，致使家庭生活困难。他因脑中风病倒在床，在城介入伍一年后病故。战争结束，安放好城介的骨灰后，城介工作过的那家殡仪馆的老板娘带着一个女孩儿来扫墓，那个女孩儿应该是城介的孩子。荣介不由得感叹："人的所作所为都将随着岁月的流逝逐渐被人忘记。"[2] 此外，荣介和城介都怀疑自己可能是伯父幸太郎的孩子，暗示了近代家庭蕴含着伦理道德失范的危机。

幸太郎在矢木家族里这种唯我独尊的态度，引发了荣介的反感和憎恨。荣介作为家族里的晚辈，接受了近代的教育，自上大学前后开始逐步挑战幸太郎的权威，对封建性家父长制进行反抗。福次郎病倒时，围绕要不要把此事告诉城介，荣介和幸太郎的意见发生了对立。荣介提出应该告诉城介，幸太郎则认为福次郎患的并非不治之症，如果告诉城介会影响他的士气。荣介感到："孩提时代感觉到的对幸太郎的恐惧，现在正转变为反抗。"[3] 之后，荣介上大学二

---

[1] 转引自李国庆《日本社会》，高等教育出版社2001年版，第20页。
[2] 梅崎春生：「狂い凧」，『梅崎春生全集』第六卷，新潮社1967年版，第243页。
[3] 同上书，第224页。

第二章 梅崎春生战争小说论

年级时接到父亲病危的电报，第二天一大早起程回家，在火车上还遭到便衣特别高等警察的盘问，但是最终没能赶上见父亲最后一面。幸太郎为此训斥荣介，骂他不孝顺。因为挨骂，荣介丧父的悲伤渐渐变为内藏于心的愤怒。为福次郎守灵的晚上，荣介借着酒劲，与幸太郎发生争吵，让他少管闲事。争吵过后，幸太郎断绝了对荣介的资助，对荣介的态度越来越疏远冷淡。以城介的死亡为契机，两个人之间的鸿沟越来越深。与此同时，自从收到城介在前线病死的通知，荣介母亲似乎也发生了变化，对幸太郎的态度变得强硬起来。

幸太郎的房子在空袭中被烧毁。战后过了十多年，年迈的幸太郎处理掉家乡的财产来东京投靠荣介。对荣介而言，父亲福次郎已经是非常遥远的存在，幸太郎已经是应该死去的人。他很不情愿地去接站时，只见幸太郎弯腰驼背，一副乡下老大爷的打扮，显得非常不合时宜，让他几乎认不出来。荣介不想让幸太郎住自己家，便每个月给他五千日元。后来，荣介又说服他去养老院。这一方面反映出传统大家族血缘纽带的松散，两代人之间鸿沟的加深，另一方面也反映出战后日本家庭生活方式的变化。

前述幸太郎去参拜天皇御陵时，"我"和荣介则坐在门口的长椅上等候。可见"我"和荣介作为年青一代，对天皇早已失去了崇敬之心，不再把天皇看作是高高在上的神，完全无意参拜。从中也可看到作者对天皇的否定态度。梅崎春生在1953年发表的随笔《关于天皇制》一文中指出在现代社会天皇制是一种错误，应废除天皇制。他说："在天皇看来，我不过是路旁的一颗小石子。但是对我来说，从天皇一家受到了很多伤害。我被拉去打仗，牺牲了青春，身心两方面都受到了伤害。或许我等算是受害较轻的，有很多人失去生命，受到的损害无以言表。"[①]

[①] 梅崎春生：「天皇制について」，『梅崎春生全集』第七卷，新潮社1967年版，第114页。

四　人生无常的命运观

受佛教的影响，日本人自古以来大多有一种无常观。在战争年代，人的生死往往被一些偶然的因素所左右，更使人们产生人生无常的感慨。《剧烈摇摆的风筝》描写了日常生活的空虚、记忆的模糊以及个体生命的脆弱。据山本健吉说，该作品的题名源自芝不器男的一首俳句："驿路松顶上，风筝狂飞扬。"[1] 因此，风筝的意象在作品中发挥着重要作用。

作品开始描述了一起交通事故。初冬的一个傍晚，"我"在郊外一条人迹罕至的道路上散步时，目睹一辆卡车撞上公交车停靠站的标识柱，折断的柱子和站牌一起像剧烈摇摆的风筝一样随风飘上天空，落下时砸伤了一名过路女子。这名女子遭遇飞来横祸，卡车司机甚至都不知道自己是肇事者。"我"由此想到不知道灾难潜藏在什么地方，说不定什么时候就会从天而降。荣介下车时不慎摔倒受伤也纯属意外。他摔倒时，谁也没有伸手帮忙，公交车则径自离去。这个引子为整部作品定下了基调，也反映了"我"和荣介的命运观，旨在说明城介等人的死亡并非不可避免的宿命，而是由各种偶然因素造成的。

作品结尾部分与开头相呼应，"我"和荣介在天皇御陵的门口，"突然发现蓝天上飘着五六个风筝。从风筝的位置看，感觉是从小河的岸边放飞的。风很大，而且气流好像在那里形成了旋涡，风筝都在狂乱地摇摆着。即使在天空保持片刻正常的姿态，也会突然被风吹得左右摇摆，有的还旋转着飘落下来。在蔚蓝的空中，它们看上去像是在嬉戏，又像是在拼命挣扎。我们抽烟的烟雾也四散飞去"。[2]

---

[1]　山本健吉：『梅崎春生全集』第六卷・解说，新潮社1967年版，第432页。原句是："うまや路や松のはろかに狂ひ凧"。

[2]　梅崎春生：「狂い凧」，『梅崎春生全集』第六卷，新潮社1967年版，第272页。

第二章　梅崎春生战争小说论

作品的风筝暗示着在外部强大势力的左右下，人们有生命的危险。在日常生活中，意外的灾难不知何时何地会突然降临到毫无防备的人们的头上，彻底改变他们的生活。关于作品的结尾，户塚麻子做了如下分析："人不能完全控制自己，不可能按照自己的意志和目的度过人生。但是，人生并非预先全部都被决定下来，要沿着事先决定的道路前进，也并非有无可逃脱的命运横亘在人生的道路上。"①

如前所述，在《樱岛》中，"我"把战场上的死亡当作自己的宿命，一直在考虑该如何面对死亡。在《日暮时分》中，宇治试图摆脱死亡的命运，但最终仍以失败而告终。在《剧烈摇摆的风筝》中，"我"的命运观发生了较大的变化，更加强调偶然因素的影响。户塚麻子指出，梅崎春生在《樱岛》和《日暮时分》中描写的命运是"无法超越的决定性的宿命"，在《剧烈摇摆的风筝》中则描写了一系列偶然因素导致了人的生死，左右着人生的轨迹，不可能有"决定论性质的宿命"。② 就城介而言，他的自杀与军队和战争直接相关，也与自身的性格有关。可以说一系列偶然事件改变了他人生的轨迹。比如上中学时因参与吃饭不付账逃跑事件被迫退学，入伍后当卫生兵导致药物中毒等等。因此加纳说，假如当个缝纫兵什么的，他或许能活着回来。然而，事实上不仅城介的命运宛如剧烈摇摆的风筝，其他人也一样。如城介的伯父幸太郎战争中房屋被烧毁无处安身，长兄龙介参加左翼活动被捕后自杀等。

总之，如高木伸幸所言，《剧烈摇摆的风筝》"比起'家族'问题，更多地触及了与'家族'相关的战前日本的国家意识形态问题。与这个问题紧密相连，梅崎春生也以批判的眼光揭示了'战争'"。③ 我们通过该作品不仅可以看到矢木家族的变迁，而且可以了解城介

---

① 戸塚麻子：『戦後派作家 梅崎春生』，論創社 2009 年版，第 227 頁。
② 同上書，第 224 頁。
③ 高木伸幸：「梅崎春生『狂い凧』論：『戦争』『家父長制』そして『天皇制』」，『国文学攷』2013 年 6 月号。

等日军下层士兵的厌战情绪,并感受到作者对战争以及天皇制的否定态度。

第四节 无常的人生
——《幻化》

梅崎春生的绝笔之作《幻化》先后以《幻化》和《火》为标题分期刊登在1965年6月、8月的《新潮》杂志上,同年由新潮社出版单行本,荣获每日出版文化奖。该作品主要描写了主人公久住五郎逃离东京的精神病院前往九州的一次旅行。菊池章一(1997)认为该作品反映了战后日本社会的疾患,酒井惠子(2008)探讨了《幻化》中"同行者"的主题,高木伸幸(2012)分析了主人公久住五郎的精神世界。本节将在吸收既有研究成果的基础上,对《幻化》的主题进行深入的探讨。

一 与《樱岛》的呼应

梅崎春生非常喜欢陶渊明的作品,家里的茶室挂有几幅自己挥毫写就的书画,内容就选自陶渊明的《归去来兮辞》《饮酒》等作品。《幻化》这个题目,源自陶渊明的诗作《归园田居五首》的第四首:"一世异朝市,此语真不虚。人生似幻化,终当归空无。"这首诗道破了世间盛则有衰、生则有死这种无可逃避的自然法则,表达了人生的变化无常。日本《大辞泉》对"幻化"的解释是:"佛教用语。幻和化。幻是虚幻,化是佛和菩萨利用神通力进行的变化。比喻没有实质内容的事物,或所有的事物没有实质内容。"①从作品名可以看到该作品试图表达的主题以及梅崎春生晚年彻悟的生死观。梅崎春生1964年1月因疑似肝癌到东大病院治疗,第二年7月死

---

① 松村明監修:『大辞泉』CD-ROM版,小学館1997年4月。

第二章　梅崎春生战争小说论

于肝硬化。他创作该作品时已重病在身，却不遵医嘱依旧嗜酒如命，尽情享受生存的乐趣。值得注意的是，"幻化"一词还可以表示变化、变幻，如人们常说蚕蛹破茧重生幻化成蝶，带有脱胎换骨获得新生的意思。因此，我们在考察该作品时也不应忽略"幻化"的这层含义。

《幻化》的主人公久住五郎在九州度过了青春时期，在那里留下了青春的记忆。他在熊本读高中，后应征入伍作为密码下士官驻守在鹿儿岛的坊津附近，在那里迎来了战败。坊津虽然只是海边的一个小镇，却承载着不同寻常的历史命运。这里曾经是中国唐代高僧鉴真东渡日本时的登陆地点，日本实施闭关锁国政策时走私贸易的据点，二战时期日本海军特攻队的基地。作品以五郎旧地重游缅怀青春经历为基轴，现在与过去交错，记忆与现实交织。日本战败时，五郎25岁，精力旺盛，充满了解放感。时隔20年后，五郎却患了精神病，为社会所抛弃。为唤起尘封的记忆，确认自己当前生存的虚无感的根源，五郎悄悄地从精神病院溜出来，只身前往鹿儿岛。他首先沿着自己当年做海军通信兵时的足迹游览，体验到一种甜美的感动。接下来他到访熊本寻觅高中时代的踪迹，但那里昔日的面貌已荡然无存。最后他前往阿苏山的火山口，作品的结尾给读者留下一丝悬念，表达了生存的不确定性。

如前所述，九州也是《樱岛》的舞台，该作品描写了战败前夕主人公"我"在九州基地的生活状况以及面临死亡时的心路历程。因此，《幻化》和《樱岛》在题材上相呼应，或多或少都取材自梅崎春生自身的战争体验。江藤淳认为《幻化》"通过向处女作《樱岛》的回归给梅崎先生的作家生涯划上了圆圈"。[①] 酒井惠子则认为，《樱岛》发表后过了20年，梅崎春生必须否定此前肯定自我生存的利己主义，以及对自己幸存下来的感伤性的回顾。《幻化》是

[①] 转引自山本健吉『梅崎春生全集』第六巻・解説，新潮社1967年版，第423頁。

"为了否定《樱岛》的否定性的回归"。① 我们应该看到梅崎春生向《樱岛》的回归并不是简单的机械的重复,两部作品的内容和主题都迥然不同。在《樱岛》中,面临着死神的威胁,"我"最终否定了"优雅地死去"的想法,因日本战败投降而死里逃生。在《幻化》中,五郎在战场上幸存下来,战后没有明确的期待和目标,感觉这种生存似乎有些虚幻,因而产生了自杀的念头,最终获得新生的希望。正因为如此,户塚麻子认为《幻化》并非向《樱岛》的回归,因为五郎既没有访问樱岛,也没有回归《樱岛》所描述的军队生活。② 但是,我们认为梅崎春生在临终重新进行战争题材文学的创作,且把战争的舞台设定在了九州,抛开那些细节不谈,无疑可视为向其战后文学出发点的回归。

二 精神病人的设定

《幻化》把精神病院作为小说的舞台之一,把主人公设定为精神病患者。这种设定对小说情节的展开和主题的表达具有重要意义。

(一) 精神病院

作品中精神病院的设定应该与战后的时代背景有关。日本于1950年5月1日开始实施《精神卫生法》,各地随之兴起了建设精神病院的热潮。但是,1964年3月24日发生了美国驻日大使赖世和(E. O. Reischaur)被精神病患者刺伤的事件。在媒体的大肆渲染下,很多人开始对精神病患者持有偏见,把他们看作是危险分子。梅崎春生自1958年下半年开始血压升高,身心不适,被诊断为抑郁症住院治疗。高木伸幸指出,梅崎春生在自己因精神问题住院后,改变了之前对精神病患者的反感和歧视,开始对他们表示关心和理解。

---

① 酒井恵子:「梅崎春生『幻化』論——『同行者』というモチーフ」,『日本文学誌要』2008 年 7 月号。
② 戸塚麻子:『戦後派作家 梅崎春生』,論創社 2009 年版,第 229—234 頁。

第二章 梅崎春生战争小说论

《幻化》通过五郎的视点描写了精神病患者的内心世界，通过五郎的话语表达了对当时日本社会偏见的抗议。①

高木伸幸的分析不无道理，在作品中或许是为了证明精神病患者对社会无害，五郎特别强调他和同室的三个病友都很老实，性情温和。但是，我们认为《幻化》主人公身份的设定绝不仅仅是表达对社会歧视精神病人的抗议。就战后派作家而言，大冈升平的《野火》（1952）、武田泰淳的《富士》（1971）等作品都部分地以精神病院为舞台，并刻画了狂人的形象。这些作品都不是简单地描述精神病人的生活状态，而是通过他们的视角表达对现实社会的批判。事实上众人眼里看似正常的世界却不断地上演着荒诞，有时读者甚至难以区分社会上所谓的正常人和非正常人，究竟谁才是真正的精神病患者。竹田日出夫指出：不能适应那种时代的反时代的人，被社会视为异常。《幻化》通过看化妆广告人的内山老人和五郎描写了那些痛楚。② 五郎半梦半醒、半疯半傻，却对社会有着独到的认识。他认为："就像正常人害怕心理变异常一样，也许心理异常的人会害怕恢复正常。""或许正常与异常无非是一纸之隔。"③

作品中的精神病院可以说是日本战后社会的隐喻，这个艺术空间寄托着作家对现实社会复杂而深刻的认识。在五郎看来，战后的生存状态同病房一样"沉闷而没有变化也没有欢乐"。他联想到了战争刚结束时富有激情的生活，试图通过逃离精神病院来探索和思考生活的意义，寻找自我认同的根据，重新建立几近破碎的内心世界。另外，他逃离精神病院也表达了一个"非正常人"对规则、对权威、对既有秩序的反抗。《幻化》通过五郎的视角和生理感觉

---

① 高木伸幸：「梅崎春生『幻化』論——久住五郎の精神世界」，『近代文学試論』2012年12月号。
② 竹田日出夫：「梅崎春生『幻化』——冥府の花」，『武蔵野女子大学紀要』1991年2月号。
③ 梅崎春生：「幻化」，『梅崎春生全集』第六巻，新潮社1967年版，第368頁。

描写了病态时代的病理，揭示了隐藏在荒诞里的真实，以及真实里的荒诞。

（二）五郎患病

作品没有明确叙述五郎为什么会患上精神病，要搞清这个问题有必要了解日本战后的社会状况以及五郎的生活状态。进入20世纪60年代，日本先后爆发了反对日美安保条约的运动和反对越南战争运动。与此同时，随着经济的高速增长，日本快步迈入经济大国的行列，但是也随之产生了公害、物价上涨、差距扩大等问题，并导致了地区共同体解体，城市里人与人之间的关系日趋淡薄，逐步丧失了连带意识。秋山骏指出，此前个人偶然遇到的幸或不幸的观念，以及个人因现实的得失而产生的不满的意识，都被建设"战后社会"的呼声淹没了。1960年前后，"战争已经结束"的意识逐渐普及，渗透到日本人的日常生活之中。而急速发展的"大众化社会状态"给日本人的生活带来了新的变化，其中之一是"新的相互疏远现象所带来的孤独与不安的情绪"。个人开始与集体脱离，更加强调个人的价值。人们开始回顾"战后"时期和置身其中的自己，重新思考自己的处境并寻找新的生存方式。[①]

《幻化》的时空背景从战后追溯到战时，从东京直达遥远的九州。五郎战时在军队服役期间遭受着监禁和压抑，战争结束时沉浸在解放的喜悦中，对未来充满信心。从坊津到枕崎的返乡之路，对他而言是一条新生之路。然而，在战后的日常生活中，他渐渐失去了人生的目标，感到寂寞和空虚。战争结束20年后，现实与理想之间巨大的落差令已步入中年的五郎感到失望和悲哀。作品中五郎的人物形象非常淡薄，既没有提及他的家庭和职业，也没有描述他的相貌和衣着打扮，其家人和同事也没有登场。这说明他缺乏同周围

[①] ［日］松原新一等：《战后日本文学史·年表》，罗传开等译，上海译文出版社1983年版，第491—497页。

第二章 梅崎春生战争小说论

现实世界里人们的联系，可能过着单身生活。随着希望破灭，人际关系崩溃，他感到人生的孤独，失去了生存价值、生活目标。他觉得电视画面上都是虚幻的东西，自己能感受到一般人感受不到的东西，更能体验到生活的艰辛。他在日常生活中会突然心情变坏，抑制不住自己的情绪乱摔东西。他被不知何时何地会发作的不安和紧张所困扰，经常不由自主地想到死亡甚至是自杀，口中时常吟唱一段军歌。他觉得大家都在忘记或回避着不安，在自我欺骗，时不时会有一种"类似于悲哀的抑郁感"，"有种隐隐的不安，不想外出"。[①]这样，五郎渐渐地没有了笑声，开始动不动就掉眼泪，有时还产生幻觉。因此，他在好友三田村的斡旋下到东京的一家精神病院接受治疗，通过吃药强制睡眠。他说，部下福兵长死后，"我渐渐地不再相信作为同行者的连带感。无论是喝酒还是沉湎于赌博都不行。因此，终于住院接受治疗。……"[②] 由此可见，他患病的主要原因就在于缺乏与他人的连带感而导致自我认同的丧失，不能很好地融入战后社会，与现实社会和周围的人格格不入。但是他与社会并非完全对立，对待他人基本上是持肯定的态度，与这些人没有尖锐的矛盾冲突。

三 连带感的丧失与恢复

梅崎春生的作品多表现出对人与人之间联系的深刻怀疑，即对他人的不信任。在其作品中，人们被组织、制度等无形的机制所操纵，产生了人的自我异化，导致人与人之间难以相互理解，主人公大都与他人保持一定心理上的距离，感到孤独的悲哀。如《樱岛》中"我"与吉良兵曹长、哨兵，《日暮时分》中宇治与高城、花田，《剧烈摇摆的风筝》中城介与加纳等。关于《幻化》的创作意图，

---

① 梅崎春生：「幻化」，『梅崎春生全集』第六卷，新潮社1967年版，第346页。
② 同上书，第365页。

梅崎春生说:"人是否有真正的连带感,我想确认一下自己和他人的联系。"① 在该作品中,五郎最初表现出对他人的不信任,认为无论是谁跟他都没有关系。但是,在九州之行的旅途中,通过与死者的对话以及与途中偶遇的人物的交流,五郎渐渐地建立了与他人的连带感,人际关系逐步得到了修复。

(一) 与他人的疏离

五郎从战争结束到这次九州之行,一直表现出与他人的疏离,主要体现在他与福兵长、病友和丹尾章次的关系上。福兵长是五郎昔日的部下,战争刚结束时,他时常在坊津带着福兵长拿海军航空用的酒精兑水喝。一天福兵长酒后在这里游泳时,因心脏麻痹溺水而死。关于两个人的关系,五郎认为:

> 我们就像是碰巧乘坐了同一列火车。先上车的人陆续地下车。新来的人不断地上车。也有人中途下车。福这样的人不是中途下车,而像是打开窗户跳下车的。我确实有作为同行者的责任感。不,到底有没有同行者的责任呢?连带感倒是有——②

当时,人们对死亡早已司空见惯,变得冷漠、麻木。五郎和福兵长朝夕相处,却没有把他当作生死与共的战友,仅仅把他看作是一个萍水相逢的同行者。他认为同行者之间没有真正的纽带联系,只是在某种条件下有一种连带感。川村凑指出,福兵长之死"对五郎而言,不单是同僚士兵的'死亡',可以说正是自己身上某种东西的'死亡'。"③ 这种东西可以说是五郎与战争的连带感,他试图以此为契机忘掉这场战争。

---

① 转引自酒井惠子「梅崎春生『幻化』論——『同行者』というモチーフ」,『日本文学誌要』2008 年 7 月号。
② 梅崎春生:「幻化」,『梅崎春生全集』第六卷,新潮社 1967 年版,第 365—366 页。
③ 川村凑:「『隣人』のいる風景——戦後と梅崎春生」,『文学界』1987 年 5 月号。

第二章　梅崎春生战争小说论

五郎进入精神病院以后，感觉同病友的关系是"作为奴隶的连带感"。一天，五郎突然动了去鹿儿岛的念头，就从精神病医院溜了出去。他在飞机上结识了邻座的丹尾章次（34岁）。丹尾是一家电影公司营业部的推销员，因妻儿1个月前死于交通事故，失去了生活的希望，整天借酒浇愁，自暴自弃，甚至产生了自杀的想法。他之所以对五郎感兴趣，是认为五郎可能要自杀。可以说丹尾是五郎的分身，在旅途的起始和最后阶段与五郎如影相随。下飞机后，两人一同乘汽车，途经昔日陆军特攻队基地知览前往枕崎。五郎告诉丹尾自己不想自杀，只是想确认跟自己有关的某种东西。丹尾则说打算先到鹿儿岛转一圈，然后去熊本登阿苏山，看了阿苏山壮丽的风景，心情或许会有所改变。他给五郎讲述了自己的情况，一个劲儿跟五郎套近乎，还提出要入住同一家旅馆。但是五郎不喜欢他，也不想跟他深交，到枕崎后便找借口把他甩掉了。

（二）连带感的恢复

五郎首先回到日本战败时他所在的坊津的海军基地，又由此前往他度过4年高中生活的熊本，不断地追溯他的青春时代。在回顾死者福兵长的过程中，经由现实世界一个女子的参与，五郎开始感受到与他人的连带感。傍晚时分，五郎在坊津的海边偶遇当地一个嫁到城市后因婚姻失败又回到娘家的女子，跟她讲了福兵长在这个海湾溺死的故事，并请女子做向导旧地重游。他感到海边天使小号的白花像冥府的花朵一样低垂着，海湾中的双剑石仿佛是墓碑的形状。

> 我无论如何也想看看这块土地。很早以前就一直这么想。我想确认一下现在失去的东西、二十年前确实有过的东西。……
>
> 我想确认一种联系，跟死去的福、双剑石以及其他各种东西之间的——①

---

① 梅崎春生：「幻化」，『梅崎春生全集』第六卷，新潮社1967年版，第365—366页。

时隔 20 年旧地重游，这里早已物是人非，只有坊津的海岸和双剑石见证了五郎和福兵长的那段时光。川村凑指出，五郎想确认的东西"既不是'福'的生命，也不是五郎的青春这种过去的时间，而是贯穿自己内部的有连续性的可靠的手感。……'二十年前确实'有对于那种'自明'的'日常'将不断承继下去的信赖感，而'现在已经失去'了。五郎发疯正是因为那种'生存''生活感'的手感、实感之类的东西失调了"。① 也就是说，五郎所要确认的是被战争夺去的日常生活的连续性，是鲜活的生存的实感。他的病症也只有通过重建这种连续性才能真正治愈。

五郎在海滩邂逅的这个女人对他有着特别的意义。据她说，福兵长死后遗体被运到了附近她正在就读的小学，她看到了那副棺材，作为福兵长死亡的见证者，和五郎共同拥有这段记忆。于是，五郎把她视为同行者，向她倾吐了自己的心声，并坦率地说出了自己的病情。两个人边喝酒边聊天，关系越发亲密，由勾肩搭背到相互拥抱，直至最后发生了肉体关系。五郎进而提出到女人家过夜，但遭到了拒绝。两人的交往表明五郎开始逐步恢复现实感，关注现在的同行者，并试图建立与他人的连带感。尤为重要的是，这个女人以及五郎旅途中遇到的其他人都没有把他当作精神病人看待，这为他跟周围人的交往创造了良好的条件。酒井惠子认为，五郎重游坊津的经历"不仅是为了成为死去的福的'同行者'，而且与恢复之前丧失的现在的现实世界，得到现在的'同行者'相关联"。五郎偶遇的这个女人在他的意识中担负着联系"过去和现在的桥梁作用"。② 可以说他此行的目的是通过追溯过去唤醒青春的记忆，重新获得自我的认同，以获得新生，更好地生存。五郎通过反思，不再把福兵

---

① 川村湊：「『隣人』のいる風景——戦後と梅崎春生」，『文学界』1987 年 5 月号。
② 酒井惠子：「梅崎春生『幻化』論——『同行者』というモチーフ」，『日本文学誌要』2008 年 7 月号。

第二章 梅崎春生战争小说论

长当作与己无关的同行者。

在接下来的旅途中,五郎开始尝试主动与其他人建立连带感。第二天,五郎恍惚之中在吹上滨的沙滩上做了个梦,醒来时产生了被迫害妄想症。他处于半梦半醒的状态,因有些害怕海滩的岸壁,便在防风林中睡了一觉,又沿着沙滩漫步。回想自己从医院跑出来这件事,他不知道这是因为喝了咖啡后的一时冲动,还是因为不想恢复为正常人,进而对此行的目的表示怀疑:"我确认福的死,到底想得到什么呢?是我的青春吗?"五郎借福兵长的死说动了那个女人,结果只不过是确认自己是个"下流的中年男性旅客"。于是,他犹豫"是回到出发点呢?还是悔改前非返回医院……"。五郎认为他跟福之间原本没有友情,"要说有的话,只有作为奴隶的连带感。除此之外什么也没有"。①

回想起一个被称为化妆广告人老爷爷的病友,五郎不由得模仿他的样子在沙滩上手舞足蹈。此时遇到了一个正在捕鱼的十二三岁的小男孩,五郎主动搭话,跟小男孩一同野餐,觉得咸菜的味道跟战败的喜悦有相通之处。前一天在坊津时,五郎甚至羡慕福兵长死于那个时代,还模仿他的样子像水母一样漂浮在海面上。今天在与小男孩的交谈中,大海的诱惑消失了。这或许表明五郎潜意识里已初步打消了自杀的念头。他让小男孩带他到家里喝酒,遭到拒绝后请小男孩带他去伊作。五郎在和小男孩的交往中相互产生了好感,却为小男孩看到了自己模仿化妆广告人手舞足蹈感到不安乃至愤怒,觉得自己不想让人怜悯,也不想受人照顾。这说明五郎和他人之间还有隔膜,不能完全展示自己的真实一面。

回到旅馆,五郎请了个女指压师按摩。为他按摩脚掌时,两人的脚互相摩擦,五郎感到一种实实在在的肉感,身体里充满一种近乎渴望的欲望。女指压师推测他是携带公款出逃,五郎对此不予否

---

① 梅崎春生:「幻化」,『梅崎春生全集』第六卷,新潮社1967年版,第380页。

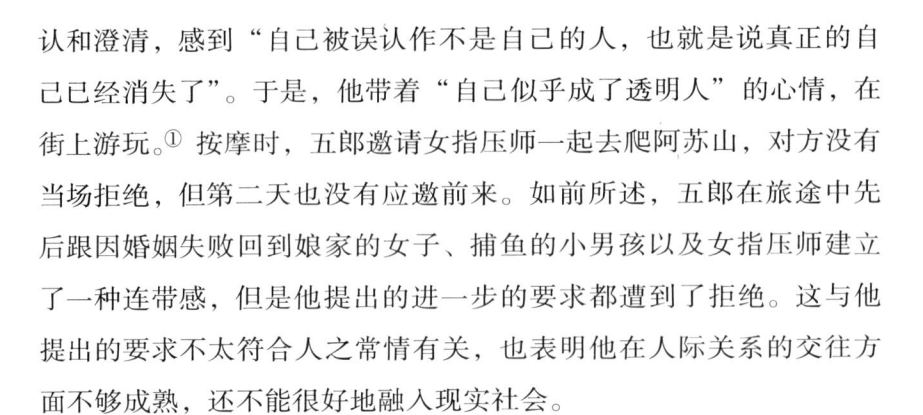

认和澄清,感到"自己被误认作不是自己的人,也就是说真正的自己已经消失了"。于是,他带着"自己似乎成了透明人"的心情,在街上游玩。① 按摩时,五郎邀请女指压师一起去爬阿苏山,对方没有当场拒绝,但第二天也没有应邀前来。如前所述,五郎在旅途中先后跟因婚姻失败回到娘家的女子、捕鱼的小男孩以及女指压师建立了一种连带感,但是他提出的进一步的要求都遭到了拒绝。这与他提出的要求不太符合人之常情有关,也表明他在人际关系的交往方面不够成熟,还不能很好地融入现实社会。

四 努力走向新生

五郎重游战争遗迹,并不是留恋战争时代,而是因为刚刚战败时抱有的希望破灭,转而通过追忆过去表达对现实的不满。他从东京来到20年前曾给他希望的地方,回到之前"感动"的原点,试图寻求新生的契机,可以说他的九州之旅是一次寻求心灵救济的治愈之旅。旅途中,他一直在自杀的诱惑和新生的渴望之间摇摆。因此,作品一方面弥漫着临近死亡之际那种平静而可怕的不安,另一方面也可看到面向未来勇敢地走下去的希望。五郎在生与死的思想斗争中,渐渐地抛弃了自杀的念头,选择了继续生存下去,并回归日常世界。

(一) 死亡的诱惑

日本战败投降后,坊津的海军基地随之解散。五郎扛着沉重的军用背包从坊津出发步行到枕崎。时隔20年重新踏上这片土地,五郎才意识到这里的风景一直沉睡在他意识的深处,他一直想再看一次从坊津到枕崎这一路的风景。也许正是意识到了死亡,五郎才想再次确认曾带给他生的感动与喜悦的那一片风景。正因为当年这条路是迈向新生之路,五郎觉得必须用双腿步行。他在枕崎买了瓶酒,

---

① 梅崎春生:「幻化」,『梅崎春生全集』第六卷,新潮社1967年版,第406—408页。

第二章　梅崎春生战争小说论

决定徒步去坊津。途经一个地方，看到左侧辽阔的海面和右侧陡峭的坡道时，五郎全身充满了"甜美的冲击和感动"，回想起当年路过这里时，"他第一次实际感受到了身体无限膨胀开来的解放感"。此时此刻，"感动和恍惚的原型已从意识中消失。不，不是消失了，是不知不觉地沉到意识深处了吧。五郎并不是今天早上喝咖啡的时候突然想到要去坊津的，意识底层的东西从很早以前就怂恿着他。现在五郎终于领悟到这一点"。①

可见当时坊津的自然风景与战争结束的解放感融为一体，充满活力充满希望。五郎带着从战争的监禁和压抑状态中解放出来的喜悦，憧憬着未来，试图走向新的生活。20年后重访此地，五郎无疑是希望能重新找到战争结束时的"感动和恍惚"以及年轻时充实的生命。他情不自禁地低声哼起了一首军歌："弥漫上天的那种真诚，充满大地的那种正义。"这表明战争在他身上留下了深深的烙印。福兵长曾把这句歌词改为："弥漫天的这种错误，充满仁的那种战死。"②以此表达了他对战争的抵触情绪。但是，对五郎而言，坊津也带有浓厚的死亡气息，是生死交织之地。现在五郎从枕崎到坊津，正好是逆着当年走过的路线而行。他既是走向留下青春足迹的地方，也是前往"死亡"的世界。此时，五郎脑海深处关于死者的回忆不断苏醒，产生了自杀的冲动。到达坊津时，五郎突然想到了一个词"冥府"——"死亡之城"。来到福兵长死亡的海岸，他勾起了战争期间死亡的感觉。这里在国家层面与战争的愚蠢行为相连，个人层面与死亡意识相接。抚今追昔，五郎"20年前，作为一个精力体力充沛的青年，活着感到生命的刺痛。而今作为一个蓬发、有精神疾患的落魄的中年男人走在这个镇上"。③

---

① 梅崎春生：「幻化」，『梅崎春生全集』第六卷，新潮社1967年版，第356—357页。
② 同上書，第357页。"天"和"仁"都是密码书的名字。"天"是一般密码，"仁"是有关人事的密码。
③ 梅崎春生：「幻化」，『梅崎春生全集』第六卷，新潮社1967年版，第358页。

第二天五郎前往吹上滨，感觉自己像个偷渡者。战争期间，五郎在这里的基地工作。现在走在沙滩上，五郎感到自己被什么追赶着。"是什么时候、在什么地方都不确定。感觉好像是青年时代。他也不清楚为什么被人追赶。是什么时候做了这样的梦呢，抑或是在某个时机产生的虚假的记忆呢？"① 山本健吉指出："那是他日常感到的死亡意识。'死亡'追踪着他，'死亡'驱使他行动。"② 这种感觉是一种强迫症和妄想症，也是五郎精神疾患的一种表现。他喝了点烧酒，想到自己迟早还要回到病房，感到头晕目眩。此时，五郎已分不清现实和幻想的界限，也不知道他的感觉到底是做梦还是回忆。恍惚之中，五郎快步走到一户渔家，向一个正在洗衣服的中年妇女讲述了感觉有坏人在追赶自己的恐惧和不安。五郎一个劲儿地请求，于是妇女让他躲到旁边的一间小屋里。但五郎进屋后，出于担心在里面东翻西找调查房间的结构，结果被妇女赶了出去。五郎匆忙跑到沙滩边上在一只渔舟里藏起来，把身体像胎儿一样蜷缩起来，安心入眠。这个幻境里的经历反映了五郎潜意识中的不安和对死亡的恐惧，这应该与他战争时代在这里的某种不愉快的体验有关。

（二）新生的希望

五郎在旅途中突然萌发了去熊本的想法，接下来的熊本之行给他提供了新生的契机。到达熊本后，五郎在大街上时不时停下脚步，确认城镇的面貌。"离开这里以后，五郎时常想起这片土地，甚至梦到这片土地。那总是同青春的欢乐和愚蠢的行为联系在一起。"五郎感到自己"已经不是流浪者，而是一个附带条件的旅行者"。③ 他发现昔日嫖娼去过的那家妓院已改为供膳宿的公寓，30年前住过的家庭公寓也面目全非。高中同学西东在中国战场死亡，小城战后成为

---

① 梅崎春生：「幻化」，『梅崎春生全集』第六卷，新潮社1967年版，第374页。
② 山本健吉：『梅崎春生全集』第六卷·解说，新潮社1967年版，第425页。
③ 梅崎春生：「幻化」，『梅崎春生全集』第六卷，新潮社1967年版，第395页。

第二章 梅崎春生战争小说论

一个进步的学者。五郎这种旅行者的感觉，与梅崎春生《故乡的客人》（1950）里主人公"我"返回九州时的感觉一样。"我"虽然对这块故土很熟悉，但街道上的建筑毁于战火，已经没有了把这个城镇和"我"的感情联系起来的东西，仿佛行走在异乡。因此，"我"把自己看作"身在故乡的异客"。

五郎在接受按摩时产生了登阿苏山的念头。阿苏山位于熊本县东北部，是日本著名的活火山，也是熊本的象征。阿苏火山略呈椭圆形，大火山口内多温泉、瀑布，风光绮丽，辟有阿苏国立公园。五郎学生时代爬过两次阿苏山，但两次都没有眺望到火山口。第一次是因为下雨，视线不好。第二次是因为火山小规模爆发。火山喷发出的碎屑在身边飞落，但他"可能是因为还年轻，充满了生命力，对生命很有自信"[①]，当时没有感到危险。需要注意的是，阿苏山既是日本的风景名胜，也是一块自杀圣地，有不少人跳进火山口自杀。因此，五郎和丹尾到这里来或许都不是单纯地看风景，而是不同程度地受到了自杀的诱惑。

五郎在枕崎同丹尾分手后，虽然不想再次见到他，但潜意识里还是期待能够跟他重逢。两个人在阿苏车站不期而遇，便一同去火山口。五郎说自己没有要死的理由，丹尾则自言自语道这里正是适合自杀的场所。他提出拿自己的生命和五郎打赌，即他绕火山口一圈，如果他途中跳下去则他赢，如果没有跳下去则五郎赢，赌金为 2 万日元。这个赌注把一个想自杀的人和因战争而丧失自我的人联系到了一起。在商定打赌金额的瞬间，五郎"清楚地嗅到了丹尾身上赴死的意志"。望着丹尾远去的身影，"他怎么会死的心情和他或许会死的恐惧交织在一起，令五郎焦躁不安"。[②] 五郎赌丹尾会活着回来。他租借了一架望远镜观察丹尾的行踪，看到他在火山口边缘走走停停。

[①] 梅崎春生：「幻化」，『梅崎春生全集』第六卷，新潮社 1967 年版，第 385 页。
[②] 同上书，第 413—414 页。

丹尾放下手提箱，坐在上面，用手绢擦汗。擦完汗站起来。拎起手提箱开始走。他可能是累了，脚步移动很缓慢，有点儿跟跟跄跄。他是绊到石块儿了吧？五郎自己也不知道是在看丹尾，还是在看自己。五郎陷入这样的状态，在心里叫喊着：

"好好走。打起精神走！"

这话当然传不到丹尾的耳朵里。他又站住，擦汗，深呼吸。然后，俯身看火山口。……又开始走。……站住。看火山口。看的时间好像渐渐地变长。然后开始摇摇晃晃地走。——①

此时此刻，丹尾已不仅仅是五郎的分身和影子，而是和他混为一体，难分彼此。五郎在心中为步履蹒跚的丹尾呐喊助威，衷心地希望他能够生还，也可以说是在给自己加油，通过跟丹尾建立连带感走向新生。五郎自我救济的出路也在于此，即真正建立同现实世界的联系。这个开放式的结尾，让读者看到五郎回归正常生活的希望。本多秋五指出："对于人生或者世界，在那里表现出和解的心情，这是一种解读方式。"②

综上所述，《幻化》通过精神病患者久住五郎的视角描写了九州的风光。五郎的精神状态在清醒和疯狂之间摇摆，他眼前的风景在梦幻和现实中交错。作品从一个侧面描写了战争给普通民众带来的心理创伤，揭示了战后社会繁荣的假象背后庶民的呻吟。武藤功指出，该作品"描写了一个在战争和梦幻般变化的战后时代中面临着丧失新的东西的威胁的男性"③。可以说正是这种威胁导致了五郎发病，他在九州之行中寻觅的就是这种已丧失的东西。在此过程中，

---

① 梅崎春生：「幻化」，『梅崎春生全集』第六卷，新潮社1967年版，第415页。
② 转引自中井正義『梅崎春生——「桜島」から「幻化」への道程』，沖積舎1986年版，第83—84页。
③ 武藤功：「戦争文学論——『私』と『国家』の問題をめぐって」，『民主文学』1975年2月号。

他初步建立了与他人的联系，获得了一定程度的自我认同，产生了新生的希望。

第五节　梅崎春生战争小说的特点

梅崎春生以《樱岛》登上战后文坛，以《幻化》告别人世，一生创作了大量战争题材的文学作品。中井正义指出，梅崎春生在其创作生涯中一直"保持着深刻经历过战争的人、受战争摆布的人的姿态，更加深入地窥视着机构和人生的深渊"。[①] 1948年初，有人提议给战争小说的创作告一段落来描写现在的生活时，梅崎春生说：

> 现在我认为还可以更多地写取材于战场和军队的小说，而且也还有必须写的内容。如果不去回顾、查明我和所有的人痛苦的经历、以各自的振幅摇摆的那一个时期，就不可能有我们现在生活下去的基础。可以从各自的体验、各自的实感、各自的视野，创作出更多各具特色的小说。[②]

他早期的战争小说表现了人在军队或战争的极限状况下的心理和行动，以普通士兵的视角描写了日本军队战败前夕困兽犹斗的境况，反映了士兵的厌战思想，以及他们对死亡的恐惧和对生存的渴求。其后期作品则描写了因为战争而落后于时代的下层民众（复员军人）的悲哀及其痛苦的挣扎。简而言之，梅崎春生的战争小说大致有以下几方面的特点。

一是社会意识比较淡薄。梅崎春生在创作中极力避免直接让作

[①] 中井正义：『梅崎春生——「桜島」から「幻化」への道程』，冲積舎1986年版，第13—14頁。

[②] 梅崎春生：「大きな共感の下で」，『新日本文学』1949年3月号。

品中的人物就思想和社会问题发言。其战争小说很少直接描写战争场面，也没有直接揭示日本军队的丑恶，而是借战争的舞台来探讨军队和战争给人们带来的影响。一般认为，在战后派中，梅崎春生文学作品的社会性淡薄，私小说的倾向比较强。吉本隆明指出，在梅崎春生、武田泰淳和堀田善卫三个人中间，"梅崎最接近于都市庶民的意识，始终只对政治性的动向显示出微弱的反应"。① 有人批评梅崎春生没有从正面批判战争和军队，是在承认那种状况的基础上写作的。针对这种观点，小岛信夫斥之为浅薄的批评，指出只是列举军队的种种弊端，或高喊不要进行战争，那不能成为小说。梅崎春生感兴趣的是人在军队或战争中是如何生存的，是鲜活的人的形象以及人所具有的各种俗物性。② 应该说小岛信夫的这个观点是比较客观公允的。与此相关，胜又浩指出，假如说野间宏的《真空地带》和大冈升平的《野火》是"战争文学中的社会派、伦理派"，则梅崎春生的战争文学可以说是"人生派和审美派的混合"。③ 总体而言，梅崎春生的作品大都从个人的视点描写事件，缺乏把事件放置到大的社会背景内综合把握的眼光。通过对军人个体死亡价值的否定、对在战场上死亡的"宿命"的反抗，表达了反战思想。值得注意的是，梅崎春生并非不关注社会现实，他在一些作品中明确表达了自己的观点。如报告文学《我看到了》（1952）真实记录了在皇宫前广场发生的五一流血事件，他还先后5次作为辩护方的证人出庭。

二是对利己主义的不懈探究。木村功指出："对梅崎来说，战败或许同其他日本人一样意味着摆脱死亡，但我认为它同时也意味着开始丧失《樱岛》的世界里的那种生存的充足感。""战争带给国民和老兵们的不只是战败和悲惨的战后生活，而且是'利己主义的觉

---

① 转引自户塚麻子『戦後派作家 梅崎春生』，論創社2009年版，第261页。
② 参见佐々木基一、小岛信夫、野吕邦畅「昭和の文学——梅崎春生」，『群像』1975年12月号。
③ 勝又浩:「飢えと旅人——梅崎春生論」，『群像』1976年7月号。

第二章 梅崎春生战争小说论

醒和扩张',梅崎从这里看到了'新文学出发'的条件。"① 梅崎春生从求生本能的立场出发探究了人性中的利己主义。他说:"首先生存是最重要的,这不仅是我,而且是所有的人通过这场战争都能得出的观点。""我也并不认为自己的利己主义是好的。但是因为不容忍它就活不下去,所以我肯定它。我想从肯定的地方重新出发。假如现世能有新的伦理的话,我认为那不应该仅仅是由人类内心高尚的部分合谋而成的柔弱的伦理,而应该是新建在人类所有可能性的基础之上。"② 基于这种认识,其作品的主人公和登场人物虽然大多是处于军队底层的小人物,与军队机构中的制度格格不入,但他们大都尽量不去触碰军队纪律的底线,竭力保全自己。出于对这些下层士兵的同情,梅崎春生的作品始终贯穿着受害者的立场,重点在于描写主人公内心的苦恼。正如渡边正彦指出的那样:

> 他自《樱岛》至《悬崖》、《日暮时分》、《埋葬》、《迷失的男人》之后一系列取材于战争的作品,反复表现了在不合理的权力统治着的军队,为了不伤害自己的精神和肉体,表面上不得不屈服的人们"语言难以表达的悲伤"(《樱岛》)、"如果写成文字就会变成谎言"(《迷失的男人》)的悲伤及其深层的愤怒,这可以使人理解把日本的战争文学看作"表达抒情的形式之一"(中井正义)的规定,但是其悲伤和愤怒却很难传达给没有共同体验的人。③

三是传统的小说创作手法。奥野健男指出,梅崎春生是"战后

---

① 木村功:「『戦後』を抱きしめて——梅崎春生の戦後認識」,『国文学解釈と鑑賞』2005 年 11 月号。
② 转引自岸田正吉「『桜島』私論——〈その生と死〉」,『日本女子体育大・紀要』1991 年 4 月号。
③ 渡辺正彦:「戦後の戦争文学の問題点——第一次戦後派およびその前後の作家を中心に」,『国文学 言語と文芸』1970 年 9 月号。

派当中继承了战前日本近代文学的传统,最接近私小说的构思的作家"。① 然而,事实上梅崎春生战后一直试图与战前私小说的传统一刀两断,他的很多作品虽然采用了私小说的形式,但他使用的许多素材本身就是虚构的,大多数作品是借助了私小说形式的虚构。梅崎春生虽然具有私小说家的倾向,但是梅崎的"我"并不稳定,在不断变形。和田勉指出:"梅崎的创作手法一边接触吸收战后派的观念,一边把它们作为认识的根基,根据主题把私小说性质的素材加以变形。"② 此外,梅崎春生的《日暮时分》《B岛风物志》等作品没有自己的原体验,是在听了他人讲述的体验后构思的,通过某种程度的虚构反映战争和社会。

关于梅崎春生文学的轨迹,户塚麻子从其作品与社会、时代和现实的关系出发进行了概括,指出:

> 战前和战争期间其课题主要是如何把内心世界形象化,多以反映自我意识的形式描写社会和时代。但是,经过了战争后社会和时代开始前景化。他虽然有个时期通过随笔、报告文学发表了直率的社会批判,但是作为文学作品描写没有粉饰的现实和艺术的自律性有时靠近,有时对立。
>
> 晚年,他不仅探究创作伊始就有的主题——人际关系的不协调,而且探究同现实社会和事物关系的失衡,并进而探讨因缺少历史意识远近感而导致的自我认同丧失问题。③

户塚麻子的这段话是就梅崎春生文学的全貌而言,就其战争小说而言也是恰当的。

---

① 奥野健男:『日本文学史』,中央公論社1970年版,第202页。
② 和田勉:「梅崎春生の文学史的位置」,『国語国文学研究』1986年2月。
③ 户塚麻子:『戦後派作家 梅崎春生』,論創社2009年版,第272页。

第三章　大冈升平战争小说论

　　大冈升平（1908—1988）和井上靖、三岛由纪夫一起被誉为日本战后文学三旗手。大冈在京都大学读书时有过逃避兵役的经历，大学毕业后相继在国民新闻社和帝国制氧等单位工作，并从事司汤达（Stendhal）的研究。1944年7月，大冈作为预备役军人被送到了菲律宾战场，驻扎在民都洛岛（Mindoro），担当负责守备任务的西矢队的密码员。同年12月美军登陆时，大冈逃亡到深山老林之中，经历了40天的"露营"，1945年1月被美军俘虏，在莱特岛度过了10个月的收容所生活后被遣返日本。

　　战后，大冈升平以短篇小说《俘虏记》（1948）一举成名，正式走上文坛。本多秋五指出，在战场上与那个美国兵的相遇"让大冈升平陷入俘虏的命运，进而促使了作家大冈升平的诞生"。① 之后，大冈创作了《野火》（1951）、《莱特战记》（1969）、《再赴民都洛岛》（1969）和《漫长的旅途》（1982）等二战题材的文学作品，他称之为"战争五部曲"。这些作品无论是纪实的还是虚构的，都与大冈的战争体验有直接或间接的联系。作品的题材从出征到战场、从战俘营到审判战犯的法庭，在一定程度上起到了时代见证人的作用。

---

① 武田泰淳等：「大岡昇平：戦後文学の批判と確認」（上），『近代文学』1960年10月号。

从作品体裁看，《俘虏记》和《野火》属于战争小说，《莱特战记》为报告文学，因兼具历史小说的特点，也有不少学者将其作为战争小说看待。《再赴民都洛岛》是纪行文，记述了战争结束20年后大冈升平菲律宾之行的见闻。《漫长的旅途》是一部纪实性作品，以对乙级战犯冈田资的庭审记录为中心，简要记述了他自参加战争到被送上绞刑架的人生历程。本章拟以《俘虏记》[①]、《野火》和《莱特战记》为中心，分析这几部作品的主题思想，并探讨大冈升平的战争认识及其反战思想。

第一节　人性的反思
——《俘虏记》

《俘虏记》以大冈升平自身的战争体验为素材，以第一人称叙事的形式讲述了主人公"我"在菲律宾战场被美军俘虏的经过，探讨了"我"在丛林中没有向美国兵开枪的原因，描写了一个普通中年士兵面临生死抉择时的心理状态。作品发表后博得广泛好评，1949年荣获第1届横光利一奖。该作品在创作方法上突破了传统私小说的局限性，实现了对私小说的超越。日本学者多对作品中缜密的心理分析和"我"没有开枪的行为给予了积极评价。如武藤功指出，"我"不向美国兵开枪意味着对战争逻辑的否定，"《俘虏记》能成为那个战场上自己和他者的美好故事，即能够成为不选择军队和国家而选择了人的故事，是因为它拥护那种朴素而清晰的确认人类的逻辑性和规律性"[②]。中国学者对《俘虏记》的评价则褒贬不

[①] 短篇小说《俘虏记》1948年2月发表在《文学界》上。之后大冈升平创作了一系列俘虏题材的小说，1952年由创元社结集出版了合订本《俘虏记》。短篇小说《俘虏记》改名为《被捕之前》，构成这本书的序章。

[②] 武藤功:「戦争文学論:『私』と『国家』の問題をめぐって」,『民主文学』1975年2月号。

第三章　大冈升平战争小说论

一。持肯定态度的学者认为,该作品"剖析了一个震颤的、忏悔的灵魂,主人公的自我谴责和自省的赎罪历程,心灵流淌着鲜血。作者塑造的这个人物形象,针砭了长期禁锢日本民族灵魂和法西斯军队'杀身成仁'的传统意识,呼唤人性的回归"①。持否定意见的学者认为,该作品主人公"我"没有开枪的真正原因是要保全自己的性命,"我"的诸多心理分析旨在标榜"我"善良、有人性,"是作者为了推托自己的战争责任而精心设计的一个谎言"②。下面将以文本为中心重新对其主题进行解读。

一　关于作品的题记

《俘虏记》的题记是"わがこころのよくてころさぬにはあらず",可译为"我不杀人非因心善"。这句话出自《叹异抄》③第13条,内容是亲鸾与其弟子唯圆之间的谈话。亲鸾说:"若凡事皆随心所欲,则为往生净土使杀千人可也。然既无必杀之业缘则一人亦不可害之。我不杀人非因心善。又,有时虽无害人之心,亦杀成百上千之人。"④他讲这番话意在告诫弟子,人世间很多事情不会随心如愿,个人根本无法把握自己和他人的命运。

据大冈升平的记述,他被俘后一直在反省当时为何没有开枪,但始终没有找到能让自己完全接受的理由。他回国后在《叹异抄》里发现了这句话,觉得能更好地解释当时的心理,因此把它摘录出来作为《俘虏记》的题记。⑤ 1981年,大冈在接受《现代眼睛》杂志的访谈时说,他在遇到美国兵之前觉得自己反正要死,因此确实

---

① 李德纯:《战后日本文学》,辽宁人民出版社1988年版,第64页。
② 刘炳范:《"善良"与"人性"的质疑:大冈升平的〈俘虏记〉主题批判》,《日本学论坛》2003年第2期。
③ 《叹异抄》是日本镰仓时代(1185—1333)净土真宗鼻祖亲鸾的语录,据说由其弟子唯圆编纂而成,旨在传播亲鸾的真言。
④ 暁烏敏:『歎異抄講話』,講談社1981年版,第329—330頁。
⑤ 大岡昇平:「タクロバンの雨」,『大岡昇平集1』,岩波書店1983年版,第107頁。

有过临死不愿杀人的想法,"但是假如美国兵逼近到5米、3米的距离时情况会怎么样呢?因为不管怎样我已经打开了三八式步枪的保险。所以我把'我不杀人非因心善'这句《叹异抄》中的话作为题记"①。大冈的这番话清楚表明该题记旨在说明"我"没有开枪不是因为心地善良,而是因为其他原因。作品中虽然有下面一句话:"总之美国兵没有发现我就走开了,我陶醉在'救助了'这个青年的'善行'中,同时也活了下来。"②但此处的"救助了"和"善行"都加有引号,也说明大冈并非真的以为"我"没有开枪是一种善行。相反,无论是文本内容还是大冈本人的解释,都暗示了假如那个美国兵继续往前走的话,"我"可能会开枪。

但是,《俘虏记》被译介到中国时,该题记被错译为"吾心惩恶亦慈悲"。③ 国内一些学者据此对《俘虏记》的主题进行了批判。有学者认为这个题记意在告诉读者"作品中的主人公'我'是一个'惩恶'之人,而且是一个心肠'慈悲'之人"。"作家在这里将侵略者的'我'当作'惩恶'之人,与极端右翼势力美化侵略战争是同样的战争认识观。"④ 然而,实际上作品中根本没有描写"我"惩恶的内容,题记更没有标榜"我"慈悲的含义,可见这种批评是没有根据的,不能不说是对原作的严重误读。

二 "我"没有开枪的理由

《俘虏记》避开了战争小说中常见的杀人场面,围绕"不杀"展开。"我"对为什么没有开枪进行了反思,先后提出了以下几点理由:一是自己人性的体现。二是对自己生命的延续不抱希望的绝

---

① 大岡昇平:「戦争と人間を考える」,『現代の眼』1981年9月号。
② 大岡昇平:「捉まるまで」,『大岡昇平集1』,岩波書店1983年版,第35页。
③ 尚侠、徐冰为主编:《大冈升平小说集》(上卷),作家出版社1998年版,第1页。
④ 刘炳范:《"善良"与"人性"的质疑:大冈升平的〈俘虏记〉主题批判》,《日本学论坛》2003年第2期。

第三章　大冈升平战争小说论

心理。三是动物性的本能反应。四是淡漠的士兵意识。五是战场上的偶然因素。"这时我确实能够实现我的决心，完全在于其他地方响起了枪声，美国兵走开了。这不过是一种偶然。"六是做父亲的感情。"我不相信自己是出于对人类的爱而决心不开枪的。但是我相信我看到这个年轻的士兵后，由于个人的理由喜欢上他，因此不想开枪了。"① 综上所述，大冈升平没有从通俗的道德眼光来看待这件事，也没有把它上升到放弃了战场上杀人哲学的高度。

大冈作品中的心理分析和阐释，得到了多数学者的积极评价。如大江志乃夫指出："《俘虏记》是士兵大冈当俘虏之前的精神史，是依据自己精神史的过程和行动进行冷静的自我剖析的书。"② 加贺乙彦指出："他不把体验当作仅此一次的现象付之流水，多次把体验过一次的事情作为记忆重现，每次重现时记忆的内容都会产生差异。他试图理性地阐明这些差异的努力导致了多重解释。这在《俘虏记》的'我'反复思考为什么没有开枪射击美国兵一节中典型地表现出来。重现记忆时，常常是越解释记忆越不清晰，最终记忆本身也开始变质。理性的解释反而增加体验的纵深，在这里可以看到他解释的特点。"③

《俘虏记》的上述特点使得它呈现在读者面前的是一个开放式的文本。大冈升平在作品中提出了若干种可能性或假定，但他本人对这些解释也持怀疑态度。他提出一种解释后，很快就会通过从其他角度的考察或其他实证的事实予以否定，并再次提出新的解释，继续对其合理性进行考察或修正。比如，"我"曾经想："如今在这里是否向一个美国兵开枪，都不会改变战友的命运和我本人的命运，

---

①　大岡昇平：「捉まるまで」，『大岡昇平集1』，岩波書店1983年版，第28、33頁。文中引文的着重号为原文所加。
②　大江志乃夫：「『俘虜記』『野火』『レイテ戦記』」，『文学』1990年4月号。
③　加賀乙彦：「大岡昇平における戦争体験と創作」，『国文学　解釈と教材の研究』1977年3月号。

只能改变被我射杀的美国兵的命运。我不想用人类的鲜血玷污自己一生中最后的时刻。"① 但"我"不能证实没有向美国兵开枪是先前所下决心的结果，之后又否定了道德因素和所谓的人类爱，觉得解释为做父亲的情感也有些牵强。这表明大冈对该事件的分析和反省是一个动态的过程。他在不懈地追求答案，一步步地逼近事件的实质，但是最终也没有给出一个明确可靠的结论。可以说大冈本来的目的或许并不是要给出一个令读者完全信服的结论，而是通过对当时不朝美国兵开枪的心理状态的分析，引发读者跟随作者对该问题进行多方位的思考，并给读者提供多种解释的可能性。

野田康文指出，《俘虏记》"叙事的独特性正在于其分析甚至有些执拗的怀疑性态度。……作为分析主体的叙事者（作者）既然绝不可能站在透明的超越的视点上给出一个解释的瞬间，那个解释就不过是在某个特定的时间、某种特定的状况下，从特定的立场看到的结论（＝故事）。因此，在'正在写作的现在'又产生来自其他立场的怀疑，此前的解释本身又成为新的分析对象，这种运动循环往复。换言之，对叙事者（作者）而言，莫如说不归结到一个固定化的结论更为重要。对眼前的解释经常持怀疑的态度，由此又产生其他的解释。这种思考的轨迹以及不间断的运动，伴随着阅读行为的连续性，给读者提供了多种解释的可能性。文本不是作为叙述者自我完结的故事关闭，而是向读者敞开"。② 作品中对"我"没有向美国兵开枪的原因的剖析最能体现这个特点。关于这件事情，大冈升平不仅在《俘虏记》中反复追问，还在以后的其他作品中和接受访谈时多次提及。因此，我们不能把"我"（＝作者）已经否认的解释当作固定的结论，也要用动态的眼光去看待"我"的心理分析。只有这样才能准确把握该作品的主题，了解作者的真实意图。

---

① 大岡昇平：「捉まるまで」，『大岡昇平集1』，岩波書店1983年版，第24頁。
② 野田康文：『大岡昇平の創作方法』，笠間書院2006年版，第46—47頁。

第三章　大冈升平战争小说论

在《塔克洛班的雨》中,"我"继续对没有开枪的原因进行反省,说那是因为当时听到了"上帝的声音"。但"我"很快就否定了这种解释,指出这是"随意的想法",是"自己独特的神学"。"我"反思道:

> 日本的资本家企图通过侵略度过他们企业的危机,冒险的日本陆军与之附和,其结果是我带着三八式步枪和一颗手榴弹来到了菲律宾。罗斯福决心采取武力维持世界的民主,其结果是那个天真的年轻人提着自动步枪出现在我面前。这样,尽管我们个人之间没有任何理由要互相残杀,却不得不互相残杀。因为那是国策,虽然这个国策未必是我们选择的。
>
> 两个士兵在菲律宾群岛寂静的树林中相遇的场面毫无意义,甚至让人怀疑这究竟是否称得上是近代战争的"战场"。但是无论在多么声势浩大的会战中,我们这些在近代战争中最受轻视的兵种的步兵遇到的场面中,必定会出现这种无意义。这种无意义的士兵无意义地互相射击的必要性在哪儿呢?那是因为如果自己不开枪对方就会开枪。这是我们手里携带凶器的结果。然而这凶器不是我们主动拿的。
>
> 这时,我心里产生了拒绝使用这件凶器的意向。因为我是孤独的败兵,可以自己选择我的行为。①

"我"在这里以冷峻的目光凝视战争的本质,指出了日本发动战争的侵略性质。进而认识到在日本政府大力推行侵略扩张政策的背景下,"我"由一个普通国民变身为侵略士兵来到菲律宾战场,并非纯粹的偶然事件。"我"由此得出的结论是:

---

① 大冈昇平:「タクロバンの雨」,『大冈昇平集1』,岩波書店1983年版,第107、108頁。

> 实际上这一瞬间的事实只是我"放弃"了射击国家强制认定的"敌人"。并不是我自己最初选择了这个敌人，这个因素决定了那一瞬间。一切在我出发上战场之前就已决定了。
>
> 这时面向我走来的不是敌人。敌人在其他地方。①

大冈升平没有说明"敌人"究竟是谁，究竟在哪里。但是通过对作品的分析可以看出，这里所说的"敌人"应该是把国民驱赶到战场上的人及军部，即试图通过侵略度过危机的"日本的资本家"和"冒险的日本陆军"。大冈在这里对战场上的事件开始由心理分析走向社会分析，这预示着他以后战争文学的发展方向。

之后，大冈升平在其自传性作品《幼年》《少年》中也提及此事，谈到了幼年时代的经历、性格以及基督教对自己的影响。他说："在菲律宾的山里只剩我一个人时，没有杀死敌人，这也是我这种温顺性格的结果。"② 此外，大冈说他自从接受基督教的洗礼后，就没有心思再去玩钓鱼、打气枪之类杀生的游戏了。因此，他在菲律宾战场，"放弃射击敌人是理所当然的事情"。在俘虏医院有过"上帝的安排"之类的想法也是很自然的。③

综上所述，关于"我"没有开枪的理由，作者没有给出一个最终的答案。从作品内容看，中国学者将其归结为战场上的自我保护本能是一种合乎情理的解释。因为，面对那个美国兵，"我"确实可以左右他的生死。但是，从"我"的立场出发又没有开枪的理由。一方面"我"因疾病和饥渴已处于死亡的边缘，基本丧失了战斗能力，即使开枪也不能改变日军溃败和自己走向死亡的命运。另一方面，那个美国兵没有发现"我"，因而不对"我"构成现实威胁。"我"的

---

① 大冈昇平：「タクロバンの雨」，『大冈昇平集1』，岩波书店1983年版，第108页。
② 大冈昇平：「幼年」，『大冈昇平集11』，岩波书店1983年版，第80页。
③ 大冈昇平：「少年」，『大冈昇平集11』，岩波书店1983年版，第445、446页。

第三章 大冈升平战争小说论

信条是"与其被人杀莫如杀人",此时既然没有被人杀的危险,也自然没有必要杀人。更重要的是,当时美军占绝对优势,"我"一旦开枪,马上就会招致附近其他美军的还击,从而危及自己的生命。

三 人性反思的主题及其局限

从大冈升平不厌其烦地说明解释中可以看出,没有向美国兵开枪这件事在其战争体验中占有举足轻重的地位,他一生都在求解这个谜团。《俘虏记》以冷静的笔触叙述作者这段不同寻常的体验,描写了"我"在生死存亡之际的心理状态,其核心在于反思战场极端状况下的人性。大冈通过该作品告诉读者,在敌我双方你死我活的战场上,人的道德伦理或良心等是苍白无力的,此时居支配地位的是人的自我保护本能。

大冈曾把自己没有向美国兵开枪的行为视为人性的回归。他说:"虽然置身于反人道的战场,当最后的紧要关头来临时,人性却回归了。我的战争记录《俘虏记》就是从这令人吃惊的地方出发的。"① 但是,他之后否定了该观点,重新解释说:"我确实思考了很多,最后似乎从这段危机的瞬间的经历得出了如下结论,即人的本性是善良的,本来不喜欢杀人,是爱好和平的动物。""但是仔细想来,这时我有一个前提,即自己横竖要死。因为敌人很多,我即使干掉眼前的美国兵,最终也会被杀死。"② 正如题记所示:"我不杀人非因心善。"因此,把"我"没有开枪这件事看作"美好故事"的观点显然有过誉之处。因为这只是一个偶发事件,并非"我"坚定意志的体现。

《俘虏记》以心理分析见长,但是没有从社会学的角度进行真正的自我剖析,也不可能揭示人与战争的本质。奥野健男指出:"《俘

---

① 大岡昇平:「人間差別がたどる運命」,『大岡昇平集16』,岩波書店1983年版,第149頁。
② 大岡昇平:「サクラとイチョウ」,『大岡昇平集16』,岩波書店1983年版,第190頁。

房记》中明晰的分析绝不能追究、阐明混沌之中的人的本质，只是通过改变说法显示出了原本就明白的东西的样子。"① 由于没有认识到战争的本质，大冈升平把士兵在战场上的生死都归结为偶然因素。在该作品中，假如美军提前一天登陆，假如"我"的疟疾迟一天发作，假如手榴弹没有故障，假如那个美国兵没有听到远处的枪声，"我"都可能命丧黄泉。也就是说，"我"是因种种偶然因素得以生还的。由此可以说大冈"没有打算从逻辑上弄清让人陷入这种极限的元凶是什么，其机制是什么。而是描写对一个平民士兵而言战争是什么，在生存的极限人们会考虑什么，借其悲惨状况来批判战争"②。

关于《俘虏记》在大冈战争文学中的地位，本多秋五指出："《俘虏记》中包含两个要素、两个方向。一个是体验记录性的要素，另一个是探究体验意义的思想性要素。这两个要素在《俘虏记》之后的作品中，一方面向《圣何塞野战医院》、《莱特的雨》等以后的俘虏小说发展，另一方面向长篇小说《野火》发展下去。"③ 事实上除此之外，大冈升平观察战争的平民视角，基于受害的反战意识、淡漠的加害意识等等，在《俘虏记》中都已初露端倪，并在以后的创作中不断深化发展。可以说该作品确定了大冈升平以后战争题材文学的创作基调。

第二节　战争与人性
——《野火》

《野火》1952年由创元社出版发行，该作品以二战末期日美军队激烈交战的菲律宾莱特岛为背景，以狂人手记的形式叙述了主人

---

① 奥野健男：「大岡昇平論：シニシズムの文学」，『文学』1954年1月号。
② 北村耕：「戦争責任の追及と主体の回復：戦後派作家の諸作品」，『民主文学』1967年9月号。
③ 本多秋五：『物語戦後文学史』，新潮社1971年版，第296页。

第三章 大冈升平战争小说论

公"我"(田村一等兵)在溃逃过程中的孤独与彷徨。大冈升平说,"《野火》是一名士兵在败军的状况下在热带的大自然中彷徨的经历之谈"①。该作品是对《俘虏记》的深化和发展,旨在填补《俘虏记》主人公的记忆空白,探究《俘虏记》中道听途说的吃人肉问题,进一步探讨《俘虏记》中反省没有射杀美国兵的理由时曾闪过脑际的"上帝的安排"。

《野火》问世后在日本和国外都受到了好评。山本健吉称其是"大冈的最高杰作,而且显示了日本战争文学的最高水准"②。《野火》的英译者伊万·莫里斯(Ivan Morris)称该作品是第二次世界大战后的战争文学中最好的成果之一。③ 中国有学者认为《野火》"把反战文学提高到一个新的水平"④。

日本学者多从《野火》对人性的探究入手去考察其主题。如三好行雄认为《野火》"描写了精神慰藉,即抚平良心痛楚的疯狂只能求助于疯癫的战争的可怕,同时描写出了遭遇战场上悲惨状况的人们荒凉的虚无感,即在极限状况中精神的无力"⑤。中国学者则偏重于从《野火》对残酷战争的揭示入手对其主题进行探讨。如刘炳范一方面肯定了《野火》对日军残暴罪行的揭露,另一方面又指出了《野火》在战争认识方面的错误观念,如淡化日本侵略者的罪行、夸大日本侵略士兵的受害等。⑥ 我们认为,《野火》的主题不在于客

---

① 大冈昇平:「『野火』における仏文学の影響」,『大冈昇平全集 16』,筑摩書房 1996年版,第 498 頁。
② 转引自三好行雄『作品論の試み』,筑摩書房 1993 年版,第 303—304 頁。
③ [美]アイヴァン・モリス:「『野火』について」(武田勝彦訳),亀井秀雄編『大冈昇平「野火」作品論集』,クレス出版 2003 年版,第 130—152 頁。
④ 蓝泰凯:《对战争的反思与控诉——略论大冈升平的〈俘虏记〉、〈野火〉》,《贵阳师专学报》(社会科学版)2002 年第 1 期。
⑤ 三好行雄:「戦争と神:『野火』大冈昇平」,『作品論の試み』,筑摩書房 1993 年版,第 354 頁。
⑥ 刘炳范:《亵渎"上帝"的人:大冈升平的小说〈野火〉主题批判》,《日本研究》2002 年第 4 期。

观描写战争，而在于借战争的舞台揭示战争极限状况下的人性。本节将对该主题进行具体的分析探讨。

一 人性与兽性的冲突

《野火》描写了主人公"我"在菲律宾山中彷徨时的深层心理、感情和行动，叙述了日军自相残杀的血腥场面，揭示了战争的非人性及其残酷。作者把主人公置于绝对孤独和饥饿的境地，提出了吃人肉这个深刻的伦理问题，并围绕是否吃人肉，描写了"我"扭曲的灵魂，展示出人性与兽性，即人的伦理道德和动物性的生存本能之间的冲突。

关于吃人肉，《野火》描写了以下几种情形：一是没有杀人，吃死尸的肉。如"我"在路上看到过很多尸体臀部的肉都被人挖去了。二是把人作为猎物杀死，吃他们的肉。如永松多次射杀在山中流窜的同伴，靠吃他们的肉维持生存。三是自己没有动手杀人，吃他人提供的人肉。如永松把他称为"猴子肉"的肉干递给"我"时，"我"虽已猜想到那可能是人肉，却不加追问地吃。

山本健吉指出，《野火》"最终被升华为对人性的美好赞歌"[①]。刘振瀛等也指出："《野火》是一部揭示人性胜利的书，而作者把这个经历了人性与兽性搏斗并取得了人性胜利的田村最后不得不在战后社会中将他放在狂人的地位上，这正是作者对日本战后社会具有隐微的批判。"[②] 评论者所谓"对人性的美好赞歌""人性的胜利"，是指"我"在面临生死存亡的饥饿状态，没有顺从本能的欲望选择吃人肉。但是，仔细地阅读文本，我们很难得出"我"的人性最终取得了胜利的结论。事实上"我"走过了一条从不吃人肉到吃人肉

[①] 转引自池田純溢「大岡昇平研究史展望」，『日本文学研究資料叢書 大岡昇平・福永武彦』，有精堂1978年版，第299页。

[②] 刘振瀛、卞铁坚、潘金生：《日本近现代文学阅读与鉴赏》（下册），商务印书馆1993年版，第645页。

第三章 大冈升平战争小说论

的道路,最终走向了堕落,丧失了人性,由人变成了魔鬼。

(一)"我"没有吃日本军官的肉

"我"拖着饥饿的身体在山林徘徊时,遇到了一个奄奄一息、精神错乱的日本军官。他在临死告诉"我"等他死后可以吃他的肉。于是,"我"在兽性欲望的驱使下,先是揪下他身上的山蚂蟥,吸食它们体内的鲜血。随后右手拔出刺刀,打算从他的上臂动手,割下上面的肉。此时"我"的左手突然抓住了拿着刺刀的右手手腕。"我"听到一个声音在说:"勿使左手知道右手之所为!"① 那个声音又唱道:"起来吧!喂,起来吧……"② 于是,"我"起身离开他的尸体,紧抓着右手的左手手指也随之松开。也就是说,"我"在这里把幻觉当作现实的直觉,按照他人的指令中止了吃人肉的兽性行为,暂时保持了身上残存的人性。

"我"回到山下,找了个树荫坐下,看到草丛里有一株不知名的鲜花。

> 那株鲜花突然说道:"你也可以吃掉我呀。"
> 我感到饿了。这时我的左手和右手再次分别行动起来。
> 不只是手,我感觉右半身和左半身不是一体的。感到饥饿的确实是包括我的右手在内的右半身。
> 我的左半身明白了。我以前一直在不假思索地吃草木和动物,然而实际上比起死人来更不能吃它们,因为它们还活着。③

由此可见,"我"的右手、右半身代表着兽性的生存本能,为了

---

① 源自《新约》"马太福音"第 6 章:"你施舍的时候,不要叫左手知道右手所做的;要叫你施舍的事行在暗中,你父在暗中察看,必然报答你。"详见《圣经》,中国基督教三自爱国委员会、中国基督教协会 2003 年版,《新约》第 6 页。
② 大冈昇平:「野火」,『大冈昇平集3』,岩波书店 1982 年版,第 364—365 页。
③ 同上书,第 368 页。

满足本能欲望试图吃人肉。"我"的左手、左半身则代表着伦理道德、理性和上帝的意志，在阻止"我"吃人肉。"我"此时的反省更进一步，觉得不但不能吃人肉，而且不能随意吃动植物。

然而，由于此前"我"中止吃人肉并非出自自身强烈的道德意识，因此没能完全抵挡住吃人肉的诱惑，之后又来到了那个日本军官的尸体旁边。但是，因他的尸体已经腐烂，没能实现吃人肉的目的。"我"想："是我到来之前，上帝改变了他。他得到了上帝的宠爱。"①

总之，在这几个回合的较量中，"我"最终没有吃人肉，身上还残存着一丝人性和理性，但这并非出于自身的意志和理性。

（二）"我"与同伴分食"猴子肉"

"我"在山中徘徊时发现路边尸体臀部的肉都不见了，而山中没有狗和乌鸦之类的动物。当"我"看到一具尚未僵硬的尸体而产生想吃他的肉的念头时，明白了尸体臀部的肉是怎么消失的，知道有人在吃人肉。接下来，"我的眼神打量人时，是在寻找那些不能动弹的人，是新鲜的还保持着人的形态的尸体"②。

"我"因偶然因素没有吃那个死去的日本军官的肉，在濒死之际遇到了熟识的永松，他给"我"拿来了水和"猴子肉"。"我"根据自己的经验，已怀疑永松所说的"猴子肉"是人肉。之后粮食断绝，目睹永松朝一个日本兵开枪时，"我"确认了自己的猜测。但当时出于生存的本能，既要果腹充饥，又要避免被永松当作猴子干掉，"我"就没有深究，默默地把"猴子肉"吃了下去。

> 我心中涌起一种无可名状的悲伤。这么一来，我之前的自制和决心难道都不过是幻影吗？碰到同伴，由于他的好意，我不做任何反省就开始吃东西。而且那是我规定自己最不该吃的

---

① 大冈昇平：「野火」，『大冈昇平集3』，岩波书店1982年版，第370页。
② 同上书，第359页。

第三章　大冈升平战争小说论

动物的肉。

肉很香。用牙齿嚼着这硬邦邦的肉片，连我自己都对身体之虚弱感到吃惊。觉得我身上似乎增加了什么东西，同时又失去了其他一些东西。饱食之后，我的左半身和右半身合到了一起。①

如前所述，"我"的左半身原本代表着人性，一直在抑制着身上的兽性，把吃人肉视为一种罪恶。此时吃下人肉后，"我"原来分裂的左半身和右半身合在一起，也就意味着在"我"身上兽性已压倒人性占了上风。"我"感觉"吃了那些猴子肉以来，一切都只能顺其自然了"②。这表明"我"已完全顺从自我保存的本能欲望，失去了对兽性的制约，也不再对吃人肉有罪恶感。

（三）"我"被俘的记忆

看到永松杀死同伴，"我"开枪将其射死，在擦拭枪膛盖时失去了记忆，被送到美军的医院后才渐渐恢复记忆，其间有10天的记忆空白。据说，"我"是在山里被游击队抓住的，可能是那时脑部受伤导致了记忆丧失。根据恢复的记忆，"我"杀死永松后，扛着枪朝有野火有菲律宾人的地方走去。途中发现有人的动静，"我"开了一枪，但没有打中。紧接着又出现了几个人，隐蔽着朝"我"靠近。"我"决定不再放过机会，"只见我缓慢地举起步枪。我那只漂亮的左手从下面托着这支被十字削掉菊花纹章的步枪。那是我浑身上下最引为自豪的部位"③。就在这时，"我"脑后遭到了狠狠的一击，失去了知觉。

这里需要注意以下几点：（1）枪膛盖上的×号在"我"眼中变成了十字，可能是"我"意识不清的缘故。从文本看它与之前出现

---

① 大冈昇平：「野火」，『大岡昇平集3』，岩波書店1982年版，第374—375页。
② 同上书，第377页。
③ 同上书，第410—411页。

的十字架的意象重叠，因此有学者认为它与"'我'对之前的杀人和吃人肉的欲望的罪意识"相关联。① 然而事实上"我"这时早已没有罪意识之类的东西，或许只是"我"淡薄的基督教观念的一种体现，内心在渴望得到上帝的救赎。（2）关于"我"的左手，前文也有描述："我来到人世30多年，担负每天工作的右手皮肤粗糙，关节也很粗壮。养尊处优的左手却纤细柔嫩，非常漂亮。左手是我浑身上下最引为自豪的部位。"② 而且，当"我"右手持刀准备挖那个日本军官胳膊上的肉时，左手及时地制止了这个行为。正是由于这两方面，"我"才会觉得左手漂亮，并引以为豪吧。（3）假如"我"举枪瞄准是为了杀死敌人食其肉的话——事实上从当时的情况看也不能排除这种可能性——那么可以说"我"最终没能经得住生存本能的诱惑，一直引以为豪的左手也已经堕落，沦为和右手一样的共犯。

在死亡的幻觉中，"我"看到了自己杀死的那个菲律宾女人、安田和永松都在笑，笑得令人毛骨悚然。

> 他们之所以笑，是因为我没有吃他们。杀是杀了，但没有吃。杀人是战争、上帝或偶然等我自身不能左右的外力的结果，但我凭借自己的意志确实没有吃他们。因此我能够这样和他们一起，在这死者的国度看到黑色的太阳。
>
> 但是，前世的我是个持枪的恶魔。我打算惩罚人类，然而实际上或许是想吃掉他们。一看到野火，我就要去那里找人。我当时的秘密愿望也许就在这里。③

这段话充满了"我"为自己开脱罪责的辩解，也揭示了"我"

---

① 野田康文：「大岡昇平の創作方法：『俘虜記』『野火』『武蔵野夫人』」，笠間書院2006年版，第97頁。
② 大岡昇平：「野火」，『大岡昇平集3』，岩波書店1982年版，第365頁。
③ 同上書，第412頁。

第三章　大冈升平战争小说论

潜在的真实想法或许是想吃人肉。"我"把杀人归结为偶然事件，以自己没有吃他们的肉为据竭力把自己的行为正当化，试图以此求得精神上的解脱。但是，"我"没有吃杀死的那个菲律宾女人，是因为当时"我"还在山上的"乐园"生活，那里有不少菲律宾人留下的木芋，尚不面临饥饿问题。至于说没有吃永松和安田的肉，首先"我"的记忆是否可靠值得怀疑，即便真的没有吃，也主要是在心理上对吃同伴的肉有抵触情绪。

综观人类发展的历史，在战场上杀人往往被合理化、正当化，乃至受到激励，但是吃人肉一直是社会的禁忌，很难得到人们的谅解和认同。梅崎春生的《B岛风物志》中就描写了两个日军士兵在极端饥饿的情况下吃死去的同伴的尸体，事情败露后被就地处决。正因为如此，"我"认为在战场上杀人是可以容忍的行为，吃人肉的罪恶感要远远大于杀死一个无辜的生命。

关于"黑色的太阳"，大冈升平曾明确表示这是"上帝发怒的象征"。有学者指出小说的这个结尾"无非是作者借田村进行'我一个人'的自我救济，表示这种自我正当化的苦衷"①。大冈在这里把无辜被杀的菲律宾女人和吃人魔鬼安田、永松放在一起，让他们一同看"黑色的太阳"，无疑抹杀了加害者和受害者的界限。

如上所述，"我"从不吃人肉到被动地吃人肉，再到试图主动地杀人觅食，在体内潜藏的人性与兽性的冲突中，兽性最终压倒了人性，"我"也随之变成了一个吃人魔鬼。"我"不吃人肉出于偶然，吃人肉完全是出于自己的意志，"我"的辩解显得虚伪和苍白无力。

二　人性中的利己主义

大冈升平在《樱花与银杏》（1972）中写道："在菲律宾战场的

---

① 花崎育代:「大岡昇平『野火』論:〈社会的感情〉の彷徨」,『国語と国文学』1993年7月号。

体验，教给了我很多东西。置身于生死线上的同胞表现出来的利己主义伤害了我。""我把这些战场上的利己主义写成了题名《野火》的短篇小说。"① 这里所说的利己主义是指把自身的利害得失作为行动的唯一标准，不考虑他人利益的思考和行为模式。下面将以"我"与周围官兵之间冷酷的人际关系为中心，分析他们身上利己主义的种种表现。

（一）官兵关系

"我"在莱特岛西岸登陆后不久就轻微咯血，因粮食问题中队和医院都不愿收留。作品一开始就是"我"从医院再次返回中队后，挨了分队长一个耳光并遭受大声训斥的场面：

> 你瞧瞧，士兵大都外出弄粮食去了。我军正在苦战，没有余力养活毫无用处的兵员。你赶快回医院去！他们若不收留，你就一直赖在那儿。他们也不会丢下不管的。假如他们怎么也不肯收留的话，——那你就去死吧。你的那颗手榴弹可不是白领的。现在那就是你为国尽忠的唯一手段。②

分队长直言不讳地说出了抛弃"我"的理由，那就是在他眼中，"我"这样的病号一无战斗力不能打仗，二不能出去搜集粮食维持基本的生存，对部队而言完全是个累赘。闻听此言，不由得琢磨他下令把"我"赶出部队时为何会如此情绪激昂：

> 我一直盯着对方嚷嚷时直冒唾沫星子的嘴唇。我不明白明明是我在接受这致命的宣判，他为何会那么激动。或许是出于

---

① 大冈昇平：「サクラとイチョウ」，『大冈昇平集16』，岩波书店1983年版，第190—191页。
② 大冈昇平：「野火」，『大冈昇平集3』，岩波书店1982年版，第230页。

第三章 大冈升平战争小说论

军人的本性，一提高嗓门，感情就亢奋了。自战况恶化以来，他们常常把过去不得不隐藏在军人面具下的不安，朝我们士兵发泄出来。这时我们分队长之所以大谈粮食问题，不用说是因为这是他最大的不安。①

这里之所以说分队长的这番话是"致命的宣判"，是因为"我"作为一个肺结核患者，被所属的中队抛弃，在得不到医疗救治，周围又有美军和菲律宾游击队活动的情况下，一个人到山野中流浪即意味着死亡。但分队长讲这番话时振振有词，祭起日本军队《战阵训》的大旗，把自己的残酷命令正当化、合理化，要求失去战斗力的伤病员按照"帝国军人"的标准去行动，必要时以自杀的形式"为国尽忠"。"我"从分队长的话语中读出了他对粮食问题的不安，得知他的真实意图是要尽可能地节约粮食以保全自己的性命，由此可以看到分队长的自私自利、冷漠无情和虚伪面目。

（二）医患关系

医院本应该是伤病员的避难所，医护人员应该是担负着救死扶伤职责的白衣天使。然而，《野火》中描绘的野战医院完全是另外一幅景象，让伤病员感到绝望和无助。一方面，医院条件简陋，人手紧张。两名军医和 7 名卫生兵护理着约 50 名患者。因医疗物资紧缺，患者得不到药品，绷带也无法更换。另一方面，医护人员不管患者的死活，只顾自己活命。因为粮食短缺，这里的军医和卫生兵一直在靠给患者领的口粮维持生活。他们只接纳从中队带口粮来的患者，且想方设法提早把他们赶走以节约粮食。如果患者不自带口粮，医院无论如何也不会收留他们。

"我"从中队带了 5 天的口粮被送到了这家野战医院。军医先劈头盖脸训斥了一顿，发现"我"带有粮食时才转而同意住院。但是，

---

① 大冈昇平：「野火」，『大冈昇平集3』，岩波书店1982年版，第230—231页。

3天后军医就宣布治愈要求"我"出院。中队说"我"既然是带了5天的口粮去的就应该继续住在医院,医院则说"我"带的口粮不够吃5天而拒绝接收。这样,接到分队长"致命的宣判"后,"我"明知医院不可能再收留自己,仍然回到医院周边,想从和自己处境相同的病友身上寻求一些慰藉。

在距离医院不远的树林边聚集着一群动弹不得或不想动弹的病号。"他们跟我一样都是被打了败仗的军队甩下的无用之人。而且,当弄清应该收容他们的救护机构也为满足败军的需要而没有能力收容他们时,他们已经无路可走了。结果他们只好这样在这个避难所周围徘徊,而在他们还是'士兵'时,这里曾是他们幻想中最后一个安身之地。"此时,他们"与其说是人,不如说更接近于动物。而且看上去像是离开了主人的家畜,因走投无路而失去了正常的生存方式"①。

(三) 战友关系

人作为一种社会动物,很难单独生存,在面临生命危险的战场上更是如此。"我"出于求生的需要,一直努力尝试融入某个集体中去,通过与他人之间的联系克服孤独和恐惧心理,坚定活下去的信心。但是,"我"和所属部队及医院的连带感,一开始就被无情地切断了。接下来"我"又试图到战友中去寻找,遭遇的仍是一连串的失败。三好行雄指出,《野火》中不断重复着一种模式,即"孤独状况下对连带的期待与恢复,及其挫折"②。"我"也正是在这个过程中更多地发现了人性中的利己主义。

首先是"我"与来自日本本土的补充兵的关系。"我"被迫离开中队时,看到十几个跟"我"一起从本土来的补充兵在树林中挖

---

① 大岡昇平:「野火」,『大岡昇平集3』,岩波書店1982年版,第251—252页。
② 转引自花崎育代「大岡昇平『野火』論:〈社会的感情〉の彷徨」,『国語と国文学』1993年7月号。

第三章 大冈升平战争小说论

防空壕。他们的脸色木然而消沉，也没人跟"我"打招呼。作品中就"我"和他们的关系写道：

> 在运输船的无聊之中，我们曾因做奴隶的感伤心理走在一起。但是在和老兵一同度过的三个月的驻防生活中，琐碎的日常所需再次让我们成为与一般社会中的人们一样的利己主义者。而且在这个岛登陆后，随着形势的恶化，这种情况变得更加突出。
>
> 我因生病明显地只能受人照顾而不能回报别人任何东西时，我们之间便出现了一种明显的冷淡气氛。危险尚未到来而只能预感到危险时，内藏的自我保护的本能把人变为超出常规的利己主义者。①

在这里可以看到"我"对人性明晰、冷静而透彻的认识。在"我"看来，人们本来就是利己主义者，只不过在战场的极端状况下，表现得更为突出。这时，他们奉行一种赤裸裸的实用主义生存哲学，在人际交往中关注的不是自己能给别人做什么，而是别人能给予自己什么。

其次是"我"与病友的关系。"我"被中队抛弃后，出于一种同病相怜、惺惺相惜的感情，首先选择了利用这"短暂的自由"去见见那些一直待在医院周围的病号。赶到医院附近时，"我"进而感到"离开中队时对他们抱有的，或者说是曾经抱有的兴趣，在这两个小时孤独的步行中已经变成了需要"②。"我"害怕孤独，迫切希望与他人建立一种纽带联系，即使得不到任何现实的帮助，也能获得心理上的支撑。然而，当"我"正式加入这个行列时，他们都表

---

① 大岡昇平：「野火」，『大岡昇平集 3』，岩波書店 1982 年版，第 233—234 頁。
② 同上書，第 251 頁。

现出意想不到的平静，有人径直问"我"带了多少粮食。大家平时为了节省体力，都尽量支使别人干活。不久，医院遭到美军的炮击。军医和卫生兵扔下伤病员向深山跑去，病友们四散逃命，"我"和这几个病友临时结成的社会关系随之结束。望着同伴仓皇逃窜的身影，"我"觉得自己跟他们没有什么关系了，开始孤身一人在山中徘徊。

再次是"我"与败逃途中的同伴的关系。"我"在山下的教堂抢到食盐返回山上时，遇到了大岛团的三个日本兵，如同见到了亲人，激动得流下了眼泪。听他们说莱特岛的士兵要到巴伦蓬集结时，"我"通过赠予他们食盐加入了其团伙，想请他们带上自己一起走，由此重新燃起了生存的希望。

> 现在我跟伙伴在一起，通过赠予食盐同他们建立了社会关系。他们应该不会像分队长那样把我赶走。一旦有了这种关系，在菲律宾村子里杀人那件事只要我不说出去，就等于没有发生。而且，我将以与莱特岛所有败兵同样的资格逃到宿务，不久也可以活着回到国内。
>
> 我本该知道败军中的同伴是什么样的人。我之所以相信我们被一把盐连在一起，能够相互帮助，完全是由于自己孤身一人过了20多天的缘故。①

"我"与他们之间的这种连带关系一开始就是建立在物质利益之上的，其脆弱性显而易见。"我"虽然也意识到了这一点，但强烈的求生欲望又使"我"对他们抱有一丝不切实际的幻想。残酷的现实是"我"在途中跟熟人说了几句话，就被这三个人远远地抛在后面，不得不放弃了用食盐买来的"友情"。

败逃途中，"我"本人也是只顾自己逃命，不管其他战友的死

---

① 大冈昇平：「野火」，『大冈昇平集3』，岩波书店1982年版，第322—323页。

第三章 大冈升平战争小说论

活。在前往巴伦蓬集结的路上,因遭到美军飞机的攻击,日军死伤人员的数量不断增加。"每当从倒在地上的伤兵身旁走过时,我都感到一种莫名的苦恼。当初医院遭到炮击时,我之所以会笑着扔下同伴不管,是因为我预想到自己也是死路一条。但现在有了到巴伦蓬集结的希望,就不能不感到自责了。但是倒在路旁的士兵越来越多,我渐渐习以为常了。"① 可见"我"残存的一点同情心也消失殆尽,变得越来越麻木、越来越冷漠。

最后是"我"与永松和安田的关系。"我"在野战医院附近结识了病号安田和永松。在逃亡途中,年轻的永松靠推销安田身上携带的香烟赚取食物,并背着腿脚行走不便的安田逃命,两人形成了相互利用的关系。"我"在濒死之际遇到了永松,被他收留下来。但是,他救助"我"的动机一开始就不是那么单纯。一方面是辨认出"我"的身份时不忍对旧友下手,更重要的是想把"我"作为对抗安田的筹码。在相处过程中,"我"随身携带的手榴弹引起了两个人的极大关注,也引发了"我"对他们两个人的警惕。一天,安田趁永松出去猎食之际设法骗走了这颗手榴弹,拒不归还。永松得知此事,提议干掉安田制成口粮,去向美军投降。于是,"我"和永松诱使安田先扔出手榴弹,永松伺机开枪打死了安田,拿出砍刀剁掉他的手腕和脚腕。看到这个令人不寒而栗的场面,"我"抢先一步捡起永松放在地上的那支步枪,射死了永松,三个人之间的恩怨得到彻底的了结。

如上所述,《野火》通过对日军之间复杂的人际关系的透视,揭露了日本法西斯军队残酷无情的本质和人性的堕落,剖析了战场上利己主义的种种表现。这些日军在生死存亡的极限状态下,仅仅依靠近乎动物性的本能来保存自己的生命,人与人之间不要说同胞之情、战友之情,连起码的同类相惜之情和对弱者的同情都没有,只

---

① 大冈昇平:「野火」,『大冈昇平集3』,岩波书店1982年版,第326—327页。

有相互利用的利害关系。可以说他们是一群丧失人伦、灭绝人性、道德沦丧的魔鬼。主人公"我"集加害者与受害者于一身，汇知识分子的软弱与侵略士兵的残暴于一体，在世人眼中举止癫狂却又不乏理性思考的　面，对日本战后时局抱有较清醒的认识。大冈升平通过"我"对战场以及战后社会的洞察与思考解构了战争的意义，描述了战争的残酷，揭示了日军的暴行，批判了日本战后的战争动向，表现出了一些反战思想。

《俘虏记》和《野火》都设置了战场极限状况下的故事情节，通过主人公在生死之际的抉择探讨了人性中意志和本能之间的矛盾。《俘虏记》重点写不杀人，引用《叹异抄》中"我不杀人非因心善"这句话作为题记，旨在阐明主人公没有开枪射杀那个美国兵，绝对不是由于心地善良。《野火》写了杀人，"我"两次杀人都不是有预谋的行为，而是偶然发生的事件。可以说《野火》阐释了"我不杀人非因心善"的后一句话，即"有时虽无害人之心，亦杀成百上千之人"。大冈试图以此来解释"我"残忍地杀害无辜的菲律宾女性，以及开枪干掉自己的同伙永松都非出自本意。这样，两部作品互为表里，互相印证，揭示了战场上的生死等重大事件均受偶然因素的支配。这种情节设置大大削弱了作品的批判力量，客观上也起着模糊、掩盖杀人罪行的作用，从中可以看到大冈战争认识的局限性。

第三节　侵略者的赞歌
——《莱特战记》

《野火》发表后，大冈升平转而从事恋爱小说和历史小说的创作。至60年代后期，大冈升平出于对同时代战记、战史的不满和再现战争真相的使命感，为了慰藉日军战死者的灵魂，又推出了其战争文学的大作《莱特战记》。该作品于1967年1月至1969年7月首

第三章 大冈升平战争小说论

先在《中央公论》连载，之后经过反复推敲订正，1971 年由中央公论社出版单行本。《莱特战记》描写了太平洋战争末期日美两国军队在菲律宾莱特岛的攻防战，不仅记述了两军在莱特岛陆地上的战斗，而且记述了菲律宾洋面的海战（美方称之为莱特湾海战）以及莱特岛周边地区的空战等。该作品兼具战争文学和历史小说的特点，既是战记，又是超越了一般战记的文学作品。川村凑称之为日本战后"'战记小说'的金字塔"[①]。

《俘虏记》和《野火》分别描绘了俘虏收容所的生活状况和日军在战场上溃逃的场面，《莱特战记》描绘的仍然是日军遭遇惨败的战争场面，但大冈升平的目光则聚焦在那些面对美军的猛烈进攻仍坚持战斗的日军身上。《莱特战记》的主角不是仓皇败逃的日军，而是在逆境中"屡败屡战""虽败犹荣"的日军，作品中的战斗场面更多的是"悲壮"而不是"悲惨"。可以说该作品是在为菲律宾战场的日本侵略军树碑立传，歌功颂德。作品描写对象也从个人到集体，从普通士兵到高级将领，从个人的战争上升到日本民族的战争。从中可以看到大冈对日军"英勇善战"者的赞颂，对战死者的怜悯，对逃兵的宽容。这条线索贯穿整部作品，形成了赞颂"顽强抵抗"的日军的主题。下面将对此进行具体的分析探讨。

一 "顽强抵抗"的群体

二战期间，在日军的编制里，师团是陆军进行对外侵略战争的基本战略单位。因此，大冈在描写战斗进程时把重点放在各个师团及其下属联队的活动上。大冈一方面大肆鼓吹日军的"战功"，另一方面为部分部队"平反昭雪"。比如，他引用大量的事实证据驳斥了35 军副参谋长友近美晴少将对第 1 师团的指责，竭力为该师团辩护。第 16 师团在美军登陆时的表现招致了上级的不满，大冈引用美方的

[①] 川村凑等：『戦争はどのように語られてきたか』，朝日新聞社1999 年版，第10 頁。

记录证明该师团进行了力所能及的抵抗，使美军遭受了一定的伤亡。他说："我不厌其烦忠实地抄写美方的记录，是为了多少挽回其名誉，安慰参加了绝望的战斗并死去的士兵的灵魂。"①

大冈对日军这些师团在战争中的表现给予了高度评价。比如他指出在利蒙岭战役中，担负左翼的57联队的两个大队在受到美军占有压倒性优势的炮兵和化学武器压制的情况下，依靠斗志和白刃战，在难以防守的北方山脊坚守了10天，在层峦叠嶂的东方山岭坚守了30多天。他强调说：尽管由于情报不足，"在初始阶段带来了不利条件，但是必须赞扬守卫利蒙岭干线道路的57联队以及后来参加守卫的步一（步兵第一联队）的奋战"。② 此外，大冈还援引美方的观点来佐证日军在战争中的"良好"表现。作品提到美军第24师21团团长巴贝克（Verbeck）战时曾向美国第6军情报部提交了一份关于日军战斗方法的报告。大冈认为该报告"表达了执笔者对其对手的尊敬和高度评价"，"对于在利蒙岭英勇战死的士兵，是最好的供品"③。巴贝克战后拜会当年统率57联队的第1师团长片冈董中将时，极力称赞了该师团的善战。

利蒙岭战役后期，第1师团49联队突击美军炮兵阵地，扰乱了美军的后方。大冈称这是日军在利蒙岭方向唯一一次取得积极的战果。之后，该部队发挥日本步兵善于防御的特点，面对美军占绝对优势的炮击展开"殊死抵抗"。此外，担负破袭美军布拉温地区机场任务的第16师团的官兵，尽管在途中遭伏击损失了200多人，仍然有150人设法攻击了布里机场。大冈盛赞这是"师团的荣誉"，认为从当时的状况来看，师团经历的战斗是"莱特岛战役过程中表现出来的最有勇气的行动之一"。④

---

① 大冈昇平：「レイテ戦記（上）」，『大冈昇平集9』，岩波书店1983年版，第306页。
② 同上书，第614页。
③ 同上书，第447页。
④ 大冈昇平：「レイテ戦記（下）」，『大冈昇平集10』，岩波书店1983年版，第97页。

第三章 大冈升平战争小说论

大冈对日本海军的表现也不乏赞美之词。他说："联合舰队想出了当时能想到的最巧妙的作战方案，酝酿了取得局部胜利的可能性。可以说在作战计划和战斗过程中，都典型地表现出我们的精神。""联合舰队采取的作战方案是诱敌作战和主动寻敌作战的巧妙结合，可以说是日本式精巧的杰作。"① 而小泽舰队的"初月"号驱逐舰堪称是"整个莱特湾海战期间行动最勇敢的日本军舰"②。

与此同时，大冈对日军最终的失败流露出深深的惋惜之情。从作品中可以看出，大冈升平的感情已与日军的命运紧密结合在一起，与他们同喜同悲，为其"骁勇善战"击节叫好，为其最终覆灭唏嘘长叹。由此可以说，他在战争结束20余年后访问莱特岛时，之所以没有重访自己生活过的俘虏收容所，而是访问了日军昔日的激战之地，也许是因为前者只能勾起他屈辱的回忆，乏善可陈，后者却能让他寻觅到日军善战的踪迹，获得些许自豪感。

二 "履职尽责"的军官

大冈升平在《俘虏记》和《野火》中描写的人物大都是日军普通士兵，偶尔有军官出场，也只是些中队长以下的低级军官。在《莱特战记》中，大冈把目光扩展到了军官群体，声称从中发现了之前未曾料想到的事实。他说："在此前写的作品中，我觉得也是公平地对待士兵的。可是，这次在《莱特战记》中第一次写到参谋和大队长以上的人。军官是特权阶级，他们即使上战场也和士兵不一样，能吃到美味佳肴。不过到了莱特岛的激战阶段，他们就和士兵一样与敌人战斗了。"③

日军在莱特战役中遭到惨败，其中不乏指挥不力、临阵脱逃的

---

① 大岡昇平：「レイテ戦記（上）」，『大岡昇平集9』，岩波書店1983年版，第160—161頁。
② 同上書，第251頁。
③ 大岡昇平：『わが文学生活』，中央公論社1975年版，第195頁。

161

军官。作品中提到了两个高级将领：一个是第 102 师团长福荣真平中将。他在莱特岛战役的后期擅自逃到宿务岛（Cebu），为此受到了停止 1 个月指挥权的处分，成为"参加莱特战役的最不光彩的将军"。另一个是第 100 师团长原田次郎中将。士兵们忍饥挨饿，他却只顾自己饱食，带着姨太太到处逃，招致士兵和日侨的怨恨。此外，作品还描写了在美军炮火面前惊慌失措的参谋形象，35 军司令部遭到美军袭击时，军参谋刚遇到步枪射击便丧失了思考力和判断力，连句完整的话都说不出来。

与上述贪生怕死的军官相对照，大冈在作品中更多地描写了一批"临危不乱""坚持战斗"的军官，对他们在战争中的表现给予了"高度评价"。如莱特战役末期，日军大势已去准备转移，军司令部要求第 1 师团首批撤离莱特岛时，师团长片冈中将坚持让自己的部队留在莱特岛，与阵地共存亡，请第 68 旅团先行撤退，以保存实力。"片冈中将打算在莱特岛战死的主张也是广为传诵的战场美谈，在败军之中要说出这样的话还是需要有精神准备的。正因为有福荣中将拼命逃窜的先例，可以说片冈中将的态度令人钦佩。"[①]

除高级将领外，作品还描写了师团参谋的"尽职尽责"和前线军官的"顽强战斗"。莱特岛地面战斗事实上结束之后，35 军接到依靠自身力量独自作战的命令，开始持久抗战。利蒙岭战役的末期，第 1 师团情报参谋土居正巳少校穿越敌阵，从 35 军司令部得到了撤退的非正式请示，事实上拯救了第 1 师团官兵的性命。大冈认为这是"莱特战役末期出现的英雄行为之一"。作品叙述了第 26 师团的今堀支队作战条件艰苦，但是在部队长今堀大校温厚人格的感染下，士气没有衰退，阻止了美军的渗透。

大冈还以白描的手法勾画出一个"高大全"式的日本军官形象。在利蒙岭战斗中，49 联队的原口丰二大尉固守阵地，最后战死。作

---

① 大岡昇平：「レイテ戦記（下）」，『大岡昇平集10』，岩波書店 1983 年版，第 406 頁。

品中写道，原口大尉"生于鹿儿岛县，幼时在良好的家庭，谨守古老的孝顺的美德，从没有跟兄弟争执过。他对人和蔼，与当时夸夸其谈的干部候补生截然不同。善于打仗的军官多是这种类型的，这在中国战场也是得到公认的。原口大队的奋战，可谓多是凄惨话题的利蒙岭战斗中的精华"。①

三 "英勇作战"的士兵

《莱特战记》第五章引用了在一战中死去的英国诗人欧文（Wilfred Owen）《致不幸倒下的青年们的赞歌》中的一节诗，一方面否认了战死者死亡的意义和价值，另一方面表明了希望通过再现莱特岛的炮声、硝烟和血腥来安慰死者的愿望。

大冈升平在《俘虏记》和《野火》中，以冷静的目光凝视自己和他人，对死去的同伴表示出极度的冷漠。在《莱特战记》中，则对死者抱以深切的同情。作品虽然提到了若干个有名有姓的士兵，但更多地把目光转向那些无名的神风特攻队员。半藤一利指出，作品中把人们通常所说的"特攻队员"写成"特攻士"，这是大冈有意识创造的词语，即把他们当作"武士"。② 大冈以日本拥有"从精神废墟中产生的叫做特攻的日本式的变种"感到自豪，指出这种情况"虽然是有限的少数，但是显示出了适于作为民族神话流传的自我牺牲和勇气的范例"③。

大冈并不赞同特攻队员为绝对主义天皇制殉死的行为，却赞许他们驾机撞向敌舰的意志和勇气。作品中写道：

> 被迫亲自选择生还概率为零的事态时，人就超越了另外的

---

① 大岡昇平：「レイテ戦記（上）」，『大岡昇平集9』，岩波書店1983年版，第581頁。
② 半藤一利：「『レイテ戦記』読後ノート：とくに「海戦」と「神風」の章について」，『文学界』1995年11月号。
③ 大岡昇平：「レイテ戦記（上）」，『大岡昇平集9』，岩波書店1983年版，第247頁。

一条线，进入一个有本质不同的世界。

  在战斗过程中，人出乎意外地轻易越过这条线。对中弹的飞机驾驶员来说，自己爆炸是为不可避免的死亡增添勇敢的色彩，是释放愤怒的感情。……

  神风特攻是敌人也赞赏的行动。据说美军有七成飞行员表示，如果自己处于同样境况的话也会志愿加入。传说当时在后方的年轻人都下决心去参加特攻光荣牺牲。但是，下决心和把决心付诸行动之间还隔着一条线。①

接下来，大冈指出了神风特攻残酷而没有实质意义，对被迫作为特攻队员出战的年轻人表示深切的同情。尤其是到冲绳战役时，所谓的志愿只是表面上的说法，飞行员已开始被迫驾驶性能低劣的教练机实施特攻。作品中写道：

  特攻这种手段给驾驶员带去的精神痛苦超出了我们的想象。假如他们相信献出自己的性命能够拯救祖国的话还好，但是在冲绳战役阶段，已经没人相信这一点了，而且事实上特攻队员是正确的。

  虽然嘴上高喊着必胜的信念，但在这个阶段，没有一个职业军人相信日本会取胜。他们戴着战略面具，只是为了面子而行动，想打一场胜仗后进行和平谈判。而且他们在悠久的大义的美名下，强迫年轻人无谓地送死。我觉得神风特攻最丑恶的地方就在这里。②

尽管如此，大冈认为特攻队员取得的战绩仍然是日本人的骄

---

① 大岡昇平：「レイテ戦記（上）」，『大岡昇平集9』，岩波書店1983年版，第263頁。
② 同上書，第264頁。

第三章 大冈升平战争小说论

傲。他说："我们当中有人克服难以想象的精神痛苦和不安实现了目标。这与当时领导者的愚蠢和腐败没有任何关系。在那种颓废中有过产生今天已完全消失的坚强意志的余地，这正是我们的希望所在。"① 从中可以看到大冈对特攻队员的高度赞扬，对迫使特攻队员做无意义牺牲的领导层的强烈愤慨。大冈在一些文学随笔中也表达了同样的看法。他说："我曾经是一个当过俘虏的软弱的补充兵，但是从豁出自己性命的特攻飞行员的意识和行动中看到了最高的道义。"②

与此相关，大冈对在菲律宾战场上阵亡的其他日军士兵也表示出"敬意"，并对在当时的艰苦条件下出现的逃兵表示理解和宽容。作品中写道："我们不能忘记菲律宾的战斗就是在这种打耳光、棍棒体罚和持久消耗的方针之上进行的。这样自然会出现大量脱离战场以及自杀的人，但是我尊敬那些虽然处于这些奴隶般的条件下，却在与军队强制的忠诚不同的地方发现了战斗的理由并英勇作战的士兵。"③

大冈的这种思想贯穿整部作品，为了让战死者安息，他一直试图肯定这些士兵死去的价值和意义。他把决策层的统帅、参谋和在前线奋战的官兵区别开来，认为坚持战斗到最后的士兵身上贯穿着坚定的意志，虽然战争是愚蠢的，但他们身上仍表现出人的道义。半藤一利指出："战后日本的战争文学，大多根据'战后思潮'的视点片面地对过去的战争定罪，或许可以说这是对上述状况无声的抗议。"④ 关于日本的特攻队员，大冈评论说："虽然以死亡为前提的思想是不健全的，具有煽动性，但是接受了死刑宣判却直到最后都

---

① 大岡昇平：「レイテ戦記（上）」，『大岡昇平集9』，岩波書店1983年版，第265頁。
② 大岡昇平：「八月十五日」，『大岡昇平集16』，岩波書店1983年版，第139頁。
③ 大岡昇平：「レイテ戦記（下）」，『大岡昇平集10』，岩波書店1983年版，第515頁。
④ 半藤一利：「『レイテ戦記』読後ノート：とくに『海戦』と『神風』の章について」，『文学界』1995年11月号。

不迷失目标的人仍然是伟大的。丑恶的是指挥官和参谋，他们迅速地从空中降到地面，一门心思驱使部下，战后不断重复着谎言。"①

吉田裕通过对日本20世纪50年代出现的大量战记的考察，归纳总结了一般国民"最大公约数性质的战争观"。比如，"在战争责任问题上，猛烈抨击'发动战争的少数军阀'，强调一般官兵没有责任。同时，对一般官兵的牺牲精神和他们对祖国的热爱予以最高的评价"。"并没有肯定'大日本帝国'时代的一切，但是对'光荣'的联合舰队的强烈共鸣，不断呼唤着对那个时代的怀念。"② 从《莱特战记》中可以看到大冈与此相一致的战争观。值得注意的是，大冈虽然对日本特攻队员的自杀式攻击给予了高度评价，对美国一些军人英勇献身的行为却没有表示敬佩和赞许。如作品讲述了美军A中队的一个无线电报务员以自己的生命为代价摧毁了日军的机关枪阵地，扫除了美军前进道路上的障碍。大冈认为，这"可能是因身负重伤而采取的自杀性行动，他在美军莱特战役结束的日子，死于师长的虚荣心。之后美军到26日为止的行动，则受麦克阿瑟大将虚荣心的支配，他想在圣诞节向本国播送莱特战役结束的消息"③。即在大冈看来，既然当时莱特岛地面的战斗事实上已经结束，那么余下的战斗和厮杀都是没有意义的。

如上所述，大冈升平在对莱特战役相关史料地挖掘、整理过程中，发现了他心目中崇敬的日本军人形象，在《莱特战记》中不惜笔墨彰显其事迹。尽管其目的并非美化战争，主要是通过揭示战争真相为战死者安魂，然而他精心选择的这些史料，与日本二战时期的"国策文学"有异曲同工之处，主观上、客观上都在宣扬日军的所谓"战功"。从作品的这个基调中也不难看出大冈在战争认识上的

---

① 大岡昇平：「レイテ戦記（下）」，『大岡昇平集10』，岩波書店1983年版，第520頁。
② 吉田裕：『日本人の戦争観』，岩波書店2003年版，第101頁。
③ 大岡昇平：「レイテ戦記（下）」，『大岡昇平集10』，岩波書店1983年版，第299頁。

偏颇、局限乃至错误，具体表现为：否认日本侵略战争的性质，强调美国的加害责任，淡化日本的侵略罪责等。

《莱特战记》在大冈升平的"战争五部曲"中起着承前启后的作用。从《俘虏记》经《莱特战记》到《漫长的旅途》，作品题材内容与其自身战争体验的距离越来越远。大冈笔下的战争从他驻扎过的民都洛岛延伸到莱特岛乃至日本本土，从个人经历的局部战场到攸关战争胜负的菲律宾战场进而到战后审判战犯的法庭，从个人的体验逐步上升到日军群体和本土民众的体验。大冈之后创作的《再赴民都洛岛》记述了他重游战场遗迹时的见闻和感想，抒发了对死难战友的怀念之情。《漫长的旅途》通过记录对日本乙级战犯冈田资的审判过程，指出了美军空袭日本本土给平民带来的损失。另外，大冈在创作过程中渐渐地释放自己压抑的感情，与作品人物的心理距离也由远到近，对日本战争死难者的态度由早期的冷漠转为后期的怜悯、同情乃至敬仰。在《莱特战记》中，大冈明确表达了对战死日军的深切同情和哀悼之情。以此为契机，大冈在《再赴民都洛岛》中，毫无顾忌地释放出内心压抑已久的感情，眼含泪水，大声呼唤死去的战友，为他们祈祷。《漫长的旅途》则能看到大冈强烈的民族感情色彩和价值取向，他把受到审判的战犯视为"民族英雄"，对战犯充满敬重之情，大肆为之歌功颂德。

第四节　大冈升平战争文学中的反战思想

大冈升平的战争文学作品凝聚着他对战争的观察和思考，读者也希望通过大冈的战争叙事，透视他本人乃至日本人对战争的记忆与反思。日本学者公认大冈升平是一位反战作家，甚至有人称其为从正面对抗侵略战争的作家。中国多数学者则在肯定其反战思想的同时，批判了其反战的局限性。本节将在吸收这些研究成果的基础

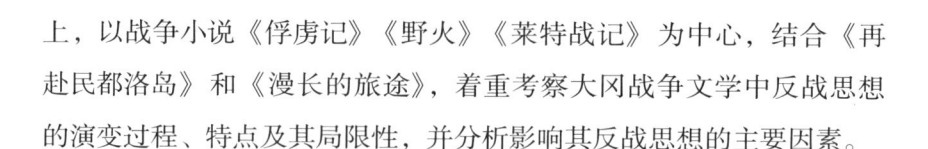

上，以战争小说《俘虏记》《野火》《莱特战记》为中心，结合《再赴民都洛岛》和《漫长的旅途》，着重考察大冈战争文学中反战思想的演变过程、特点及其局限性，并分析影响其反战思想的主要因素。

一 大冈升平反战思想的演变

古今中外，反战有不同的立场和表现形式，家永三郎认为反战思想"不是仅指严格意义上的战争否定论，而是把模糊的厌恶战争的感情、逃避军队的思想和消极的不合作态度等涵盖在内来看待"。① 大冈升平晚年接受中国学者的访问时曾说："我是经历了战争才着手创作的，目的在于揭露战争的悲惨。我从未想过改变这一反战的立场，从一开始，也就是卢沟桥事变发生时便是这样。""我的创作意在表现对日本军队的憎恶，对战争与国家、战争与军队的憎恶。"② 从大冈的经历看，他自1937年日本发动全面侵华战争至1944年被征召入伍，在国内过着一般职员的生活，同时从事司汤达著述的翻译和研究，没有证据表明他自卢沟桥事变开始就具有反战的立场。但是，其战争文学中或多或少流露出一些反战思想，下面将结合文本对其反战思想进行归纳整理。

《俘虏记》塑造了一个贪生怕死的日军士兵形象，通过颠覆"帝国军人"的形象，表现出朴素的反战思想。出征途中，因对战局感到绝望，"我"开始憎恨把日本引入令人绝望的战争的军部，抛弃了"与祖国同命运"的观念，把自己看作被迫赴死的奴隶。初到战场，在同伴S的启发下，"我"意识到死在这里只能是"充当愚蠢的战争的牺牲品"，于是两个人制订了从菲律宾逃跑的计划。虽然该计划因生病和遭到美军袭击未能付诸实施，但试图当逃兵本身就蕴含着基于个人利害得失的反战意识。在山里露营时，"我"希望自己所

---

① 家永三郎：「日本近代思想史研究」，東京大学出版会1980年版，第263頁。
② 尚侠、徐冰：《倾听作家最后的诉说：大冈文学对话录》，《日本学刊》1995年第5期。

第三章 大冈升平战争小说论

在的地方能成为"被遗忘的战线",可以静候战争结束。遭遇美军进攻,孤身一人逃亡时,"我"主动放弃了士兵的身份和职责,没有朝走近的美国兵开枪。被美军俘虏后,"我"不仅没有特别的耻辱感,反而在确信美军优待俘虏的政策后,体验到了"生"的喜悦。这样,《俘虏记》表达了下层士兵在战场遭受死亡威胁时自然流露出来的厌战情绪和反战情绪。

《野火》主要通过主人公"我"(田村一等兵)的敏锐观察表现出一些反战思想。首先是解构战争的意义。"我"目睹并亲身体验了伤病员遭日军无情抛弃的悲惨命运,把遭受美军炮火袭击的同伴看成是"愚蠢战争的牺牲品",彻底否定了战争的意义。逃亡途中,"我"遇到了一个精神失常的日本军官,他临死没有高呼"圣战"的口号,而是发出了渴望回家的呼声。其次是描述战争的残酷。揭示战争带来的灾难及其对个体生命的戕害,一直是反战文学的主要内容。《野火》一方面通过日军士兵在军队中遭受的非人待遇揭露军队机构的冷酷无情,把批判的矛头指向了军国主义,另一方面通过日军溃逃途中的凄惨画面揭示战争对个体生命的无情摧毁,表达出对战争的否定态度。再次是对日本战后战争动向的批判。"我"在报纸上看到政府想让民众再次打仗的征兆后,明确表示这是"我最不想干的事",而且"谁也不能强迫我再次到战场上送死",并警示世人"不了解战争的人,只能算半个大人"①。从当时的国际局势看,可以说"我"对日本可能卷入朝鲜战争抱有强烈的抵触情绪。

《莱特战记》把战争与日本战后的社会现实联系起来,表达了对战争的批评态度。一是描写战争的残酷,指出普通士兵和国民是战争灾难的直接承担者。二是强调无关战争全局以及不能扭转战局的战斗都是徒劳无益的,美日两军在这些战斗中的大量死伤都没有意义。三是提出打仗是职业军人的事情,国家强迫普通民众上战场是

---

① 大冈昇平:「野火」,『大冈昇平集3』,岩波书店1982年版,第401页。

残酷的、不仁的行为，国民有追求个人幸福的权利，在不得已的情况下可以投降。四是批判日本军队机构的弊端、冷漠的官兵关系，如隐瞒事实真相、不顾下层士兵死活等。五是揭示日军给菲律宾人带来的各种伤害，如实施暴政，滥杀无辜平民，大肆掠夺粮食和财产等。六是指出菲律宾是这场战争中最大的受害者，日本和美国也都遭受了巨大损失，以此提醒世人吸取历史的教训。值得注意的是，大冈虽然在该作品中表达了反战的态度，但在战争认识上有很多错误观点，主要是强调美国的战争责任，竭力为日本的侵略行径辩解。

在《再赴民都洛岛》中，大冈呼吁死难战友的亡灵化作遗族，不要在选举中投票支持那些可能助长战争危险的政客，以免子孙再遭受自己经历过的惨痛战争体验。在旅途中，大冈作为一个参加过侵菲战争的老兵，意识到了自己战争期间的加害者身份。他通过菲律宾人对日本人的敌视态度和怨恨情绪，在一定程度上反省了日军在菲律宾犯下的罪行。与此同时，他揭露了日本军国主义者的虚假宣传以及军队生活中的阴暗面，指出"把我们驱赶到这个无聊的战场的军人都是坏蛋"。[①] 他随后把话题转向现实社会，批判了日本当局为试图重新参战而编造的谎言，警醒世人不要轻易上当受骗。《漫长的旅途》则记录了日本乙级战犯冈田资受审的全过程，文中充斥着对这个战犯的美化和同情，流露出对东京审判的不满。假如说该作品还能听到大冈反战的声音的话，那只是从日本的立场出发片面反对战争末期美军对日本本土的大规模空袭。

综上所述，大冈描写了士兵对战争意义的怀疑、对战争的恐惧与厌恶以及对战争的幻灭感，昭示出自身与军队和国家的对抗情绪，流露出些许反战思想，但反战始终不是其作品的主旋律，作品也没有塑造出典型的反战人物形象。从历时的角度看，他反战的基点由个人的受害逐步上升到军队集团乃至日本民族的受害，但其反战的

---

① 大岡昇平：「ミンドロ島ふたたび」，『大岡昇平集2』，岩波書店1982年版，第569頁。

思想和言论大多是非常感性的个人感受,而不是对战争进行历史的、社会的分析后得出的理性结论。而且,随着日本战后社会的右倾化,自《莱特战记》以后,他作品中反战的声音越来越微弱,并逐渐走上了为日军歌功颂德的道路。

二 大冈升平反战的特点及其局限性

关于日本战后的战争文学,铃木贞美指出:"有一些小说描写的是战场上的懦夫,他们感觉自己的生命最为重要,总想当逃兵。"[①]这个论述虽然带有强烈的民族主义色彩,表达出论者对逃兵的蔑视和不满,但也切中了一些要害。可以说大冈升平《俘虏记》和《野火》的主人公即属此类。他们之所以想当逃兵或投降,并不是基于道义的立场不愿做侵略战争的帮凶,而是在日本败局已定的情况下不愿充当炮灰。其行为虽可视为反战的一种表现,然其本质是一种趋利避害的利己主义。尚侠指出,在大冈的"反战小说中,既少有战争的全景化处理、英雄与恶魔的形象勾描,又似乎无意于对无数人悲欢离合的命运的倾诉;而是致力于再现一个士兵在战场上或战争中的直接而复杂的感受,并且几乎完全是一种主观信息的传递,甚至连必需的事件场景的交代都相当有限"。"以历史冲突的真实来科学地揭示和阐述战争本质的命意,并不为大冈所取。他在自由地进行人的内在世界的探索中,显然倾向于表现战争条件下对人性与人道的非同寻常的渴念和对人在逆境中凄惨与堕落的告发。大冈战争小说的'特别格式',使得他的创作明显地有别于善于多角度地刻画战争罪恶动机的石川达三和富于思想锋芒的野间宏。"[②] 仅就《俘虏记》和《野火》而言,这个论述是比较恰当的。

---

① [日]铃木贞美:《日本的文化民族主义》,魏大海译,武汉大学出版社 2008 年版,第 165 页。
② 尚侠:《代译序:大冈升平和他的小说》,载尚侠、徐冰为主编《大冈升平小说集》(上卷),作家出版社 1998 年版,第 3 页。

大冈升平对日本发动的侵略战争一直缺乏正确的认识，未分清正义战争与非正义战争的本质区别。他虽流露出反战意识，甚至把批判的矛头指向了日本军国主义，但是远没有上升到反对侵略战争的思想高度。其作品中的日军士兵大多既不关心战争的性质，也不关心战争的胜负，只关心自身在战争中的利害得失。在日军大势已去的情况下，他们不愿做无谓的牺牲和抵抗，没有为了挽回日本的败局而负隅顽抗，垂死挣扎。当然，我们也要看到"我"虽然不愿当兵打仗，但是也不愿看到日本战败。因此，在俘虏收容所听到日本战败投降的消息时，"我"和其他俘虏一样流下了眼泪。这也体现了日军普通士兵在战争中的复杂心理。

综观大冈升平的战争文学作品，在其反战思想中都蕴含着浓厚的受害意识。简而言之，他在《俘虏记》和《野火》中主要是基于自身在战争中的受害体验流露出反战思想，是从利己主义立场出发反对战争。他在其后的几部作品中则主要是基于日本民族在战争中的受害体验表明了反战态度，是从国家主义的立场出发反对战争。究其实质，他并没有从历史的、政治的角度彻底否定日本发动的侵略战争，只是反对给他本人、战友和日本人带来巨大伤害的"愚蠢的"战争。他从战争受害者的立场出发表达了对驱使普通民众上战场的军国主义分子的反感和憎恶情绪，揭露了战争的愚蠢、残酷和日本军队的非人性，希望日本人能从过去的战争中汲取教训，不再重蹈覆辙。

大冈升平反战的不彻底性和局限性主要表现在以下两个方面：一是在批判日本军部、军队机构的冷酷无情和军人身上的利己主义的同时，从狭隘的民族主义立场出发赞颂日军的"战功"，塑造了一些他心目中理想的军人形象。比如，在《莱特战记》中，对神风特攻队员大加赞赏，并描写了日军师团参谋的"恪尽职守"和前线军官的"顽强战斗"。在《漫长的旅途》中，则为乙级战犯冈田资树碑立传，把他塑造成一个"完美无缺的英雄人物"。二是作品中提到了日军的一些加害事实，但描写的重点仍然是日军在战争中遭受的身心伤害，缺乏对遭受日本侵略的国家和地区的加害意识。如在《俘虏记》中，一方面直接描写了日军对菲律宾的加害事实，如掠夺食盐、布匹、砂糖和牲畜，毁坏家园等，另一方面也有刻意淡化日军侵略罪行的描写，如只讲"我们常常到山脚下去射杀那些在外流浪的无主的牛用来吃肉"①，而没有说明正是因为日军的烧杀抢掠那些牛才失去了主人在外流浪。《野火》的主人公在杀人抢劫之后使用"入侵者""残暴的士兵"等词语表示了自身加害者的身份，但也使用了一些暧昧的词汇来模糊、掩盖日军的侵略罪行，如把掠夺当地人物资的行动称为"讨伐战"，把强夺称为"征用"等。《莱特战记》触及了日本在菲律宾实施暴政、滥杀无辜、掠夺财物等暴行，但更加强调美军对菲律宾的加害责任，以淡化日本的侵略罪责。在《再赴民都洛岛》中，大冈踏上这块旧战场时感受到了当地居民对日本人的怨恨情绪，反省了日军在菲律宾犯下的一些罪行，但是充斥着为自己及所属部队的辩解。

三 大冈升平反战思想的成因

尚侠指出："大冈反战小说的视野的狭窄，并非所谓文学作品与意识形态的疏离性所导致。在这位'第二战后派'文学的领军人物的骨子里，毕竟还是很难摆脱日本文化的偏执与狭隘。在战争仿佛真的只是伤害了日本人的这种令人匪夷所思的系列画面里，纵然何等超凡拔俗的艺术才能，也会断然无改于大冈反战小说的暧昧调子。""对他的反战的文化内含的多元性的看取，同样应该是泾渭分明的；至少不该像国内外的批评界通常所认定的那么单纯。"② 尚侠主张从文化的视

---

① 大岡昇平：「捉まるまで」，『大岡昇平集1』，岩波書店1983年版，第5页。
② 尚侠：《战后日本文化演进与大冈小说精神》，《日本学论坛》2001年第1期。

点出发解读大冈升平的战争文学作品，提出了解决问题的思路，但没有做具体的探讨。战后，日本社会、政治、历史、文化等方面的原因，导致日本人一直没有对二战进行深刻的反省，普遍缺乏正确的历史认识。大冈升平的战争认识及其反战思想的形成不仅受这个大时代背景的影响，也与他本人的身份和战争体验密切相关。

首先，从大冈升平的身份看，他做过公司职员，当过士兵和俘虏，后来成为职业作家，但他身上始终带有小市民的烙印。因此，他主要从普通士兵和小市民的立场观察战争，思考战争的得失，在一定程度上揭示出了战争的真相，表达了朴素的反战思想。其战争叙事的焦点集中在局部战场的士兵个体身上，虽然对莱特战役做了全景式的描绘，但总体上看仍然缺乏从二战全局把握的宏观视角。战争期间，从入伍、出征、上战场，到被俘、战败、回国，大冈始终采取明哲保身的态度守护最小限度的自我权利，在强大的法西斯势力面前采取屈从的态度，默默地承受着强加给自己的命运。在开往菲律宾的运兵船上，大冈觉得自己是像奴隶一样走上刑场。为此，他曾经想："如果决定要死的话，为了干掉把日本全国引入这场战争的军部拼上同一条命不也一样吗？我觉得即使从现在开始也不迟。但是没有那样的手段，而且从以前镇压共产党的实例来看，国家能轻易地把我搞垮。"[1] 他由此感到平民百姓原本同反战运动无缘，转而采取了听天由命的态度。在菲律宾战场，大冈毫无斗志。他想："美国兵跟我一样也是极不情愿地上战场的，所以我一点也不憎恨他们。只是因为我们要拿着武器在战场相对，因此处于可以相互剥夺对方生命的状态。司汤达小说中的人物说'与其被恶魔杀死，不如杀死恶魔'。我原打算随时射击敌人。"但是，一个人拖着病体在山中流浪时，"我想不要再杀敌人了，于是没有向实际出现在眼前 20 米处的美国兵开枪"。[2] 可见大冈对战

---

[1] 大岡昇平、吉田凞生：「政治と無垢」，『国文学 解釈と教材の研究』1977 年 3 月号。
[2] 大岡昇平：「サクラとイチョウ」，『大岡昇平集16』，岩波書店 1983 年版，第 189 页。

第三章　大冈升平战争小说论

争和军队虽然抱有不满，但也没有进行积极的反抗。他认为反抗也是徒劳，与其那样还不如从中选择适合自己的生活方式。被美军俘虏后，大冈想到仍在作战的同伴虽然略感愧疚，但也没有把当俘虏看作可耻的事情。关于《俘虏记》的"我"没有射杀美国士兵、《野火》的"我"杀死无辜的菲律宾妇女等，作品中列举出了种种理由，但是最重要的还是出自主人公小市民保守性的利己主义本能。

其次，从大冈的战争体验看，他作为日本侵略军的一员首先是一名加害者，同时作为一名下层的知识分子士兵，在战场上未放一枪一弹就做了俘虏，也是日本军国主义侵略扩张政策的受害者。大冈在军营受训时间短，在战场上也没有参加过激烈的战斗，没有体验血肉横飞的残酷现实。这使他面对战争能够保持相对客观的态度，有时从旁观者的视角冷眼观察身边的一切。作为战争加害者，大冈从狭隘的民族主义立场出发，一方面竭力淡化、回避日军在亚洲各地蹂躏、屠杀当地人民的罪行，对日军的暴行轻描淡写，另一方面对日军的战死者常有怀念乃至崇敬之情，认为日军的作战策略是愚蠢的，为执行上级命令而付出牺牲的无数士兵的行为和死亡并不愚蠢。作为战争受害者，大冈描写了日本士兵在战争中饱受饥饿和疾病的折磨而曝尸荒野的悲惨命运，批判了发动战争的军部。他说："这场败仗始于日本贫穷的资本家的自暴自弃和因循守旧的军人的虚荣心。我为此去牺牲显得很愚蠢。"① 战后，大冈曾长期沉浸在受害意识中，说自己很长时间因感到心酸不敢读《听，海神的声音》和《啊！同期生》，直到后来出于写《莱特战记》的需要才读了。② 但是，大冈的笔下充斥着日本

---

① 大冈昇平：「出征」，『大冈昇平集2』，岩波書店1982年版，第28页。
② 详见半藤一利「『レイテ戦記』読後ノート：とくに「海戦」と「神風」の章について」，『文学界』1995年11月号。《听，海神的声音》，副题《日本阵亡学生的手记》，1949年出版。此书是第二次世界大战期间出征的75名学生兵的遗稿集，收录了从日本大学、大专院校征集的日记、手记、书简等。《啊！同期生》是日本军歌名，歌曲中把海军飞行预科练习生的同期生喻作樱花。

人的受害，却几乎看不到他国遭受的战争灾难。就菲律宾战场而言，日军在这里制造了"巴丹死亡行军"、马尼拉大屠杀等暴行，大冈虽执着于对战争史料的挖掘整理，却没有也无意考察日军在菲律宾的种种暴行。因此，他对战争真相的描述始终是局部的、片面的、不完整的。

综上所述，大冈以自己的方式从不同视角探求战争，并表达出了反对战争的态度，但是其反战思想也有局限。简而言之，大冈对军队和战争的批判态度源于他战争期间的受害经历。他虽然把批判的矛头指向了军部，但不是去追究其发动侵略战争的责任，而是指责其导致日本民族"悲剧"的战败责任。事实上，日本政界也有人持类似观点，刻意模糊战争责任和战败责任的界限。如中曾根康弘任内阁总理大臣期间，曾站在日本受害的立场上批判了战争。他说："大东亚战争是错误的战争，受到了那么大的被害，死去310多万人，其中约80万人死于空袭，230多万人战死，一半的领土被占领，迎来了这样的悲剧，从现实看，大东亚战争是误算的战争，是错误的战争，国民不能不做出这样的历史判决。"[①] 他这番话的实质内容和大冈升平的观点如出一辙。大冈关注的重点是二战末期日军受到的精神创伤和肉体伤害，而没有反思战争期间作为加害者的日军的人性之恶，更回避了遭受日本侵略的真正的战争受害者。可以说受害意识和反战思想是大冈战争文学中不可分割的整体，两者呈表里关系和因果关系，即表面是写反战，内容强调受害，也正因为受害，所以才反战。因此，其反战思想纵使能够获得日本人的认可，也不能与遭受日本侵略的国家的国民形成心理交集，难以获得各受害国读者的情感共鸣。

---

① 转引自王希亮《战后日本政界战争观研究》，社会科学文献出版社2005年版，第5页。

第四章　武田泰淳战争小说论

作为战争的直接参与者，武田泰淳（1912—1976）的经历决定了其文学的主题与气质。在提及战后日本人的战争责任问题时，武田泰淳一般会作为勇于承担责任的知识分子代表被列举出来，而证据则是他的一系列文学作品。①

武田泰淳1912年出生于东京潮泉寺，是家中次子。潮泉寺属于净土宗寺庙，其父亲大岛泰信为寺中住持。他改姓武田是出自父亲的师傅武田芳淳的遗言。武田芳淳称得上是大岛泰信的恩人，资助他上学，使他顺利地从东京帝国大学毕业。因为武田芳淳一生未婚，两人便约定将大岛家的次子过继给武田芳淳。1932年，改为现用名武田泰淳，并取得僧侣资格。武田曾表示，他成为一名僧侣并非出自信仰，而是生活使然。但是耳濡目染的佛教思想对他影响很大，他后来和多位学者对谈时提出的关于佛教的认识、作品中对宗教的论述都可以追溯至此。

武田泰淳出生时，父亲在净土宗所创立的宗教大学担任教授，教授英语和佛教典籍。大岛泰信人格高尚，从武田泰淳的小说《快乐》（1972）和随笔《僧侣的父亲》（1970）可知，他对父亲怀着深

---

① 详见徐志民《战后日本人的战争责任认识研究》，社会科学文献出版社2012年版，第74页。

深的敬爱之情，像崇敬净土宗的开山祖师法然那般钟爱着自己的父亲。武田于京北中学就读时跟随父亲学习《十八史略》和《日本外史》等书籍，培养了汉文素养。1928 年进入旧制浦和高等学校后，他开始接触《红楼梦》以及鲁迅、胡适等人的作品，渐渐对中国文学产生兴趣。同时，他加入左翼组织并开展一些活动，比其他战后派作家更早地接触到了左翼思想。

  1931 年，武田泰淳进入东京帝国大学中国文学系学习，竹内好是其同学之一，两人的相遇对其后的武田文学产生了一定的影响。1934 年，竹内好和武田泰淳等人成立中国文学研究会，在研究会的活动使武田泰淳与中国结下了不解之缘。在当时日本社会普遍称中国为"支那"的大背景下，武田泰淳一直坚持使用"中国"一词也表明了他对中国的态度。此时他对中国的认知只限于书本以及同来到日本的中国知识分子的接触，虽然通过鲁迅的作品以及和郭沫若、谢冰莹等人的交往让他对中国有着一定的了解，但是决定其文学主题的还是他的中国经历。

  武田泰淳一生共来过中国七次，其中前两次在他的文学生涯中占有重要地位，第一次他作为士兵参加了罪恶的侵略战争，感受到了与以前在日本所了解的完全不一样的中国；第二次则是在上海迎来了日本的战败，使他体验到了"灭亡"。

第一节 文学的出发点
——《司马迁——史记的世界》《审判》

一 战争体验与《司马迁——史记的世界》

  武田泰淳于 1937 年 10 月作为一名士兵进入上海，之后的两年间辗转于中国各地。他本人并没有留下详细的从军履历，川西政明根据他从战地写给朋友的信件进行了考证，认为他应该参加了在上

第四章 武田泰淳战争小说论

海、南京、徐州和武汉等地发生的几次重要战役。① 武田泰淳 1938 年秋天从安徽庐州（现合肥）寄给朋友松枝茂夫的信件《寄给北京朋友的诗》以及稍早寄出的稿件《农民的面孔》表达了他的震撼。在《农民的面孔》中他谈道：

> 我们看见了很多农民，虽然脸上的表情非常夸张，但是内心好像没有丝毫的不安。即使哭泣、欢喜，眼睛也一直盯着某个特殊的地方。农民的面孔被太阳晒得黝黑，看起来很朴素，但是他们的内心好像蓝得发黑的深潭。……这里的居民或许不会进入大部分中国研究者、中国旅行者的眼中。但是中国是亚洲、东方文化的源头之一，形成中国的是他们这些人，而不是日本的汉学家以及就古籍的发现而喋喋不休地说着高贵的北京话的两三个学者。……我认为，梦想着使文化人・东方的知性之花盛开的人必须要具备深沉的爱，即希望从一位农民的表情之中读出人类的表情。不是一种将自我的武断强加于人的态度，而是摆脱一切法规和概念的束缚，以一种谦逊的姿态沐浴在满溢流淌出来的东方文化的源泉之中。②

这种感悟必须直接接触到中国和中国人民才会产生，它不是出自一个在心理上压制着中国的士兵，而是一名中国文学研究者。此时中国"农民的面孔"之发现对武田泰淳而言有着重要的意义，他在中国的所见、所知、所思比起同批其他在中国的日本学者更加全面。

作为一名士兵，武田在中国的战争经历绝对不能称得上值得自豪的体验，他基于战场经历创作的小说《审判》（1947）叙述了主

---

① 川西政明：『武田泰淳伝』，講談社 2005 年版，第 155—156 頁。
② 转引自本多秋五『物語戦後文学史』，新潮社 1979 年版，第 308—309 頁。

人公在中国有过两次杀人经历，一般认为这是根据武田泰淳本人真实的体验而创作出来的。小说中主人公第二次杀人的时间为"5月20日的下午"。川西政明认为这个情节没有虚构，他指出，作品的舞台背景为安徽省的农村，1938年5月20日武田就在那里。同时川西政明介绍了一个插曲：武田泰淳在去世前两三年的某一天前去作家埴谷雄高家中做客，彼时在场的竹内好询问武田"5月20日下午"的事件是否是事实时，武田没有肯定也没有否定，只是沉默不语。由于武田没有明确否定，竹内好便大声地"嗯"了一声，并认定那件事情属实，武田也对竹内好的判断表示理解。① 在战场上士兵以国家名义杀人，一般不会被追究责任，这是由战争的性质所决定的。但是武田泰淳认为，这种杀人行为即便不被追责，个体也应该负有责任，这一认识决定了武田文学起点的高度。他的《司马迁——史记的世界》（1943）即是以此为背景创作而成，后来的《审判》《蝮蛇的后裔》等小说也是基于这种认识而创作出来的。他在《司马迁——史记的世界》中写道：

> 司马迁的后半生是在屈辱中度过的。身处作为一般士子绝对不会活下去的情况下，此人活了下来。虽然心有不甘，委屈之至，进退维谷，但他还是恬然地活了下来。……活着就是耻辱这种痛苦本来已经是致命的，对于任何人来讲都是无论如何难以承受的。一个人一旦陷入这种无论如何都难以承受的痛苦，他似乎就会去彻底地思考一些重大的问题。②

由于在中国战场杀害了无辜的民众，而且所到之处哀鸿遍野，这对武田产生了巨大的冲击。他笃信从农民的表情中能读出人类

---

① 川西政明：『武田泰淳伝』，講談社2005年版，第224頁。
② 武田泰淳：『司馬遷——史記の世界』，講談社1997年版，第25頁。

第四章 武田泰淳战争小说论

的表情，但是自己却亲手伤害了农民，因此竹内好认为："从创作初衷来看，可以说这是彻头彻尾的作者自我告白之作。"① 司马迁遭受奇耻大辱，并以此为动力创作了惊世之作，武田也下定决心创作作品，考虑一些"真正大的问题"。在《司马迁——史记的世界》第一版的自序中，武田泰淳详细介绍了他撰写作品的初衷："我就《史记》进行思考始于昭和十二年（1937年——译者注），在参军出征之后……在审视历史的无情、世界的严酷也就是现实的冷峻的时候，不由得感到一些能够成为依靠的东西就在《史记》之中。"②

《司马迁——史记的世界》由两篇构成，第一篇为《司马迁传》，介绍了司马迁的家世，并通过《报任安书》考察了司马迁决心书写史书的心境。在文中武田表示：

> 一说起"记录"人们往往会认为那是异常简单的事情，但是我认为"记录"型的书写是可怕的事情。因为"记录"一旦规模过大便成为世界的"记录"，而对世界进行"记录"就不得不对整个世界，大自然重新认识重新思考。这是相当不易的事情。所以司马迁这样的人从事这种事情是合适的。……从事这种非常之事的心情，整个人世间实在是罕见的。故而这种心情决不是一时的情绪，决不是感伤的情怀，或许用现在的说法，那就是思想吧。总之，毫无疑问司马迁是怀有这种罕见的、身处穷境的心情。③

可以说武田泰淳也是通过司马迁的境遇表明自己书写的意志。第二篇为《〈史记〉的世界构想》，在这篇文章中，武田泰淳对历史

---

① 川西政明：『武田泰淳伝』，講談社2005年版，第183頁。
② 武田泰淳：『司馬遷——史記の世界』，講談社1997年版，第15頁。
③ 同上书，第25—26頁。

的运转、世界的构造提出了自己独特的看法。"没有杀人就没有历史"可以认为是他的告白，同时他也就灭亡与延续进行了思考，指出灭亡具有普遍性、延续具备空间性的特点，他认为所有的关系并不是通过时间的先后顺序连接在一起的，而是在空间上紧密相连。这些见解在其后的小说中都有体现。

二 罪责意识与《审判》

第一次中国经历使武田泰淳创作出了《司马迁——史记的世界》，而第二次的中国之行则催生了《审判》、《蝮蛇的后裔》（1947）、《爱的形式》（1948）等作品。但这两者并不是孤立的，评论家池田纯益便认为"《司马迁》中所展现的对世界的认识以及象征性地刻画人物的方法被以战后的上海为舞台的两部作品《审判》和《蝮蛇的后裔》所继承"。①

需要提及的是，武田泰淳第二次中国之行的时间跨度为一年零八个月，从1944年6月至1946年2月。在此期间，他就职于日本政府设立在上海的"中日文化协会"，并于上海迎来了日本的战败，作为一名侵略国的国民在战胜国体验了战后的环境与氛围。《审判》与《蝮蛇的后裔》的创作背景即在于此。

《审判》在日本文坛所获的评价呈现两种态势，有学者认为与《蝮蛇的后裔》相比，《审判》在创作手法上较为幼稚。远藤周作就表示：并不觉得《审判》很好，但却完全被《蝮蛇的后裔》和《秘密》所倾倒。②与此相对，有评论家认为《审判》读之让人动容，"《蝮蛇的后裔》是一部失败的作品，至少从此作品中寻求《审判》

---

① 池田纯益：「武田泰淳『司馬遷』の意義―部分の滅亡と全の滅亡―」，『国文学 解釈と鑑賞』1972年7月号。
② 遠藤周作：「精神の腐刑―武田泰淳について―」，埴谷雄高編『武田泰淳研究』，筑摩書房1973年版，第8頁。

第四章　武田泰淳战争小说论

带给读者的深深的感动是徒劳的"。① 对一部作品的评价因人而异，见仁见智，是常见的现象。我们认为作为一部战争文学作品，《审判》在创作手法上有所创新，更为重要的是，其所体现的"恶"以及由此引申的战争责任问题使得该作品在日本战后文学史特别是战争文学史上具有重要的地位。此外，作品所隐含的灭亡思想延续了《司马迁——史记的世界》以来的一贯主题。因此，可以说这是一部立意深刻，承载了作者诸多方面的思考的作品。

《审判》的特点，也是其获得低评的原因之一在于其叙述视角的变换。对于熟悉日本传统私小说的日本评论家而言，作品中的人物等同于作者是理所当然的创作手法。小说中"我＝杉"与"我＝二郎"的行为与作者武田泰淳的两次中国体验完全一致，因此，"杉"与"二郎"是武田泰淳的分身，这一点也是评论家的共识。武田泰淳曾表示，当时作家北原武夫提倡"设定第二个'我'"的创作手法，自己受其影响，在小说中进行了尝试，《审判》是尝试的结果之一。② 川西政明则认为这种尝试是失败的，他说："作为告白小说，其具备了私小说的缺陷，小说方法也非常幼稚。"③ 但是纵览整部作品，虽然"杉"与"二郎"就一些问题相互交谈，但是就两人的日常生活与思想状况而言，两人是相互独立的存在，两人的行为与心理感受并没有多少交集，这归功于作者在叙述时对两者所知所想的范围进行了严格的限定。站在叙事学的立场上看，叙述者在对"我＝二郎"进行叙述时，使用了第一人称回顾性叙述手法，此时存在着两种不同的叙事眼光，一是叙述者"我＝二郎"站在现在即战后的角度追忆战场以及和未婚妻铃子相恋相别的眼光；二是被追忆的"我＝二郎"在战场上杀人以及和铃子生活正在经历事件时的眼光；而"我＝杉"

---

① 利沢行夫:「武田泰淳における諷刺の精神」,『国文学　解釈と鑑賞』1972年7月号。
② 武田泰淳:「《作家に聴く》第十回　武田泰淳」,『文学』1952年10月号。
③ 川西政明:『武田泰淳伝』,講談社2005年版,第219页。

的部分则是以第一人称内视角进行叙事，主要以见证人的身份观察位置处于故事中心的"我＝杉"正在经历事件时的眼光。

小说由"我＝杉"的战后生活和"我＝二郎"的信两部分构成。开始部分"我想讲述在战后的上海所遇见的一位不幸的年轻人的故事"表明"我＝杉"主要以见证人的身份进行叙事。"杉"、"杉"的朋友与"二郎"三人曾经有过一次谈话，内容是围绕日本战败而带来的个体的罪责和惩罚等问题。朋友就"二郎"所提出的制裁表示："制裁？制裁是什么？法律的制裁还是神的惩罚？""嗯，形式暂且不论，只是降临到自己身上的制裁的问题。"① 此时"二郎"内心已经在考虑罪责与惩罚等一系列问题，而"我"并没有意识到，只是觉得"他的表情中带深厚的严肃而忧愁的影子"。直至"二郎"给"杉"写信，"杉"才知道他曾经的经历和现在的心绪。"杉"和"二郎"一起前往教堂时，"老牧师高声问道：'你们相信耶稣吗？'听众一齐举起右手回答：'相信！'我有些心不在焉，没有举手。二郎也没有举手。老牧师好像朝我们这边看了过来，眼神锐利。……然后又问了一遍：'你们相信耶稣吗？'我和众人一样举起了手，二郎仍然没有举手。到外面之后我说道：'你可真固执啊，到底还是没有举手。'他没有特别在意地答道：'并不是固执而没有举手，只是当时在想其他事情而已。'"② 从后面的内容可以窥见"二郎"现在的心思，但是"杉"并没有提及。"杉"在观察其他人时并不涉及他们内心的想法，将得到的信息限定在自己所见所闻的范围之内，也就是说只是从"杉"的视角听他们所说的话和观察他们说话时的态度和表情。这样的叙述也产生了一定的悬念效果，即"二郎"为何会如此？

"二郎"写给"我"的信从整体上看是回顾性的叙述，即"二

---

① 武田泰淳：「審判」，『武田泰淳全集』第二卷，筑摩書房1971年版，第10頁。
② 同上書，第13頁。

第四章　武田泰淳战争小说论

郎"站在现在的角度追忆以前的往事并不时发表一些看法，但是其中存在着被追忆的"二郎"过去正在经历事件时的眼光，特别是"二郎"杀人时的情形："两人（中国农民——译者注）穿着厚厚的蓝色的衣服，背对着我们，手中举着的纸做的日本国旗在风中飘展着，他们好像什么都不知道似地朝前走着。'能打中吗？'士兵们苦笑着，脸上变了形，好像将要进行打靶射击似地等待着发射命令。"① 关于此段情形的描述所用的时态是现在时，集体杀人的场景历历在目，增加了真实感。在杀害一位中国老大爷时，作品里对老大爷的同伴有如下表述："由破烂不堪的衣服包裹着的瘦小的身体如同死去一般没有生气，但是可能是因为本能的恐惧，她一直颤抖不止。前几日烧杀抢掠之后，村民们没有带着一起逃走，他们是被丢下来的吧。现在记不起长相了，但是他们看起来很端正。"② 对老妇人的描述同样使用的是现在时，但是此句很明显在叙事视角上发生了转变，从当时经历事情的视角转换至现在回忆的视角。

诸如以上的叙述散见在"二郎"的信中，而且涉及杀人等情况时很少表述自己的想法以及对杀人性质的认识，对自己罪责的反思基本上是以回忆的视角进行叙述的。追忆往事的眼光和正在经历事件时的眼光可体现出"我"在不同时期对事件的看法或对事件的不同认识程度，它们之间的对比常常是成熟与幼稚的对比。③ 这也体现在我对杀害老人的认识上，在杀人之后我根本没有心理负担："我头也不回，从小屋所在的山丘上顺坡而下。仿佛验证了某种定理一般的疲劳和一种'终于做完了'的很有分量的感觉充满了我的四肢。"但是，站在回忆角度的"二郎"认为"自己至少进行了两次不必要的杀人行为。……自己是罪犯、是应该被惩罚的人"④。"不必要"

---

① 武田泰淳：「審判」，『武田泰淳全集』第二卷，筑摩書房1971年版，第16页。
② 同上書，第18页。
③ 申丹：《叙述学与小说文体学研究》，北京大学出版社2004年版，第238页。
④ 武田泰淳：「審判」，『武田泰淳全集』第二卷，筑摩書房1971年版，第19—20页。

"罪犯"等自我认识不可能发生在正在杀人的"二郎"身上。

小说中"杉"与"二郎"的一番对话颇有深意:"这段时间,深深的绝望已经从我身上消失了。虽然自己也感到不舒服,但是现在非常快乐。""是吗?"二郎说到,"我倒是这段时间开始认真地思考了起来,或许是因为恋爱的缘故吧。"①

从"二郎"的告白信可知,他认识到杀人的罪恶是在有了恋人铃子之后,和她在一起憧憬晚年的生活时想起了被他杀害的中国老人。"我=杉"与"我=二郎"的交集为战后上海的生活,在日常生活中,"我=杉"的战败情感越来越淡,同时,"我=二郎"的罪责意识却越来越浓,关于罪责意识的追问显然是小说的主题所在。

关于"二郎"在作品中的形象,"我=杉"有过描述。他"高高的个子,举止成熟稳重","在穿衣、饮食,甚至细小入微的事情上都完全遵从他父亲的要求,看起来是一个模范的儿子"。② 在和"我"的交往中,他表现得非常安静和理性,是一位非常优秀的年轻人。但是这样的人在战场上杀过人。"二郎"在信中告白他曾经参与过两次杀人事件,第一次是集体杀人,第二次是个人的行为。关于集体杀人,"二郎"在信中表示"既然是战争,那么在战场上杀敌也不是特别值得拿出来说的事情。作为一名士兵那或许是理所应当的行为"。③ 这种观点具有普遍性,即战场杀人的有效性,作为杀人者的士兵的动机只是服从命令和尽忠职守,他也不会有太大的心理负担,"二郎"的告白即是证明:"命令的声音、连续数发的枪声,然后我也射击了。……但是我不认为自己是一个残忍的男人。因为部队的移动和整日整夜的工作的辛劳,不用说自己杀害的男人的面孔,我甚至连杀人这件事情都忘记了。"④ 但是"二郎"第二次的杀人行

---

① 武田泰淳:「審判」,『武田泰淳全集』第二卷,筑摩書房1971年版,第11頁。
② 同上書,第6頁。
③ 同上書,第14頁。
④ 同上書,第16—17頁。

第四章　武田泰淳战争小说论

为则没有上级的命令，完全是自己的主观意志决定的。究其原因，第一次集体杀人的发生以及由此导致的感情的麻木致使其第二次杀人没有任何心理负担。

战场上的"二郎"犯下了滔天的罪行，他当时没有罪责意识，战后却意识到了自己的罪行。对大多数参与战争并有过暴行的人而言，他或许不用承担政治责任，但他必须承担道德责任。基于此，所谓战场杀人的有效性是站不住脚的。关于承担责任的途径，鲍曼（Zygmunt Bauman）提出了"社会接近"一说。他表示："责任，这栋所有道德行为的建筑物，拔起于他人接近的地基之上。接近意味着责任，而责任就是接近。……责任的消解，以及接踵而至的道德冲动的淡化，必然包括了以身体或者精神的隔绝来代替接近。接近的另一面就是这社会距离。接近的道德属性是责任；社会距离的道德属性则是缺乏道德联系，或者是异类恐惧症。"①"二郎"在信中表白道："我甚至开始认为罪的自觉、只有如影随形的罪的自觉才能拯救我。……如果回到日本，过着和往常一样的日子，我将再一次失去自觉。"最终他决定以行为来践行自己的道德责任："我想留在自己犯罪的地方，看着我杀死的老人的同胞的脸孔生活下去。""我决定从此徘徊于自己接受审判的地方，我并不认为这样做就可以赎罪，但是我不能不这么做。即使赎罪之情很淡薄，但是我以自己的方式注视着对我的审判的心情异常强烈。"②"二郎"主动地接近他曾经伤害过的国家和人民，不使自己的责任归于沉寂。

"我＝杉"虽然以见证人的身份进行叙事，但是在日常生活中"杉"的思想和情感也有所体现。作为生活在异乡上海的战败国国民，"我的内心并没有涌起忏悔、赎罪等积极的意志，只是如同亡国

---

① ［英］齐格蒙·鲍曼：《现代性与大屠杀》，杨渝东、史建华等译，译林出版社 2011 年版，第 240 页。
② 武田泰淳：「審判」，『武田泰淳全集』第二卷，筑摩书房 1971 年版，第 24 页。

的犹太人、背负罪恶重负的白种俄罗斯人那些亡国之民的命运现在变成了自己的命运,我整天被这种激烈的感情所包围"。"杉"的日常生活之一便是阅读《圣经》,"当读到随着七位天使吹响喇叭,大灾难就会降临到地上这一段时,我感到这正是目前降临到日本大地上的灾难。……虽然我并不相信最后的审判,但是我无法否认酷似最后的审判般的情形将会发生;虽然我并不相信日本的破灭是因为神的惩罚,但是我忽然发现启示录所描写的场景与如今的日本完全吻合"。① 但是,随着时间的推移,"杉"那种深深的绝望感渐渐地变淡了。石原正人认为,日本战败颠覆了"杉"的价值观,为了远离战败带来的痛苦与悲伤,以个体的渺小与无力为借口,"'杉'力图从罪责意识中逃脱出去,确切地说是消极地从绝望中摆脱出去"。② 但是,作为战败国的国民,从其和友人以及"二郎"的谈话中可知,"杉"是负有罪责意识的,他经常去教堂听讲即是证明。

　　石原正人在上述评论中论述到:"灭亡与背负重大罪责的日本人重新构建主体性的问题是《审判》、《蝮蛇的后裔》等一系列作品的主题。"罪责意识已经在"二郎"与"杉"的身上有所体现,而灭亡也是小说的中心思想之一。武田泰淳曾于1948年发表《论灭亡》一文,其主题思想为"世界在重复不断的灭亡之中持续"。从《审判》的字里行间来看,作家关于灭亡的思考早已存在。"杉"在阅读《圣经·启示录》时立刻联想起现今的日本:"我读着《圣经》度过了雨水颇多的八月,读至《启示录》中当七位天使吹起号大灾难就会降临至地上这一段时,我感到这便是现实中降临至日本土地上的景象。"③ 在就灭亡进行思考时,他认为:"人类的世界原本就是因诸多国家的灭亡才得以持续下去。所谓国家,是肯定会灭亡的,斯

---

① 武田泰淳:「審判」,『武田泰淳全集』第二卷,筑摩書房1971年版,第4—5頁。
② 石原正人:「武田泰淳論——風媒花まで」,『日本文学』1967年第3号。
③ 武田泰淳:「審判」,『武田泰淳全集』第二卷,筑摩書房1971年版,第5頁。

第四章　武田泰淳战争小说论

巴达、罗马莫不如此。即使是中国，春秋战国时代的那些国家也无一不灭亡了。……但是，因为那些国家一个接一个地灭亡，人类世界才得以支撑下来，才会持续下去。一个国家的灭亡，看似是其能量的消失，但是实际上作为一个整体的人类其能量不变不减。从物理角度来看，它和宇宙的能量不增不减是一回事。因此，日本之灭亡这件事情根本不值得惊慌。即使日本、德国灭亡了，作为一个整体的人类的能量丝毫未动，没有变化。"[1] 作者关于灭亡的思考通过小说中人物的言语表露了出来，而在《蝮蛇的后裔》中，这种思考得以具象化。

第二节　罪恶、灭亡与延续
——《蝮蛇的后裔》

武田泰淳的早期作品，诸如《审判》《蝮蛇的后裔》等都不涉及宏大的战争场景，只描写战败后普通日本人的生活以及他们的思想感情。对于作品内涵的解读见仁见智，但学界一直认为作品的字里行间透露着罪责意识。但是如果深入作品内部探寻，就会发现其主题显然没有停留在"罪责""惩罚"这一层面。奥野健男曾表示："没有比武田泰淳更加难以琢磨的作家了……他的作品既不晦涩难懂也非深奥难解，作品中的人物塑造得非常自然，读起来也很有意思。但作者究竟想表达什么？作者的本意何在？细细想来则完全摸不着头脑。"[2] 作品的语言、文体以及人物的言行使读者读后如坠云雾之中，但深究一番则会发现：作者以轻松的笔触阐述了他对世界与人生的深入思考，即对"灭亡"与"延续"的理解。在其早期作品

---

[1]　武田泰淳：「審判」，『武田泰淳全集』第二卷，筑摩書房1971年版，第8页。
[2]　奥野健男：「武田泰淳論〈劣等感補償の文学〉」，『国文学　解釈と鑑賞』1972年7月号。

中,《蝮蛇的后裔》无疑是最为杰出的一部,也是作家哲学思考的具体体现。

故事的主人公"我"是一名叫作"杉"的日本诗人,战后在上海靠着给他人代写汉语文书混沌度日。某日,"我"从请"我"代写请愿书的一个女人的口中得知,她和丈夫一直饱受日军宣传部一个叫作辛岛的男人的欺凌。如今丈夫重病卧床,而她则被辛岛霸占着。之后,"我"与女人陷入了情感纠葛之中,她请求"我"刺杀辛岛,"我"在经过一番思想斗争之后决心付诸行动,当"我"砍中辛岛时却发现他的背部已经被人刺了致命的一刀。在前往日本的邮轮上,女人告诉"我"是她请人刺杀了辛岛,此时传来了她丈夫病危的通知。

一 罪恶与罪责意识的显现

如前所述,《蝮蛇的后裔》是根据武田泰淳在上海的战败体验创作出的作品。作品的题目来源于《圣经·路加福音》第3章7—8节:"毒蛇的种类!谁指示你们逃避将来的愤怒呢?你们要结出果子来,与悔改的心相称"①。"蝮蛇的后裔"在《圣经》中是施洗约翰责骂众人的用语,用于此也揭示了主题,西谷博之即认为《蝮蛇的后裔》讲述的是"'爱与罪'的故事"。②

与《审判》相同,罪责的追问也是这部作品的主旋律之一。作品中两个人物的罪恶标签非常明显:"我"与辛岛。辛岛是战争时期在中国横行无忌的日本权力的象征。在"我"看来,"权力幻化成这个男人(辛岛)的形象统治着我们"③。辛岛把他手下的印刷女工的丈夫派往汉口,在她丈夫外出期间霸占了她。岸本隆生认为,女人象征着正在新生的中国,丈夫则是腐朽衰败的中国。军国主义者辛

---

① 中国基督教三自爱国运动委员会、中国基督教协会:《圣经》,2003年,第68页。
② 西谷博之:「武田泰淳とキリスト教——『審判』『蝮のすえ』をめぐって」,『日本近代文学』1980年第10号。
③ 武田泰淳:「蝮のすえ」,『武田泰淳集』,学習研究社1978年版,第101頁。

第四章　武田泰淳战争小说论

岛霸占女人是武田泰淳的一种春秋笔法,象征着日本军国主义在中国犯下的滔天罪行。① 该观点并非毫无根据,辛岛的行为表明他是一个凶狠的强权者,而他所犯下的罪行也是无法掩盖的。

与以辛岛为代表的国家层面、集体层面的罪恶相对应,"我"的存在象征着个体的罪恶。日本战败投降之后,"我"的生活状态发生了一些变化:"在来上海之前以及来到上海之后,我努力学习、拼命工作、积极思考。那个时候,我不被任何人所信任。战争结束之后,我不学习、不工作甚至不思考。但是我却成了具有价值的人,其程度是迄今为止不曾有过的。我只是活着,没有理想、没有信念。"②在战争期间,作为侵略国家的国民个体,尽管"我"的日常生活可能平淡而中规中矩,但是正如阿伦特(Hannah Arendt)所指出的那样:极平常的服从命令和恪尽职守体现的是"平庸的邪恶"(The banality of evil)。邪恶平庸指的是无思想、无动机地按照罪恶统治的法规办事,并因而心安理得地逃避自己行为的一切道德责任。③ 之前"我""拼命工作、积极思考"的对象只是自己的事业,不可能思考战争的正义性以及责任等问题。使之陷入其中的原因在于"我"自己的无思想性(thoughtlessness)④,丧失了道德判断能力。阿伦特在评价大屠杀参与者艾希曼(Adolf Eichmann)的所作所为时指出:"艾希曼既不阴险奸刁,也不凶横……恐怕除了对自己的晋升非常热心外,没有其他任何的动机……他完全不明白自己所做的事是什么样的事情……他并不愚蠢,却完全没有思想——这绝不等同于愚蠢,却又是他成为那个时代最大犯罪者之一因素。"⑤ "我"的行为何其

---

① 详见岸本隆生『武田泰淳論』,桜楓社1986年版,第48—52页。
② 武田泰淳:「蝮のすゑ」,『武田泰淳集』,学習研究社1978年版,第98页。
③ 参见徐贲《平庸的邪恶》,《读书》2002年第8期。
④ Hannah Arendt, *EICHMANN in Jerusalem*: *A Report on the Banality of Evil*, New York: The Viking Press, 1964, pp. 299 – 304.
⑤ [美]汉娜·阿伦特等:《〈耶路撒冷的艾希曼〉:伦理的现代困境》,孙传钊编,吉林人民出版社2003年版,第54页。

类似，武田泰淳曾在多部小说和随笔中表示，在战争期间，他在日本权力的庇护之下受益匪浅："虽然诅咒国家权力，但是我非常明白，我一直靠着它在过活。"① 可以说，无论有意或无意，战争期间的"我"在一定意义上是侵略的先锋或助手，是戴罪之身。

从"我"的言行来看，"我"渐渐地意识到了自己的罪责。在朋友询问是否不想离开上海时，"我"认真地回答说："与其说好或不好，我倒是觉得还有一些事情应该要做。""我"感觉，"如果这样若无其事地回去了，就会失去一次宝贵的机会"，并"感受到了一下子抓住一种苦闷的、被泪和血污染的、实实在在的块状物时的那种战栗感"。"我想，回国之前，在上海如果不抓住那种绵软的如同猪内脏那般令人厌恶的块状物，那么它将会从我面前消失吧。"② 在意识到自己的罪责之后，"我"决定接受女人的请求，前去刺杀辛岛。决定之前"我"也进行了复杂的自我剖析："如果什么都不做，任由事态发展的话，我就会变成'零'……我意识到，从这件事上抽身而去自己会变成'零'……我觉得自己只是在活着，但是活着也必须要有形式与内容……我吃惊地发现自己拒绝成为'零'。"③"零"即如同行尸走肉般地活着，逃避一切责任与义务。而行动起来的意义超越了"杀人"本身，对"我"而言则是意识到并开始背负起责任的一种象征。"能够辨别善恶的少数人实际上是根据自己的判断来行动的，而且，他们是自由地这么选择的。没有能够包含并解答他们面临的特定问题的应该墨守的准则。他们必须对发生的问题一一作出决定。因为没有先例的事项，也就不存在准则。"④ 决定刺杀辛岛即为"我"对罪责的回应。

---

① 武田泰淳：「《作家に聴く》第十回　武田泰淳」，『文学』1952年第10号。
② 武田泰淳：「蝮のすえ」，『武田泰淳集』，学習研究社1978年版，第117—118页。
③ 同上书，第128页。
④ ［美］汉娜·阿伦特等：《〈耶路撒冷的艾希曼〉：伦理的现代困境》，孙传钊编，吉林人民出版社2003年版，第61页。

第四章　武田泰淳战争小说论

从另一个角度来看，"我"和女人之间爱情的进展也反映了自己内心的苦闷。女人对"我"的爱是奉献式的，甚至因为"我"的不安让"我"放弃杀害辛岛。而"我"对两个人的感情思考甚多，顾虑重重："我不相信'幸福'这个字眼。我也根本不认为和女人同居就会幸福。安稳的东西不日必将崩塌，这个念头非常强烈。"① 一般认为：爱情是一种积极的情绪，它首先是给予而不是索取，给予并不是物质范畴而是人与人之间精神的范畴。一个人通过给予他的知识、欢乐、悲伤和幽默等提高了自己的生命感的同时也丰富了他人。有能力把爱情作为一种给予的行为的人能找到对自己的人性力量的信赖以及达到目的的勇气。反之就会害怕献出自己，害怕去爱。②"我"对自己的能力不自信，背负罪责的人无法让别人幸福。

从罪责的性质来看，辛岛的罪无疑是实体的，处在形而下的层面。作为军国主义分子，他在战争期间大肆鼓吹日本精神的强大，甚至诱骗他的弟弟至战场送死。他也意识到了自己会因所犯下的罪行而受到制裁："我会被判死刑。那是上天的惩罚，不是上天的惩罚也无所谓。但肯定是惩罚，是世界的惩罚。"③ 他需要负法律责任和政治责任。而"我"的罪责和责任意识更多的是在形而上的层面。诚然，刺杀辛岛犯了杀人罪，但是作者将更多的笔墨投入"我"的心理及精神状态上。"我"浑浑噩噩，甚至认为"活着本身""非常痛苦"。其根源正如兵藤正之助所指出的，武田泰淳坚定地认为"日本人，尤其是逗留在上海的日本人都是罪人"④，作为侵略国家的国民，身上被镌刻上了罪恶的印记。正因为如此，"我"才决定帮助女

---

① 武田泰淳:「蝮のすゑ」,『武田泰淳集』,学习研究社1978年版,第127页。
② 详见［美］艾·弗洛姆《爱的艺术》,李健鸣译,上海译文出版社2008年版,第20—24页。
③ 武田泰淳:「蝮のすゑ」,『武田泰淳集』,学习研究社1978年版,第123页。
④ 兵藤止之助:「武田泰淳論（中）——作家としての出発をめぐって」,『文学』1976年7月号。

人摆脱辛岛。

在同年发表的作品《审判》中，在战场上杀过人的主人公二郎为内心的痛苦所折磨，最终决定解除婚约，留在中国。而《蝮蛇的后裔》中的"我"则乘船返回日本。在归国之前，"我"的内心泛起了剧烈的冲突："我想尽快离开上海……上海的纷繁复杂、日本的寂寞无聊以及其他一切关乎归国的希望与条件我毫不关心。病人的心情、女人的感情都可以忘却。但是与我相关的辛岛的死亡这件事在我脑海中一直占据着中心的位置。"① 如果说刺杀辛岛是积极行动的标志，那么归国则变成了一种象征，是上述鲍曼所述的"接近"的消失。罪责意识的显现促使"我"前去刺杀辛岛，但是"我"又企图并最终逃离了上海。进一步看，"我"对上海、中国以及中国人也负有责任，而乘船离去则意味着责任走向消解。"我"的行为较之二郎无疑是退步的，二郎决定留在中国直面自己的罪责，而"我"虽然有刺杀之举，但最终还是乘船而去。这也是评论家利泽行夫批评该作品的原因之所在。

二 灭亡的本质

与罪责意识相关的便是武田泰淳的"灭亡"思想。川西政明认为，武田泰淳的第二次中国之行直接催生了《审判》《蝮蛇的后裔》等作品，同时也让他产生了"世界在反复的灭亡中延续着"这一思想。② 岸本隆生也表示，《蝮蛇的后裔》形成的背景是武田在上海的体验，他通过这段经历，应该产生了"日本人背负着罪责，应该会受到世界的审判"以及"通过司马迁的《史记》而领悟到的灭亡与延续"的思想。③

---

① 武田泰淳:「蝮のすえ」,『武田泰淳集』,学習研究社1978年版,第137页。
② 详见川西政明『武田泰淳伝』,講談社2005年版,第174页。
③ 详见岸本隆生『武田泰淳論』,桜楓社1986年版,第44页。

第四章　武田泰淳战争小说论

对武田泰淳而言，"灭亡"首先指的是具体层面的消亡，是"不可一世的英雄、盛极一时的诸国、孕育出灿烂文明的大都会消逝而去的历史现象"①，在此基础之上，作家将其发展成了极具个人特色的"战败者的心理"："那种非常个人化且欠缺全面思考的、模棱两可的战败者的心理可以与混迹于红尘俗世、能活成什么样儿就活成什么样儿的俗气的念头联系到一起。"②

早在《司马迁——史记的世界》中武田已经表现出了对"灭亡"的独特认知。《史记》对夏朝灭亡商朝兴起的描述给武田留下了深刻的印象："帝桀之时，自孔甲以来而诸侯多畔夏，桀不务德而武伤百姓，百姓弗堪。乃召汤而囚之夏台，已而释之。汤修德，诸侯皆归汤，汤遂率兵以伐夏桀。桀走鸣条，遂放而死。桀谓人曰：'吾悔不遂杀汤于夏台，使至此。'"③ 在武田泰淳看来，个人（夏桀）的死亡导致了《夏本纪》宣告终结。作家在感慨"充满荣光的和平的传统不会一直延续下去，终有一天会消亡终结"④ 的同时，也意识到国家的兴起与灭亡其实是一种常态。

一般认为，武田泰淳的早期寺院生活对其"灭亡"思想的形成有一定影响。上面已经提及，因家庭环境的关系，武田泰淳于21岁时成为一名净土宗僧侣。在此之前，武田深受舅父渡边海旭的影响。作为在近代日本佛教史上具有重要影响的净土宗僧人及学者，渡边海旭经历过关东大地震，有着独特的世界观。川西政明指出，武田泰淳的"世间万物皆在变化"的无常观与渡边海旭认为人生变幻莫测，万物变化不定，有灭亡与终结，也有生长与发展的思想一

---

① 武田泰淳：「滅亡について」，『評論集　滅亡について　他三十篇』，岩波文庫1992年版，第21頁。
② 同上書，第18—19頁。
③ 司马迁：《史记》，中华书局2005年版，第88页。
④ 武田泰淳：『司馬遷——史記の世界』，講談社1997年版，第73頁。

致①。川西政明的论断有着合理的一面，虽然武田泰淳认为自己的信仰并不坚定，谈到僧侣生活时总是羞愧不已，但是不可否认的是，他对"世事无常"的理解还是与他的寺院生活有着千丝万缕的联系②。

需要注意的是，武田泰淳所理解的"世事无常"是积极的，他认为"世事无常并非孤寂、狭隘、至此终结等所体现的悲观的哲学……缘何说世事无常好呢，那是因为只有世事无常才能使人的内心变得深刻"③。显而易见，他所理解的"灭亡"与"世事无常"还是有较大差别的。比起寺院生活，作家的从军经历对其世界观的形成应该有着决定性的影响。在中国战场上，武田泰淳体验到的是幻灭而非胜利："我们在吴淞登陆，平民的尸体随处可见，其中夹杂着一些被日本战车碾压过的战友。大片的房屋被烧毁，尸体的臭味变得越来越浓。野战预备医院流行起了霍乱……感染上的人有三分之一将会死去，他们只是被隔离起来躺在那里。在前线的野战医院里，重伤者被丢弃到一旁。"战场上的惨象给武田泰淳的内心带来了极大的震动，"灭亡"也是他最直观的感受："俘虏、难民、孤儿、寡妇……灭亡已经统治一切了吗？"④

而在经历战败之后，"灭亡"已经深入他的精神层面，成为他创作的思想根源之一，他表示："变得越来越无能的自己躺在了砧板之

---

① 详见川西政明「武田泰淳　僧侶の家系」,『群像』2004 年第 4 号。
② 武田泰淳曾表示："我原本无处可去，才呆在了寺院。没有信仰，但是获得了僧侣的资格。"（武田泰淳：「わが思索わが風土」,『評論集　滅亡について　他三十篇』,岩波文庫 1992 年版，第 299 頁。）同时，他又认为："自己并不懂得多少佛教的学问，但是如果被同伴们问起佛教到底是什么的时候，只能用一个字眼来回答，那就是'世事无常'。"（武田泰淳：「諸行無常のはなし」,『評論集　滅亡について　他三十篇』,岩波文庫 1992 年版，第 279—280 頁）
③ 武田泰淳：「諸行無常のはなし」,『評論集　滅亡について　他三十篇』,岩波文庫 1992 年版，第 280—283 頁。
④ 武田泰淳：「わが思索わが風土」,『評論集　滅亡について　他三十篇』,岩波文庫 1992 年版，第 307—309 頁。

第四章 武田泰淳战争小说论

上……日本人迄今为止经历过很多次那样的砧板，但我是第一次。那也是《蝮蛇的后裔》等上海题材作品的创作基础。也就是说，自己将立足于精神的最底层活下去。"① 这里所提及的"精神的最底层"即为他的"战败者的心理"。在《蝮蛇的后裔》之后不久问世的评论《论灭亡》也证实了这一点。在文中，武田泰淳表示，他们被热闹喜庆的胜利庆典排斥在外，成了局外人。在"冰冷的寂静"之中，极力思考一个"可供依附的观念"，然后"浮上脑海的便是'灭亡'这一字眼"。② 需要指出的是，武田深入思考"灭亡"的本质，其主要原因应该在于日本战败这一事件本身，而不是中国社会对待战败者的态度。他在和作家堀田善卫的谈话中提到了当时的社会状况：虽然时值日本战败之初，但是中国人民对待日本人的态度却比较温和，并没有发生群体性的暴力事件，甚至让堀田善卫感慨："对方对待我们非常友好，中国人真是了不起啊！"③ 与此同时，抨击日本的社会舆论连篇累牍，中国各方发布的声明使得远离本土的日本人能够更加深刻地体会到自己的境遇。④ 可想而知，日本战败、本土遭受轰炸加上中国媒体的报道和庆祝胜利的氛围给作家带来了巨大的心理冲击，幻灭、罪责感久久萦绕在他的心间挥之不去。武田泰淳曾在多个场合表示，战败后在上海生活期间，他开始阅读《圣经》。新约圣经中约翰的启示录给他带来了强烈的震撼："不仅仅是我本人抑或是日本的灭亡，其中（指启示录）记录了数百倍、数千倍的灭亡。毕竟历史原本就是这样，正确的、错误的都将灭亡。

---

① 武田泰淳：「私の創作体験」，『評論集　滅亡について　他三十篇』，岩波文庫1992年版，第251頁。

② 武田泰淳：「滅亡について」，『評論集　滅亡について　他三十篇』，岩波文庫1992年版，第21頁。

③ 武田泰淳、堀田善衞：『対話　私はもう中国を語らない』，朝日新聞社1973年版，第51頁。

④ 在日本宣布投降前后，延安《解放日报》和重庆《中央日报》等媒体接连发表多篇社论，庆祝抗战取得胜利并严斥日本战争期间在中国犯下的滔天罪行。详见田桓《战后中日关系文献集1945—1970》，中国社会科学出版社1996年版，第11—32页。

将灭亡作为一切的根本活下去就可以了。"① 启示录中灭亡的场景在《审判》中已有直接的体现，而在《蝮蛇的后裔》中则作为背景存在。

在详细论述物质层面和精神层面的"灭亡"的特点时，武田泰淳表示：

> 灭亡不仅仅是我们的命运，它存在于所有生物之中。之前世界上的许多国家消亡了，世界上的人类不久也会灭亡吧。灭亡并不是应该悲伤叹息的人生惨事，而是一件符合物理法则与世界时空准则的准确无误的事情。它只不过是一件和星辰的运转、植物的成长完全同类的、正确无误的、循环往复的事实而已。如同人类个体夺取植物和动物们的生命，将它们嚼碎、咀嚼、消化摄取养分一样，世界这个巨大的物体使某个民族、某个国家灭亡，从中摄取维持自己生长的养分。②

从以上表述可以看出，在武田泰淳的思想和作品中，个体灭亡与世界灭亡从来不是孤立的或简单的从属关系，在将个体的灭亡联系到全人类的、全世界的灭亡时，个体与世界的关系是武田泰淳不得不面对的问题。飨庭孝男认为："如果将个体的人生惨事还原至宏大的灭亡原理的具象上，有时候能够与世界和历史相匹敌的个体的分量——无论是苦恼还是其他何物——会从我们的主体之中遗漏掉……我们需要一个视点即坚定地将'我'作为中心进行审视。"③ 也就是说，认识灭亡、理解灭亡抑或是超越灭亡必须从个体出发。其实在《司马迁——史记的世界》中，武田便谈到了个体与世界的关系问题，他说："世界的历史乃是政治的历史。肩负政治的

---

① 武田泰淳：「『作家に聴く』第十回　武田泰淳」，『文学』1952年第10号。
② 武田泰淳：「滅亡について」，『評論集　滅亡について　他三十篇』，岩波文庫1992年版，第22頁。
③ 饗庭孝男：「武田泰淳の文明の批評」，『国文学　解釈と鑑賞』1972年7月号。

第四章　武田泰淳战争小说论

人肩负世界。政治性的人是历史的动力、世界的动力……政治性的人是世界的中心。"① 在他看来，政治性的人决定了世界与历史发展，这里的"政治性"并非指支配现实社会的意识形态，而是"人作为'社会关系之总和'难以避免的、对他式关系性的隐喻"②。纵览《司马迁——史记的世界》可以发现，武田泰淳认为正是政治性的人造成了无数次的灭亡，而方法就是杀人。这也反映了他的一贯思想："没有杀人，就没有历史。"③ 但是他同时认为：

> 个体超越一切伦理与法则向神靠近。但是，看似无限上升的绝对存在来到某处便一下子停滞不前了。上升至顶点的一瞬间、成为神的一瞬间，个体还是会回归为人。绝对存在只不过是在上天和人之间的空间中来回往返而已。既然世界的中心不在于上天而在于世界、在于世界上的人，绝对存在就无法彻底摆脱世界。看似无限接近上天的绝对存在总是如此这般地回归至人世间，回到人的空间之中。④

简而言之，无论世界发生了什么变化，个体如何发展，最终还是会回归到人的存在上来。也就是说，政治性的人也是人，使世界发展的正是个体的人，这也是对个体生存的强烈肯定，恰切地解释了武田"自己将立足于精神的最底层活下去"⑤ 的主张。森川达也的解释可能更加具有概括性和辩证性："绝对存在和'人'是辩证法的关系。越是想要深入逼近绝对存在的世界，他（武田泰淳）反

---

① 武田泰淳：『司馬遷——史記の世界』，講談社1997年版，第65頁。
② ［日］坂井洋史：《武田泰淳·主体性·公共空间》，谭仁岸译，《现代中文学刊》2013年第6期。
③ 武田泰淳：「『作家に聴く』第十回　武田泰淳」，『文学』1952年第10号。
④ 武田泰淳：『司馬遷——史記の世界』，講談社1997年版，第103頁。
⑤ 武田泰淳：「私の創作体験」，『評論集　滅亡について　他三十篇』，岩波文庫1992年版，第251頁。

而只能是越来越深入到'人'的世界之中。越在'人'的世界中深入下去，他就只能越发明确地探寻绝对存在。而将其辩证统一的正是形成他文学本质的'灭亡'思想。"①

故事一开始，"我"对待生活非常消极。"每时每刻，我只是茫然地意识到没有死掉可以活下去，刚开始觉得在忍受着耻辱苟且偷生，但是突然发现，耻辱什么的全然不存在。我的面无表情和苦笑没有耻辱和其他情绪，只是活着的一块牌匾而已。"② 但是在经历恋爱、杀人和死亡等一系列事件之后，"我"不再是"零"，感到一种深深的痛苦，但是还是会继续活下去。正如武田泰淳本人所说："将灭亡作为一切的根本活下去就可以了。"可以说，经过战败，武田泰淳对"灭亡"的认识得到了升华，将"战败者的心理"凝练成文字便形成了《蝮蛇的后裔》的开篇第一句："生活下去也许不像想象得那么艰难。"③ 这句点睛之笔承载着武田泰淳的"灭亡"思想。

三 延续的意义

武田泰淳认为，如果说人类的生命、历史的进程等时间性的存在最终都无法逃脱灭亡的命运，那么与之相对应的便是空间性的延续，这一思想主张在《司马迁——史记的世界》中论述得非常充分。在《史记》中，无论《本纪》《世家》还是《列传》《表》中的历史人物均非永远存在，盛极而衰、此消彼长才是永恒的真理。武田泰淳指出，《史记》的世界绝不允许延续，但又进一步表示：

> 如果从时间层面来看延续，就会发现它在中间断层，发生了转换。如果单独思考延续，会发现所有的一切最终都无法延

---

① 森川達也：「武田泰淳における『滅亡』の思想」，『国文学 解釈と鑑賞』1972年7月号。
② 武田泰淳：「蝮のすえ」，『武田泰淳集』，学習研究社1978年版，第97頁。
③ 同上。

第四章　武田泰淳战争小说论

续下去。但是,《史记》并非这般处理延续,在史记的世界中,延续被认为是空间性的,是全局性的……《史记》所关注的是整个史记世界的延续。可以说个别的非延续支撑着全局的延续。史记的世界说到底是在空间层面形成的历史世界,所以它的延续也一定是空间性的。①

也就是说,武田泰淳所主张的"延续"并不是"时间上的延续",而是"空间层面的延续"。

坂井洋史认为,武田泰淳的上述主张是一种相对化的思维方式:《世家》在空间上并立构成了一个世界,并从周边支撑着《本纪》的并立。作为世界中心的《本纪》只有在与《世家》的关系中才能凸显其地位。因此,世界的中心是不确定的,一切均是相对的。进一步来看,尽管个体或历史终将灭亡,但是仍然可以通过相互之间的依存关系,不断变更位置,从而动态地构建世界,最终达到绝对的延续。② 实际上,从上述武田泰淳对"世事无常"的理解可以看出他对"延续"的认识,他认为"时间由空间所支撑,拒绝空间的扩展只关注狭隘的个体的命运绝不可行。世间万物都在变化,在互相联系之中发生变化,这就是'世事无常'的原理"③。而作为例证,他在论述《陈涉世家》破坏了《本纪》的延续性之后归纳了《史记》的特点:"《世家》与《世家》、《本纪》与《世家》虽然通过延续联系到了一起,但也可以说是藉由断绝转换联系到了一起。"④ 也就是说,延续是动态的。

---

① 武田泰淳:『司馬遷——史記の世界』,講談社1997年版,第133、142页。
② 详见〔日〕坂井洋史《武田泰淳·主体性·公共空间》,谭仁岸译,《现代中文学刊》2013年第6期。
③ 武田泰淳:「わが思索わが風土」,『評論集　滅亡について　他三十篇』,岩波文庫1992年版,第311页。
④ 武田泰淳:『司馬遷——史記の世界』,講談社1997年版,第135页。

在武田泰淳的认识中，延续和灭亡是紧密联系在一起的。他在论述"灭亡"时认为：

> 一切文化、一切宗教均与某个存在物的灭亡相关。好似从灭亡出发进行拯救，抑或是正因为被消灭了所以寻求必要的救赎而产生了文化和宗教。只要是部分灭亡，灭亡本身就会促使生命体的一部分更新换代。但是，越是接近全部灭亡，就越是会产生一种拥有全新原子的光芒四射的结晶体，它是一种完全未知的，不经灭亡就无法合成的物体。这个物体本身无法决定它诞生出来的形式和时间，倒像是与它本身意志无关而自然诞生出来的一般。但是从灭亡本来的意义上看，灭亡产生文化绝无可能。既然会产生文化，那么其中一定存在着没有灭亡的一条线，极为纤细、肉眼几乎无法辨识的一条线。[①]

"全部灭亡"是武田泰淳经历了日本战败后的新发现，它包含了在战场上发现的"部分灭亡"，这对武田而言也是认识论和方法论的问题。在《司马迁——史记的世界》中，"部分灭亡"连续不断，但是灭亡的同时也证明并支撑着延续的绝对性。也就是说，《夏本纪》《殷本纪》《周本纪》《秦本纪》《秦始皇本纪》《项羽本纪》等，每一个《本纪》在时间上均有终结，但是作为一个整体，在空间上它们却是一直延续不断的。而广岛和长崎的地狱惨象使他联想到启示录上的景象，于是"全部灭亡"浮现在脑海中。武田泰淳认为，两颗原子弹落在日本，使得一些生命可以苟延残喘。如果数十颗从天而降，那么日本已经灰飞烟灭了。从世界的角度来看，日本只是经历了"部分灭亡"，而对于日本历史、日本人对于灭亡的感觉的历史而言，

---

① 武田泰淳：「滅亡について」，『評論集　滅亡について　他三十篇』，岩波文庫1992年版，第26—27页。

第四章　武田泰淳战争小说论

它是和以往完全不同的"全部灭亡"的体验。武田又指出："在日本灭亡的历史中，一般被拿出来大书特书的都是英雄的灭亡和一个家族的灭亡……对日本的文化人来说，灭亡只不过是小规模的部分的灭亡。"① 但是战败使作家意识到"现如今有一种倾向，即近代战争的特性使得灭亡越来越接近全部灭亡"。可以看出，战败给作家带来了巨大的冲击，他强烈的危机感也催生出了使命感。面对此种情形，文学或者文学家应该如何应对是武田泰淳一直在思考的问题。虽然他在思想上有着深刻的认识与感悟，但是"全部灭亡"毕竟没有发生，因此他才会认为存在"没有灭亡的一条线"，而且"迄今为止那条线确实一直都在。世界一直非常大度地允许它的存在，但是今后它还会被允许存在吗？"② 从以上表述来看，武田认为，在漫长的历史长河中，"那条线"一直存在着，而在战败后的现在，他忧虑它的将来如何发展。他曾经深刻地反省战争的可怕与荒谬，并指出"战场是一个试管，人类集体地在其中感受着危机。在那里，我们会领悟到迄今为止守护着我们的常识是多么得不堪一击！"③ 同时，武田也曾经在文章中吐露过心声："小说家参与到希望从混乱走向秩序的人类的愿望之中，美、抒情与理智，这些正是小说家所追寻的目标。"④ 再联系到上述武田论述的灭亡与文化的关系，可以认为"那条线"是一种隐喻，指代在经历了灭亡之后寻求救赎的类似文化因子之类的存在，而武田则对它抱有积极的态度。

就具体实践而言，如上所述，拥有"战败者的心理"的武田泰淳表示将坚定不移地活下去。同时，他也表示不能像森鸥外、谷崎

---

① 武田泰淳：「滅亡について」，『評論集　滅亡について　他三十篇』，岩波文庫1992年版，第25—26頁。
② 同上書，第27頁。
③ 武田泰淳：「限界状況における人間」，『評論集　滅亡について　他三十篇』，岩波文庫1992年版，第68頁。
④ 武田泰淳：「作家と作品」，『評論集　滅亡について　他三十篇』，岩波文庫1992年版，第218頁。

润一郎或是《平家物语》那般叙述灭亡，因为他们是站在远离灭亡的大后方来观察它。① 对武田而言，"灭亡的意义过于深刻，站立在断崖之上，回首文化之路时油然而生的眩晕感让人无法忍受"。作为一个个体，虽然他无法透视世界的存在与灭亡，也"忘记了世界上数不清的灭亡以及那个巨大的时间和空间体，但是偶尔接触到灭亡的零星片断时，会在一瞬间想起与自己无缘的这个巨大的时间和空间体"。② 此时，个体与世界联系到了一起。作为文学家，武田泰淳即使感到眩晕也必须迈步向前，他将探索文化之路寄托在更加彻底地挖掘个体之上，穷究人的特质，因为只有人才能产生文化。所以《蝮蛇的后裔》的内容与《审判》相比更加日常化，更加注重对人物的刻画。

《蝮蛇的后裔》的日常性具体体现在人物之间的相互关系和死亡上。作品中出现了两次死亡事件，一次是辛岛的死亡，另一次是女人丈夫的死亡。辛岛在临死时看着"我"："他把脸扭过来看着我。那是一双如同丧家之犬一般，可怜的、一直在申诉着的眼。"③ 女人丈夫的眼神更加犀利："'我'感觉女人丈夫的双眼在'薄薄的眼皮底下发出细微的光芒'。""我"与临死之际的辛岛，与女人丈夫的对视均具有深意，描述生者与死者的对视也是武田泰淳的惯用手法。女人的丈夫对我说："我将要死去，而你却若无其事地活着，这是多么不可思议的事情啊。""我"虽然理解他说出这番话时的心情，但是觉得"突然被杀害的辛岛和慢慢地走向死亡的病人拥有相同的想法真让人无法相信。尤其是可以称得上为仇敌的两个人的心思竟然相同！但是，病人确实在靠近辛岛，正在走进辛岛那一方，恰似进入死者一方开始威胁我们一般"。④ 生与死此时构成了二元对立的关

---

① 详见武田泰淳「滅亡について」，『評論集　滅亡について　他三十篇』，岩波文庫1992年版，第25頁。
② 同上書，第28頁。
③ 武田泰淳：「蝮のすえ」，『武田泰淳集』，学習研究社1978年版，第133頁。
④ 同上書，第139頁。

第四章 武田泰淳战争小说论

系。"我"由"零"变成"非零"的直接契机便是杀人,即辛岛的死亡。可以说辛岛的死亡和"我"的"活下去"互为因果关系,而女人丈夫的眼神则提醒我将要"活下去"。支撑着"我"的一个阶层、一个团体乃至一个国家(以辛岛为象征)灭亡了,但是个体("我")还将活下去,还将延续下去。死亡在这里成为一种转换,一种非延续支撑着延续,正如渡边一民所说:"在《蝮蛇的后裔》中,武田泰淳通过在'灭亡'的象征之地——上海制造出的一起虚构的杀人事件将'灭亡'和'死者的眼神'两种体验合二为一,明确地表达了对他而言战败的意义。"①

武田泰淳曾在与作家辻邦生的谈话中表露过自己的心声:

> 战败的时候我感到末日降临了。那是在上海而不是日本,我读了启示录并在脑海中描绘全部灭亡的景象,于是就觉得自己作为日本国民因遭遇战败这一事件所带来的痛苦减轻了几分,并且得到了救赎。也就是说,如果全部灭亡那么存在就会消失,但是会因灭亡而痛苦就说明个体存在着,所以灭亡并非总是全部灭亡……我认为虚无和永恒完美地结合在一起。②

武田在此谈到的是他在《司马迁——史记的世界》中论述并在经历了战败之后得到升华的灭亡与延续的思想,而要使思想具体化,他必须潜心探究人的本质。

《蝮蛇的后裔》是武田泰淳作为作家的发轫之作,也是他的代表作之一。小说承载了他的诸多思考。作品中浮现的罪责意识使作品收获了许多正面的评价,但也如前文所述,责任的消解说明罪责

---

① 渡边一民:『武田泰淳と竹内好 近代日本にとっての中国』,みすず書房2010年版,第108頁。
② 武田泰淳:『武田泰淳対談集 精神の共和国は可能か』,筑摩書房1973年版,第223頁。

意识具有一定的局限性。灭亡与延续的思想来源于他的生活经历，并贯穿在他的多部作品之中。透过作品所描写的日常生活的表面，可以看出武田泰淳对人的关注，对个体主体性存在的思考。本多秋五在评论武田泰淳的作品时表示，从战争期间创作的作品到《蝮蛇的后裔》是一个巨大的飞跃，"他直接或间接地从先于他出发的战后文学家们那里得到了启示，在摄取营养的同时，他踏入了谁都未曾进入的领域"①。这番话也是对武田泰淳文学作品和思想主张的中肯评价。

第三节　疯癫与救赎
——《富士》

20世纪60年代末至70年代，"疯癫"成为日本文坛的关键词之一。除却一些作家发表的作品以及围绕这些作品进行的座谈之外②，1970年作家三岛由纪夫切腹自杀事件更是给整个日本知识界带来了极大的震动。在此背景之下，武田泰淳的《富士》（1971）被置于"疯癫"这一语境之中论述似乎并无不妥，而且非常明显的是，武田泰淳的创作与时代的呼吸同频共振，他对此也并不回避。③ 但是，从《富士》的丰富性来看，"疯癫"表象背后隐藏着的深刻主题超越了

---

① 详见本多秋五『物語戦後文学史』，新潮社1979年版，第318頁。
② 大江健三郎于1969年2月号的《新潮》杂志上发表了作品「われらの狂気を生き延びる道を教えよ」，武田泰淳、花田清辉和寺田透三人对此作进行了评议，并讨论了作品中"疯癫"的表现。详见花田清辉、武田泰淳、寺田透「創作合評」，『群像』1969年3月号。另，文学杂志《国文学》出版了一期特辑，主题即为"疯癫与文学创作"。详见『国文学　解釈と教材の研究』1970年8月号。
③ 学者樋口觉撰文详细比较了三岛由纪夫和武田泰淳作品内涵的共通之处，并指出《富士》中一条实见的死与三岛的自杀有着相似性。详见樋口覚「三島由紀夫と武田泰淳——『事件の発生、その直後』」，『群像』2000年1月号。另，根据学者三浦雅士的考证，武田泰淳曾表示"《富士》能够圆满完成，也有三岛由纪夫自杀的因素。"详见三浦雅士「決定不可能性の海——武田泰淳の世界」，『群像』1984年3月号。

第四章　武田泰淳战争小说论

作为故事背景的时代因素，延展至对个体存在状态的深入思考。

《富士》于1969年10月开始在杂志《海》上连载，直至1971年6月结束，同年11月由中央公论社出版发行，是武田泰淳最后一部长篇小说。作品以叙述者大岛的手记的形式展开，除去序章《神之饵》和终章《神之指》之外，中间共有十八章，其时间背景为1944年，序章和终章的故事时间则是在25年之后的1969年。小说的主要舞台背景是位于富士山脚下的一所精神病院，主人公大岛因患眼疾未被征召入伍，而是作为实习医生在医院工作。大岛和以他所敬爱的院长甘野为代表的医护人员，以一条实见、大木户孝次、庭京子等为代表的精神病人在医院过着平凡中蕴含着惊险的生活。精神医学属于专业领域，其内部情况对未从事过医生行业的作家而言显得过于复杂且神秘，故作品一经发表便受到了与从事精神治疗相关人士的批判，指责小说中的情节与实际治疗情况不符。① 武田泰淳在与有过从医经历的作家北杜夫的谈话中也表示，他对于精神病知之甚少，但小说中的病人大部分都有原型，只是他们分散在不同医院，相互之间也没有交流，希望读者不要将作品中人物的言行与实际情况混为一谈。②

作品里医护人员和一些精神病人的话语中充满了神、宗教等具有形而上色彩的词语，这也使得作品晦涩难懂。柄谷行人便指出："这部小说早已超越了精神病问题，达到了某种宗教的高度。"③ 虽然有评论家表示《富士》是作家自《风媒花》（1952）以来完成度最高的一部作品④，但也有评论家认为"从语言的完整性这一层面上

---

① 详见藤原崇雅「武田泰淳『富士』論—精神医療に対する作家の発言を手がかりに—」,『フェンスレス：文学・映画・演劇・文化運動研究誌』2016年第4卷。
② 详见武田泰淳、北杜夫「文学と狂気——文学者とその気質を中心に」,『文学界』1972年4月号。
③ 柄谷行人：「富士」, 埴谷雄高編『増補　武田泰淳研究』, 筑摩書房1980年版, 第466頁。
④ 岸本隆生：『武田泰淳論』, 桜楓社1986年版, 第225頁。

来看，《富士》好像并不能称作是一部毕生之大作"。① 而观点较为一致的是作品内容丰富，主题深邃，解读起来较为困难。丸谷才一表示："解读武田泰淳是一件困难的事情，而就《富士》进行论述尤其困难。原因可能在于，他所思考的小说和我们所了解的近代小说的类型不同……最能体现这一特质的便是这部最新的长篇小说（《富士》）。"② 而长期关注武田泰淳创作的评论家兵藤正之助也认为作品的主题非常深奥："一直以来，评论界均表示'《富士》是一部难以解读的作品'，对我而言情况也一样，……在这部小说中，作家想阐明的问题是什么，它是如何被阐明的，探寻这一过程并不简单。"③ 小说的思辨性很浓，但是很多话语诸如宗教思想之类的辩论出自精神病人之口稀释了其不合理性，从另一方面来看，精神病人的言行承载了作家的思考与主张。

一 疯癫的表象与战争批判

癫痫病患者大木户孝次的病症直接体现了那个时代的荒谬。在每个月的一号和八号，他必定会发作。作品将他发作的日期设定在一号和八号有着强烈的暗示意义，因为"一号是每月一次的振兴亚洲奉公日，这一天学校、公司以及工厂等地方要举行遥拜皇宫、参拜神社等活动，而且早上要集合游行。八号是指十二月八号的奉戴大诏日，对大木户而言，八号不仅仅局限在十二月，每个月的十八号、二十八号他也会展开联想，医院也必须对他保持警戒。与他人相比，他更喜欢祈祷战胜、祭拜神佛。"④

武田泰淳对于癫痫的症状不甚了解，曾就癫痫的发作周期向北

---

① 详见高桥春雄「『富士』武田泰淳」，『国文学 解釈と鑑賞』1984年5月号。
② 丸谷才一：「解説」，『武田泰淳全集』第十卷，筑摩書房1973年版，第443頁。
③ 详见兵藤正之助「続武田泰淳論（三）——『富士』をめぐって」，『文学』1977年6月号。
④ 武田泰淳：「富士」，『武田泰淳全集』第十卷，筑摩書房1973年版，第72頁。

第四章 武田泰淳战争小说论

杜夫咨询，询问有无"一个月内数次发作"的情况。① 作为日本国民一员的大木户被塑造成了一名虔诚的民族主义者，他身上隐藏着狂热的战争热情。同时，他信仰神道教，极端崇拜天皇。一条实见对他的指责更为有力："大木户先生，你为我们医院服务，具备着强烈的奉献精神。尤其是在电击休克治疗的时候，你充分发挥自己手腕的力量，按住不停挣扎的病人们的手脚。那个时候，与其说是一名住院病人，倒不如认为你完美地发挥了院方职员的作用。……院长、副院长和职工，大家都会表扬你。但是病人们非但不赞扬你，反而对你无比憎恨。你成为病人们的眼中钉肉中刺，即便那样你依然气定神闲，这是为什么呢？那是因为你服从了院长大人的命令。你丝毫不怀疑你的判断即只要服从就不会有错。"② 大木户的形象有着象征意义，战争时期的大多数日本人如他一般，被极端军国主义洗脑，成为绝对服从命令、从不思考的机器。一条对大木户的抨击中也隐含着作者对战争时期日本国民参与战争的批判。

大木户手记里的内容十分单调，他所关心的只是吃饭，饮食供应充足对他而言是最幸福的事情，这从另一方面也说明了他的麻木。他在临死还发出呓语："强者必胜！""英勇前进！"大岛根据他对大木户的了解进行了解读："我的死不是牺牲，甚至连撤退都不是，只是死亡。但是你们既可以撤退也可以牺牲。那就请那么做吧！如果说英勇前进是撤退、是牺牲的话，你们有遂行任务的义务。因为你们还活着。"③ 大木户至死还对战事念念不忘，执念之深可见一斑。故有评论家指出作品中流淌着的是"无限的自我批判"，"在日本对中国这一范畴内无法彻底处理的、一个个体（武田泰淳）对个体的深

---

① 武田泰淳、北杜夫：「文学と狂気——文学者とその気質を中心に」,『文学界』1972年4月号。
② 武田泰淳：「富士」,『武田泰淳全集』第十卷，筑摩书房1973年版，第109—110页。
③ 同上书，第248页。

深的罪责意识，这种意识的持续在战后多大程度上成为可能？……战争责任这一政治范畴最终发展至永恒的人的主题"。① 这种批判与责任意识在大岛对大木户的审视之中浮现出来。从此视角出发，可以认为癫痫病也是一种隐喻，大木户的一系列表现暗示了日本整个国家都如他一般，如癫痫病发作，处于意识朦胧的无序状态，而最终他的死亡也暗示着日本整体疯狂的时代必定会终结。在与古屋健三的谈话中，武田泰淳也证实了灭亡的结局。他表示，最后终归灭亡，因此将作品时间设定在战争末期容易操作。② "终归灭亡"也是作品的基调。

  如果说大木户是战争秩序的维护者，一条实见便是既定秩序的质疑者。一条原本是大岛的同学，现今却是一名精神病患者。他一直主张自己是"皇族"，自始至终都以皇族的身份阐述自己的观点，其病因应该属于妄想症。"妄想是一种坚信，它不接受事实和理性的纠正"③，一条逻辑性极强的陈述即是如此："只要有病人，医院就必须存在，那是你们的主张。但是，在我看来，只要有医院，病人就必须存在。精神病院到底属于医生还是病人？掌控医院的是医生的法则还是患者的法则呢？"④ 一条的话语逻辑正常，这并不奇怪，因为疯人的推理"既不荒谬也不违反逻辑。相反，它们完全符合严格的逻辑格式"。"疯癫的根本语言是理性语言，但是这种理性语言被显赫的心象笼罩着，因此只限于在心象所规定的现象范围内出现。"⑤ 在以上表述之后，一条又诘问大岛：

---

  ① 详见中島誠「富士」，埴谷雄高编『武田泰淳研究』，筑摩書房1973年版，第410—411頁。
  ② 武田泰淳、古屋健三：「『富士』を語る」，『三田文学』1972年3月号。
  ③ 钱铭怡：《变态心理学》，北京大学出版社2006年版，第101页。
  ④ 武田泰淳：「富士」，『武田泰淳全集』第十卷，筑摩書房1973年版，第61頁。
  ⑤ ［法］米歇尔·福柯：《疯癫与文明》，刘北成、杨远婴译，生活·读书·新知三联书店2007年版，第86—87页。

第四章　武田泰淳战争小说论

　　你力图作为一名正常人维护这间充斥着疯狂的医院，想以未陷入疯狂的社会的正常与正义保护这间医院不被疯狂所带来的混乱所侵害。但是，毋庸置疑，你所珍视的、以之为依靠的这个社会、这个世界现如今正沉浸在疯狂之中，这一点连你也要承认吧。人类已从和平的市民转变成了战争狂人，这不就意味着所有人都从正常人变成了精神病了吗？如果将战争狂人称为精神病的话，战争狂人一定会将和平市民称为精神病。如同和平之中存在着法则一般，战争也有法则。抛开谁好谁坏、选择的喜好和是非判断不谈，对和平市民而言，所有的一切都在一条怪异奇特的法则的轨道上急速行驶着。……你们医生需要我们患者，只要医生不消失，患者也不会绝迹。患者支撑着医生的存在，可以说创造出了医生。①

　　一条对医院秩序甚至战时日本社会既定秩序的挑战非常犀利。其实在大岛看来，一条思想敏锐，每当自己词穷无法给出意见时，他总会想起一条。一条的"皇族"心象"已由精神运动深深地铭刻在可塑的大脑中"，体现出来的是"无可辩驳的逻辑、结构完善的论述话语，一种实际语言的无懈可击的明晰表达"②。

　　另一方面，"妄想症患者用他的妄念把这个世界建造了起来。在我们看来是疾病产物的东西，那些妄念的形式，其实也就是自救的努力，也就是重建"③。一条的意图在他给大岛的信中有所显现，他先是对大木户家中客厅里悬挂的画幅上的富士山表示不满，认为那是"人为退化了的、被矮小化的富士山"，进而表示人们"畏惧富士

---

① 武田泰淳：「富士」，『武田泰淳全集』第十卷，筑摩书房1973年版，第6页。
② ［法］米歇尔·福柯：《疯癫与文明》，刘北成、杨远婴译，生活·读书·新知三联书店2007年版，第88页。
③ ［奥］西格蒙德·弗洛伊德：《弗洛伊德五大心理治疗案例》，李韵译，上海社会科学院出版社2014年版，第353页。

山重新喷发，就是这种恐惧、富士山正在变成其应该呈现出的样态，最能体现日本的衰弱，难道不是吗？如果我不是一名冒牌的皇族，我必定会从地下深处开始变革富士山的样态"。① 在作品中，一条一直在描绘画作《富士曼陀罗》，意指诸神聚集在富士山这片乐土之上。虽然大岛无缘得见，但可想而知那与大木户家中"被矮小化的富士山"完全不同，是能够重新喷发的富士山。

"在精神病的背后，其实潜藏着一种人格、一部生活史、一种希望与欲望的形式的。"② 一条的希望便是变革，埋葬既成的旧秩序，重建新秩序，而他认为实现的方法便是死亡。一条也对大岛表明他必须死去，进而复活，使世人震惊。他表示"真相大白之时即将到来，我将会复活。你们因自己的罪行畏惧不前的时刻必会到来"。③ 一条的死亡颇具戏剧色彩，他利用笃信他是"皇族"的少女中里里江的信任，让她吸引天皇卫队的注意力，自己则趁此间隙找到天皇，向他献上了《日本精神病院改革法案》。在和天皇攀谈之后随即被宪兵抓捕，其后来到医院的火田中士告知院长一条吞服氰化钾自杀身亡。一条之死的直接后果便是引发了集体狂欢：皇宫因他的死亡给医院送来丰富的食物进行慰问，在举行宴会之时医院陷入了混乱。目睹医院乱象的军队少尉则怒斥："这里没有一丝一毫的精神，有的只是无精神。……没有精神，只有精神病院。……这里什么都不存在。不用我们特地出手将其毁灭。这里是零，是废墟。"④ 中里里江和庭京子表示一条即将复活，显然这只是妄言，他期待的变革并未因他的死亡得以实现，但医院却变得失去控制。有评论家指出一条"梦想与现实的错位正是对其梦想的强烈批判，……其梦想最终只是

---

① 武田泰淳：「富士」，『武田泰淳全集』第十卷，筑摩書房1973年版，第201頁。
② ［瑞士］卡尔·古斯塔夫·荣格：《荣格自传 回忆·梦·思考》，刘国彬、杨德友译，译林出版社2014年版，第135页。
③ 武田泰淳：「富士」，『武田泰淳全集』第十卷，筑摩書房1973年版，第296頁。
④ 同上书，第361页。

第四章 武田泰淳战争小说论

一场闹剧"。① 但是，荒诞结果的诱因正是一条之死，可以说他的死亡给本就摇摇欲坠的医院秩序以致命一击，使之陷入崩溃。

一条撰写的所谓《日本精神病院改革法案》的具体内容并未被披露。火田中士向大岛表示，天皇手握一条呈上的《法案》，谁都不知道里面是何内容。大岛则表示："一条或许是把整个日本当成了一所精神病院写出的那个改革方案，难道不是吗？"② 根据大岛的判断和一条之前的一系列陈述，有学者认为，如果将患者替换成日本国民，精神病院替换成日本，医生替换成帝国主义者，那么一条的质问与讽刺一目了然。③ 可想而知，当整个日本陷入疯狂之时，作者批判的目光就更加深远，它通过一条这个"皇族"直指权利金字塔的顶层——战时的天皇制。

二 理念的践行与人性的探究

战争时期粮食极度短缺，加上军队内部对适龄非战斗人员的厌恶，精神病人死亡的命运似乎早已注定。就治疗而言，"病例不同，疗法便也不同。……很自然，一个医生必须熟悉其所谓的种种'方法'。但他必须警惕，谨防落进特定的、一成不变的方法之中"。"对于有教养的和智力高的病人来说，精神病专家要有比专业知识更广博的知识。除了所有的理论假设外，他还必须弄明白，促使病人发病的真正原因是什么。"④ 而作为医院的最高负责人和最具权威的医护人员，甘野院长并未针对病人的具体病情采用多样的治疗方法加以医治。甘野院长与其说是技术精湛的专家，不如

---

① 渡辺一民：『武田泰淳と竹内好——近代日本にとっての中国』，みすず書房2010年版，第306頁。
② 武田泰淳：「富士」，『武田泰淳全集』第十巻，筑摩書房1973年版，第300頁。
③ 岸本隆生：『武田泰淳論』，桜楓社1986年版，第233頁。
④ ［瑞士］卡尔·古斯塔夫·荣格：《荣格自传 回忆·梦·思考》，刘国彬、杨德友译，译林出版社2014年版，第139、140页。

说更像是一名对话者和倾听者。他一直以平和的态度来对待病人，即便在面对一条的讽刺时也保持着冷静。在大木户夫人对一条的惊人言论感到惊诧和慌张时，甘野院长反而安慰她说一条的话逻辑上还是通顺的。在大岛看来，院长绝不是在敷衍大木户夫人，也没有轻视一条，而是认真地将一条的话当作自己的问题。甘野院长坚持以心平气和的态度对待病人，其目的便是正视"自己的问题"，探寻病人的心理。

但是，院长的遭遇决定了其内心不可能平静如水。他的儿子在五岁时被年轻的保姆投入河中溺水而亡，其家庭也经历了火灾，他的内心极其痛苦："一个男人，身为精神病院的院长，将自己的孩子托付给患有精神病的女孩，然后她杀死了我的孩子。为了应对责难和嘲笑、为了保存脸面，我就像什么事情都没有发生过一样沉默不语，是这样吗？并非如此。"他并未失去冷静是因为他有着自己的逻辑："在我钟爱的男孩溺死的时候，惩罚就已经降临了。……将一切推诿给惩罚，混淆视听，我还没有卑劣到那个程度。但是大岛啊，即便说精神病医生和惩罚如影随形，那也不是什么不可思议的事情，不是吗？"① 即便遭受打击，院长依然没有放弃对事业的追求，他在和大岛谈心时也吐露了自己的想法：

> "神一直沉默着，那是因为神是过于巨大的某种存在。……大岛，患者们所代表的人类精神的异常性或许就是神、那个某种巨大的存在。……我并不是说患者就是神，绝不能下此判断。……如同神会引起我们不安一样，患者们也会引起我们的不安。神会给我们一些意想不到的启示、暗示和指示。这和患者们突然毫无预兆地带给我们的东西是一样的。……如果患者一步一步向'神'靠

---

① 武田泰淳：「富士」，『武田泰淳全集』第十卷，筑摩书房1973年版，第154、155页。

第四章　武田泰淳战争小说论

近，那么我们也向着同一个'神'在靠近。"①

甘野院长心目中的"神"是精神医学，这一点在小说中也有着清晰的表述。大岛针对他的观点表示，精神病患者好像是活火山一般的存在，无法阻挡他们爆发。甘野则认为："如果可以预知（火山爆发）的技术取得长足的进步，我们或许可以彻底改造火山治愈病人。如果不对火山进行全方位的研究就无法探明地球的本质，如果不对精神病患者进行全面的研究，就无法洞察人类的本质。"②从两人的对话可知，院长期待通过努力投身精神医学来探寻病人的深层心理，进而探寻人的本质。

坚定的目标使得院长遵循着自己的逻辑，绝不会丧失理智混淆病人与医生的界限。一条死后，一向对他嗤之以鼻的火田中士略带不安地问甘野院长，如果他复活了会怎么样。甘野回答说，一条只是"选择将偶然降临在自己身上的病症并因此造成的精神状态作为绝对唯一的、最为理想的生活方式"一路走了过来。可见甘野院长自始至终认定一条的病人身份，在此基础上他也进行了自我剖析：

> 我对他的死感到很悲伤，越是同情他选择死亡的方式，就越不得不执着于我自身的症状，正如他执着于他的病症一样。……我承认一条和我都是病人，他确实是一位优秀的患者，如果可能的话，我也要努力成为一名优秀的患者。但是，不知道是幸运还是不幸，我是患者的同时也必须是一名医生，而且必须凭借与一条所使用的完全不同的方法坚定精神病研究者的立场。③

---

① 武田泰淳：「富士」，『武田泰淳全集』第十卷，筑摩书房1973年版，第144页。
② 同上书，第156页。
③ 同上书，第299—300页。

武田泰淳在与真继伸彦的对谈中指出了甘野院长的伦理逻辑："从院长自身来看，他自己也是病人。但是自己与普通病人不同之处在于，他是背负着治疗患者之责任的病人，所以痛苦是双重的。因此他就像是一个矛盾的块状物那般的存在，为了追求目标必须奉献自己的一生。因此院长必须做好心理准备，即成为一名患者遭受报复，遭到报复正是院长内心的期望，自己人格的完整性通过患者们不断的威胁而得以形成。"[1] 将自己置身于受难者的境地，与他们共同吃苦受累似乎重复了武田泰淳早期作品《审判》《蝮蛇的后裔》等以来的一贯主题，所以有评论家以历时的眼光审视甘野的行为，指出他的这种苦行僧式的献身行为背后隐藏着参加过侵华战争的作家武田泰淳对中国的赎罪意识。[2]

在经历家中被精神病人侵入、医院病人发生变故相继死去之后，甘野院长选择接受军队的命令离开医院，为了从精神病理学的角度调查士兵昂扬的战斗意志而前往南方的某个岛屿。他在给大岛的信中表示，前线士兵和精神病院的患者们一样疲惫至极，但他喜爱这种疲惫，也期望疲惫降临到自己身上，信的最后写道："精神病万岁！诸位患者万岁！疾病和病人赋予我们的所有的战栗和诅咒、所有的神秘无解万岁！"[3] 病人的本质、个体的存在对院长而言神秘莫测，他甚为苦恼但从未放弃探索。故有学者认为，作品中的甘野院长是一个正面的理想人物形象，因为武田泰淳有着强烈的伦理意识，而甘野便是伦理的坚守者，明知荆棘遍地还坚持一直走下去。[4]

甘野令人动容的告白表明了他探索的艰辛，作为武田泰淳最后一部长篇小说，可以认为此作品承载了作者一生的思考与课题。甘

---

[1] 武田泰淳：『生きることの地獄と極楽』，勁草書房1977年版，第25—26頁。
[2] 详见渡辺一民『武田泰淳と竹内好——近代日本にとっての中国』，みすず書房2010年版，第308頁。
[3] 武田泰淳：「富士」，『武田泰淳全集』第十卷，筑摩書房1973年版，第365—366頁。
[4] 详见重岡徹「武田泰淳」，『国文学　解釈と鑑賞』2005年11月号。

第四章　武田泰淳战争小说论

野之所以坚持探索人性的复杂性，其目的或许在于挖掘出隐藏在《审判》中的二郎、《蝮蛇的后裔》中的杉等日本人在中国杀人放火、胡作非为背后深层的心理原因①，而甘野最终的告白——"至此，我并不认为已经道尽了我内心以及对外界的真实想法。或许我至死都从未向作为弟子的你诉说真实情况，不，是无法诉说。这正如那些患者最终无法向我们医生诉说他们内心隐藏的真实那样。"②——也传出了一个男人也是作家武田泰淳"恸哭"③的声音。

三　反思、痛苦及立场的转变

作为小说的主人公之一④，大岛身为实习医生的同时又是一名观察者和记录者，他的同学均奔赴战场，他则由于右眼丧失了视力无法前往战斗一线。作为实习医生，大岛任劳任怨，想要努力地治愈病人，成为一名合格的医生。但同时他又将精神病人比作火山，对治疗他们信心不足。对于大岛的性格，粟津则雄指出："这个'我'（大岛），对身边所有人均十分直接地进行判断。所谓直接，或许可以理解成根据自己的好恶直接对对象进行评判，但实际上并非如此。这个人物先天就缺乏一种能力，即根据自己的好恶亲近或疏远对方，正因为如此，相互之间难以共存的各式各样的人物一

---

①　详见渡辺一民『武田泰淳と竹内好——近代日本にとっての中国』，みすず書房2010年版，第308頁。

②　武田泰淳：「富士」，『武田泰淳全集』第十卷，筑摩書房1973年版，第366頁。

③　作家安冈章太郎表示"贯穿整部作品的是一种难以言说的恸哭之情。"他进而就甘野院长渴求疲惫的心理分析指出："院长的劝慰是指，我们要进一步认识这种疲惫，并努力使自己疲惫至极，这才是从疲惫中恢复的唯一方法。这与其说是这部长篇小说的结论，倒不如认为是武田泰淳对自己的一种安慰。但是，这种安慰让我们切实地听到了一位男子汉的恸哭之声。"详见安冈章太郎「富士」，埴谷雄高編『武田泰淳研究』，筑摩書房1973年版，第416—418頁。

④　虽然作为故事的叙述者，大岛贯穿了整部作品，在时间跨度上亦是如此。但是一条实见、甘野院长两位人物在作品中也占有十分重要的地位，他们的形象也通过与大岛的关联得以变得饱满。故可以认为，上述三人均为小说的主人公。有学者对上述三人的人物形象进行了归纳并指出了他们各自的作用。详见石崎等「『富士』—〈神の餌〉と〈神の指〉の間」，『国文学　解釈と鑑賞』1972年7月号。

下子全部进入了'我'的内部。"① 也就是说，看似优柔寡断、没有坚定信念的大岛因其独特的气质成为诸多人物倾诉、发泄的对象。一条给他写遗书、甘野院长从战地给他写信，甚至庭京子发狂时攻击的对象都是他。有学者将大岛的这种气质称为"与他者共鸣的能力"②。

一直跟随在甘野院长身后努力工作的大岛经历了众多病人的死亡，在面对医院陷入混乱之时进行了反思："我们一直在确认横亘在我们面前的高墙。……我们一直想要探明精神病的本质。我们竭尽所能地希望守护精神病患者。我们力量微弱、经常犯错；我们跟跟跄跄、陷入绝望；即便如此，我们坚持过来了。不，是努力地想要坚持过来，但是……。"可见，大岛对自己的努力产生了怀疑，紧接着他感到无比痛苦："我的脑海和神经内部到处都是在这所医院里死去的那些患者的面孔（更确切地说，是那些鲜活的生存场景和死亡场景），他们就像虫子在互相撕咬一般蠕动着，使我感到痛苦。除却在我体内挤来挤去业已死去的病人虫子们，我眼里尚能看见、耳边还能听见身边喧闹不堪的我的那群尚在喘息的同僚们互相撕咬所引起的骚动，如同虫子一般在那里争斗。虫子，我想起来了！不能不回想起来那个不吉利的梦境！在那个昏暗的梦中，少年冈村和中里吟为了处罚我，将蛇一条接一条地放入我的身体里。接着，被放入并培育的那些蛇在我的身体里爬行，慢慢地，永不停歇地。我的全身满是虫子，一直到不久之后化为了虫子……"③

这里提到的"昏暗的梦"是指大岛的梦境，他曾经做了三个梦，其中一个便是他化身为虫子。在梦中，身患沉默症的少年冈村和甘野院长家的保姆中里吟将若干条蛇放入了大岛的耳朵里。这些蛇钻

---

① 粟津则雄：『主題と構造——武田泰淳と戦後文学』，集英社1977年版，第185页。
② 村上克尚：「狂気と動物——武田泰淳『富士』における国家批判」，『言語情報科学』2016年第14卷。
③ 武田泰淳：「富士」，『武田泰淳全集』第十卷，筑摩書房1973年版，第338—339页。

第四章　武田泰淳战争小说论

进他的身体内部，最终使他变成了由虫子构成的人。梦境的内涵非常复杂，心理学家认为"我们对梦的心理过程所知甚少，因而在把完全不同于梦本身的种种因素用来解释梦的时候，就必须格外地小心谨慎"。但同时"梦具有连贯的、精心设计出来的结构，它揭示出某种逻辑、某种意图，也就是说，它具有一种有意义的动机，这种动机直接地表现为梦的内容"。①

武田泰淳曾于1971年8月15日至11月28日的《读卖新闻》上发表连载文章《我心中的地狱》，详细阐述了自己对于宗教、死亡等问题的理解与思考，在文中表示他厌恶蛇。"但这确实很奇怪，蛇或许只是气定神闲地出来散步，它或许是因为喜欢我才向我游来，但是我讨厌它，这毫无办法。如果人类没有好恶之情，那该多美好啊！那样一来，众生平等一定会实现！……不仅是人类、动物、植物、矿物质等所有物体之中都存在不平等。""这种不公平的判断从何而来呢？那或许是自夏娃吃了智慧树上的果实、和亚当一起被驱逐出伊甸园的时候开始的吧。自此，人类被禁止获得爱他人这一绝对的和睦。我们渴望获得永久的、难以改变的和睦，但是'蛇'经常偷偷地向我们靠近，我们一直对它们感到很害怕，并做好准备将其消灭。"②

在武田泰淳看来，人与人之间的鸿沟或许是绝对的存在，对他人不报任何好恶之情、完全平等地对待十分困难。而引申到作品中，大岛与精神病人之间似乎存在着难以消弭的隔阂。在经历了虫子的梦境和联想之后，大岛的心境发生了变化："或许一切只不过是在重复，或许每天只不过是吃了便睡，醒来便吃，这样不停地重复着。大木户孝次的那本日记，吃饭和睡觉、对癫痫发作的恐惧，他绝望

---

① ［瑞士］卡尔·古斯塔夫·荣格：《精神分析与灵魂治疗》，冯川译，译林出版社2014年版，第30页。
② 武田泰淳：「私の中の地獄」，『武田泰淳全集』第十八卷，筑摩書房1979年版，第421—423页。

地、不含一丝快乐地、日复一日记载的只是这些内容，我现在完全能够理解他记录下这些文字时的心情。"① 这一感悟表明大岛的立场已经悄然发生了转变，从一名医护人员、一名观察者变成了和精神病患者同等立场的人。时刻警惕精神病患者（"蛇"）毫无道理且不会有任何积极的结果，重要的不是"治疗"患者，而是和他们共享所有事情，无论患者还是正常人应共同探寻共存之道。②

其实这种转变在作品的序章中已经有所暗示。作品的序章以大岛观察松鼠的生活状态开始，"我"仔细观察松鼠的行动并进行思考："松鼠们渐渐变得熟络起来，它们只以人类给予的饵食为目标，在同样的地方寻找食物，但是那样的话它们不要紧吗？……我每天早晨、每天晚上不知疲倦地持续观察它们，但是即便放弃'观察'，我的生命也绝不可能受到威胁。……我不想成为赐予食物的神。那样的'神'只是在给予食物的时候才可能成立，因为存在这种特殊条件，所以会被别的'神'抢班夺权，被从神的宝座上驱逐流放吧。"③

"我"一直处于"观察者"的地位，观察"精神病人"和"松鼠"，此时将"松鼠"替换成"精神病人"，似乎也无不妥。"我"试图深入病人的内心，探寻人的本质，但结局只是混乱与崩溃。最终"我"拒绝成为"神"，拒绝站在病人的对立面，而是变成他们的一员，以自身感受来探寻个体内心的真实。最后在陷入混乱的医院里，面对中里里江和庭京子的攻击时，"我"觉得"被侮辱、被伤害，完全不被当做人来对待，这正是当下的我的快乐。因为如果不这样，就无法抓住本质、不能承受考验即作为一名精神病医生进行研究"。以此为契机，"我"的改变进一步深化："我能够成为患者、

---

① 武田泰淳：「富士」，『武田泰淳全集』第十卷，筑摩書房1973年版，第339页。
② 村上克尚：「狂気と動物——武田泰淳『富士』における国家批判」，『言語情報科学』2016年第14卷。
③ 武田泰淳：「富士」，『武田泰淳全集』第十卷，筑摩書房1973年版，第10—12页。

第四章 武田泰淳战争小说论

正在成为一名患者,对此我体验到了快乐并感到恍惚。我期待体验这种感觉。我要突破无法成为患者所带来的不自由、屈辱和烦琐等所有弊端。一种在直接的自然的光线里随心所欲地使唤自己裸露的手脚所带来的欢喜向我袭来,将我包围,使我眩晕。"①

在作品的序章中,大岛明确表明目前精神病院的院长是他所信任的中学同学,他的同学告诉他"你随时都可以过来,因为你已经具备入院治疗的资格"。② 而在终章中,已经成为大岛妻子的甘野院长的女儿也将进入医院接受治疗,两名病人将相互依靠,共同寻求自身存在的意义。

四 "富士"的意象与混沌的本质

在和病人接触的过程中,大岛感到他们的内心如同熔浆一般混沌,不可捉摸。而火山与混沌等意象则直接关乎作品的主题词"富士"。乍看上去,一部描写精神病院的作品似乎和日本风景的代表富士山并无多大关系。安冈章太郎也表示,从小说内容来看,"完全没有必要以富士山为舞台,题目好像不称作'富士'也没有关系"。但是他在细读作品之后表示,"这部看上去和富士山没有关系的小说,其真正主题的确就是富士山,真正的主人公是那座单纯且千变万化的富士山所拥有的不可思议的性格"。③ 有学者在分析统计后指出,在整部小说中,"富士"一词出现了五十余次,围绕"富士山"的叙述约有二十余处。④"富士"出现的频率并不高,但是其意象却是核心所在。

武田泰淳在富士山脚下建造小屋并入住是在 1964 年。之后,杂

---

① 武田泰淳:「富士」,『武田泰淳全集』第十卷,筑摩书房 1973 年版,第 326—328 页。
② 同上书,第 14 页。
③ 安冈章太郎:「富士」,埴谷雄高编『武田泰淳研究』,筑摩书房 1973 年版,第 416 页。
④ 高桥敏夫:「武田泰淳『富士』 めらめらと燃えあがる富士の裾野に」,『国文学解釈と教材の研究』2004 年 2 月号。

志《海》的编辑邀请他撰写一部关于大山的小说，或者是富士山拓荒小说。结果题目定为《富士》，内容则是富士山脚下一所精神病院里发生的事情，两者似乎并无关系。根据学者考证，武田泰淳1969年夏末开始创作《富士》，当年8月25日在山中小屋里向编辑递交第一章的手稿。① 而早在1966年发表的《富士山》一文中，武田泰淳表示："到底是否喜爱富士山呢？当被这般询问时，我也会难以回答吧。因为它毕竟只是一块巨大的无机物。最重要的是，我对这座山一无所知。……我喜欢歌川广重、葛饰北斋、梅原龙三郎、林武等画家描绘的《富士山》，但是，我期待更多不一样的《富士山》从各个不同角度、以各种各样的感情和理性被描绘出来。堀辰雄创作了轻井泽系列作品，我期待着在文学层面诞生出与之相当的富士系列作品。"② 可见，武田泰淳意图创作自己心目中的富士山。

1968年武田又发表了《山脚下的正月》一文，在文中武田泰淳谈到了对富士山的印象："我现在依然没有感受到富士山的可爱，能够有如此感觉的人让我羡慕。我所钟爱的是这座大山无穷无尽的变化。变化的样貌、实质不明的复杂性……"③ 进而武田又在1969年6月发表《富士与日本人——关于长篇小说〈富士〉的感想》，对他心目中的富士山进行了说明。在文章中武田提到，作家深泽七郎来山中小屋做客时感叹富士山令人恐怖，是一座"诅咒的山"，对此武田认为每个人都有"属于自己的富士山"，每个人心中都隐藏着"关于富士山那难以理解的秘密"。接着武田在回答编辑关于作品《富士》的构想时表示，富士山是日本人精神上的聚集地，作品与日本民族精神上的诸多问题相关。历经数次喷发之后，其山脚下或许

---

① 高桥春雄：「『富士』武田泰淳」，『国文学　解釈と鑑賞』1984年5月号。
② 武田泰淳：「富士山」，『武田泰淳全集』第十六卷，筑摩书房1972年版，第66—67页。
③ 武田泰淳：「山麓のお正月」，『武田泰淳全集』第十六卷，筑摩书房1972年版，第243页。

第四章　武田泰淳战争小说论

隐藏着优秀的文化。同时，"巨大的富士山具有神秘性，这一点会引发各种各样的想象。……文明发展的程度越高、人类就必须回归自然，只是在都市中耍些小聪明、逞口舌之能，无法触及人类的根本。……在对此进行反省之时，'富士'这一意象便浮现了出来。我想徜徉在悠久的自然生命的波涛之中"①。

综上所述，可以认为在作品酝酿阶段武田便在思考这部宏大作品的内涵，虽然内容是叙述发生在精神病院的种种事情，但主题与"富士山"的意象联系极为紧密。富士山及其混沌的岩浆体现的是"神秘""复杂""变化""无限性""人类的根本"等特质，这也直接关乎作品的主旨，因为甘野院长和大岛所反复讨论并追寻的精神病人的精神世界、人的本质也集中在这些关键词上。在作品的第十八章，医院陷入集体狂欢之时，向来沉默不语的少年冈村突然发声："富士山在燃烧。""我"对此深感震惊："少年的声音！少年的话！……我想他确实是那么说的。他通过肉眼确实看到远方富士山熊熊燃烧着的景象了吗？还是与视觉无关带有恶意的暗示呢？"② 冈村的话语和一条的期待不谋而合，燃烧着的富士山流淌出的混沌的熔岩象征着个体那神秘莫测的精神世界乃至存在的本质，它复杂多变，有着无限的可能性。

在作品的序章中，大岛在观察松鼠的生活时进行了深入的思考："日语中有一个词叫做'灭绝'，总觉得它是一个重要的因子。我感觉使老鼠灭绝是绝对不可能做到的，所以灭绝和老鼠会产生关联吗？而就松鼠而言，即便人类不期望那样，我也觉得这一种族将会灭绝。因此，松鼠和灭绝无论如何不会有关联，因为原本就没有必要特意将两者联系到一起。现如今，我强烈地预感到人类还将持续增长下

---

① 武田泰淳：「富士と日本人——長編『富士』をめぐる感想」，『武田泰淳全集』第十六卷，筑摩書房1972年版，第333—335页。

② 武田泰淳：「富士」，『武田泰淳全集』第十卷，筑摩書房1973年版，第354页。

去，因此一种不吉利的感觉即'灭绝'反而向我袭来。"① "灭绝""灭亡"是武田泰淳文学的一贯主题，正因为经历了战败，在精神上体验了幻灭，所以他对个体的存在尤其关注。② 在前文提及的和古屋健三的对谈中，武田泰淳证实了灭亡的结局，而他对灭亡与个体存在的思考也通过大岛的感悟得到了淋漓尽致的体现：

> 我一直有一种预感，即我们将被卷入一种下流的、丑陋的、悲惨的且无可救药的漩涡之中，被迫扭动着身子起舞。虽然如此，既正常又疯狂的我们好像能够到达与那漩涡相反方向的另一端。……这种预感被埋藏在混沌之中，形态难以把握。但是，"到达相反的另一端"必定会到来这一预感坚定地存在于我们的心中，不分敌我。这种预感是正常心理产生出来的呢？还是疯癫所孕育出来的呢？能够对此进行裁决的责任者、当事人是我们精神病研究者吗？经此一问，我感受到了颤栗。现在只有这颤栗还在勉强地支撑着我们，但最让人感到困惑的是，如果没有这"预感"、没有这"颤栗"的话，我们一步也无法向前迈进。……最终，背负在精神病研究者身上的"颤栗"贯穿着人类的过去、现在和未来，而且必须要永远持续下去，在这种持续消失的那一刻，人类便只能堕入深不见底的停滞、沉默、无思想和孱弱的黑暗之中。③

深奥难解的感悟让人时刻保持警醒："灭亡"如影随形，"预感"使人前行，但必须有"颤栗"伴随。精神病研究者尝试治疗即改造病人的精神世界，但个体内部的混沌难以捉摸，它神秘且复杂，

---

① 武田泰淳：「富士」，『武田泰淳全集』第十卷，筑摩書房1973年版，第14頁。
② 详见史军《罪恶、灭亡与延续——论武田泰淳的〈蝮蛇的后裔〉》，《外国文学评论》2016年第3期。
③ 武田泰淳：「富士」，『武田泰淳全集』第十卷，筑摩書房1973年版，第353—354頁。

第四章　武田泰淳战争小说论

关乎存在的本质。小说"在追求灭亡的伦理"的同时，也"通过凝视灭亡，为无法重复的生命之存在所感动。而正因为被个体生存的光辉所打动，所以他力图将个体从所有既成的观念中解放出来"。①

在与埴谷雄高的对谈中，武田泰淳表示："知识分子还是有良心的，必须要担负起责任。"② 此处的良心与责任源于决定其文学气质的战争经历。而在《我心中的地狱》中，武田泰淳谈到了中国，谈到了鲁迅，然后进行自我告白："直接使祥林嫂陷入不幸的并不是我，但是，毋庸置疑，我手里握着枪，致使中国出现了很多祥林嫂。'有没有地狱？'祥林嫂并没有向我发问。但是，给她们带去地狱之苦的不正是我们吗？……我甚至无法说出'然而也未必'这样的话来，因为正是我亲手建造了她们的地狱。"③ 深刻的反思凝结至作品中，便催生出了丰富的内涵：对战争盲从的批判、对既定秩序的质疑、对极力探寻个体心理的执着、对个体混沌本质的认知以及对灭亡与存在的思考等等，所以就《富士》而言，作家将"全部生涯倾注其中"④ 之评价可谓切中肯綮。

第四节　武田泰淳战争小说的主题思想

武田泰淳通过其作品表达了对个体与世界、灭亡与存在、善与恶、罪与罚等问题的思考。出生于佛教家庭的他注定了其思想中有着形而上的一面，在其作家身份形成过程中，中国经历起着决定性的作用。作为士兵第一次踏上中国的土地，在中国战场的所作所为

---

① 小久保実：「武田泰淳における文体の特質」,『国文学　解釈と鑑賞』1972年7月号。
② 埴谷雄高、武田泰淳：「軍隊と文学の出発点」,『武田泰淳全集』別巻一，筑摩書房1979年版，第361頁。
③ 武田泰淳：「私の中の地獄」,『武田泰淳全集』第十八巻，筑摩書房1979年版，第430頁。
④ 渡辺一民：『武田泰淳と竹内好——近代日本にとっての中国』,みすず書房2010年版，第310頁。

使他的思想发生了巨变，形成了"没有杀人就没有历史"的独特认知，承载这一主张的《司马迁——史记的世界》是研究武田泰淳时不可回避的作品。而在中国经历战败则让他体验到了幻灭，自此"灭亡"思想成为他作品的永恒低音，在他创作的各个阶段奏出诸多美丽的华章。《审判》《蝮蛇的后裔》《"爱"的形式》等作品均体现了他关于罪恶、灭亡等问题的思考。与灭亡如影随形的便是延续，而探究灭亡与延续的最终落脚点还是在个体的存在之上。

关于武田泰淳战争小说的主题思想，首先必须提及的便是作品中流淌着的"罪责意识"。在十五年战争中，日本使整个亚洲呈现出了一幅由杀戮和毁灭构成的地狱图景。纵观日本近代以来的历史可以发现，其对亚洲诸国的侵略、对亚洲人民的迫害持续了很长一段时间。但是，在日本战后文学中，很大一部分作品的主题却暗含着受害者的意识。正如竹盛天雄所述，如果一味地以受害者的立场来抒发胸臆，不将自己以及日本放在侵略者的立场上来书写，日本的战后文学将是不完整的。在这一层意义上来说，武田泰淳和堀田善卫弥补了日本战后文学的空白。①

兵藤正之助曾表示，武田泰淳"从十五年战争（1931—1945）开始之日起，便一直对战争持明确的批判态度"。②他随即通过援引武田泰淳早期的论述性文章进行了论证。武田泰淳早期的真实心理状况暂且不论，但是在作为士兵前往中国之前，他对中国的认识应该说是比较单纯和美好的，这也可以从他和竹内实的对话中得到证实。在以"中国的魅力"为主题的对话中，武田泰淳表示，和竹内实出生于中国而后回到日本不同，他是在"不了解中国实际情况的背景下进行创作，内容也充满了憧憬之情。因此，如果能够更加彻

---

① 竹盛天雄：「戦後文学の様相」，『日本文学研究資料叢書 昭和の文学』，有精堂1990年版，第289頁。
② 兵藤正之助：「戦争をどう受け止め、どう生きたか」，『表現の方法4 日本文学にそくして（下）』，岩波書店1980年版，第253頁。

第四章　武田泰淳战争小说论

底地变成浪漫主义、更加唯美最是理想。但是，和当时前来日本留学的中国留学生们交往之后我预感到，那种美好不久便会遭到破坏"。① 之后，他的预感得到了应验，战争改变了他的观念，也给他带来了巨大的心理冲击。武田泰淳表示："一开始，我对中国的自然和艺术抱有淡淡的憧憬，那时，中国问题也是以那种形式出现在我的面前。但是随着中日战争的爆发，它便如梦魔一般与我如影随形。……作为一名士兵奔赴了中国战场，即便我辈思想浅薄，还是感到中国问题不是我身外的暂时性课题，而是与自己内心息息相关的、深不见底的深渊。"② 这番话体现了武田的责任，其背后则是他思想深处的"罪责"意识。《审判》中二郎的诸多言语、《蝮蛇的后裔》中"我"和辛岛的种种表现都能让读者感受到作家在塑造这些人物时的初衷。正如竹盛天雄所说，武田泰淳内心的罪恶感、内疚感让他接下来必须活下去的"生活"变得沉重而艰辛。但是，正是在心灵深处游动的业障这一力量让他站在加害者的位置之上。③ 在每个社会中都有少数人比周遭的寻常伙伴更企求不限于当下日常生活的具体情境，希望经常能接触到更广泛的、在时空上更具久远意义的象征物。在这少数人之中，有需要以口述和书写的论述、诗或立体感的表现、历史的回忆或书写、仪式的表演和崇拜的活动，来把这种内在的探求形之于外。④ 武田泰淳的书写是他告白自己"罪责"的需要，他的文学也因此让读者感动。

武田泰淳战争小说的主题之二便是作品中体现的"灭亡"思想。这一思想在战后派作家群体中独树一帜。追根溯源，在上海迎来日

---

① 竹内実、武田泰淳：「戦争と中国と文学と」，武田泰淳『生きることの地獄と極楽』，勁草書房1977年版，第245—246頁。
② 竹内実：「武田泰淳の中国体験」，『国文学　解釈と教材の研究』1980年6月号。
③ 竹盛天雄：「戦後文学の様相」，『日本文学研究資料叢書　昭和の文学』，有精堂1990年版，第290頁。
④ [美]萨义德：《知识分子论》，单德兴译，生活·读书·新知三联书店2002年版，第35页。

本的战败，对武田泰淳而言是一件重大的事情。一般认为，"如果没有这种体验，武田泰淳的作家生涯便不会展开"。① 武田泰淳将日本的战败定位为"灭亡"，认为日本和日本文化"灭亡"了。本多秋五曾表示，自己听到日本无条件投降时感到"困惑"，不久便被"松了一口气的解放感"代替。他还表示大多数民众的真实感情应该是"松了一口气"，武田泰淳的感受是相当例外的，是一个特例。② 除却由侵略者变成战败者的身份转换带来的心理巨变之外，中国战场尸横遍野的惨象也是他产生"灭亡"思想的催化剂。在《蝮蛇的后裔》中，"生活下去也许不像想象得那么艰难""耻辱什么的全然不存在"等表述，表明个体已经失去了存活的意义，而即便在没有存活意义的情况下依然活着，依靠的便是"灭亡"思想。因为"灭亡"是宿命，它与"延续"紧密相连，虽然在时间上"灭亡"此起彼伏，但是在空间层面"延续"是绝对的，它由"灭亡"支撑着。"灭亡"在后期的作品《富士》中也体现得淋漓尽致，这一思想贯穿着武田泰淳战争小说的始终。

武田泰淳战争小说的主题思想之三即为对个体存在的审视。从"罪责意识"出发进一步思考个体为何会"杀人"、为何会犯罪。作家追寻的并不是日常生活中的困窘与走投无路等原因，而是更深层次的、灵魂深处的拷问。而经历了"灭亡"之后的个人应该如何出发？是审视"部分灭亡"之后残存的因子，还是体验"全部灭亡"带来的绝望？这些问题最终的归结点还是在于个体。

从《蝮蛇的后裔》可以了解到，武田泰淳产生了一种认识，即坚定地、辛辣地、不带丝毫美化地刻画在耻辱之中贪婪地活着的、具有强烈求生欲的日本人是自己的本职工作。武田泰淳产生了一种自觉：活着的人不是遵从伦理道德，也不是凭借知识和理论，只是

---

① 本多秋五：『続物語戦後文学史』，新潮社1962年版，第85页。
② 同上书，第86页。

第四章 武田泰淳战争小说论

依靠生存的欲望、生活下去的气力而贪婪地活着。这样的姿态"不管喜欢还是厌恶,都是日本人不得不承担的一种宿命",而将其描绘出来则是战后艺术家的任务。[①] 叩问"活着"即为审视存在本身的意义,这也是武田泰淳作品较为深刻的原因之一。

不可否认,武田泰淳的作品深奥难懂,哲学色彩较浓,但他的目光从未偏离过个体以及社会现实。在《光藓》《富士》等与社会问题密切相关的作品中,他将罪恶、灭亡以及个体存在等问题放到了宗教层面进行思考,吃人与控诉、疯癫与正常,正因为体验过幻灭,所以他总是怀着感动之情面对无法重复的生命存在。正因为被个体生存的光辉所打动,所以他力图将个体从所有既成的观念中解放出来。在将善恶、美丑、罪恶全部涵盖在内的灭亡的尽头,如何肯定世界抑或如何否定世界,汪洋恣肆的武田文学站在宗教的高度进行着拷问。

[①] 本多秋五:『続物語戦後文学史』,新潮社 1962 年版,第 89—90 頁。

第五章　堀田善卫战争小说论

翻阅作家的文学年谱可以发现，在文学世界与个人体验的关系之中，堀田善卫（1918—1998）和武田泰淳有着相似之处。一般认为，如果将中国剔除出去，堀田善卫的作家世界将无从谈起。① 在1959年出版的评论集《在上海》的开始部分，堀田善卫也谈道："我过去讨厌命运这个字眼，也讨厌宿命这个词语，现在当然也讨厌。但是，回顾自己到目前为止的生活，中国在其中占据着一个位置，将其拿出来比照观察的时候，我认为，在和那个词语、那个概念进行斗争的同时，还可以给存在于它里面的某个东西赋予一个词语：命运。"②

对堀田善卫而言，中国与其命运紧密相连。他与中国的相会始于1945年3月，其后至1946年12月约一年零九个月的上海生活决定了他战后的文学方向，小说群《祖国丧失》（1948—1950），短篇小说《齿轮》（1951）、《汉奸》（1951），中篇小说《广场的孤独》（1951）一直到长篇小说《历史》（1953）、《时间》（1955）等，堀田创作生涯前半期这些作品都有着中国的影子。他本人也表示："从1945年3月24日到1946年12月28日，一年零九个月左右的上海经

---

① 羽山英作：「堀田善衛」，『日本文学』1962年2月号。
② 堀田善衞：『堀田善衛全集12』，筑摩书房1974年版，第3页。

第五章　堀田善卫战争小说论

历,给我,特别是战后的生活方式带来了决定性的影响。原本在这之前我就决定将文学作为一生的事业。但是,中国和日本,完全没有想到的东西闯了进来。我困惑了,甚至现在(1959年)也不能说完全摆脱了这种困惑。"①

大学时代的堀田善卫接触的是西方文学,但在上海的战败体验使他的思想发生了巨变。他说:"1947年1月4日,我乘船回国,在佐世保港登陆的时候,还未将日本和中国、中国和日本等情况当成作家起步之初的我个人内在的重大问题。但是随着岁月的流逝,其重量开始增加。……我认为,日本和中国的历史的还有未来的相处方式并不单单是国际问题那种冷淡的、外在的东西,那是国内问题,进一步说,是我们每个人内心的、内在问题。"② 他也一直努力地剖析着其内心的问题。

随着时间的推移、时代的发展,上海体验所激发的对历史及命运的思考不断深入,将国家间关系内化为内在问题的思想也在发酵。20世纪50年代后半期至60年代,世界政治局势发生了巨大变化,亚非拉民族主义开始觉醒,堀田善卫也参与到亚非作家会议的创建之中,这也是他比较活跃的一个时期。堀田站在第一线,以自己的文学诉说着第三世界兴起的新兴的民族主义正在给世界带来怎样的变化。

时间的流转与思想的深化同步,年轻时期所倾倒的欧洲再次吸引了他的注意力,这和大学时代因接触西方文化而喜爱不同,而是经历了人生起伏之后的关注。从1973年开始,历时三年创作而成的《戈雅》(1977)是他欧洲论的集大成之作。堀田善卫不仅喜欢戈雅的画作,也对戈雅生活的时代充满了兴趣。作为宫廷画家,戈雅的生活如履薄冰。制度的崩溃、法国拿破仑军队的占领、君主政体的

---

① 堀田善衞:『堀田善衞全集12』,筑摩書房1974年版,第3页。
② 同上书,第3—4页。

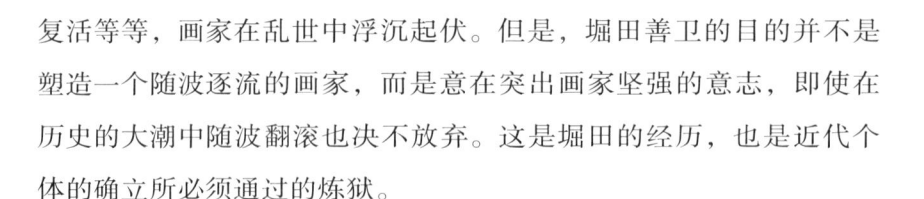

复活等等，画家在乱世中浮沉起伏。但是，堀田善卫的目的并不是塑造一个随波逐流的画家，而是意在突出画家坚强的意志，即使在历史的大潮中随波翻滚也决不放弃。这是堀田的经历，也是近代个体的确立所必须通过的炼狱。

第一节　文学的出发点
——上海体验

一　上海体验之前

堀田善卫于1939年进入庆应义塾大学法学部政治专业学习，在此期间主要沉浸在文学的书海之中，一年后转至文学部的法国文学专业，开始结交芥川比吕志、加藤周一、中村真一郎等文人。1942年大学毕业后，就职于国际文化振兴会调查部。由于当年4月征兵身体检查合格，于1943年10月转至海军司令部临时欧洲战争军事情报调查部工作。在国际文化振兴会就职期间，受河上彻太郎的影响，堀田善卫开始将目光转向中国，这也与工作单位协助战争的性质有关。此时他开始学习汉语，于1942年冬开始阅读鲁迅的作品，深陷其中并为之感动。在阅读鲁迅的《希望》时，他摘抄了大段文字并表达了自己的感想。

"我的心分外地寂寞。然而我的心很平安；没有爱憎，没有哀乐，也没有颜色和声音。我大概老了。这以前，我的心也曾充满过血腥的歌声：血和铁，火焰和毒，恢复和报仇。而忽然这些都空虚了，但有时故意地填以没奈何的自欺的希望。我只得由我来肉搏这空虚中的暗夜了。青年们很平安，而我的面前又竟至于并且没有真的暗夜。绝望之为虚妄，正与希望相同。"初读这首诗是在1942年的冬天。"当时，我刚离开学校。那年九月被学校赶了出来。我是法语专业的学生，在学校主要关注巴尔扎克、波德莱尔、兰坡、瓦莱

第五章　堀田善卫战争小说论

里等作家。战争已经开始了。……我很想写诗、小说和评论，特别想写。"然后他又表示："'绝望之为虚妄，正与希望相同。'这是鲁迅发现的匈牙利诗人裴多菲的诗句，这句有毒的话在战争期间和战后一直支撑着我，或者说使我早熟使我堕落。"①"绝望""希望"的内涵到底如何，应该说此时的堀田善卫还是比较模糊的。

1944年2月堀田善卫被征召入伍，训练期间因为肋骨骨折，在位于富山县的陆军医院住院治疗，三个月后因征召令解除离开部队，又回到了以前工作过的国际文化振兴会。根据川西政明的考证，堀田善卫所在的这支部队在被送往塞班岛的途中，由于运输船沉没而全军覆没。如果没有发生肋骨骨折，堀田应该早已死去了。虽然同样在上海经历了战败，但是堀田善卫和武田泰淳的文学走向不同的道路，其原因之一便是军队体验的差异。②

需要注意的是，此时战争激战正酣。堀田对战争这一国家行为怎么看，或者是如何思考？关于他的精神状态没有直接的叙述，但通过他和一些朋友的交往还是可以看出端倪。在1944年1月末寄给芥川比吕志的信中，他对自己被征召入伍用了"万岁"两字表达心情。在芥川比吕志入伍的时候，他也写信鼓励，希望他成为"勇敢的士兵"③。从这些细微之处可以看出堀田善卫当时对战争的态度是比较积极的，这些从他后来的一些随笔中也能看到。

> 我没有力气憎恨战争。我决心如果征召命令来了就打声招呼：我要意气昂扬地去了，然后便精神抖擞地上战场。那个时候，我有一位熟人名叫伊藤律，他的妻子明确地对我说："现在人民站起来，一定能够阻止这场战争。一定能！"我茫然地听着

---

① 堀田善衞:「忘れえぬ断章　魯迅の『希望』」,『堀田善衞全集12』,筑摩書房1974年版,第154页。
② 川西政明:『昭和文学史』中卷,講談社2002年版,第488页。
③ 川西政明:『武田泰淳伝』,講談社2005年版,第202页。

这位曾经做过交通工人的夫人的话。我并不相信这位夫人肃然的反战和革命的宣传。并不是半信半疑，是不相信。……①

1945年3月24日，堀田善卫从羽田机场出发前往上海。在这之前的3月10日，美军对东京进行了空袭，日本已经完全丧失了制空权，东京几成一片废墟，此时一般知识分子都可以预见日本的战败。但是，在这样的背景下，堀田善卫依然前往海外日本所控制的地区，其心路历程值得探究。在东京遭受轰炸之后，昭和天皇视察了已经成为一片焦土的被轰炸地区。堀田恰巧在慰问现场，看见民众们跪在地上向天皇道歉。这一景象给他带来了巨大的冲击，作为战争的最高指挥官，天皇毫无疑问负有责任。原本应该接受天皇道歉的人民却在向天皇道歉，这让他感到绝望，也对历史产生了深深的忧虑。虽然这是偶然事件，但却是促成他离开日本的要因之一。

根据堀田本人的说法，他原本打算经由上海去欧洲，"战后留在上海，也是因为想着在中国找一个立脚点然后再去欧洲"。② 同时，如前文所述，在战争期间，他开始阅读鲁迅的作品并沉浸在其中，对中国产生了兴趣。另外就是生活上的便利，堀田就职的国际文化振兴会在上海设有资料室，在上海工作生活上也会较日本本土更加有着落。综上物质上和心理上的原因，堀田善卫乘坐海军征用的朝日新闻社的飞机飞往了上海。

二 上海体验及感悟

去上海之前，堀田善卫受到上级的嘱托。"出发之前，曾有过两三次来华经历的某个前辈学者对我们说：'现在是战时，文化事业受

---

① 堀田善衞：「忘れえぬ断章　魯迅の『希望』」，『堀田善衞全集12』，筑摩书房1974年版，第153—154页。
② 堀田善衞、開高健：「対談　上海時代」，『堀田善衞上海日記　滬上天下一九四五』，集英社2008年版，第386页。

第五章　堀田善卫战争小说论

到很大掣肘。但是日本在中国实施的策略已经到了尽头。政治的、武力的政策接近破灭，武力虽然还残存一些，但是已经近乎绝望。剩下的唯一道路便是文化。而且在日本军队单方面的统治压迫之下，真正的文化工作必定很难进行。因为此时物价疯狂上涨，所以金钱必定会总是不够用，但是请大家拿出诚心努力工作。'"但是到达上海之后还不到十天，"我便被一种近乎绝望的忧虑所侵袭。中国——而且是我眼见的中国文化的一个中心地带上海，只是让我感到是一块近乎沙漠的所在，里面只有河流、建筑和人群"。①

堀田善卫表示，上海的报纸几乎和日本内地的报纸没有任何区别，言论管制十分严厉，几乎没有中国独自的特色，这让一个真正地思考"中日关系进而是整个东方命运"的人难以忍受。他以己度人，觉得中国的知识分子应该感到十分愤懑。"但是，为什么在很长的一段时间内上述胡作非为能够大行其道呢？""是因为日本的做法是将政策、国策坚持到底而在期间缺乏对人性的反思。"②

当时的上海还在日本的占领之下，是不可能有自由独立的媒体出现的。这些战时的上海景象对堀田造成了巨大的冲击，但是到反省则是一个循序渐进的过程。仔细翻阅他的日记可以发现，他的世界观已经开始发生转变。他在1945年8月11日的日记中写道：

> 刚在电车上坐下来，赤间（中国报纸协会）来到我的旁边坐下，说道："好像终于要来了。"我不是很明白，就问到："什么？"他说："你还不知道吗？""什么事啊？""听说日本已经投降了。"……
>
> 过了一会儿，诗人路易士大张着手，全身做出一副要将在场所有人拥入怀中的样子出现在大家的面前，接着刚一靠近我

---

① 堀田善衞：「中国を考える」，『堀田善衞全集12』，筑摩書房1974年版，第118頁。
② 同上書，第119頁。

们就说道:"和平!和平!和平!"并从口袋里拿出《中华日报》的"和平号外",分发给大家。

在场的我们这些日本人表情全都变得阴暗下来,同时,一股说不上来是什么的苦涩感涌了上来,眼睛不知道往哪里看。武田眼睛睁得又大又圆,仔细地读着报纸,我也读了起来。

他(武田)说,日本民族或许会消亡,如果自己留在中国存活了下来,会跟中国人说,以前东方有过一个国家,我们必须将这件事传播下去。我极力表示,要把今天这个时候中国人的变化告诉国内的人,不是光从政策上来讲,而是从人的内心世界的角度,不单单是政策方面的问题而是要渗入人心。这是我们从事文学工作身在上海的人们的重要工作。①

之后,堀田善卫迎来了战败,亲眼看见了上海民众对于日本投降的兴奋与喜悦。此时的他应该较本土的日本人感到更加沮丧和苦闷,这一点在日记中也有体现:"现在我为了生存所期待的就是破坏自我,想毁掉自己。没有方针、乱来一气、胡作非为。除此之外没有什么能使我的心里泛起一丝涟漪。我茫然地想要留在上海的原因即在于此。甚至想干一些违背人性伦理的事情。"②

在经过短暂的犹豫之后,堀田善卫进入中国国民党中央宣传部对日文化工作委员会工作,综合目前的资料来看,他应该是主动要求留下来工作的。他的主要工作是将国民党《中央日报》上的社论、英文报纸上的消息以及归国邮轮的相关消息翻译成日文,然后将其拿到位于大西路法租界的上海中央广播电台,面向日本人进行广播。另外,国民政府中央宣传部对日工作委员会在战争期间是中日双

---

① 堀田善衞:『堀田善衞上海日記 滬上天下一九四五』,集英社 2008 年版,第 16—24 页。
② 同上书,第 32—33 页。

第五章　堀田善卫战争小说论

方进行激烈的情报战的地方，战争结束后其功能也保留了相当一部分。当时国民党、共产党、日方等势力错综复杂，堀田善卫也不可避免地牵涉其中，小说《齿轮》即是基于这个时期的经历创作而成。

从战后初期发表的小说和诸多随笔来看，从战争期间直至战后初期，虽然一直在上海生活工作，但是堀田善卫与武田泰淳不同，他更多是作为一名他者在冷眼旁观："战争恐怕会在十月或十一月左右结束吧。但是，杉（作品主人公——译者注）不得不进行了思考，来到上海之后自己身上发生的变化绝对不会对战争之后的日子起作用。说是变化，不过是原本就存在的本性在外地这样一个远离各种羁绊的地方突然降临，也就是因生活环境的变换而被诱发和放大了的东西而已。"① 所以，他对中国的观察也不会很仔细，认识肤浅也在情理之中。在目睹诸多贪腐情况之时，他也是按照自己的方式认知的："有一个词叫做贪官污吏，其严重程度让我怀疑在政府、党和军队内部还有没有纲纪这种东西。……很长一段时间，因为日本军队，他们被限制在重庆的山里面，现在终于回到了华中，但却是这样一番光景，我想这让人无法忍受吧。十分不方便的深山，主要成员又是官员、军人和党员，被长期困在里面这件事本身招来了光复后的腐败和贪污……"② 毫无疑问，国民党的腐败和堕落应该从制度层面进行拷问，而不应该简单地归结为胜利带来放纵的道德行为。

但是，在上海迎来战败的堀田善卫被卷入了激烈的历史旋涡之中也是不争的事实。"历史与他如影随形，昨日的占领者一夜之间变成了囚徒。在世界各色人种聚集地的上海体验战败，一种政治势力迅速崩溃，新兴的政治势力从两个方向、三个方向一边互相倾轧一

---

① 堀田善衞：「祖国喪失」，『堀田善衞全集 1』，筑摩書房 1974 年版，第 79 頁。
② 堀田善衞：「中国問題とは何か」，『堀田善衞全集 12』，筑摩書房 1974 年版，第 156 頁。

边朝着大开的间隙涌入进来，他切身地体验到了这一点。这也是作为日本人极为罕见的体验，像他这样亲眼看见鲜活的政治生态的日本人很少。"①

三 上海体验的影响

1947年1月回到日本之后，堀田善卫便开始酝酿，力图将自己的所见所闻、所思所想发表出来。在谈及自己的创作经历时，他说："首先开始撰写小说，然后将其全部集结起来，书名定为《祖国丧失》，这不是一部长篇小说，是某种连续小说，从1949年开始陆续发表出来，这些都取材于中国。也就是说，在中国碰到了很多问题，其中最重要的问题还是日本与中国，中国与日本这一宿命式的关系。总之，这种宿命式的关系是存在的。在前往中国之前，我处在一种什么样的交际关系之中呢？我想一言以蔽之就是艺术至上主义。……虽然也读过马克思主义相关的著作，但是学生时代主要阅读的还是十九世纪法国象征主义诗歌，那些是我主要关心的对象。"②

从艺术至上主义到书写中国、日本与中国的关系，其上海经历无疑起着决定性的作用。经历了战败的堀田善卫没有把目光局限于自己的内心世界，而是转向了中国和日本。身在中国，开始思考日本、日本人以及中日关系。堀田善卫表示，来到中国之初，他对战争与人格的形成之间的关系并没有进行深入的思考，在创作《祖国丧失》的时候也没有多少感觉，但是作品完成之后方才明白其意义之所在。③ 可以说，上海体验决定了堀田善卫文学的气质。

---

① 栗原幸夫：「解説」，堀田善衛『広場の孤独　ゴヤ』，新潮社1980年版，第390页。
② 堀田善衛：「私の創作体験」，『堀田善衛全集13』，筑摩書房1994年版，第130—131頁。
③ 同上書，第131—132頁。

第五章 堀田善卫战争小说论

第二节 战后初期的混沌
——《齿轮》

《齿轮》发表于 1951 年，堀田善卫曾对作品的创作缘由进行了交代："1946 年秋天，因为国共内战的原因，上海的气氛十分紧张，那时我在那里生活，同时从一个中国学生那里听到了一件仿似矛盾论一般的故事，上述这些素材于 1947 年我回国之后在心中愈发膨胀，以致喘不过气来，因此在 1949 年春，做了泣血的准备写下了这部作品。发表是在两年后的 1951 年 5 月号的《文学》上。"① 由此可见，在创作的过程中，堀田内心一直处于一种紧张与痛苦的状态，正如徐静波所指出的那样："对于他而言，这并不仅仅是在讲述一个故事，更多的是一种精神冲突、精神煎熬和精神宣泄的历程。"②

一 作品的产生过程

堀田善卫在 1947 年 9 月发表于《随笔中国》的一篇文章中，提到了留在国民党政府工作的原因："那段时间，我心中最强烈的愿望便是想见见那些保持着强烈精神意志的人，和他们说说话，就是他们对日本抱有最为深刻的厌恶感并积极投身抗战之中。"但是堀田发现结果令人失望，因为"人并不是那么单纯的动物，尤其是中国的年轻人所处的环境也不简单轻松。在中国胜利之后，和一直从事血腥的地下工作的人照照面便会发现，他们身上有一种说不上来的肮脏感，而且没有因胜利带来的慰藉和解放感，只有地下工作者独特

---

① 堀田善衞：「『広場の孤独』あとがき」,『堀田善衞全集 1』,筑摩书房 1974 年版,第 479 页。
② 徐静波:《近代日本文化人与上海：1923—1946》,上海人民出版社 2017 年版,第 426 页。

的让人厌恶的疲劳最为引人注目"。① 而这段话几乎原原本本地被收入作品之中，让人觉得小说似乎是作家真实经历的再现。但是，后来堀田又否定了这一点。小说的开始引用了作曲家柏辽兹（Hector Berlioz）的《浮士德的沉沦》的序言部分，关于引用的意义，堀田表示："到底有多少必要来限定小说中的地点呢？即这是那里发生的事情，这是这里发生的事情。小说作为精神层面的故事，其内容无论变换至什么样的场景、什么样的状况、什么样的地方进行思考不都是可以的吗？……只要有文学上的理由，地点是中国也好，日本也好，乌托邦也好，幻想的场所也好，阴曹地府也好，鲁滨逊的孤岛也好，这些都无所谓。……但是，虽然哪里都无所谓，但是地点本身如果不具体地描绘出来就会不像话，这是毫无疑问的。"② 也就是说，地点设置在上海，这是为了创作需要，但是里面的情节应该是虚构的。

小说中的故事发生在战后第二年的上海。主人公伊能在一个名为某某文化运动委员会的机构工作，该单位是一个隶属于军统的特务机构，主要职能是监控调查学生以及知识分子的言行，它不仅对相关人员进行问话，还从事绑架和监禁之类的活动。伊能的上司叫陈秋瑾，是作品的主人公。秋瑾年轻时曾与魏克典等人一起组织了"抗日救国学生运动"，同伴中还有一度成为秋瑾恋人的黄。后来运动遭到镇压，三人以自首认罪的方式获释，不过魏和黄是假装自首，秋瑾则与共产党断了联系，在国民党的机构里工作。黄因此非常不满，与秋瑾分手后去了延安，魏则留在了重庆。秋瑾在特务机构工作十分苦恼，她已经厌倦了里面的尔虞我诈和腥风血雨，便托付魏克典逃离上海，小说在逃离的纠纷中戛然而止。

① 堀田善衞：「暗い暗い地下工作」，『堀田善衞全集12』，筑摩書房1974年版，第129頁。
② 堀田善衞：「私の創作体験」，『堀田善衞全集13』，筑摩書房1994年版，第138頁。

第五章　堀田善卫战争小说论

佐佐木基一认为，作品中的主人公说到底还是亡国之人，只不过是被周围的中国的现实排除在外的第三者，主人公没有自我的现实存在。① 的确，在这部作品中日本人伊能是一个旁观者的角色，即便他最大限度地参与到故事之中，例如他为了救贾青年向陈秋瑾寻求帮助等。陈秋瑾才是小说的主人公，战时即上海还未解放时组织内部的情况也全是通过她的陈述展现在读者面前。其中涉及特务机构内部的一些情况更加说明了该作品的虚构性：

> 她突然压低声音，类似动物一般地小声嘟囔起来："戴笠和K总部长被干掉了。"
>
> ……戴笠正是陈秋瑾所属的军统局的局长，是他们地下工作的总指挥。还有K总部长。
>
> "他们是死于飞机失事，只是目前还没有公布。"
>
> "莫非你也在那架飞机上吗？飞机失事后，你被火烧伤……"
>
> 她稍稍撇了一下紫色的嘴唇，露出了一个暧昧的笑容。
>
> "无人幸免。"
>
> 陈秋瑾刚才的话用的是现在时，伊能在心中暗自揣度着。她说话的方式，除了单纯地传达出情报和新闻之外，还另含深意。②

关于戴笠之死以及陈秋瑾参与其中很明显是杜撰，很可能是作家基于在工作委员会工作时的道听途说。

堀田善卫表示故事梗概是从一个中国学生那里听来的，但事实可能并非如此。在《黑暗的地下工作》中，堀田表示，在上海时他去某书店取书，看到了一本书，封面上的文字"DARK UNDER

---

① 佐々木基一：「堀田善衛論」，『堀田善衛・遠藤周作・井上光晴集』，筑摩書房1972年版，第329頁。

② 堀田善衛：「歯車」，『堀田善衛全集1』，筑摩書房1974年版，第268頁。

GROUND"吸引了他的注意，便买回去阅读。据他介绍该书的主要内容如下：

第二次上海事变发生后，作者罗宾斐随朋友一起逃入租界，在战灾孤儿收容所工作。为了抗战救国，他和其他大学生决定组成"特别青年行动队"。该小组男女共计八人，不隶属于任何党派，日后在天津、北平、上海、香港、苏州、重庆等地发展到两千名成员。他们列了两个目标："一是即使是在沦陷区失去自由，也要告诉全世界我们的精神永存。二是暗杀傀儡政府要人，焚烧敌方军需品，以此告诉民众我们没有失败，并向敌方表明我们中国人没那么好欺负。"他们以北平和天津为目标策划了一年，开始了地下运动，干了很多事。但由于日本的严格控制，在北平的主要队员都被投入监狱，并遭受严刑拷打。在北方的活动终止之时，作者前往重庆，一位与作者最亲密的同志则为投奔共产党前往延安。堀田认为："他们这些同志，如今已不是在对抗日本，而是要在国共对立的战场上相见，令人痛心。"①

很显然，《齿轮》的创作受到了这本书的影响。其中的地下工作者，特别是两个爱国青年一人去往重庆，另一人奔赴延安，直接与小说中的魏克典和黄的经历相同。所以，作品的创作应该是以堀田善卫在中国上海的经历为基础，结合其所阅读的故事糅合而成。

二 作品中的人物形象

《齿轮》的总体基调比较阴暗，小说情节离奇曲折，有些地方显得有些突兀，这可能与战时以及战后初期诡谲的氛围有关。由于气氛紧张，每个人都被卷入其中。与事件相比，人物的形象并不是非

---

① 详见堀田善衞「暗い暗い地下工作」，『堀田善衞全集12』，筑摩書房1974年版，第129—132頁。

第五章　堀田善卫战争小说论

常饱满，有些还比较苍白。小说人物并不多，但关系错综复杂，国民党方面的人物有主任委员何大金、他的秘书兼贴身护卫张爱玲、陈秋瑾，共产党方面有魏克典、他的妻子小黛、黄以及不知是否真为共产党员的贾青年，日本人只有伊能一人。号称是地下工作大人物的何大金，脸色苍白，身体很瘦，感觉像是鸦片上瘾者或是性欲变态者，张爱玲则性冷淡。小说中国民党特工的形象基本上都是负面的，特工们的工作氛围也极为压抑，这与他们工作的性质有着本质的关系，即便得到最重大的好消息，他们也顾虑颇多。比如，听到中、美、英联合发表了《波茨坦公告》的新闻，"在座的人们无不露出欣喜的笑容……当然，只是表面的微笑。愉悦似乎只是一瞬间的事，没过多久，每个人的脸上便出现了复杂难解的表情。做汉奸的人，不得不考虑自己将会落得什么样的下场；而且，国共两党在日本战败后，势必会调转枪头、针锋相对"。①

个人命运一旦被卷入政治、战争的齿轮中，也只能随波逐流，而如果这种机器一直走向沉沦，那么个人的结局也注定是悲剧的。小说中对共产党员魏克典、小黛夫妇、黄等均没有太多的描述，黄只是在陈秋瑾的回忆中出现过一次，魏克典在转向后当上了"中共在外华侨联络所主任"，他们的言行全是通过秋瑾体现出来的："不曾想，她（小黛）竟是一位生于富贵人家的千金，明明是活泼开朗的性格，却不得已在学生时代循规蹈矩。其中，虽不乏魏克典曾着意进行过训练的因素，想必她自身一定也是饱尝艰辛吧。……昏昏沉沉的脑袋里瞬间浮现出黄那孩童般的面庞，那由于拷问、抽打而逐渐变形的面庞。也许人在被拷问时都会露出孩童般的面庞吧。"②总的来说，他们的形象有些苍白，原因可能是"在上海期间的堀田几乎没有与共产党有过直接的交往，共产党人的言行和形象在很大

---

① 堀田善衞：「歯車」，『堀田善衞全集1』，筑摩書房1974年版，第274—275頁。
② 同上書，第274頁。

程度上是他在已获知的讯息基础上的想象性塑造"。①

作品的情节围绕主人公秋瑾的战时和战后生活展开。秋瑾与黄分手后结识了国民党的特工 Z，并和他生了一个女儿，然而她却十分厌恶 Z，得知他被保卫局的特工杀害之后，不仅没有一丝怜悯反而感到如释重负。从成立抗日组织直到后来在 Z 的拉拢下进入国民党特工组织工作，除了和黄的恋爱或许还有丝毫甜蜜，秋瑾其余的生活均是负面和阴暗的，似乎生活里面全是憎恨，即便想到自己女儿时也是如此："我想起那枚婴儿脸颊上细微的褶皱；牙牙学语时发出的不成调的声响……若是女孩长大成人后，得知了她的母亲是一个怎样的人，一定会怨恨在心吧。……我周围其余的一切，包括伙伴什么的，全都只有憎恨而已。也许就连黄都对我心存憎恶。也许，就连我也对这个可悲的、诠释着'政治特工注定遭人厌恶'的自己感到厌弃吧。"②

但是作为一个女人，陈秋瑾虽然处于乱世，还是渴望爱情，在得知黄被秘密抓捕后还想将他营救出来。然而一切都是徒劳："就在我委身于何大金的前一天，黄已惨遭何大金毒手。……何大金竟做出了这样的勾当，而且事后还能如此心安理得地占据我的身体。……"③ 之后的秋瑾也是无比的感伤："人在为情所困时，太容易感到劳神，也太容易绝望。为了活下去，势必会选择某个立场，尽管深知这一立场最终会导致自身殒命。就这样，在受私情所扰的情况下，我根本无法镇定地去制定战术。抛弃了之前所谓的立场，站在人的角度上自说自话，其实只不过是从一个女人的视角进行观察。偶尔会事先思考再加以行动，结果却亲手破坏了制定好的作战计划。总觉得人生的要事就在眼前，自己活着却像行尸走肉般随波逐流。最终，自

---

① 徐静波：《近代日本文化人与上海：1923—1946》，上海人民出版社 2017 年版，第 430 页。
② 堀田善衞：「歯車」，『堀田善衞全集 1』，筑摩書房 1974 年版，第 275—276 页。
③ 同上书，第 278 页。

第五章 堀田善卫战争小说论

然是一败涂地。"通过营救黄失败这件事,秋瑾对自己的工作、对政治有了更加深入的思考:"从何时起政治特工不再适用社会普遍的道德观念,又是从何时起,这份工作彻底模糊了刚正不阿与卑鄙无耻的界限。所谓政治组织啊,要愈发精致,就愈需有人流血牺牲,不见血是什么事情都办不成的。"①

上文已经提及,堀田于1947年1月回到日本后,开始整理自己的思绪,反思自己在上海的生活,内心十分复杂。在这些情感之中他首先谈到了所厌恶的政治与战争:

> 政治既是人类的,又是非人类的,或者说非个人的。从很早开始战争就成为政治的结果,并为政治所利用。对于这两件事,我目前还未能在头脑中好好总结。但是,对于政治和战争带来的人类命运的改变,或者命运的加速,我十分心痛。而且,即便处于政治、战争等各种纷繁复杂的事件之中,仅就这命运而言,我大概还是会执着于自己的内心。现在,政治、战争等各种剧烈动荡正在发生,我在这动荡的底部或迟钝或敏锐地触及了真实的人类命运,这些命运的方向也可能会被改变。②

这些感想应该是基于他战时在国际文化振兴会和国民党中央宣传部对日文化工作委员会工作的经历,也形象化地表现在了小说之中。

从堀田善卫归国到小说的发表时间来看,中间酝酿的时间并不长,但其中应该充满了激烈的波动。堀田善卫回国后不久表示:"距

---

① 堀田善衞:「歯車」,『堀田善衞全集1』,筑摩書房1974年版,第277—278页。
② 堀田善衞:「上海で考えたこと」,『堀田善衞全集12』,筑摩書房1974年版,第124—125页。

战争结束已经过去很长一段时间了，这段时间以来，我们经历了从未有过的复杂情感。我再一次切实感受到这个世上任何事情都有可能发生。我感受到的各种情感中包括残酷的情景、悲哀、不可思议的纯真解放感和新的拘束感以及对去世人们的思念。只有自己经历过的才是无可动摇的事实。但是我想，时间最终还是会像自然那样大发慈悲，各种碎片化的感情元素会渐渐融合起来，我们每个人到底会朝着怎样的方向发展呢？"① 在思考中，作者呕心沥血创作出了这部作品。

第三节　个人主义、民族主义与国际视野
——《广场的孤独》

《广场的孤独》的前半部分发表在1951年8月号的《人间》杂志上，而后由于该杂志停刊，同年9月，《中央公论文艺特集第九号》将小说全文刊出。作品一经发表便引起强烈的社会反响，次年堀田善卫凭借《广场的孤独》《汉奸》等获得了第26届芥川奖，确立了作为"战后派"代表作家的文坛地位。

在作品的后记部分，堀田善卫谈到了创作的初衷："现代社会的个体形象，无论在过去还是未来，抛开作为政治两大顶峰的战争和革命之现实是无法确立的。这里收录的两部作品（《广场的孤独》《齿轮》），其中发生的事态都伴随着流血事件，对此我感到悲伤、愤怒和恐惧，作品也因这些情感而被创作出来。"② 从此可以看出，这部作品的政治性很强。本多秋五指出，《广场的孤独》一开始就是一部政治性很强的小说，其中不仅是日本国内的政治，还涉及国际政

---

① 堀田善衛:「上海で考えたこと」,『堀田善衛全集12』,筑摩書房1974年版,第124頁。
② 堀田善衛:「『広場の孤独』あとがき」,『堀田善衛全集1』,筑摩書房1974年版,第479頁。

第五章 堀田善卫战争小说论

治,"可以说,它是一部叙述以日本国内的视角看国际关系的小说,或者是描写位于国际关系中的日本和日本人的小说"。①

由于作品政治意味较浓,故而显得深奥难懂,在芥川奖评奖时,评委们的态度也是褒贬不一。佐藤春夫大力推崇该作品,他表示:"虽然没有时间阅读其他作品并进行比较,但是读了《广场的孤独》,至今为止我连续担任了十年左右的评审委员,……觉得堀田尤其突出。"坂口安吾和宇野浩二则强烈反对小说获奖,坂口安吾表示:小说中存在一个外国老富翁,他和作品的主人公夫妻都有关联,如果这是事实的话,小说的重心理所应当地应该向那方面偏移。宇野浩二则表示:"《广场的孤独》在这次的候补作品中是一部几乎没有任何小说特色的小说。但是作家写了迎合当今时代的东西,也陈述了与之相应的道理。另一方面,虽然有值得阅读的地方,但是很空洞,虚构就是虚构,没有真实的感觉,也就是说,几乎没有打动读者内心的东西。"② 以上的反对意见可以归纳为作品完成度上的问题,即作品有些部分不太自然,在刻画人性方面还留有空白,情节并不是很绵密。而众多将作品视为战后日本文学的转折点的评论家多是关注小说与时代的关系,以及其辐射出的政治意义和时代意义。

《广场的孤独》以朝鲜战争的爆发为背景,讲述了青年翻译木垣幸二在上海经历战败后,回国以翻译外国新闻谋生的故事。在工作的过程中,他接触到美国记者亨特、前奥地利贵族提尔匹兹男爵、日裔二代土井、国民党记者张国寿、共产主义青年御国等人。通过与他们的交流和翻译外国新闻,木垣逐渐意识到刚刚战败的日本已经沦为美国在亚洲的前沿阵地,并以"军需景气"的形式再次卷入战争。在当局主导下,社会舆论全面右转,包括新闻工作者在内的广大民众对战争抱有一种非理性的期待,以自觉或不自觉的方式成

---

① 本多秋五:『物語戦後文学史』,新潮社 1979 年版,第 578 页。
② 同上书,第 580—583 页。

为战争"帮凶"。和他人一样"犯罪"的同时,上海生活的经历促使木垣用国际视野思考正在发生的战争及日本未来的命运。这些思考一方面带给他巨大的迷茫,一方面也促使他不再逃避战争,最终决定留在日本,并用写作的方式记录自己内心的思考与彷徨,以期实现自我救赎。

作品中写道:"对木垣而言,一九五〇年七月某日,疲惫不堪地坐在咖啡馆椅子上的,似乎并不是那个叫木垣幸二的特定的人,而是一个可以替换成任何人的任意人物。"① 但是从木垣的人物设定来看,他通晓外语,并曾在上海经历战败,所要撰写的小说名为《广场的孤独》。所以从某种程度上说,主人公木垣幸二其实是堀田善卫自身形象在书中的投射。通读文本可以发现,木垣身上同时展现出个人主义、民族主义、国际视野这三种性格特征,并且这三者之间存在一定的逻辑关系。

一 个人主义

个人主义是在西方文化演变进程中逐渐生成的,在不同时期和社会环境下有不同的内涵。《不列颠简明百科全书》中对个人主义有如下定义:"极为重视个人自由的政治和社会哲学。……个人主义者的一切价值都是以人为中心的;个人本身具有至高无上的价值,所有个人在道德上都是平等的。……个人应该有权利在没有政府擅自干涉下,按照他们自己的方式选择他们的生活和处理他们的财产……"由此可见,个人主义重视个人自由与价值,反对以政府为代表的集体或体制对个人权利的干涉。木垣幸二的个人主义主要体现在以下两个方面。

首先,个人主义隐藏于木垣幸二的身份设定中。木垣的人物设定就暗含着个人主义因素。木垣通晓英语,翻译过外国小说,是一

---

① 堀田善衞:「広場の孤独」,『堀田善衞全集1』,筑摩书房1974年版,第309页。

第五章　堀田善卫战争小说论

个类似小知识分子的角色。可以想见，在学习英语的过程，木垣或多或少会接触到西方文化；而翻译外国小说则会加深他对西方思想的理解。其接触的西方思想文化中，极有可能包含个人主义——这一形成于西方文化演变中的政治和社会哲学。在接触个人主义的过程中，木垣不可避免地会受到个人主义的影响。

其次，木垣对集体的排斥态度与恐惧心理是其个人主义的重要表现。书中出现了两个"集体"：代表"左"的共产党和代表"右"的政府。木垣内心拒绝加入其中任何一方，但其拒绝的原因并非仅限于不认同"集体"的思想或所要达成的目标，重要的是在木垣心中，这两个"集体"都会对个人造成伤害。在和共产党员御国接触的过程中，木垣对共产党的认识发生了变化：刚开始时，他认为共产党与自己无关，甚至试图划清自己与共产党员之间的界限。在初次见到御国时："木垣不由得凭直觉认为，这个叫御国的青年绝对是个党员。但在这个以反动著称的报社的涉外部，容忍党员存在的可能性，应该没有吧……"①

木垣承认报社和共产党员之间存在不可调和的矛盾，但他以一个旁观者的角色看待这种矛盾。在御国询问木垣的家庭情况时，木垣回答：

> 我有一个女孩，马上两岁了。总之，生活还是很贫困的，但也不至于过不下去，只要有甘愿做任何事情的精神准备。但是像你这样的——"党员"一词已到嘴边，他猛然打住——"人"，不可能什么都去做的，翻译侦探小说是最来钱的活儿，但那属于资产阶级的娱乐，的确会让人从革命热情中疏离出来的。②

---

① 堀田善衛：「広場の孤独」，『堀田善衛全集 1』，筑摩書房 1974 年版，第 294 頁。
② 同上书，第 307 页。

翻译侦探小说是"资产阶级的娱乐",也是木垣所从事的工作。此处木垣以共产党员不会参与"资产阶级的娱乐"为由,划清了自己与共产党员的界限。随着和御国交流的深入,木垣逐渐意识到,共产党掌握着解决当时日本所面临问题的答案,因此对共产主义者产生了好感甚至是钦佩之情。例如,木垣在听到御国对法国共产党机关报被命名为《人道报》的解释后,感到发自内心的敬佩。"他凝视着御国那张富有弹性甚至称得上美丽的脸,心中暗想,他的理论毫无暧昧的阴影!没有丝毫暧昧的理论,必然不是常人的理论,而应该是誓死战斗者的理论吧。然而,不战斗、不流血就获取了和平获得了人性化生活的先例,又何曾有过?……"①

当意识到日本已经因美国统治而呈现出一派殖民地景观时,木垣想从共产党那里寻找民族问题的出路,认为共产主义者掌握着解决民族问题的答案。"木垣被一股冲动驱使着,他想对走在身边的御国说出自己的感想。御国是共产主义分子。共产主义应该是唯一敏锐关注到民族问题,并试图从根本上加以阐述的思想了。"②

但对共产党理念的认同并未改变木垣对于入党的态度,他自始至终都未曾考虑过加入共产党。在御国向他提议入党时,木垣心里正在考虑别的事情,并对入党的建议感到愕然。而木垣拒绝入党的关键就在于:党会对个人的生活造成干扰。这正是个人主义的重要表现。当御国向木垣询问家庭情况时,木垣感受到集体对个人私生活的介入,并因此对御国和他所代表的共产党产生了强烈的排斥。

  一瞬间,御国用似乎能看穿木垣内心的锋利目光,紧紧盯着木垣的眼睛。木垣接受了他的凝视,想到党员(他这样认定)同志之间是不是也会互相介入彼此的私生活,进行批评和自我

---

① 堀田善衞:「広場の孤独」,『堀田善衞全集1』,筑摩書房1974年版,第339—340頁。
② 同上書,第342頁。

第五章　堀田善卫战争小说论

批评？那当然可以体现人与人之间强烈的连带关系和同志关系，但同时他感到，那将是自己难以忍受的。

"感觉像是在被你审问一样。"①

和御国接触一段时间后，木垣逐渐意识到投身集体的好处：集体中的人会比孤立的个体拥有更加强悍的精神，至少在精神上得到救赎。而这恰好可以解决木垣所面临的迷茫与彷徨。即便如此，木垣向御国询问如何解决自己的迷茫时，仍旧是以保持个体独立、不加入组织为前提的。

> 原来如此。这么说，不论在多么恶劣的环境下，党员至少在精神上总会得到救赎的。但党员之外的个人又会怎样呢？那些苦恼于你所说的为了生活而必须弄脏双手，却又不能像你们那样通过对组织的信仰和对理想的实践来解决这些问题的人，该怎么办呢？②

书中出现的代表"右"的政府，并不仅限于通常意义上的政府机构，而是包含军队以及与政府持相同立场的媒体在内的大体制环境。木垣一直认为这一环境下，个人隐私无处遁形，而这正是对人生而为人的尊严与自由的无情践踏。"他（木垣）想起在部队时，要做些个人的私密的事情，都是要在厕所里。在个人的隐私被彻底无视的社会里，每一个人的秘密都是以蹲便的姿势，盘踞在各自的心底。"③

在高度体制化的军队中，个人私事只能在代表不洁和废弃的厕所中解决，个人秘密只能以蹲便———一种私密的形式存在，不能表

---

① 堀田善衞：「広場の孤独」，『堀田善衞全集1』，筑摩书房1974年版，第306页。
② 同上书，第307页。
③ 同上书，第331页。

现出来，否则就会受到体制的无情伤害。这和安冈章太郎在小说《逃亡》中寻找私密空间如出一辙。

当意识到自己将被报社聘为正式职员时，木垣犹豫了，他犹豫的原因并不是收入多少，而是进入报社后，有可能因体制的干涉而失去选择的自由。

> 如果是自己被聘为正式职员，又该如何答复？这个决断所关联的不只是每个月的定额收入问题。选择！选择！没有选择的自由，就不是真正的自由。①

综上所述，木垣没有在"左"和"右"任何一个集团中做出选择，原因并不单纯是不认同两方的政治理想，更多地源自对体制、集体、集团等会侵犯个体自由的担忧。个人之所以能凝结为一个集体，必然包含着人与人之间的妥协。集体为了巩固自身，会促成这种妥协，在这一过程中，个体的需求有可能被压制，由此带来隐私的暴露等对个体的伤害。因此，在个人和集体中间，木垣总是选择个人。

二 民族主义

一般认为，民族主义即是对自己的民族或国家的忠诚与付出，即把国家的利益置于个人利益或其他团体利益之上。从其定义来看，国家利益优先于个人利益。国家是集体的一种，这意味着民族主义要求个人为国家这一集体服务甚至牺牲，在一定程度上与个人主义所崇尚的个人自由、价值相对立。但这二者却同时出现在木垣身上。

木垣家附近住着因曾在共产党报社工作而被开除的K，K为了谋生常向木垣兜售英国货和美国货。木垣认为："可是不管那些产品

---

① 堀田善衛：「広場の孤独」，『堀田善衛全集1』，筑摩书房1974年版，第341页。

第五章　堀田善卫战争小说论

如何便宜如何优质，兜售那些产品对于民族产业而言，难道不是一种冲击行为吗？"① 此时木垣考虑的不是"左""右"之争中，作为个人的 K 受到了怎样的伤害，而是在关心个人谋生的手段会给国家利益造成伤害，即将国家利益置于个人利益之上。

土井是一个曾经拥有美国国籍的日本青年，他的言行举止中处处流露出美国和西方风格。木垣对此极为不满。一次土井因为要加班采访来日的美国游泳选手，打电话给报社，希望报社提前做好保障工作。

"今晚十二点半，美国游泳选手团抵达羽田。我要去采访那些家伙。替我说一声，相机和车我都要通宵用了哦。宵夜就给我预订四人份寿司吧。OK？"

尾声上翘的 OK 还未完整落下，土井也不等回话就挂上了电话。他误以为对方是勤杂员了。这倒无所谓，可是一种莫名其妙的怒火涌上木垣的心头，他脱口吼道：

"四人份寿司，行！四百人份也行！都给你订上！"②

木垣并不是因被误认为是勤杂员而生气，土井最后一句尾声上翘的"OK"真正激怒了他。木垣本身带有日本传统民族意识，这从他写假名时习惯写"ゐ"而不是"い"就能看出来。同时，木垣内心非常渴望保护日本民族的独特性和纯洁性，这导致他担忧美国的统治会使日本陷入一种沦为殖民地而不自知的状态。例如，在夜总会看到年轻的日本女子为洋人服务时，木垣觉得：

她说的话里，似乎还处处带有养育她的日本乡下的泥土气。

---

① 堀田善衞：「広場の孤独」，『堀田善衞全集 1』，筑摩書房 1974 年版，第 300 頁。
② 同上書，第 304—305 頁。

这样的女性，裹着奇形怪状的衣裳，与不明底细的外国人接触，到底会发生什么？如果这个女人有一天生出孩子的话，到底会是怎样的孩子呢？在这个女人背后的，是包括了木垣自己在内的整个日本的图景——在那样的图景里，一个个的外国已不只是在地表上和日本连结起来，某些部分应该早就钻入到了子宫的深处……①

美国占领日本后，日本女性与西方男性交往不可避免，但在交往中处于劣势。而这种男女关系其实也正是当时日本与美国关系的缩影。木垣不知道这些为洋人陪酒的女孩会生出什么样的后代，其实是在担忧被美国统治的日本将会因西化而变得不伦不类。土井无意中使用的尾声上翘的"OK"，正是日本年轻人在潜移默化中被西化的表现。木垣因此而感到愤怒。除此之外，木垣的民族主义还表现在统一对国家认知的渴望中。"进入战后期已有五年，可是在我们之中根本没有形成一个对祖国的统一的认知，在任何人看来，祖国都是含混不清的。木垣一想到这里，刷地站了起来。"②

在一定程度上来说，"统一的认知"正是对个人思想的抹杀，但在民族和国家认知上，木垣不能忍受个人主义所带来的分裂和模糊，而是要求国家优于个人，统一压倒分散。

三　国际视野

《广场的孤独》展现了朝鲜战争这一时代背景下的人物选择。当大多数人为战争带给日本的景气而感到欣喜之时，作为主人公的木垣却以一种超越日本一国得失的国际视野，从亚洲、东方、全人类的角度看待这场战争，小说的内涵因此更加深刻。这也是堀田善卫

---

① 堀田善衞：「広場の孤独」，『堀田善衞全集1』，筑摩書房1974年版，第325頁。
② 同上書，第338頁。

第五章 堀田善卫战争小说论

经历战败所获得的视野。

木垣的国际视野首先体现在他跳出了自明治以来日本长期宣扬的"脱亚入欧"口号,转换了"日本是居高临下的侵略者"的认知,认识到日本陷入一种"被殖民"的状态,并因此回归对亚洲国家和东方国家的身份认同。例如,在看到横滨充满西洋风味的街道时,木垣心想:

> 这里无论哪一栋建筑的招牌,都是横写的洋文。难道是有了与外界隔绝,在外国租界里被保护着的感觉?不时疾驰而去的汽车,与周边的建筑异常协调。像这样把了无生机的现代景观看作令人神清气爽的景致,对生活在潮湿风土之中的人而言,从清洁卫生的角度来说也是必要的。然而在这风景的背后,抑或在这些建筑物的正下方,与其相对的,居住在简陋瓦房或稻草屋顶的土屋中的日本民众、亚洲民众——殖民地、半殖民地以及被占领国国民的思考,必然是无法笔直伸展开来,注定要在某一个地方遭受挫折和挫败。①

这里的街道正符合"脱亚入欧"的口号:洋文、现代化的交通工具、卫生清洁……但却也是被殖民、被西化的典型特征。在现代文明的外壳下,日本人民自身的思考被压抑。不仅日本如此,整个亚洲都处在这样一种被殖民的环境下,久而久之,人民也会被奴化。在看到为洋人擦车的日本少年时,木垣从他们的神态中看出了和其他殖民地人民相似的、遭受长期压抑后思想的奴化。

> 对啊,那不是和战争期间在香港、上海、西贡、新加坡为日本人擦车、擦皮鞋的少年,以及为日本人看门、开车的成人

---

① 堀田善衞:「広場の孤独」,『堀田善衞全集1』,筑摩書房1974年版,第327頁。

的表情别无二致吗？中国人、安南人、印度尼西亚人、菲律宾人、印度人、白俄罗斯人等等，他们在日本人的眼皮之下，就和眼前这些擦车少年几乎是同样的神态。此外，还有在横滨见到的那些劳动者的浑噩的表情，还有把他看成间谍的酒馆里的那些人、身着万国旗似的衣服的青年男女……那肯定也是木垣自己的表情，也很难说不是张国寿的表情。毋宁说看不出这副表情的，恐怕只有菩萨像了。少年们的眼神和嘴角，都明显地证明，现在的日本人与那些亚洲人处在同一水平线上。①

木垣为殖民地人民的奴化感到痛心，此时他思考的已经不单单是日本如何摆脱美国的奴役，而是东方国家、殖民地半殖民地国家如何共同反对西方国家、殖民者的统治，进行自救、实现独立的问题。

其次，木垣还以全人类的视角思考战争，他认为东西方之间、殖民者与被殖民者之间并非真正的敌对关系，战争本身才是全人类共同的敌人。

"更准确地洞见"又能怎样？朝鲜正在经历着战争。难道我的一生，就将在更准确地洞见中睁着眼睛死去吗？我们以及朝鲜的青年、中国的青年、美国的青年、俄罗斯的青年、法国的青年、英国的青年、德国的青年、日本的青年，难道是为了更准确地洞见战争而生的吗？敌人，敌人，战争就是敌人。②

此时的木垣跨越了东西方的身份阻碍，呼唤世界各国的青年，不再对战争袖手旁观，而是试图做出改变。

---

① 堀田善衞：「広場の孤独」，『堀田善衞全集1』，筑摩書房1974年版，第345—346頁。
② 同上書，第341—342頁。

四 个人主义、民族主义与国际视野之间的关系

从个人主义和民族主义的定义来看，二者似乎呈现一种对立关系：个人主义强调个人权利与自由的至高无上，民族主义却将国家利益置于个人权利之上。民族主义和国际视野之间似乎也难以相容：民族主义强调本国利益第一，似乎无法从国际视野出发看待本国之外的世界命运。但这三者却在木垣身上共存。实际上，在木垣看来，民族与国家利益是实现个人利益的前提；其民族主义也因重视个人利益与国际视野而认清了殖民与战争的罪恶，从而摆脱了民族主义中偏狭与沙文主义的要素，呈现为一种较为温和、正义而非侵略、进攻性的民族主义；木垣在国际视野下思考二战后日本作为一个弱小个体，如何在战后大国主导的国际秩序中生存，其实是个人主义引导下所做的关于个人与集体关系思考的国际投射。三者呈现出如下图的关系。

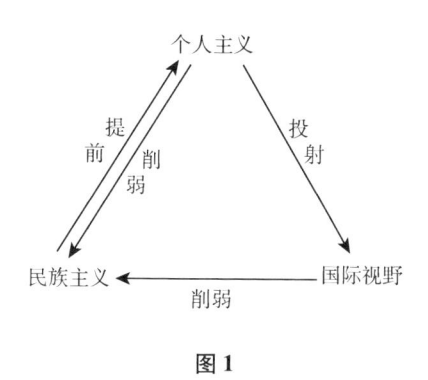

图1

在报纸上看到萨特与莫利亚克关于法国是否应该依靠美国并反对共产主义的争论后，木垣开始质疑自己："我是一个民族主义者吗？在他看来，国家的独立与精神的独立是互为一体、密不可分的，这种认识近乎偏执地根植于心底。"①

---

① 堀田善衛:「広場の孤独」,『堀田善衛全集1』,筑摩書房1974年版,第298—299頁。

此时木垣的民族主义与个人主义同时显现,但民族主义占据上风,因为在木垣心中,日本只有摆脱美国的控制,实现独立,个人才有可能实现精神独立,不再被奴化。

二战期间的日本被狂热的民族主义所支配,给包括日本在内的整个亚洲带来了灾难。木垣虽怀有民族主义,但当他看到日本呈现出被殖民的景象时,所想的不仅是日本如何摆脱这种状态,更联想到在上海时自己作为殖民者看到的殖民地景象。

>环顾四周,那些不知是外国人小妾还是有钱人家千金的女人与身着毛卡叽上衣的身单体薄的青年正随着占领军广播里萎靡的旋律摇头晃脑。而那些身单体薄的青年人,与战前曾经充斥于上海舞厅的中国青年几乎别无二致。①

木垣的悲哀不仅局限于日本,而是扩展到整个亚洲甚至是整个东方。其性格中的个人主义因素对个人的关怀使其反对体制化的、给个人带来伤害的战争。因此,木垣的民族主义没有发酵成狂热的、狭隘的、带有进攻性的民族主义,而是逐渐演化成一种殖民地如何反抗殖民者、民族正义如何反抗压迫与剥削的民族主义。这种民族主义虽然强烈,但不失温和。

木垣的个人主义没有局限于单纯的个人与集体关系,他从国际视野出发,将个人与集体的关系投射到战后的国际环境中,并期待日本能够做出个人主义引导下的选择。在被亨特询问日本为何不思考如何不依赖美国靠自己的力量自卫时,木垣回答:

>军事武装在宪法中是被禁止的,而且在今后的战争中,单凭一国之力进行抵抗,除了美苏之外,任何一个国家都不再可

---

① 堀田善衞:「広場の孤独」,『堀田善衞全集1』,筑摩书房1974年版,第305页。

第五章 堀田善卫战争小说论

能。因此，法国才在思考，日本也在思考。如果萨特和纪德也会反驳莫里亚克的话，那一定是因为莫里亚克的想法是植根于恐惧的。恐惧动摇了对判断标准的信心。一旦世界失去了共通的判断标准，那一切争论对于反方而言，就不再是思考的对象，而只被视为挑衅。那样一来，理性将无法发挥作用，历史就将抛开人类的思考与祈愿，自动滑向毁灭……①

在当时的国际环境下，以日本为代表的小国相当于个人与集体中的个人，而超级大国美苏及其阵营则相当于集体。萨特和纪德希望法国独立，承认共产主义政权，莫利亚克则希望法国追随美国，反对共产主义政权。在木垣看来，"莫利亚克的想法根植于恐惧"，这种恐惧是东西方阵营相互所怀有的恐惧。国家作为个体加入任何一方阵营后，必然会追随本阵营对对方阵营的恐惧，而丧失自己作为一个独立国家本身的判断，即"恐惧动摇了对判断标准的信心"，并失去理性，使整个世界陷入对峙乃至战争的深渊。因此，萨特和纪德希望法国能够摆脱阵营与意识形态的困扰，做出遵从法国自己内心与利益的选择——承认共产主义政权。木垣对日本也怀有这种期望：保持作为独立国家的个体理性，不被阵营与意识形态的集体所束缚，做出真正符合日本需要也符合全人类利益的选择。

如上所述，《广场的孤独》的主人公木垣幸二身上同时带有个人主义、强烈却温和的民族主义以及广阔的国际视野。这三种性格特征既来源于战争的时代背景，也来源于木垣在这一时代背景下的独特经历。这三种性格特征相互影响，给木垣带来迷茫的同时，最终促成木垣选择留在日本并以写作的方式与战争抗争的结果。

小说以"Commit"开始颇有深意，其意义为"参与，使……陷入危机"。有参与就会有对象，作品中的"对象"是多方面的，有共

---

① 堀田善衞：「広場の孤独」，『堀田善衞全集1』，筑摩書房1974年版，第301頁。

产党、政府机构、美国记者，甚至掮客提尔匹兹男爵等。这与战后初期堀田善卫处在共产党、国民党、日本人、南京势力等包围下的处境十分相似。木垣知道报纸、广播的战争报道和宣传是有倾向性的，但他也迫于生计加入其中，"参与"了进去。土井年轻的时候给日本宪兵队做翻译，无论出于什么样的目的，也"参与"了犯罪。将战争的文稿变成铅字，印成几十万份杂志撒遍全日本各个角落的图景，也是一种"参与"，主人公木垣为自己的"参与"而感到迷茫，同时也一直在思考着个体以及国家的前途命运。

日本战败之初，尚在上海的堀田善卫便开始了反思，"中日关系、东方的命运这样宏大的问题竟然与我自己渺小的人生、生活的苦恼联系到了一起，当我确信这一点的时候，自己不由得愕然失语。我不恐惧政治，但是政治是可怕的存在，实在不易对付"。① 反思使之将视野扩展到个体之外的国家、国际层面，这也不可避免地会涉及政治性问题。

本多秋五认为《广场的孤独》是一部事件小说，一部关系小说，换个角度来看，这是一部非常主观的小说，甚至可以说是抒情小说。② 木垣幸二的复杂性承载着堀田善卫的思考，作家也因《广场的孤独》跃至战后文学的第一线。栗原幸夫对该作品给予了很高的评价，认为作品受到推崇是可以理解的，"因为日本文学因该作品才拥有了战后即占领这一事件的文学表现。占领给日本带来的不仅仅是自由的理念和民主主义，在另一个民族统治的大背景下，它将日本牢牢地编入国际政治的网眼之中。而且在里面生存的日本人已经不再仅仅是战争的牺牲者和被害者，而是不论愿意与否都被强制参与的存在。这部作品极大地拓展了日本人的视野，让我们将视野扩展到支撑自己生活的脚下，审视自己的自由被放置在何种状况之下这

---

① 堀田善衛：「反省と希望」，『堀田善衛全集12』，筑摩書房1974年版，第121頁。
② 本多秋五：『物語戦後文学史』，新潮社1979年版，第581頁。

第五章 堀田善卫战争小说论

一存在主义问题,不仅如此,作品还让我们把目光投向亚洲……"①

第四节 堀田善卫战争小说的特质

堀田善卫于1971年发表的《方丈记随想录》是解读其文学思想的重要作品之一,作品的开头写道:"实话实说,下面我将要撰述的内容并不是关于我国古典文学鸭长明所著的《方丈记》的鉴赏,也不是对作品的注释,而是我本人的经验之谈。"② 他表示,从1945年3月18日东京大轰炸到他前往上海之前那几天时间,一直沉迷于阅读《方丈记》。栗原幸夫指出,堀田善卫对《方丈记》抱有浓厚的兴趣,原因在于他"从鸭长明这个人物身上发现了自己",他和鸭长明一样致力于前往第一线观察所发生的事情,在创作《戈雅》时也是如此。③ 一般认为,堀田善卫和武田泰淳的文学创作都与中国联系紧密,而战场体验的有无决定了两位作家在创作方向上的差异。堀田善卫虽然没有亲历战场,但从《方丈记随想录》可知,在离开日本前往上海之前,东京遭受空袭和之后的遭遇使他陷入了深深的思考之中,苦苦追寻而没有答案的难题一直困扰着他,使他的创作风格鲜明,内涵深刻。

1945年3月18日早晨9时前后,堀田善卫在一片废墟的东京永代桥附近看到了天皇视察受灾地区以及慰问民众的场景,只见人们"跪在地上,泪流满面,异口同声地小声说道:'天皇陛下,由于我们不够努力,这里就这样被烧得一干二净,真是万分抱歉。我们将奉上我们的生命……'"。这个场面让他"十分震惊",不由得思考:"变成这番光景的责任该如何来承担呢?有没有法子把这帮家伙全都

---

① 栗原幸夫:「解説」,堀田善衞『広場の孤独 ゴヤ』,新潮社1980年版,第391页。
② 堀田善衞:『方丈記私記』,筑摩書房1988年版,第7页。
③ 栗原幸夫:「解説」,堀田善衞『新潮現代文学29 広場の孤独・ゴヤ』,新潮社1980年版,第388页。

扔进海里去呢？责任不在制造出这些场景的一方，而在房屋被烧毁、家人被杀害的承受这些结果的这一方！怎么会有这么荒诞的事情！这种奇怪的倒错是怎么产生的?!"他表示这些内容是他"思考的核心。一个晚上的空袭造成的死伤人数达到十万人以上，即便这样，人们依旧不考虑生存的问题，只想着死亡，只想着前去赴死，这究竟是怎么一回事？人在存活之时应该努力地生活，而不是为了死亡而活着。政治到底是怎么运作的，让死亡成为了生存的核心？"伴随着这些困惑，堀田善卫感到对死亡负有责任的"最高责任人没有预兆地突然出现在眼前让人难以置信"，这一场景让人无法理解。①

堀田善卫认为日本统治者应该对东京的灾难负责，这种想法在他来到中国经历战败之后更加强烈。前文曾提及，竹盛天雄指出，战后派文学作品中流淌着罪责意识的代表作家是武田泰淳和堀田善卫。堀田善卫战争小说的主题之一便是罪责意识。他在《上海之思》（1947）中表达了对亚洲受害国的罪责意识，文中写道："距战争结束已经过去很长一段时间了，这段时间以来，我们经历了从未有过的复杂情感。……其中最突出的还是愤怒。令我感到十分愤慨的是，目前我还没有看到日本在言行上向东方各国人民道歉——这种无关乎政治的朴素情感。然而，有人认为，本应该表达歉意的身居高位的政客们由于成为了战犯所以无法谢罪，这完全是诡辩！虽说其中肯定有各种出于政治因素的考量，但我认为主要还是因为他们过于薄情寡义。"② 他的罪责意识还体现在对"汉奸"的态度上，这一点也是他与其他作家的不同之处。他表示："在战争中，即使是作为策动者的日本这一方，对于被叫做'汉奸'的人似乎也会有很多说法和批评。但是时至今日，那已经不是问题了。无论如何他们都是与

---

① 堀田善衛：『方丈記私記』，筑摩书房1988年版，第60—63页。
② 堀田善衛：「上海で考えたこと」，『堀田善衛全集12』，筑摩书房1974年版，第124—125页。

第五章　堀田善卫战争小说论

我们日本人同进退的人。……我在那些'臭名远扬'的'汉奸'中并没有认识的人，但是对于我这样一个渺小的日本人来说，看到他人被枪杀的残忍照片，我惭愧至极。"① 即在他看来"汉奸"被处死的责任在"策动者"日本，这种认识延续了他对离开日本之前所见所闻的思考。

堀田善卫战争小说的主题之二便是深入探寻战争背后的政治因素及个体的觉醒。如上所述，在东京永代桥附近目睹了市民对天皇的态度之后，堀田善卫陷入了深深的困惑之中，并且感到"战争期间的这些日子，3月18日之后，我身上背负着这种疑惑，它对于年轻的我来说过于沉重"。在阅读了《方丈记》以及经历了诸多事件之后，他想到了一个词语来解释心头的困惑，那便是"无常观的政治化"。因为"政治如果不利用某些因素，其本身无法运作。因此政治利用一切可以利用的东西。而无常观便可以成为最有力的武器"。②

战争是由政治引发的，是手段而不是目的，堀田善卫对政治的关注与思考也使他的文学更加深刻。堀田善卫回顾说：他从1949年开始陆续发表了一些以中国为素材的文章，那时他碰到了两个问题，其中之一便是战争问题。通过在上海的战败体验，他冲破了艺术至上主义的牢笼。③ 在挖掘战争背后深层次的问题时，不可避免地要触及政治。他说："政治具有强烈的人性因素，同时又是十分机械的理性的。更确切地说，它是非个体性的存在。从很早开始战争就成为政治的结果，并为政治所利用。""对于这两个方面，我目前还未能完全理清。但是，对于政治和战争带来的人类命运的改变，或者命

---

① 堀田善衛：「上海で考えたこと」，『堀田善衛全集12』，筑摩書房1974年版，第125頁。
② 堀田善衛：『方丈記私記』，筑摩書房1988年版，第66—69頁。
③ 堀田善衛：「私の創作体験」，『堀田善衛全集13』，筑摩書房1994年版，第130—131頁。

运的加速，我十分心痛。而且，即便处于政治、战争等各种纷繁复杂的事件之中，仅就命运而言，我大概还是会执着于自己的内心。"[1]执着于自己的内心便要求自己有所行动，堀田善卫坚定决心要做一名行动者，摆脱困顿的局面。这种思想也体现在《广场的孤独》之中。木垣幸二刚开始在多方势力的拉拢下左右徘徊，举棋不定。他想离开日本这个是非之地，却把希望寄托在一个外国掮客身上。最终他烧掉了对他和妻子来说十分重要的资金，这一行为表明，"个人要摆脱这种境遇、完善自我只有依靠战争（朝鲜战争）利润的分成才能够完成，他对此已经抱有自觉，并坚定地拒接了这种外财"。[2]可以说木垣的行为体现了他的觉醒。

堀田善卫国际性的视野在他的战争小说里也有充分的体现。在上海的战败体验决定了他的日本观、中国观以及对日本人的看法等，使他能够跳出日本人的立场观察日本和日本人。他在一系列日记和《祖国丧失》等作品中，将自己定位为一名丧失了祖国的人。正因为如此，他才能够以更加强烈的心情审视祖国日本，在整个变动的世界中观察日本。前述关于"汉奸"的思考也体现了他的国际性视野。他说：

> 在我们看来，汉奸就是中国人，这就和我们并不区别看待战争时期抗战地区的人和沦陷地区的人一样。但是现在，汉奸已不是中国人了，已经不存在了。汉奸这个词译成英语是"traitor"，就是背叛者，是背叛自己祖国、民族和历史的人。对他们来说，人生中仅剩的只有人类和个人的命运。祖国昌盛或者灭亡和他们都没有关系。对……汉奸的存在就是一种无言的警告。"国际"

---

[1] 堀田善衛:「上海で考えたこと」,『堀田善衞全集12』,筑摩書房1974年版,第125頁。

[2] 佐々木基一:「解説」,『日本文学全集67 堀田善衞集』,新潮社1962年版,第491—492頁。

第五章　堀田善卫战争小说论

现在已然不再是一种观念了，已经走在现代的道路上，迈向现实了。而且当下的日本可能已经国际化了。国际与人性的关系这一问题是今后思想界应该解决的大问题。①

从这段话可以看到堀田善卫敏锐的前瞻性和国际视野。而《广场的孤独》则更能体现他的这一特质。本多秋五指出："将战败后的日本视为世界的一部分，将其放到国际关系的框架中去审视，这项工作早晚都要有人来做。完成这项工作的是《广场的孤独》，小说一经发表便反响热烈，我觉得这是因为它让广大读者恍然大悟，让大家思考自己现在处于何种环境之中。"②堀田之后发表的《历史》《时间》的舞台是中国，其视角则可以追溯到《广场的孤独》。

基于自身的经历，堀田善卫的文学与历史紧密相连，作家通过作品仔细地审视历史，向历史发问、与历史对话，以此来考察战争、政治以及文学的意义，其中毫无疑问也包含了亚洲各国人民十分关注的日本人的历史认识问题。同时，也是基于自身的经历，他获得了一个与众不同的视角，即跳出日本和日本人的立场来思考日本和日本人究竟是何种存在。这种时间性与空间性使得堀田善卫的文学世界异常深刻、别具特色，值得深入研究。

---

①　堀田善衛：「上海で考えたこと」，『堀田善衛全集 12』，筑摩書房 1974 年版，第 126—127 頁。

②　本多秋五：『戦後文学の作家と作品』，冬樹社 1977 年版，第 266 頁。

第六章 战后派战争小说概论

前文对战后派代表作家的战争小说进行了解读，本章拟在此基础上对战后派战争小说进行综合性的考察，分析战后派作家的战争体验与创作，战后派战争小说的主题、艺术手法、日军形象以及战争认知等，以便我们能较好地把握其整体特点。

第一节 战后派作家的战争体验与文学创作

战后，面对大片的废墟和匮乏的生活，日本人开始重新审视这场战争，去认真思考自己经历的战争究竟是什么。战后派作家以不同的方式经历了战争，这段战争体验不仅是他们战后从事战争文学创作的原动力，而且影响其创作的内容、主题、叙事风格乃至对战争的认识等。本节将在考察战后派作家战争体验的基础上，着重分析他们是如何把这种体验文学化，创作出一系列战争题材的文学作品的。

一 战后派作家的战争体验

从广义的角度看，与战争有关的生活经历都可视为战争体验，大致包括以下四方面的内容："第一，后方的乃至于司令部高级军人在战争中的情况；第二，前线的军人、士兵特别是牺牲者在战争中

第六章　战后派战争小说概论

的处境；第三，没有参战的一般平民在战争中的境遇；第四，被侵略国家人民在战争中的遭遇等。"① 具体到个人而言，在战争的不同时期可能会扮演不同的角色，经历不同的体验。总体而言，战后派作家属于"在1933年（昭和八年）前后左翼人民解放运动退潮期之后度过了其精神形成和个人成长时期，体验了法西斯和战争的所谓'暗谷'（荒正人语）的三十多岁的知识分子，以及个人成长时期都在1937年（昭和十二年）以后的战争时代的知识分子"。② 他们在军国主义的高压统治时期度过了青春岁月，有人在法西斯势力的淫威面前脱离了左翼运动，有人被征兵驱往战场经受了血与火的洗礼。其战争体验主要可概括为"暗谷"体验和从军体验。

（一）"暗谷"体验

1917年俄国十月革命胜利后，马列主义在日本迅速传播，并逐渐同日本革命实践相结合。20年代末至30年代初，日本的工农运动蓬勃发展，无产阶级文学也迎来鼎盛时期。在此背景下，"第一批战后派"的大多数成员都参与过左翼运动，接触过自由主义、马列主义，能够以批判的眼光看问题。但是，日本从1931年制造"九一八事变"发动侵华战争后，开始强化法西斯统治，疯狂镇压工农运动，限制言论自由。在法西斯势力的高压政策下，日本共产党领导人发表"转向声明"，放弃了之前的信仰和追求。受此影响，包括战后派在内的很多人也纷纷"转向"，脱离了左翼运动。

武田泰淳读高中时参加了一个左翼的反帝小组。1931年，他考入东京大学。因和同学去中央邮政局散发传单被捕，被拘留一个月后获释。之后，他又三次被捕，最后在父亲的劝说下放弃了左翼运动。翌年，从东京大学退学。椎名麟三在宇治川电气（现山阳电力

---

① ［日］田中正俊：《战中战后：战争体验与日本的中国研究》，罗福惠等译，广东人民出版社2005年版，第4页。
② 村松剛等：『昭和批評大系　第三巻（昭和20年代）』，番町書房1974年版，第520—521頁。

铁道）做乘务员时加入日本共产党，1931 年被特别高等警察逮捕。他在狱中读了尼采的《看哪这人》，以此为契机"转向"，立志从事文学创作。埴谷雄高青年时期受施蒂纳（Max Stirner）的《唯一者及其所有物》的影响，对个人主义的无政府主义抱有强烈的同情。与此同时，他对列宁《国家与革命》中讲述的国家的消灭寄托了一缕希望，于是接近马克思主义，加入日本共产党，专门从事农民团体"全农全会派"的地下活动。他被捕后度过了一年七个月的狱中生活，通过形式上的"转向"获释。出狱后从事经济类杂志的编辑工作，迎来了战败。野间宏高中时期开始接触马克思主义，阅读了马克思、恩格斯合著的《德意志意识形态》等著作后，决心参加共产主义运动。1935 年，他入京都大学学习，参加了《资本论》研究会等组织。1943 年初夏，野间宏参加社会主义运动的经历遭宪兵追究，被冠以违反"治安维持法"的罪名关进大阪陆军监狱，同年年底出狱。翌年在附加狱外监视的条件下重新服兵役，同年年底解除兵役后，因受过刑罚不能在原供职单位——大阪市政府复职，在一家军需公司就业迎来了战败。1946 年，他加入了日本共产党和新日本文学会。

（二）从军体验

战后派作家大多在二战末期入伍，在战场上经历了饥饿、疾病和死亡的威胁。如武田泰淳和堀田善卫主要在中国战场。武田泰淳1937 年入伍，作为辎重兵被派遣到中国华中地区，在军队从事一些事务性工作，1939 年退伍。1944 年，他赴上海，在中日文化协会任职，1946 年返回日本。堀田善卫 1943 年被军令部临时欧洲战争军事情报调查部征用从事调查工作，这使他更加关心公开报道背后潜藏的各种信息，也使他养成了收集国际知识的癖好。1945 年 3 月，他回到国际文化振兴会工作，被派遣到上海。日本战败投降后，他被中国国民党宣传部留用，继续待在上海，直至 1947 年回国。

第六章 战后派战争小说概论

野间宏和大冈升平都是作为补充兵入伍，主要是在菲律宾战场。野间宏1941年入伍，接受了3个月的训练，先被派往中国上海一带，后转赴菲律宾，参加了巴丹战役、科雷吉多尔战役。第二年因患疟疾被送回国内。此后，作为思想犯入狱半年，直到1944年才解除兵役。大冈升平1944年7月入伍，被送到菲律宾的民都洛岛，担负守备任务。1945年1月，他被美军俘虏，在莱特岛度过了10个月的医院生活和收容所生活后，同年12月被遣返日本。

岛尾敏雄和梅崎春生则一直在日本国内战场。岛尾敏雄1943年提前从大学毕业，志愿报考海军兵种预备生，进入旅顺海军预备生教育部。1944年2月，他成为第1期鱼雷艇学员，12月被分配到奄美群岛，任第18镇洋队的指挥官。他在岛上跟当地一个大财主的女儿长田美保热恋。1945年8月13日，他接到了准备发动"特攻战"的命令，但最终没有出战。"这些特攻队、恋爱和战败体验，可以说是决定了其后岛尾的生涯的极限性的体验。"[①] 梅崎春生1944年应招到佐世保的海军训练团，学习密码技术，成为一名密码员。因为觉得当士兵太辛苦，他翌年接受了下士官的教育，晋升为二等兵曹。后辗转于九州的陆上基地，直至战败。

二 战后派作家的文学创作

战后，人们开始谋求文学的重建，呼唤一种全新的文学取代战争时期为侵略战争歌功颂德、摇旗呐喊的"国策文学"。荒正人指出："发动战争，接着在战争中战败。三十岁上下的人大致经历了日本民族此前未曾经历过的重大事件。这成为构成战后文学的作家们创作活动最主要的土壤。"[②] 战后派文学就是为适应这种强烈的社会

---

① 伊藤整等：『新潮日本文学小辞典』，新潮社1979年版，第566页。
② 渡辺正彦：「戦後の戦争文学の問題点：第一次戦後派およびその前後の作家を中心に」，『国文学 言語と文芸』1970年9月号。

心理对文学艺术的需求而诞生的。

　　作家的战争叙事不但受其战争观、历史观和文学观的影响，也与其战争体验密切相关。而关于战争的记忆受社会、政治、文化等要素的制约，未必都是正确的或公正的。换而言之，战争记忆并不等于战争本身，会有和历史事实不相吻合的地方。战争记忆首先从个人以及家庭关于战争的体验开始，通过被作为故事讲述，由个人的记忆转为他人共有的记忆，进而成为社会共有的记忆。二战初期，日军在战场上进展顺利，对大多数日本国民而言，死亡仿佛是很遥远的东西。1944年7月，美军攻陷塞班岛后，开始从这里出动飞机轰炸日本本土。日本普通民众开始受到死亡的威胁，切身感受到战争的残酷，体味到丧失亲人之痛。从国家层面看，日本战时大肆宣扬"大东亚战争"，将侵略战争正当化。战后，日本政府不但不深刻反省战争，反而通过举办纪念广岛、长崎原子弹受害者的活动等强化日本人受害的记忆。其结果是日本人对日军战争期间的侵略暴行表现出"集体失忆"，美军空袭、原子弹爆炸、战败投降、美军占领等所谓日本人的受害成为他们最主要的战争记忆。

　　战后，战后派作家以自身的战争体验为素材，创作了大量的文学作品，深入地探讨了战争与人性等问题。在表现二战时，他们把焦点集中在太平洋战争末期，大书特书战地、军营的悲惨生活和战后的精神创伤。其作品内容大致可分为以下几类。

　　一是描写"转向体验"。如野间宏的《阴暗的图画》描写了20世纪20至30年代京都大学生的黯淡青春以及处于高压控制下的左翼学生运动。主人公深见进介虽然憎恨严酷的现实，但是为了自我保全没有参与左翼学生的抵抗运动，由此引起了同学的不满，自己也陷入了不安和痛苦之中。作品表现了知识分子在法西斯统治下的迷惘和苦闷，展示了革命进步活动与个人自我追求之间的矛盾和冲突，揭露了压抑自我追求的社会桎梏。椎名麟三的《深夜的酒宴》

第六章 战后派战争小说概论

(1947)以一个曾被捕入狱的日本共产党党员须卷的日记的形式,描绘了战败初期下层日本人的困苦生活,揭示了转向体验者的特异面貌,带有作者转向体验的深深烙印。埴谷雄高的《死魂灵》(1946)以1935年前后左翼的转向时期为背景,以出狱的3个青年为主要人物,涉及了人类意识、人类自身革命和宇宙等命题,含有放弃革命思想、背叛革命政治的"转向"者站在自我合理化立场的独断的、观念的"革命"论。

二是描写战场和军营生活。主要描写日军战场上的情况,披露过去鲜为人知的日军惨败故事和士兵真实的内心世界,暴露日本军队组织反人性的特点,并从各种角度探讨人在战争中的奇异行径,揭示人性中的阴暗面。其中,既有以日本国内战场为背景的作品,如梅崎春生的《樱岛》描绘了战败前夕日军基地的风貌,表现了一个知识分子出身的士兵在死亡的威胁下所感到的苦闷和绝望;岛尾敏雄的《出孤岛记》和《终于没有出动》,描述了驻奄美大岛的特攻队自1945年8月13日接到全体待命的通知到15日天皇发布停战诏书这几天的情况,刻画了作者和队员们的心理变化。也有以亚洲遭受日本侵略的国家为时空背景的作品,如大冈升平的《俘虏记》运用心理分析手法,描写了主人公"我"被俘的经过,反映了战争末期日本士兵的厌战情绪、败局的不可避免和战争对人性的摧残,并探讨了在生死存亡关头人的命运及其存在价值等问题。《野火》着重描写了"我"(田村一等兵)和其他日军在菲律宾战场上面临的饥饿和病魔的威胁,细致地刻画了"我"在极端饥饿的状况下,为了生存下去不得不考虑是否吃人肉时的复杂心理,提出了"吃人肉"这个深刻的伦理问题,把战争的残酷推向了极致。堀田善卫的《时间》通过一个中国知识分子的视角描写了日军占领下的南京,从中可看到作者对组织中的人的思考。野间宏的《真空地带》则以日本军队中的内务班为舞台,揭示了旧日本军队机构反人性的特征。

三是描写战争伤痕。这些作品多以战场上的幸存者为主人公，描写他们战后仍背负着战争的阴影，难以融入正常的社会生活，揭示战争给日本普通民众战后生活带来的深刻影响，尤其是给人们心灵上留下的巨大创伤。如野间宏的《脸上的红月亮》讲述了复员士兵北山年夫和战争寡妇堀川仓子相恋，当北山看到仓子脸上的一个斑点时，勾起了对战争往事的回忆，联想到一次月下行军时自己对战友见死不救的情形，感到自己对现实生活中仓子的痛苦也爱莫能助，无法与她一起生活。武田泰淳的《审判》描写了主人公二郎在中国战场上曾两次枪杀无辜的中国平民，他在战后逐渐产生了犯罪感，最终决定解除婚约，留在自己犯罪的地方生活下去。从中可以看到作者对中国的战争责任和罪责意识。

三 战后派作家战争体验文学化的方法

战后派作家把自己的战争体验作为其战后文学的出发点，以各种各样的方法将其文学化。他们"不约而同地把战场、败军、俘虏、监狱、殖民地、废墟、饥饿等极限状态作为舞台。……他们通过描写缺乏日常性的极限状态，得以完成了既是现代文学且是严肃小说的稀有的文学"。① 战后派作家把战争体验文学化时，主要是站在比较狭隘的民族立场上，把个人的战争体验尤其是所谓的受害体验文学化，揭示战争对人性的摧残与扭曲，表达了受害意识和反战意识。他们的战争叙事主要采用了以下视角。

一是人性的视角。战后派作家的作品虽然以战争为舞台，但他们无意再现战争的具体进程，描述敌我双方的对立与冲突。他们把"人"作为价值尺度，从人道、人情、人性来审视战争。作品主要是从人性的层面和人道主义的视角描写战争，揭示战争对人性的摧残与扭曲，揭露军队机构反人性的本质，表达带有伤痕文学色彩的受

---

① 奥野健男：『日本文学史』，中央公論社1970年版，第197—198頁。

第六章　战后派战争小说概论

害意识和反战意识。他们由此出发否定一切战争，呼吁和平。

二是微观的视角。战后派作家的战争叙事缺乏宏观的视野，很少立体地全景式地描写战争。他们多是以自己的战争体验为素材，以第一人称叙事的手法孤立地描写战争中的某个片段。他们把焦点集中在战争中的个体士兵身上，描写这些士兵的境遇。作品割裂了战争的时空背景和因果关联，有只见树木不见森林之感。渡边正彦指出："战争体验是战争文学成立时不可缺少的要素，完成的作品却不能是'战争体验文学'。但是，第一批战后派的战争文学带有或不得不带有这样的倾向也是事实。"[1] 这使得他们没有把个人的体验上升到民族体验的高度。竹内好也就其局限性指出："战争体验所具有的封闭性的自说自话性格，并不能够把体验导向一般化，因而也不能获得真正意义上的体验。从执着于战争体验出发，从事文学活动的战后派文学已经成了一个流派，或者极端地说成了一种时尚，紧接着便发生了流派的转换，从而不得不改变自身的性质，原因恐怕就在于没有克服战争体验封闭化的弱点。"[2]

三是庶民的视角。战后派作家的战争文学注重自传性、纪实性，带有私小说的色彩。他们多从个人的体验出发，从个人的角度重新审视自己是如何度过战争年代的。通过描写个人或普通人在战争中的命运，揭露战争对人性的扭曲和摧残，宣泄自己战争期间郁积的苦闷。因此，作品的主人公大都是军队下层的士兵和社会底层的民众，几乎没有中高层军官和政府高官登场。从普通士兵或庶民的视角描写战争，叙述了绝对主义天皇制强权统治下"小人物"的苦难和不幸，在一定程度上揭示出了战争的真相。但是，他们对战争的态度主要基于自身的感性认识，缺少理性的分析和批判。作品人物

---

[1] 渡边正彦：「戦後の戦争文学の問題点：第一次戦後派およびその前後の作家を中心に」，『国文学　言語と文芸』1970 年 9 月号。

[2] ［日］竹内好：《近代的超克》，李东木等译，生活·读书·新知三联书店 2005 年版，第 239 页。

在国家权力机构面前显得软弱无力，一味屈从。他们没有对当时盲从时局、协助战争进行深刻反思，仅把它归结为国家强大的权力机构和军国主义控制，并把个人在战场上的生死存亡归结为偶然因素的结果。

四是受害者的视角。战后派作家和大多数日本国民一样，大都习惯于把自己看作是战争的受害者，而缺乏关于自己战争责任和加害责任的自觉，不太关心日本给其他国家和民族造成的灾难和不幸。他们从受害者的视角描写战争，强调日本普通士兵和民众在战争中的悲惨命运，而回避或淡化了日军在亚洲各地蹂躏、屠杀当地人民的加害事实。因此，他们对战争真相的描述是局部的、片面的、不完整的。他们的总体倾向是回避加害事实，夸大受害体验，常见对战争受害和战败的反省而少见对侵略的反省。这使得他们对战争的批判和反思略显苍白。如武田泰淳的《审判》一定程度上揭示了日军的罪行，表达了作者在日本战败后精神上的失落感以及对其战争罪行的救赎方式。但是，正如一些学者指出的那样，武田泰淳创作这部作品的主要目的是通过隐秘的告白来释放、缓解自己内心的罪恶感，然而由于过分强调"二郎"作为受害者的一面，从而削弱了作品的批判力度，使得这种战争反思很不彻底。[①]

综上所述，战后派作家从多个角度对战争进行了反思，其战争文学作品也取得了较高的艺术成就。他们描写了战争的残酷，揭示了战争泯灭人性，批判了军国主义的罪恶，讲述了战争给日本人带来的心灵创伤，具有一定的积极意义。但是，我们也要看到他们文学的出发点社会意识比较淡薄，主要是在个人体验的世界里把握战争体验，没有从宏观的视野去追问这场战争的根源、性质以及日本军国主义的本质等。战后派作家战争体验文学化的局限是多方面的

---

① 冯裕智：《隐秘的告白与不彻底的战争反思——论武田泰淳的〈审判〉》，《宁波工程学院学报》2012年第3期。

第六章　战后派战争小说概论

原因造成的，除了其战争体验外，也与日本战后始终未对其侵略战争进行彻底的清算等因素有关。佐藤静夫指出："在战后六年的时间点，要从历史的观点弄清过去的战争，在广阔的社会视野下把握其本质，这种文学活动是困难的。而且，就在昨天之前的战争时期的生活、战场上每天的凄惨景象，对作者而言是自己痛切的直接体验，其文学化伴有首当其冲的迫切性。再者，战时对战争和专制主义的批判也有个条件，即总是不得不采用孤独的内心的'抵抗'的形式。'战后派文学'批判战争和天皇制权力的专制主义的文学在某种方面，与其说是追究战争和专制主义的历史的社会的本质，莫如说常常转向其中（'个体'的人的内心的迫切性、'现实性'），这也作为一个难以避免的弱点遗留下来。"[①] 值得一提的是，包括战后派在内的一些日本作家到50年代后开始逐步摆脱个人战争体验的局限，从社会学的角度和更广阔的视野深入探讨战争的根源、性质和战争责任等问题，从而把战争文学推到了一个新的发展阶段。

第二节　战后派战争小说的反战主题

战后派战争小说主要包括两方面的内容：一是直接描写二战期间日军战场上的情况。其中，既有以日本本土战场为背景的作品，如梅崎春生的《樱岛》、岛尾敏雄的《出孤岛记》，也有以亚洲遭受日本侵略的国家为时空背景的作品，如大冈升平的《俘虏记》和《野火》、堀田善卫的《时间》等。二是描写战争给日本普通民众带来的心灵创伤。如野间宏的《脸上的红月亮》和武田泰淳的《审判》等[②]。关于这些作品是否蕴含有反战思想，学界至今尚没有形成

[①] 佐藤静夫：「『戦後派文学』を問う：戦後40年という時点から」，『民主文学』1986年6月号。

[②] 这些作品以战场上的幸存者为主人公，描写了他们战后仍背负着战争的阴影，难以融入正常的社会生活。因此，有人称之为"战争伤痕文学"。

统一的认识，主要观点大致可归纳为"反战"论和"反对战败"论。下面将在吸收既有研究成果的基础上，进一步解读战后派战争小说的反战主题，并探讨影响该主题的主要因素。

一 关于"反战"论

如前所述，战后派不是一个文学实体，没有统一的文学纲领，但战后派作家都积极探究人在巨大的历史、社会状况中普遍的存在状态，作品多以战争为题材。日本学界关于"战争文学"这个词条有如下解释："战败后的战争文学和'战后文学'的代表性作品相重叠，反战倾向强烈。如野间宏《真空地带》，大冈升平《野火》《莱特战记》，大田洋子《尸横遍野的街》，井伏鳟二《黑雨》等。"① 这个解释强调了反战倾向是战争文学的主要特点之一，而此处所说的"战争文学"自然包括战后派战争小说。日本其他学者也大都持这种观点，把《真空地带》《野火》等奉为反战文学的力作。有学者高度评价野间宏的《真空地带》"不仅揭露了军队极端的资本主义帝国主义本质，也批判了军队之外的整个社会的真空性"。②

中国学者多从宏观的角度对日本战后文学或战后派文学的总体特征进行论述，也有越来越多的学者开始对战后派某些战争文学作品进行个案研究。以叶渭渠等为代表的老一辈学者，基本上承袭了日本学者的观点，认为日本战后派作品对日本发动的侵略战争进行了深刻的反思和批判，表现出鲜明的反对法西斯侵略战争的思想倾向，因此可称之为"反战"论。叶渭渠指出："反战文学思潮在日本战后派文学发展之初就兴起了。以反战为重要内容的战争题材文学也应运而生。日本的战争文学，不是一般概念上的战争文学，它不

---

① 三好行雄、浅井清：『近代日本文学小辞典』，有斐閣1981年版，第141頁。
② 吉田精一：『日本文学鑑賞辞典 近代編』，東京堂出版1978年版，第358頁。

第六章　战后派战争小说概论

仅限于军事题材,还包括描写战争给人们心灵上留下的创伤、战争的残酷和蒙受原子弹爆炸的灾难等广泛的内容,具有深厚的反战色彩。"① 徐东日、李玉珍认为战后派文学立足于历史事实与文学真实,从人类整体的角度洞察战争,揭示出日本军国主义者在战争中扮演了侵略者、占领者角色,真正形成了日本现代反战文学的"高峰"。② 此外,朱维之主编的《外国文学史》(亚非卷)以及国内不少高校的日本文学选读教材也持大致相同的观点,对日本战后派战争小说给予了较高的评价。然而,我们认为囿于当时特定的历史条件,这些作品中虽或多或少地流露出"反战"意识,但作家大都是抽象地反对战争,远没有上升到反对侵略战争的思想高度。作品中反映出的国家观和战争观带有相当大的局限性,其中既有深层次的社会、政治、思想、文化等方面的原因,也与作家的个人体验密切相关。

(一) 日本人对二战缺乏正确的历史认识

二战结束后,美国占领军当局在日本推行了一系列的民主化改革。但是,随着东西方冷战格局的形成,美国出于自己全球战略的考虑,并没有对日本军国主义势力进行彻底的清算,使得改革极其不彻底。一方面,通过日本政府来统治日本,几乎原封不动地保留了日本的战时政治体制和统治机构,使得日本战后政府与战时政府具有明显的连续性、继承性;另一方面,出于冷战的需要,不但没有追究裕仁天皇的战争责任,保留了天皇制,而且逐步扶持日本旧政权中相当一部分人和一批战犯登上政治舞台,这些人作为执政者不可能对自我进行彻底否定。事实上日本政府从 1946 年东京审判时开始,就千方百计掩盖侵略罪行,庇护甚至美化战犯,还以所谓的"一亿总忏悔"为战犯开脱罪责,从未将任何一个战犯送上法庭。再者,受军

---

① 叶渭渠:《日本文学思潮史》,经济日报出版社 1997 年版,第 524—525 页。
② 徐东日、李玉珍:《战后派文学:日本现代反战文学的高峰》,《东疆学刊》1997 年第 4 期。

国主义思想的影响，日本有相当一部分国民盲从、协助了侵略战争，他们既是战争的"加害者"又是战争的"受害者"，而美国向广岛和长崎投掷原子弹更加深了他们的"受害者"意识。从文化方面看，正如美国学者鲁思·本尼迪克特（Ruth Fulton Benedict）在《菊与刀》中所阐述的那样，日本人是一个缺少"罪感文化"的民族，道德的绝对标准没有任何约束力。日本文化是"耻感文化"，他们不是靠内心的反省，而是靠外部的强制来行善行。因此，日本人有祈祷幸福的仪式，却没有祈祷赎罪的仪式。这使得日本人难以自发地去对那场侵略战争进行深刻的反思，他们有战败的羞耻感而无侵略的罪恶感。

上述社会、历史、文化等多方面的原因，战后日本一般民众包括战后派作家在内，对日本发动的侵略战争的性质一直没有正确的认识，他们认为这场战争愚蠢而没有意义，却没有清晰的正义战争、非正义战争的观念，认识不到侵略战争的本质。在这种大的时代背景下，日本战后派作家不可能站在马克思主义的立场去描写战争，而只能站到一个普通国民的立场上去描写战争，从自身"受害者"的角度对战争予以批判。其战争文学作品最大的特点便是割裂时空联系，抛开事件发生发展的深刻历史背景，去描写局部的真实。重视结果忽视原因，描写的所谓受害多是无因之果。由此，模糊了战争的性质，淡化了侵略者与被侵略者的概念。有学者指出，"以描写十五年战争为例，不论哪个流派，反战作品的指点都是个人，是人道主义。……作家虽然甚至否定了一切社会文明，谴责了灭绝人性的战争，却并未真正地看清国家、社会文明的阶级属性，未真正分清正义战争与非正义战争的本质区别"。[①] 该观点是比较客观、公正的，也适用于日本战后派战争小说。

（二）作家狭隘的爱国主义思想

日本战后派的大多数作家曾在二战末期应征入伍，在腥风血雨

---

① 赵乐甡：《中日文学比较研究》，吉林大学出版社1990年版，第315页。

第六章 战后派战争小说概论

的战场上体验到了战争的残酷,经历了生与死的考验,且多在战场上迎来了日本的战败。他们自身虽是被动地参加战争,对战争持消极态度,但作为战争的幸存者,他们又认为死去的战友是在"拼命保卫祖国",为国捐躯。从中可看出他们身上狭隘的爱国主义思想,显示出其历史认识的局限性。这一点在其战争小说里主要表现在以下几个方面。

首先,战后派作家虽然对战争进行了较深入的思考,在一定程度上把矛头指向了日本军国主义,但大多没有认清军国主义发动侵略战争的本质,以至对那些在战场上死去的官兵常怀有怀念乃至崇敬之情。如大冈升平创作《莱特战记》就是为了告慰"在莱特岛死去的九万同胞和在民都洛岛死去的西矢队的战友们"的灵魂。他认为,纵然作战策略是愚蠢的,在那个作战策略指导下的战争是愚蠢的,但相信统帅部,为执行命令而豁出性命以至牺牲的无数人的行为和死亡并不愚蠢。与此相关,堀田善卫在《审判》(1963)中让执行原子弹轰炸任务的美国飞行员C.伊泽尔和在中国大陆犯下罪行的士兵高木恭助同时登场,将两人的加害责任相提并论,体现出"英美与日本同罪史观"的错误认识。

其次,战后派战争小说缺乏整体的视野,多是孤立地描写战争中的某个片段,未能全景式地、客观地描写这场战争。他们刻意表现日本人在战争中受到的伤害,要么根本不去涉及日军对他国人民犯下的罪行,要么对此轻描淡写,一笔带过。"作家所关注的,在国家的层面上,只有日本;在人性层面上,也只剩下日本人。其他国家、其他民族,是不在视线范围之内的。因此,于前者他们只看到战争带给日本及其人民的物质和精神灾难,于后者,他们仅仅描绘了战争对日本人自身的人性摧残及其扭曲、变形与异化。"[①] 如大冈

---

① 高宁、韩小龙:《试论中日教科书里的日本二战小说——从文学批评的历史把握谈起》,《华东师范大学学报》(哲学社会科学版)2003年第5期。

升平在《莱特战记》中虽然试图"像描绘一幅巨大的壁画那样描写战争",但总体而言从中可以听到死去的日本士兵的声音,却很难听到最大的战争受害者莱特岛居民的声音。

最后,战后派战争小说注重自传性、纪实性,多带有私小说的色彩。他们多从个人的角度、个人的体验出发,通过描写个人或普通人在战争中的命运,揭露战争对人性的扭曲和摧残,宣泄自己战争期间郁积的苦闷。如大冈升平的《俘虏记》取材于他本人的俘虏体验,野间宏《脸上的红月亮》《真空地带》,分别与他不同阶段的生活经历相对应。这些作品的主人公往往既是加害者又是受害者,但首先应是一个加害者。即他们作为充当日本军国主义侵略战争的走卒对遭受侵略的国家而言是加害者,同时作为一个普通的国民又是日本军国主义侵略战争的受害者。但战后派作家往往避重就轻,对其加害者的一面轻描淡写,而对其受害者的一面大书特书。

二 关于"反对战败"论

进入20世纪90年代后,以王向远、刘炳范等为代表的"60后"学者,否认日本战后存在真正的"反战文学"、"抵抗文学"或"反法西斯文学",认为这些战后文学所谓"反战"的主题,实质上只是"反对日本的失败"。换言之,如果侵略战争不失败,那就不反对。因此,可称之为"反对战败"论。王向远指出,"不能以战前或战后发表的某些作品为据,断定日本有反战文学并予以过高评价","对于像日本那样的法西斯侵略国而言,在战争中不反战,就不是真正的反战;不是在战争中写作和发表的'反战文学',就不是真正的'反战文学'"。[①] 刘炳范进而论述道:"'反战'作品是作家以自己的勇气、良知和高尚的艺术道德勇敢地以文学作品为武器,向一切不

---

① 王向远:《"笔部队"和侵华战争——对日本侵华文学的研究与批判》,北京师范大学出版社1999年版,第260、275页。

第六章　战后派战争小说概论

正义战争进行战斗，而战后日本文学的'反对战败'作品实际上是支持法西斯发动的那场战争，反对的只是战争的'失败'。"①

王向远认识到日本的战争文学作品和其他国家相比在反战的深度上存在很大差距，由此告诫国内学者不可对此"过高评价"，这无疑有其合理性和积极意义。从是否敢于在战时军国主义极权统治的情况下冒着生命危险奋笔声讨日本发动的侵略战争这一标准来看，日本的确不存在真正的"反战文学"，战后派战争小说自然也算不上真正的"反战文学"。从世界范围看，战争期间诞生了不少优秀的反战文学作品，但是也有很多经典的反战文学、反法西斯文学创作于战后，如德国作家雷马克（Remarque）的《凯旋门》（1946），苏联作家肖洛霍夫（Sholokhov）的《一个人的遭遇》（1956）、西蒙诺夫（Simonov）的《生者与死者》（1959—1971），法国作家克劳德·西蒙（Claude Simon）的《弗兰德公路》（1960），美国作家库尔特·冯内古特（Kurt Vonnegut）的《五号屠场》（1969）、澳大利亚作家托马斯·基尼利（Thomas Keneally）的《辛德勒名单》（1982）等等。因此，不宜简单地把战后发表的作品排除在反战文学之外。至于说日本战后的这些作品"实际上是支持法西斯发动的那场战争，反对的只是战争的'失败'"，就有失偏颇且不合事实。客观地看，如果我们把对日本战争文学的期待视野降低一些，把"反战文学"的外延扩大一些，应该说日本战后派还是创作了一定数量的"反战文学"作品。其内容主要是痛定思痛，对战争和人性进行反思，而不是一味地"反对战败"，更不是支持法西斯战争。关于这个问题可以从以下几方面来考虑。

首先，从战后派作家自身的经历来看，具有强烈的社会性。战后派作家大都不同程度地接触过左翼的思想，对马列主义有一定的了解，甚或以不同的方式参加过左翼的活动。他们在战争期间经历

---

① 刘炳范：《战后日本文化与战争认知研究》，中国社会科学出版社2003年版，第3—4页。

了法西斯和战争的"暗谷",对战争的性质虽然有模糊认识,但能以批判的眼光来看待这场战争,没有积极反抗侵略战争但也没有积极协助侵略战争。大冈升平应召赴菲律宾战场时,就曾产生过"如果注定要死的话,为了干掉把日本全国引入这场战争的军部拼上同一条命不也一样吗?"的想法。

其次,从战后派作家的创作态度来看,多对战争持反对态度。野间宏在《关于战争小说》中说:"为了把战争真正作为战争来加以把握,那就必须站在消灭战争(对帝国主义来说战争是无法避免的)的立场上,站在能够明确地批判战争的立场上。(中略)倘若还未站到这个立场上来,是无法描写战争的。"① 大冈升平在谈及自己战争题材文学创作的目的时也曾说过:"不了解战争的人,只能算半个大人。"②

最后,从战后派战争小说的内容来看,大多含有厌战或反战思想。作品不同程度地揭露了军国主义的专制统治,描写了战争的残酷,没有鼓吹战争的言辞。大冈升平在《再赴民都洛岛》中把批判的矛头直指军部,文中写道:"我们死得很悲惨。把我们驱赶到这个无聊的战场的军人都是坏蛋。他们在艺妓的陪伴下喝着美酒,说什么菲律宾决战场的大话,让国民树立必胜的信念,自己考虑着在无关疼痒的地方采取对策。"③ 野间宏的《真空地带》揭示了日本旧军队机构反人性的特征。堀田善卫的《时间》揭示了日军制造的南京大屠杀的真相。武田泰淳的《审判》则表达了曾杀死过两位中国老人的日本士兵二郎的自我忏悔。

三 对战后派战争小说反战主题的再认识

通过以上对战后派战争小说的考察,我们认为其主题既不是反

---

① 转引自[日]松原新一等《战后日本文学史·年表》,罗传开等译,上海译文出版社1983年版,第240页。
② 西田胜:『戦争と文学者——現代文学の根底を問う』,三一書房1983年版,第230页。
③ 大岡昇平:『ミンドロ島ふたたび』,中央公論社1976年版,第143页。

第六章 战后派战争小说概论

对侵略战争，也不是反对战败，而是从人道主义的立场出发对第二次世界大战及战争中的人性进行反思，描写战争的伤痕。战争的性质在他们眼里并不重要，重要的是是否给他们带来伤害。因为战后派作家多是在日本战败的征兆日益明显时不情愿地走上战场的，所以作品里都或多或少地流露出反战、厌战的思想意识。战后派战争小说反战主题地形成除了受上述社会历史条件的制约外，也受当时流行的存在主义文艺思潮的影响。

众所周知，存在主义思潮的产生和发展与两次世界大战有密切关系。它反映了西方资本主义文明进入20世纪后所面临的深刻危机，表现了资本主义全民危机时期人们心理上的紊乱。该思潮首先出现在20世纪20年代的德国，其社会背景是德国在第一次世界大战中惨败后，国内的资产阶级和中小资产阶级知识分子感到人的生存受到威胁、人的尊严遭到破坏，产生了忧虑、伤感、悲观、失望等情绪。因此，海德格尔（Heidegger）、雅斯贝尔斯（Jaspers）等提出了存在主义哲学，试图研究人的"存在"的可能性以及人的忧虑、悲伤乃至死亡等存在状态。之后，存在主义流传到法国并得以发展，在第二次世界大战前后开始广泛传播，成为一种国际性思潮。

存在主义在二战期间由三木清介绍到日本。战后，日本社会处于一个复杂的转型期，矛盾重重、动荡不安。战争创伤、企业倒闭、工人失业、粮食短缺、通货膨胀等问题接踵而来，人们感到前途渺茫，人的生存面临严重威胁，并为此而苦闷彷徨。这种情况为存在主义在日本的流行提供了必要的条件。关于"存在"，学者们有不同的解释，但在"存在"是从对自我本身或存在本身的严厉追问和自觉出发这一点上是一致的。

日本战后派作家或多或少都有存在主义倾向。他们在战场或者监狱里有过"存在"的体验，这种体验支撑着他们的创作活动。战后，他们在现实主义的基础上，吸收了存在主义的创作手法，着重描写人的内心世界，探讨战争和战后人的基本存在的关系。他们不是从广阔的社会视野出发，而是以人物的意识活动为中心，对人物心理作多视角、深层次的剖析。"他们开始多从心理学和生理学的角度反映战争年代人们身心遭受摧残的苦难经历及其真情实感，着重刻画人物的内心世界，表现人在生死的抉择时刻的复杂心理活动，来衬托战争环境，以达到暴露战争的血腥性和残暴性的目的。"① 雷慧英也指出，"战后派文学中的存在主义的基本内容就是探讨战争对人性的扭曲、人的存在的荒谬性和反省人的存在价值"。②

综上所述，日本战后派战争小说一方面揭露了战争的残酷，描写了战争给日本国民尤其是日本人的心灵带来的伤害，具有一定的警世意义。另一方面，从整体上看尚缺少从历史的宏观角度审视战争的作品以及向侵略战争的受害国进行反省、忏悔和谢罪的作品，没有对日本军国主义发动的侵略战争进行全面而深刻的反思、批判，更没有挖掘到侵略战争的根源，在有意无意之中淡化、模糊了日本军国主义的侵略罪责，这不能不说是一种缺憾。我们认为，"反战"论对日本战后战争小说有过高评价之嫌，在该观点被广为接受的情况下，"反对战败"论从中国人的学术立场出发矫枉过正，对引导人们重新认识日本战后战争小说，无疑有着积极的意义，但某些结论又未免武断，值得商榷。值得注意的是，这两种观点看似截然对立，实则不无相通之处，即两者从不同的侧面承认了战后战争小说中的"反战"因素。其差异主要是认识问题的视角不同造成的，也同"反战"和"反战文学"这两个概念的暧昧性有关。我们应历史地、辩证地、全面地看待这些作品，既不能盲从日本学者的观点给予过高的评价，也不能从民族主义立场出发否定战后派作家在战争反思和人性反思方面做出的努力和探索，乃至全盘否定其思想价值。

---

① 叶渭渠：《日本文学思潮史》，经济日报出版社1997年版，第525页。
② 雷慧英：《日本战后派文学兴衰原因之剖析》，《外国文学研究》2004年第5期。

第三节　战后派战争小说中的日本人形象

战后派战争小说中塑造了一系列的人物形象，既有战时的也有战后的，既有前线的也有后方的。但是，作品的主人公大都是日本的军人和平民，尤以军人和复员兵为主，作品中很少有外国人登场，也很少有敌方具体形象的描写。偶有外国人登场，对他们的描写也大多止于外在的表层的描写，不能深入人物的内心深处。这大概有主客观两方面的原因，一是由于飞机、大炮等武器的使用，二战的战争形态发生了变化，短兵相接的机会有所减少。作家受自己视角的局限，不太了解"敌人"。二是战后派作家主要是站在日本人的立场上描写战争、诠释战争，不太关注"敌人"和遭受日本侵略的受害国人民的命运。因此，本节拟分析战后派战争小说中的日本人形象。

一　贪生怕死的"懦夫"

二战时期，日本的兵役分常备兵役（含现役和预备役）、后备兵役、国民兵役和补充兵役。现役平时服军务，是战时作战的主要力量。现役服役期满的军人在其后一定时间服预备役，预备役期满的人服后备役。国民兵役分两类，一是"第一国民兵役"，其对象是服完常备兵役的人以及在军队接受教育的补充兵服完补充兵役的人；二是"第二国民兵役"，其对象是不属于常备兵役、补充兵役和第一国民兵役，年龄在17至45周岁的男性。补充兵役是为了填补现役的空缺，根据需要征召，进行必要的教育训练，充当战时的人员。二战末期，日军为弥补兵员的不足，除了动员大学生上战场外，还招募了大量的补充兵。野间宏、梅崎春生、大冈升平等都是在日军战败迹象日益明显的情况下应召入伍的。他们以批判的眼光审视战争，在作品中塑造了一批厌战反战的士兵形象。这些士兵不知为谁而战，为何而战，缺乏斗志，想方设法避战、逃战，面临死亡的威胁时，呈现出懦弱、恐惧、贪生的一面。事实上，他们是日军中一个特殊的群体，本来就没有接受过正规的军事训练。他们被迫参战，只是留恋日常的生活，不愿意做战争的炮灰，并不是什么懦夫。梅崎春生的《樱岛》《日暮时分》，大冈升平的《俘虏记》《野火》等作品都塑造了执着求生的人物形象。

《樱岛》描写了主人公"我"（村上兵曹）的黯淡青春以及与死神抗争直到迎来战败的心路历程和行动，展现了主人公对生活的热爱、对生命的留恋。驻扎在坊津时，"我"工作之余享受着生活的乐趣。7月初接到去谷山本部报到的命令，"我"产生了"诀别的感伤"，开始用"临终的眼光"看待周围的一切。在小镇妓院留宿表明了"我"对日常生活的留恋、对美好爱情的向往。到达樱岛后，"我"切实感受到死亡的气息，虽然对死亡有一定的精神准备，但是又不能相信自己的宿命，难以理解自己为什么要死在这里。因此，发生"夜光虫事件"时，"我"抱有一种侥幸心理，觉得美军如果在东京登陆自己就有救了。"我"认为所做的一切都是徒劳，改变不了日军行将灭亡的命运，在这里无非苟延残喘。"我"抱着要优雅地死去的幻想，但又不知道在死亡降临时自己究竟会怎么做，害怕这一瞬间的逼近。一天，"我"登山去瞭望台的途中遭遇美军飞机的空袭，这反过来激发了"我"对生存的执着追求。不久得到停战的消息时，"我"思绪万千，禁不住流下了热泪。此时此刻，夕阳照射下的山林仿佛是天上美景，展示出一片生机。虽然前途莫测，但是"我"摆脱了死亡的阴影，切实体味到得以幸存的喜悦之情。

《日暮时分》以主人公宇治中尉试图逃亡的经历为主线，刻画了为求生而逃离战场的日军官兵形象，揭示了他们在战场极端条件下的生死选择。故事发生在菲律宾战场，随着战局的恶化，宇治身边

第六章 战后派战争小说概论

每天都有同事和部下因伤病倒下。在此情况下，一些士兵开始陆续逃离部队。宇治身患结核病，他清楚自己无论如何都难逃一死，但是看到死亡的征兆日益明显，加之军医花田中尉的示范效应，他还是决定逃跑。具有讽刺意味的是，宇治早上接到命令去击毙拒不归队的花田，他却决定趁机逃跑。但是他无法像花田那样把自己的逃跑行为合理化、正当化，逃亡的决心在途中几度动摇。沿途看到饿死的日军士兵的遗骸，宇治担心自己也会饿死在森林里。他由此失去了逃跑的动力，并担心部队会派追兵赶来。黄昏时分，宇治寻觅到了花田的踪迹，将其击毙。然而，宇治意外地被花田的情妇击毙，他的逃亡计划以失败告终。

《俘虏记》的主人公"我"是一个具有强烈的求生欲望和朴素的反战思想的普通士兵，在战场上一直采取消极作战、明哲保身的态度。"我"出征前和妻子儿女过着普通职员的生活，应征入伍后仅接受了3个月的训练就被送上菲律宾战场。航行途中预感到战争的灾难将波及自身，便抛弃了"与祖国同命运"的观念，也不再信奉军国主义的圣战宣传。到了前线，面对美军的强大攻势，"我"对自己的前途和日本的命运深感悲观和绝望，彻底丧失了斗志。为了不充当"愚蠢的战争的牺牲品"，"我"曾和同伴谋划从菲律宾逃跑。在山里露营时，"我"希望自己藏身的地方能成为"被遗忘的战线"，可以在这里静候战争结束。孤身逃亡时，"我"没有朝走近的一个美国兵开枪。之后，"我"潜意识里求生的本能与想接受死亡的意识展开了激烈冲突，口干舌燥却找不到水源，为了不再忍受口渴和活着的痛苦，两次企图自杀。首先是打算用手榴弹自杀，但是手榴弹没有爆炸。接下来试图开枪自杀，因身体未能保持平衡而失败。从自杀的过程中可以看到"我"内心深处对死亡的恐惧和对生存的渴望。两次自杀未遂固然有很多偶然因素，但最主要的恐怕还是"我"不情愿就这样了却生命，因此没有积极地实施自杀。最终

"我"在昏睡中被美军俘虏,刚开始为此感到羞愧,但是很快就接受了这个现实,并从美军的人道主义表现中感受到自己做了"文明国家的俘虏"。

《野火》的主人公"我"是菲律宾战场上的一个散兵游勇。作品引用了《圣经·旧约》的一句诗"我虽然行过死荫的幽谷——大卫"① 作为题记,表示在面对死亡时,要消除死亡的恐惧,坦然地死去。作品中用"孤独的步行者""不安的旅行者"表达主人公当时的处境。从文本看,"我"的孤独体验有两层含义。一是被中队和医院抛弃时体验到的那种"有家难归"的孤独,二是逃亡过程中体验的无人相伴、"无家可归"的绝对的孤独。"我"在山下的一座教堂看到了日军腐烂的尸体和耶稣受难图时,意识到自己跟外界的联系已被完全切断,由此产生了绝望心理。"我"的不安主要源于随时随地可能出现的敌人,在"我"眼中,秋收后燃烧玉米秆产生的黑烟也可能是游击队原始的联络信号。听到分队长要"我"离开中队自谋生路的宣判,"我"虽然感到绝望,但是没有哀求,反而感到获得了有限的自由,可以随意支配临死这段时间。与此同时,"我"放弃了对中队的认同和士兵的身份,决定不再受其规则的约束。"我"没有选择以自杀的方式去报效天皇,而是千方百计地求生。在丛林徘徊时,"我"开始以临终之人的眼光,夹带着知识分子的感伤来看周围的自然。在对大自然的亲切感中,包含着"我"对美好自然和人生的留恋。另外,出于求生的需要,"我"又从步兵的职业习性出发,以军人的眼光,从自身的利害关系着眼冷静看待身边的自然。在不可抗拒的力量面前,"我"不做徒劳无益的抵抗,也不轻易放弃任何一个求生的机会。在逃亡过程中,"我"先后走错路、搞错时

---

① 源自《旧约》"诗篇"卷一第23篇第4节:"我虽然行过死荫的幽谷,也不怕遭害,因为你与我同在;你的杖,你的竿,都安慰我。"参见《圣经》,中国基督教三自爱国委员会、中国基督教协会2003年版,《旧约》第525页。此处"死荫的幽谷"指恐怖之地、临死之际。

第六章 战后派战争小说概论

间、把枪扔掉，事后因意识到这些行为可能使自己陷入险境而感到后悔。为了避免饿死，"我"四处寻找食物，到了饥不择食、不择手段的地步。为果腹充饥曾通过山蚂蟥吸食人血、吃同伴送的人肉干，甚至吃自己被手榴弹爆炸的碎片削掉的肉。为了苟且求生，"我"甚至打算向美军投降，把身上的兜裆布制作成白旗，寻找合适的机会。"我"在观望形势时，看到一个日本兵高举双手朝美军汽车跑去时被一个菲律宾女兵开枪打死，由此打消了投降的念头，最终被美军俘虏。

二 冷酷无情的加害者

日本对外侵略战争的操纵者是日本政府和军部，一般士兵沦为战争的工具被动参加了战争，集受害者和加害者于一身。作为军国主义的受害者，他们出于求生本能，消极参战、拒绝参战、开小差等。作为战争中的加害者，他们由普通人转变为战争中的恶魔，在战场上烧杀抢掠，甚至屠杀无辜平民。战后派战争小说大都触及了日军在战争中掠夺食物、杀害平民、强奸妇女等罪行，但都着墨甚少，并刻意淡化这些行为，甚至为之辩解，如把强奸和残暴视为战争的必然产物。大冈升平的《野火》和武田泰淳的《审判》的主人公是比较具有代表性的加害者形象。《野火》的"我"在菲律宾人面前，就是一个十足的侵略者和强盗，一个丧失人性的恶魔。去医院的途中，"我"在树林里遇到一个菲律宾人，不由分说把他的玉米搜刮过来。在教堂偶遇一对菲律宾男女青年，"我"残忍地杀死了那个女人，并向逃跑的男人连开数枪。对于杀死这个女人，"我"没有任何负罪感，觉得这件事根本不值一提。"我没有后悔。在战场上杀人不过是家常便饭。我动手杀人纯属偶然。她也死于跟那个男人一起来到我藏身的房屋这个偶然因素。……子弹击中她胸部的要害也是偶然。我几乎没有去瞄准。这是一起事故。"[1] 在这个过程中，

---

[1] 大冈昇平:「野火」,『大冈昇平集3』,岩波书店1982年版,第314页。

"我"表现出对菲律宾人生命的极端漠视。《审判》的主人公二郎战后怀着忏悔的心理告白了自己杀害中国平民的经历。第一次是根据长官一时心血来潮的命令,参与了日军集体射杀两个中国农夫的行动,第二次是看到了一对日军"扫荡"后没来得及逃走的毫无反抗能力的老夫妻,毫无理由地开枪杀死了那位老大爷。

除了日军对遭受日本侵略的国家的加害,战后派战争小说还描写了日军内部新兵和老兵、士兵和下士官、军官的对立,揭示了军官、士官对一般士兵的加害。作品中的日军军官和士官大都是战争的狂热分子,对外滥杀无辜,对内缺乏人道情怀,肆意虐待下级,不顾下级的死活,甚至让他们当炮灰。士兵无非战争机器中的零部件,在一些军官眼中无足轻重,随时可以被牺牲、被替换。野间宏《脸上的红月亮》中的中川二等兵在行军途中筋疲力尽,走在队伍的末尾,拉着马的缰绳吃力地行进时,遭到了代理分队长职务的兵长的鞭打和严厉训斥:"你们紧紧揪住缰绳,不知道战马很累吗?你们死了还有人替换,战马垮了就没有可补充的了。大热天,别他妈叫我不停地磨嘴皮子!"① 在这里,一个士兵的生命价值不如一匹马。梅崎春生《樱岛》中的吉良兵曹长是一个比较顽固的军国主义分子。他不近人情,经常体罚士兵,比如因为一个士兵偷吃野生的梨患痢疾而处罚全体士兵做俯卧撑。他盲信日本必胜,严厉训斥敢于言败的同伴,甚至为此跟人斗殴。在日军大势已去的情况下,他声称美军登陆时要把胆小怕死的部下砍了。他虽然行为偏执、残忍,但作家并没有把他描写为彻头彻尾的坏人。大冈升平《野火》的主人公和其他伤病员则遭到部队的遗弃。"我"领了六块芋头,被赶出中队,感慨万千:"我维持生命的口粮,我所属的国家、我要为之献身的国家给我提供的生命保障全都体现在这六块芋头里。'六'这个数

---

① 野間宏:「顔の中の赤い月」,『野間宏全集』第1卷,筑摩書房1969年版,第121頁。

第六章 战后派战争小说概论

字包含着一种可怕的数学上的准确性。"①

野间宏的《真空地带》则可以说是一部"反军小说",该作品深入批判了日本军队机构对人性的压抑和摧残。野间宏战后初期提出了"综合小说论",后发展为"全体小说论",主张从生理、心理和社会三个方面塑造人物形象。该作品中的加害者是躲在幕后的军官群体,木谷上等兵是其直接受害者。木谷曾在部队的会计室工作,了解一些军官们腐败的内幕,不知不觉卷入了他们争权夺利的旋涡之中。他因捡到上级的钱包并私吞被认定为盗窃,又因极力为自己辩解被当作具有反军思想的人物提交军法会议审判,被判刑两年三个月。实质上这是一些军官为了封住木谷的口而收买了师团的法官陷害木谷。刑满出狱回到内务班后,木谷即着手调查陷害自己的真凶。在调查过程中,木谷逐渐搞清楚了内务班的现实以及军事法庭、陆军监狱的真相,得知诬陷自己的人却是他一直以为在为减轻他的罪行而四处奔走的会计室的两个同事。此时,师团上层领导担心部队会计室的腐败败露,可能会波及师团会计部,损害军队的威信,因此决定把木谷送到南洋前线,以免后患。木谷试图逃跑但没有成功,最终还是难逃上战场送死的命运。

三 明哲保身的利己主义者

古今中外都有利己主义者,他们奉行的生活态度和行为准则是个人利益高于一切,不顾别人利益和集体利益,为追逐名利、地位等不择手段。在战场的严酷环境下,利己主义更为集中地呈现出来,突出表现为奉行自我保全的生存法则,对战友和同胞不但见死不救,甚至相互残杀。战后派战争小说从多方面揭示了人性中的利己主义。

《日暮时分》深入探究了人性中极端的利己主义思想,主要表现为人际关系冷漠,相互之间没有信任,为了自己的生存不惜牺牲他

---

① 大岡昇平:「野火」,『大岡昇平集3』,岩波書店1982年版,第232頁。

人。花田中尉作为一名军医，不履行救死扶伤的职责，擅自逃离战场，找各种借口拒绝归队。他声称自己是高级军医，不能去最危险的地方。宇治中尉应征入伍以来，通过耳闻目睹的残酷现实看到了人露骨的自私形态，决心要只为自己而活。秉承这样的人生哲学，宇治决定利用追杀花田之机，抛弃部下逃亡，途中甚至想击毙可能妨碍自己逃亡的高城。宇治与他人始终保持一定心理上的距离，其他士兵也是如此，人与人之间没有友情和亲情，只有相互利用的利害关系。大家只是为了应对共同面临的危机才聚在了一起，生死关头便各自逃命。行军途中倒下的士兵要么自杀要么被枪杀，没有人会施以援手。

《脸上的红月亮》的主人公北山年夫在东南亚战场上一次月夜行军时，奄奄一息的二等兵中川向他求助。他为了自己能保存体力活命没有伸出援手，结果中川死在途中。战后，北山为此事感到内疚和自责，但他又认为其他人处于当时的境况也会见死不救，而且这种利己主义思想在战后依然普遍存在。面对食物短缺、物资匮乏的现实困境，北山认为自己仍然会采取明哲保身的态度，对恋人堀川仓子的痛苦无能为力。两个人内心深处有种隔膜，最终没能走到一起。这个悲剧主要源于北山的利己主义思想，不愿意承担对仓子对家庭的责任。

《俘虏记》中的"我"被俘后，最大愿望"只是平安度过收容生活，把好不容易捡到的这条命完整地带回家乡"。① 为此，"我"在收容所里竭力为日军虐待战俘的罪行辩解，设法取悦美军。与此同时，"我"对死难的同胞极端的冷漠，表现出生还者的利己主义。作为俘虏乘车路过圣何塞兵营时，"我"对这里的同伴大部分已死去的事实漠不关心，认为"所有的生还者在其参加告别仪式似的悲伤

---

① 大岡昇平：「季節」，『大岡昇平集1』，岩波書店1983年版，第243頁。

第六章　战后派战争小说概论

的假面下，都隐藏着这种利己主义"。① 听到广岛遭到原子弹轰炸的消息，"我豁出自己的小市民根性来说，广岛市民和将来可能遭受原子弹的城市的市民都跟我没有任何关系。作为一个薪俸生活者，我直接考虑到的范围仅限于我的家人和朋友"。② "我"跟其他俘虏乘船被遣返回国，途中有两个伤病员病死。"我"延续之前对待他人的态度，认为："他们的可怜同在战斗中死去的人们的可怜完全一样。或许我也已经死了。我从前线带回了无情，不同情因为和自己相同的原因而死去的人。"③

《野火》通过描写"我"与周围官兵之间冷酷的人际关系，剖析了战场上利己主义的种种表现。他们靠近乎动物性的本能来保存自己的生命，彼此之间相互利用。"我"因生病失去战斗力又不能出去搜集粮食，被分队长当作累赘赶出部队，甚至要求"我"拿手榴弹自杀以"为国尽忠"。野战医院里的医护人员不顾患者的死活，靠给患者领的口粮维持生活，只接纳带口粮来的患者，且想方设法提早把患者赶走以节约粮食。这样，"我"和所属部队及医院的连带感，一开始就被无情地切断了。出于求生的需要，"我"努力尝试与他人建立联系以克服孤独和恐惧心理，遭遇的却是一连串的失败。"我"与来自日本本土的补充兵，在运输船上曾因要做奴隶的感伤心理惺惺相惜。但是到达菲律宾后，琐碎的日常所需让大家成为利己主义者，彼此之间变得形同路人。医院遭到美军炮击时，军医和卫生兵扔下伤病员向深山跑去，病友们也四散逃命。败逃途中，"我"通过赠送食盐跟路遇的三个日本兵结伴同行，但是很快就被他们远远地抛在后面，不得不"放弃了从他们那里收回用食盐买来的友情"④。病友永松靠推销安田携带的香烟赚取食物，并背着腿脚行走

---

① 大岡昇平：「サンホセ野戦病院」，『大岡昇平集1』，岩波書店1983年版，第71頁。
② 大岡昇平：「八月十日」，『大岡昇平集1』，岩波書店1983年版，第356—357頁。
③ 大岡昇平：「帰還」，『大岡昇平集1』，岩波書店1983年版，第472頁。
④ 大岡昇平：「野火」，『大岡昇平集3』，岩波書店1982年版，第332頁。

不便的安田逃命，两人形成了相互利用的关系。"我"在濒死之际被永松收留下来，打破了永松和安田之间原有的平衡。随后三个人之间围绕"我"携带的手榴弹展开了生死较量，结果永松干掉了安田，打算把他肢解后制成口粮，去向美军投降，"我"则开枪击毙了永松。

四　理性思考的知识分子士兵

战后派作家塑造了一系列知识分子士兵形象，如梅崎春生《樱岛》中的主人公"我"、野间宏《真空地带》中的曾田一等兵、大冈升平《俘虏记》《野火》中的主人公"我"等。这些登场人物都是军队中的弱者，军事素质差，不适应军队生活，但是多情善感，对生命和死亡有独特的感悟。关于生命，《野火》的主人公认为："我们所谓的生命意识，或许就存在于可以无限重复眼前行为的预感之中。""我想象自己在这条河岸用手榴弹炸破腹部死亡的情景。我很快就会腐烂，分解成各种元素。我们的躯体三分之二是由水分构成的，多半会化为液体流出来，与河水一起流向远方吧。""假如死去，我的意识无疑会消失，而肉体将融入这浩瀚的宇宙之中继续存在下去。我将会获得永生。"[①]

他们能以批判性的眼光看待军队和战争，思考自身的命运，带有朴素的反战思想。如《真空地带》通过曾田一等兵的视角揭示了日军内务班的状况和木谷的悲惨命运，批判日本军队是个灭绝人性的"真空地带"。曾田具有一些反战思想，但是缺乏行动力。因此，他深入观察和分析木谷的言行，同情木谷的命运，期待木谷能在一定程度上打破军队的秩序。木谷试图跟法西斯军队机构抗争，但最终以失败而告终。

《樱岛》中的"我"清高孤傲，对外界事物非常敏感，经常到大自然当中寻求心灵的安慰。面对死亡，"我"不愿像吉良兵曹长那

---

① 大冈昇平：「野火」，『大冈昇平集3』，岩波书店1982年版，第240、273—274页。

第六章　战后派战争小说概论

样试图以身殉国,也不愿像中年哨兵那样顺从天命。"我"对衣着举止粗俗的特攻队员表示蔑视,不屑于跟吉良兵曹长等为伍,把身边的同伴视为"蝼蚁之辈""丧家之犬",不愿意像他们一样毫无意义地死去,希望能"优雅地死去"。最后目睹中年哨兵的尸体,"我"认识到死亡不可能是美丽的,准备坦然面对死亡。"我"的厌战思想主要体现在对战争意义的怀疑、对军队摧残人性的批判。"我"意识到这场战争终究是徒劳的,对让自己置身险境的势力感到愤恨,认为应该有人为这场战争负责。

《俘虏记》中的"我"不但明确指出是军部带来了民族灾难和自己个人的受害,而且意识到自己本来应该做些什么,反省了自己对军部的所作所为保持沉默的做法。"我"认为这场战争是愚蠢的、毫无意义的,为了不充当战争的牺牲品,曾试图当逃兵。孤身一人逃亡时,"我"主动放弃了士兵的身份和职责,遇见了一个美国兵,却没有朝他开枪。关于没有开枪的原因,"我"提出了若干条理由,这些理由不管是否成立,都充满了知识分子的思考。在"我"看来,是否开枪都不会改变战友和自身的命运,向敌人投降也不是很可耻的事情。"我"经历了对死亡的恐惧、求生本能支配下的逃窜和求生无望时两次不成功的自杀,最终被美军俘虏得以幸存。

《野火》中的"我"虽然是狂人的身份,但一直在用自己的眼睛去观察、用自己的头脑去思考周围的一切,对时局抱有较清醒的认识,表现出知识分子士兵特有的自由的思索意识。"我"对分队长"致命的宣判"持批判性的、怀疑的态度,认为他之所以这么做,实际上是想利用节约下来的粮食保全自己的生命。"我"对上帝也表示怀疑,认为假如自己得到过上帝的垂青,怎么会在这里受苦受难呢?因此得出的结论是:"上帝什么也不是。上帝是很脆弱的,如果我们不相信它就不可能存在。"[①] 日本战败5年后,"我"因恢复了以前

---

① 大冈昇平:「野火」,『大冈昇平集3』,岩波书店1982年版,第406页。

曾向膳食叩头的仪式等被送到了精神病院。当时随着经济的恢复和发展，很多人已开始淡忘战争。"我"身在精神病院却敏锐地感觉到人们又要被迫打仗，对战争保持着高度警觉，并表示："谁也不能强迫我再次到战场上送死，同样谁也不能强迫我倒在街头成为他们方针的牺牲品。谁也不能驱使我干不想干的事情。"① 由此可见，"我"对现实社会是清醒的，反倒是周围麻木而健忘的人把"我"看作了狂人。这样，《野火》以文学虚构的形式揭示了被官方资料遮蔽的事实，以狂人之言道出了被人们淡忘的战场的真实，这就是该作品中狂人形象的意义之所在。

五　背负战争创伤的复员兵

日本战败投降后，日军的幸存者重新开始和平时期的日常生活。但是，这些复员兵大多背负着难以抚平的战争伤痕，不能很好地融入战后社会，无法恢复正常的生活。战后派战争小说描写了复员兵群体的生活状况和他们的苦恼。

《脸上的红月亮》描写了一个悲惨的爱情故事，男女主人公战后因战争走到了一起，又因战争的创伤而最终分开。北山年夫到了战场上才意识到世上最爱他的人是他的母亲和他一直冷眼以对的恋人，战后回到日本时母亲和恋人都已经不在人世。他认识了战争寡妇堀川仓子，仓子美丽的外表总是带着一种孤独和凄凉。北山认为，如果自己心中还有真实和真诚，就应该以此抚慰她的心灵。如果两个人能够坦诚相待，吐露彼此的痛苦，人生就会有新的意义。仓子虽然也是战争的受害者，但对未来的生活充满信心。然而，在交往的过程中，北山由仓子脸上一个小小的斑点联想到南方热带地区又大又红的月亮，想到了那次对战友见死不救的月夜下的行军，产生了强烈的内疚和自责。另外，他在战后初期物质匮乏的生活中依旧采

---

① 大冈昇平：「野火」，『大冈昇平集3』，岩波书店1982年版，第401页。

第六章　战后派战争小说概论

取明哲保身的态度，认为自己对仓子的痛苦无能为力，最终选择了放弃这段感情。

《崩溃感觉》的主人公及川隆一在战争期间因不堪忍受军队的严酷生活，企图引爆手榴弹自杀以求得解脱，结果自杀未遂，左手炸得只剩下了三根手指。这次失败的自杀经历，给他留下了肉体上的创伤和心理上的阴影，令他感到屈辱。他复员后在一所大学的研究室工作，靠父亲给的生活费度日。和西原志津子偶然相遇后，两人因为肉体的需求走到了一起。及川隆一残缺的左手象征着战争的伤痕，时常把他从战后拖回战争年代，这段无法抹消的记忆妨碍他真正融入战后社会，开始新的生活。他因为住同一间公寓的大学生自杀而被唤起了在战场上自杀未遂的痛苦记忆。"爆炸引发的强烈震动给他全身带来一种软绵绵的感觉，觉得肉体、体液、淋巴球和神经网等等都在摇动……"[①] 这种近乎崩溃的感觉使他逐步丧失了获得新生的希望，他为了逃避这种感觉则和自己并不真心相爱的西原志津子保持着肉体关系，试图从跟她的交往中得以解脱。当然，这只能是徒劳而已。

武田泰淳认为："在文化人、知识分子的'我'里面住着一个没文化的有着野兽般的行动力的另一个'我'；而那个'我'究竟何时何地发挥什么样的野兽般的行动力干出卑劣而不堪入目的事，那是谁也预料不到的。"[②] 他在《审判》中揭示了战争对人性的扭曲，描写了普通市民如何从平民到士兵，从被动杀人到主动杀人，逐步丧失人性和良知，变成杀人魔鬼。作品的主人公二郎战时在中国的农村杀过两次平民。如果说第一次杀人是执行命令，第二次杀人则完全是出于自己的意志和判断。该作品在此"展示了与大冈升平的

[①] 野间宏：「崩解感觉」，『野間宏全集』第1卷，筑摩書房1969年版，第180頁。
[②] 转引自［日］松原新一等《战后日本文学史·年表》，罗传开等译，上海译文出版社1983年版，第248页。

名作《俘虏记》完全不同的图示，揭示了一个单独的日本兵也完全可能犯罪的战场哲理和生活实态"。① 战争结束后，二郎以为由于杀人的目击者都已离世，自己不会在战争审判中受到制裁。但是，联想到和恋人铃子的婚后生活，二郎就回忆起自己杀死的那位老大爷，从双耳失聪的老奶奶身上看到了自己未婚妻的"不幸"，渐渐地有了一种负罪感。他忍不住向铃子坦白，为了赎罪，也为了实现自我救赎，决定跟铃子解除婚约，继续留在中国生活。石原吉郎指出："'人'常常从害人者中诞生，而不是来自被害人中间。一个人到了最后承认自己是害人者的时候，他才开始把自己置于人的地位，认识到了一种危机。"② 二郎新生的契机正在于认识到自己加害者的身份。值得注意的是，作品没有强调二郎的加害者身份，却把他描述为不幸的受害者，并为其杀人行为进行了一些辩护。可以说，作品借叙事者"我"（杉）之口表达了武田泰淳在日本战败后精神上的失落感以及对其战争罪行的救赎方式。

战后大量出版的小说、战记中的日本人大致可分为两个基本类型，即狂热的国粹主义者和极端的厌战主义者，其中以后者居多。王蒙指出：

> 二战中的日方阵营中除了军国主义分子、意欲奴役中国的侵略分子以外，也有被利用、被蒙蔽的基本善良的人士，也有对华比较友好、不赞成军国主义的侵略战争但又没有勇气反抗的人士。除了坚决的反战人士外，被侵略战争所裹挟的民众与普通士兵，他们仍然有他们的悲剧、他们的痛苦、他们的挣扎、负罪感与无力感、被骗与自我欺骗感。历史裹挟了形形色色的

---

① 王伟军：《武田泰淳和〈审判〉》，《东北师大学报》（哲学社会科学版）2015 年第 6 期。
② 转引自［日］松原新一等《战后日本文学史·年表》，罗传开等译，上海译文出版社 1983 年版，第 94—95 页。

第六章　战后派战争小说概论

人,被裹胁的人同样能加害受害者,但是你无法抹掉他们的曾经存在,他们的经验与惨痛呼号,他们从另一个角度控诉着侵略者、战争罪犯。①

可以说战后派战争小说描写的大都是这种"被侵略战争所裹胁的民众与普通士兵",通过这些普通人在战争中的经历,表现了个体在民族历史中的命运。作品以普通士兵的视角看待战争,塑造了胆小鬼、逃兵、投敌者等士兵形象。作品对日军士兵的这种受害者加厌战者、反战者的角色设定,符合战后的民主主义、和平主义潮流,也符合日本人的口味和想象,易于引起日本人的情感共鸣,获得日本主流意识形态的认同。总体而言,战后派战争小说一方面不重视典型人物的刻画,缺乏有血有肉的文学艺术形象,另一方面以人物的出身决定其性格,塑造的人物有一定的公式化、概念化、雷同化倾向,如官兵对立的情节模式、厌战的下层士兵等。此外,作品中很少有女性登场,即便有也大多是作为男性的陪衬出现,缺少个性鲜明的女性形象。

第四节　战后派作家的战争认知

文学作为上层建筑的重要组成部分,具有意识形态的属性,会或多或少地折射出一个民族的文化特点或基本价值观。日本近现代的战争小说参与了对日本历史尤其是战争史的建构,使小说文本具有了历史性。战争小说在描述战争历史的同时,也反映着日本的战争文化。在二战结束之前,日本的战争文学竭力为侵略战争服务,先后出现了"大陆开拓文学""满洲文学""笔部队文学""国策文学"等民族主义文学。日本战败投降后,面对战争的废墟和民族的

---

① 李德纯:《战后日本文学史论》,译林出版社2010年版,第112—113页。

创伤，战争文学开始担负起反思战争、修复民族精神创伤、重建民族精神的责任。战后派战争小说从不同的侧面描写了战争，在日本战后的民族身份构建和认同等方面发挥了一定的作用。本节将通过战后派战争小说简要考察作家对二战的性质、人与战争的关系、日本军队等问题的认识和思考。

一 淡化战争的性质，强调日本的受害

竹内好指出，近代日本的战争传统是"一方面对东亚要求统领权，另一方面通过驱逐欧美而称霸世界，两者既是一种互补关系，同时又是一种相互矛盾的关系"。[①] 受武士道的影响，日本形成了一种比较极端的尚武主义战争观。它在近代演变成军国主义，发动了一系列对外侵略战争。战时，日本政府极力美化战争，把自己装扮成"正义之师"，鼓动民众参战。日本宣称甲午战争是"文明对野蛮的战争"，侵略中国和东南亚各国的战争是"大东亚解放战争"，目的是把亚洲各国从欧美的殖民统治下解放出来，建设"大东亚共荣圈"。因此，"日本人在推崇武力、极端使用暴力手段方面找到所谓时代理念依据和心理解脱，变得更加有恃无恐、无所顾忌"。[②]

第二次世界大战结束后，日本人刻意回避、模糊战争的性质，这一点也表现在日本对战争的称呼上。因"占领军禁止使用'大东亚战争'一语，于是美国'太平洋战争'的说法开始流通"。[③] 但是这种说法以美日之间的战争为中心，忽视了中国战场和东南亚战场，而且没有触及日本侵略战争的性质。此外，日本政府和媒体用"日中战争"等中性术语来粉饰侵略史实，混淆是非观念，抹杀受害国

---

① ［日］竹内好:《近代的超克》，李东木等译，生活·读书·新知三联书店2005年版，第324页。
② 皮明勇:《甲午战败实为"文化力"之败》，《参考消息》2014年3月11日第11版。
③ ［日］铃木贞美:《日本的文化民族主义》，魏大海译，武汉大学出版社2008年版，第161页。

第六章　战后派战争小说概论

抵抗侵略的正义性。针对这种情况，著名史学家江口圭一等提出了"十五年战争"的说法，认为从1931年到1945年，日本先后发动了侵略中国东北的"九一八事变"、全面侵华战争和太平洋战争等，这一连串的战争不是零散、孤立的战争，彼此间存在着密切的联系，因此可统称为"十五年战争"。① 有学者认为，把这些战事概括为"十五年战争"，既提供了一个前后一贯的解释，也承认了日本的战争责任。② 现在这个提法已得到学界越来越多的认同。

英国历史学家乔治·L.莫塞在其著作《英灵》中指出，战后官方要纪念的"不是战争的恐怖，而是光荣；不是悲剧，而是意义"。尤其是在战败国，"用战争体验的神话来掩盖战争，想把战争的体验正当化，也就是取代了战争的现实"。在此甚至把战争回顾成是有意义的、神圣的事件。③ 日本战后即是如此，不但不深刻反省侵略战争的罪责，反而极力为其战争罪行辩解，甚至反过来强调日本人的受害，并把这种所谓的"受害"作为亚洲乃至全世界共同的经历，把侵略者和被侵略者混为一谈。日本政府在每年8月15日的"战败纪念日"举行"全国战殁者追悼仪式"，悼念二战期间死去的日本人，虽也提及要追求和平、不再重复战争的悲剧，但无视对亚洲各国的加害责任。此外，日本政府借由广岛、长崎遭受原子弹轰炸，强调自己世界上"唯一被爆国"的身份，在广岛、长崎原子弹轰炸纪念日高调举行集会，发表和平宣言，呼吁废除核武器。这些活动催发了日本人的悲情，固化了日本人战争受害的记忆。在日本人的集体意识中，二战给他们带来的是深深的伤害和失败的耻辱。与此相关，

---

① 详见［日］江口圭一《日本十五年侵略战争史（1931—1945）》，杨栋梁译，江苏人民出版社2016年版，第1—2页。
② ［美］劳拉·赫茵、马克·赛尔登：《审查历史：日本、德国和美国的公民身份与记忆》，聂露译，社会科学文献出版社2012年版，第212页。
③ 转引自［日］高桥哲哉《国家与牺牲》，徐曼译，社会科学文献出版社2008年版，第123—124页。

日本战时的"国策文学"大肆宣扬对外侵略战争的正当性、合理性以及日军的战绩，战后的战争文学则大书特书日本人遭受的战争创伤。黑古一夫指出："正如石川达三《活着的士兵》被禁止发行事件象征的那样，战前的战争文学受到权力的强制，其作品内容也基本上被限定在'胜利的日本（军）'或'勇敢的日本兵'。……与此相对，战后的战争文学中占据主流的作品是，通过在败仗或预感到将要打败仗的战斗中凝视自己的生命和状态的士兵＝一个人的形象，追问战争的意义。"①

战后派作家大都从自己的战争体验出发开始文学创作，表达战争带来的伤害，反思战争对社会生活、人类文化和精神世界的影响。佐藤静夫认为，战后派文学不少作品表明了以下观点："过去的战争决不是所谓的'解放亚洲的圣战'，那是对亚洲各民族残暴的侵略战争，是日本国民的生命和生活因强行发动战争的绝对主义天皇制统治权力而付出的惨重牺牲。"② 应该说战后派作家大都认识到了日本侵略战争的性质，但是没有深入探究战争的本质和根源。如大冈升平《野火》的主人公使用了"入侵者""残暴的士兵"等词语表明自己的身份，暗示了战争的非正义性质和侵略性质。武田泰淳的《审判》和堀田善卫的《时间》都触及了日本的侵华罪行。但是，囿于民族立场的局限，一些作家虽然认识到日本的侵略战争给他国带来的灾难，但同时对英美等国在亚洲的殖民行为以及美国在战争末期轰炸日本本土进行指责，表现出与日本右翼势力鼓噪的"英美与日本同罪史观"相近的观点。如大冈升平在《莱特战记》中把太平洋战争看作是日美两国争夺经济利益和殖民地的战争，指出美国在菲律宾实施的是殖民统治，片面强调美军给菲律宾带来的灾难。

---

① 黑古一夫：『戦争は文学にどう描かれてきたか』，八朔社2005年版，第108页。
② 佐藤静夫：『「戦後派文学」を問う——戦後40年という時点から』，『民主文学』1986年6月号。

第六章　战后派战争小说概论

堀田善卫在《审判》中描写了执行原子弹轰炸任务的美国飞行员 C. 伊泽尔和在中国大陆犯下罪行的士兵高木恭助，将两人的加害责任相提并论。

总体而言，战后初期多数作家还在体验战争的伤痛，对战争缺乏理性的深层次的思考。他们虽然有过战争体验，转战过若干战场，但主要从个人的视点出发，凭个人的主观感受，列举看似客观的"事实"和"体验"，很难弄清战争的本质。他们缺乏对战争全局的把握，聚焦于日军濒于溃败的战场，把目光投向参战的普通士兵，表现个体士兵的命运，着重强调战争的残酷性、反人类性。士兵的命运正如李公昭指出的那样，"他们既是战争机器的执行者，又是战争机器的受害者，在消灭他人的同时也被他人所消灭"。① 由于缺乏宏大的视野，战后派战争小说的叙事比较碎片化，部分作品时空背景模糊。如岛尾敏雄的《岛之尽头》以自身的战争体验为素材，开篇第一句话却写道："这是很久以前全世界都在打仗时的故事。"② 作品采用了童话故事的讲述方式，叙述也带有幻想文学的特点，从而回避了故事的真实背景和战争性质。这样，战后派战争小说回避了对沉重的历史真相的阐释，模糊了战争的立场和性质，对日军犯下的罪行轻描淡写，对日本人受到的伤害浓墨重彩。与此相关的是，战后派战争小说较少描写战争的进程、战场的实况和"敌人"——作战对象以及被侵略国家的国民。丛日云指出："历史是一个客观的进程，但历史记忆却是人为的建构。""所谓真实的历史，不仅意味着所讲述的历史是真实的，还包括在历史材料的选择中不能遗漏重要的历史事实。"③ 富兰克林也说过："真话说一半常常是弥天大

---

① 李公昭：《机器与战争机器——美国战争小说中的士兵命运》，《外国文学》2013 年第 2 期。
② 岛尾敏雄：「岛の果て」，『岛尾敏雄全集』第二卷，晶文社 1980 年版，第 157 页。
③ 丛日云：《序》。载［美］劳拉·赫茵、马克·赛尔登《审查历史：日本、德国和美国的公民身份与记忆》，聂露译，社会科学文献出版社 2012 年版，第 1、3、7 页。

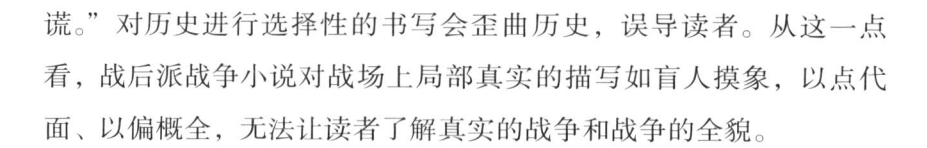

谎。"对历史进行选择性的书写会歪曲历史，误导读者。从这一点看，战后派战争小说对战场上局部真实的描写如盲人摸象，以点代面、以偏概全，无法让读者了解真实的战争和战争的全貌。

二 描写战争与人性的冲突，揭示人性中的利己主义

战争文学不仅要从历史的视角反思战争的成败得失，不要让战争的悲剧重演，也需要从人类的角度探讨战争中的人性，确立独立的自我。从世界范围看，西方20世纪的战争文学关注个体的人在战争中的体验与感受，大多数作品淡化正义战争与非正义战争的性质，从人道主义的立场出发反对一切战争。安德鲁·本尼特（Andrew Bennett）认为，两次世界大战造成的人道灾难和精神创伤，人道主义和反战已经取代英雄主义成为20世纪战争文学的主流。"19世纪站在国家立场上以民族主义的姿态对军人英雄气概的颂扬已经让位给当代对私人忧伤的赞赏，以及对战争、任何战争以及所有战争的无用性的反对。"[①] 日本战后战争文学与西方20世纪的战争文学具有共时性的特征，即把"人"作为价值尺度，从人道、人情、人性来审视战争，描写的重点从严酷的战争场面转向士兵复杂的内心世界。就中日两国同时期的战争文学而言，中国"十七年文学"中的战争文学以反映战争事件为主，通过人物和故事情节的描写，形象地再现战争的过程，表现个人在战争中的成长。日本战后派的战争小说则更为关注战争对个体命运的影响，重点不是描写战斗的过程和战争中的血腥残酷场面，而是通过战争的舞台从个体的角度探讨战争环境中人物的内心世界，表现人物在战争中的生存状态、思想感情和命运，揭示战争对个体造成的精神创伤以及对人性的扭曲。在情节设置上，这些作品不再重视情节发展链条上的因果关系，转而强

---

① 转引自汪正龙《文学与战争——对战争文学和文学中战争描写的美学探讨》，《中山大学学报》（社会科学版）2010年第5期。

第六章 战后派战争小说概论

调人在战争中生死的偶然性，通过再现战场上的偶然事件逼近战场上的真实。

在战后派战争小说中，战争和人性的冲突主要表现在两个方面。一个方面是战争对人的生命的摧残和无情毁灭，彻底改变人们的生活和生命轨迹。这类作品数量很少，对战场上残酷的血腥场面有所触及，都着墨不多。如大冈升平的《野火》描写了日军战死、饿死后的悲惨场面。在一座教堂台阶前的地面上有几具日本士兵的尸体，"裸露的胳膊和脊背呈闪亮的紫铜色，已经肿胀到皮肤的张力所能承受的最大限度，完全失去了人体的正常比例。有的尸体的腰窝处耷拉着大拇指粗细的肠子"。① 一次战斗过后，"到处都是尸体。淋淋鲜血和五脏六腑在雨后阳光的照射下闪闪发亮。断胳膊断腿像玩具娃娃的零部件似地散落在草地上。只有苍蝇充满活力地飞来飞去"。在道路上和树林边也遍布死于饥饿或疾病的日军尸体。"有的顺着步行方向倒在路上，有的或许是为了喝水爬到了路边的水沟旁，死的时候头还浸在水里。有的人背靠树干断了气。有的人死后由于风吹雨淋的偶然作用，歪歪扭扭地倒在那里。"② 武田泰淳在与堀田善卫的对话录中回顾说，他在吴淞港登陆后"最初遇到的中国人，不是活着的中国人，而是已变成死尸的中国人。在那以后的半年多时间里，我每天都看到死尸。无论是吃饭的时候，还是睡觉的时候，水井里，河流中，山丘上，到处都是死尸。即使不愿意，也必须从死尸中穿行。无论去哪儿，都飘荡着尸体的臭味儿"。③

另一个方面是描写了日军面对死亡时的态度和伦理选择，揭示了战争对人的扭曲和摧残。战争是人类的一种极端的生存状态，人们必须面对现实做出选择，因此人性在战争中暴露得最彻底、最充

---

① 大冈昇平：「野火」，『大冈昇平集3』，岩波书店1982年版，第306页。
② 同上书，第354—355页。
③ 武田泰淳、堀田善衞：『私はもう中国を語らない』，朝日新闻社1973年版，第38—39页。

分、最真实。战后派战争小说主要通过以下视角反映了人性的复杂性、多样性、立体性。一是战争中人性的异化。在日常生活中杀人是被禁止的，在战场上杀人不但是合法的，而且得到鼓励。很多日军在战争中放弃独立思考，无条件服从上级命令，丧失了自我与人性，蜕变为无情的杀人机器和战争工具。战后派战争小说描写了战争的暴力如何扭曲人性，把正常人变为杀人魔鬼。如武田泰淳《审判》中的二郎在没有面临任何危险的情况下从被动杀人到主动杀人，两次屠杀无辜的中国平民。他的《坏东西》（1949）讲述了日军攻陷南京前后，一个知识分子士兵的蜕变过程。他从起初坚信自己与恶无缘，到逐渐靠近"恶"，染上了"坏东西"，殴打部下，偷盗东西，最终失去了对自己的信任。二是战场上伦理选择的可能性。在战场上，士兵要面临生与死、杀与不杀的选择，战后派作家探讨了能否在战争的极限状态下坚守住人性。如《俘虏记》中关于"我"没有向美国兵开枪的反省，提出了交战双方士兵作为普通人超越敌我界限的情感，反映出了人道主义思想。《野火》《光藓》则提出了在极端状况下可否吃人肉的伦理问题。三是战争中的利己主义。面对死亡，除了极少数顽固的军国主义分子负隅顽抗，大多数士兵在积极设法求生。战后派作家肯定了人类的生存本能，描写了军人对家庭和亲人的眷恋，对逃兵表示出理解和同情，在此基础上批判了极端的利己主义。如人与人之间自私、冷漠、残忍，在战场上对战友见死不救，甚至互相残杀。如《野火》的主人公对战争中的伤亡感到麻木，把战友的尸体看作物体，由此减轻自己试图食其肉充饥的犯罪感。四是战争造成的精神创伤。日本战前对"大东亚解放战争"的宣传、战中对无辜平民的屠杀、战后对战争意义的颠覆等，都使得二战的创伤不单纯是关于无辜受害者的状况。这种心理创伤在战后派战争小说中主要表现为战场上的幸存者复员后，无法适应战后的生活，与社会格格不入，找不到新的出路和生活的意义，为此感到迷茫与惆怅。尤其是他们参与的是日本发动的非正义战争，当这场战争以失败告终后，他们参战的意义遭到彻底的颠覆，从战场回来也不可能再受到欢迎。这一切都使他们与社会产生了巨大的疏离感。野间宏《脸上的红月亮》《崩溃感觉》、梅崎春生的《幻化》和武田泰淳的《审判》均以战场上的幸存者为主人公，描写了他们战后仍背负着战争的阴影，难以融入正常的社会生活，从而探讨了战争对人性的破坏之深。虽然战争已经远去，但他们依然笼罩在战争的阴影中，不时浮现出战争的记忆，无法跨越战场生活与和平生活之间的鸿沟，开始新的生活。

三 反对无益的战争，体验战败的滋味

西方的一些战争文学作品呈现为如下的三部曲结构，即最初士兵单纯天真，向往战争，然后亲身经历战争，最终在战后反思、重构战争。① 日本战后派战争小说与之不同，没有上述三部曲的第一部"天真"。这是因为作品的主人公大都是在日本战败迹象日益明显的情况下入伍，他们上战场之前就对战局感到绝望，对战争态度消极，不同程度地表现出厌战、反战思想。关于反战，因人因时不同而具有不同的立场、层次和动机。家永三郎把反战思想划分为四类：一是"基于个人利害，可以说是从利己主义立场出发逃避战争"；二是"从国家主义立场出发的反战论"；三是"从人道主义立场出发"的反战论；四是"从社会主义立场出发的反战论"。家永三郎指出前两种立场"只是表面上的反战思想，不是本质的战争否定论。根据前者，只要自己或自家人不卷入战争，打仗本身完全没关系。根据后者，是因为对国家不利所以反对战争，因此假如判断有利则大可发

---

① 详见胡亚敏、李公昭《从幻想走向噩梦的深渊——论美国越战小说》，《解放军外国语学院学报》2004年第1期。

动战争"。后两种立场则是从根本上否定战争。① 之后，道场亲信对反战做了进一步的阐述，指出反战有两个立场，一是"追究个别战争的是非，具体地'反对这场战争'的立场"，二是"认为所有战争都不对，'反对所有战争'的立场"。他称前者是"选择性的和平主义"或"个别的反战论"，后者是"绝对和平主义"。② 根据家永三郎和道场亲信的论述，战后派作家的反战主要是出于个人利己主义和国家利己主义立场，都持有"绝对和平主义"的观点，即反对一切战争，尤其是反对给自身和日本带来伤害的徒劳无益的战争。

有学者指出："昭和二十年代的文学，主要地以对战争的反抗意识和逃避兵役作为主题。批判战争是战后派的中心主题。"③ 战后派战争小说从个人和日本民族的立场出发，揭示了战争徒劳无益、没有意义，认为个人和国家在战争中都没有得到利益。野间宏《脸上的红月亮》、《残像》和《崩溃感觉》通过描写战争带给人们的精神创伤表达了对战争的否定态度。梅崎春生《樱岛》的主人公因自己身处险境、哥哥生死未卜、弟弟在内蒙古战死，而愤怒地追问日本让国民付出这么大的牺牲究竟得到了什么。大冈升平《俘虏记》的主人公憎恨把日本引入令人绝望的战争的军部，不愿"充当愚蠢的战争的牺牲品"，最终甘心做了美军的俘虏。《野火》的主人公通过自身在战场上的悲惨经历警示世人要真正了解战争，明确表示谁也不能强迫自己再次上战场。堀田善卫《广场的孤独》对美国以日本为基地参加朝鲜战争进行了批判，指出矗立在川崎战争废墟正中心的工厂，再次因为战争、为了战争而运转，从而揭示出美国占领军的本质。

在战争叙事上，战后派战争小说主要通过以下几个方面的描写

---

① 家永三郎：『日本近代思想史研究』，東京大学出版会1980年版，第263、276—279頁。
② 道場親信：『占領と平和：「戦後」という経験』，青土社2005年版，第234—252頁。
③ ［日］松原新一等：《战后日本文学史·年表》，罗传开等译，上海译文出版社1983年版，第275页。

第六章 战后派战争小说概论

表达了作家的反战思想：一是描写战争本身的残酷，呈现普通日本人在战争中遭受的苦难，解构"亿兆一心"的叙事。二是解构英雄形象，不但描写士兵作为普通人的情感，而且描写了一些军人懦弱、逃跑的"女性化"行为，颠覆了之前的英雄主义叙事。三是解构战争的意义，质疑官方的宣传口径和战争逻辑，认为这场战争日本没有胜算，因此是无谋的、愚蠢的、没有意义的。四是对和平的向往，在战争中更加深刻地领悟生命的意义，憧憬和平宁静的生活，享受美丽的大自然。这些作品把矛头指向了发动战争的军国主义者，表现出的反战思想值得肯定，然而其局限性也是显而易见的，主要是没有超越狭隘的民族立场，表达对人类命运的关注，道义上具有模糊性，缺乏对个人作为战争共谋者的反思等。

如上所述，战后派战争小说的反战大多并非出于道义，而是出于趋利避害的利己主义，这种反战的不彻底性使其有可能被军国主义者利用，也遭到了一些学者的批评。火野苇平在《关于战争文学》（1952）中写道："我更加用怀疑的眼光看待那些以肯定或赞赏的态度描写士兵逃离战场、指挥官抛弃部下逃跑的战场小说。假如其行动中贯穿着正确的人道主义和反战思想的话，就应该更加堂堂正正的。打胜仗时洋洋得意，战斗刚艰苦就突然转为反战开始逃跑，这显然是动物性的行为。这种机会主义无非是同近代自我的确立相距甚远的利己主义。"① 这些士兵不愿做炮灰固然有其合理的值得肯定的一面，但是火野苇平把那些士兵的行为看作是动物性的利己主义也一语道破了他们所谓反战的实质。大久保典夫指出，日本战争期间和战败初期的战争文学最欠缺的是"作为国家目的和个人意志的矛盾和纠纷的人性剧，可以说两者都是在舍去一方的基础上成立的战场小说成为了主流。战争期间火野的'士兵三部曲'和上田广、

---

① 转引自大久保典夫『戦後の戦争文学——「日の果て」から「雲の墓標」へ』,『国文学　解釈と教材の研究』1965 年 11 月。

日比野士朗的作品中，民族爱、祖国爱、爱国心等士兵的心情被推到前面，而战后的《日暮时分》、《野火》和《真空地带》中反映的不是这种连带和责任意识，相反从连带中的脱离、在集团中的孤立被当作反战的情绪得到肯定的描写"。作家把战场上的逃兵"作为人道主义和反战思想的象征竖起来，与战后那种不负责任的解放氛围相一致"。①

与反战相关的问题之一是如何看待日本的战败和战后体制。有学者指出，对日本人而言，1945年8月15日"不单是战争结束的一天，而且是神国日本不败神话和日本式的正义破灭的一天，是维持战前战中社会的所有权威丧失的一天，是把日本引向战争的一切东西被否定的一天，是成为利用新的价值观重建日本的出发点的一天"。② 可以说"八一五"对日本人具有双重意义：一方面意味着日本国民摆脱军国主义的束缚获得自由，是一种解放。另一方面，意味着以美国为首的盟军进驻日本实施占领。矶田光一把日本的战时和战后看作是两个军事占领时期，第一次是由东条内阁实施的军事占领，第二次是由美军实施的保障占领。日本人因战败体验到了从第一次占领中解放出来的喜悦，另一方面又感到因第二次占领失去了什么东西。③ 战败是日本历史上亘古未有的事情，因此从政府的宣传报道到作家个体的写作等大都称之为"终战"，以此遮掩失败的耻辱。在日本，"自然而然地使用'败战'这个词语是在20世纪80年代以后。在此之前，具有压倒性使用率的是'停战'（日语是'终战'）"。"从微妙的语感上讲，'停战'一语包含着'败而不服'的意蕴；更加重要的是没有考虑支撑后方的每一位国

---

① 大久保典夫：『戰後の戰爭文學——「日の果て」から「雲の墓標」へ』，『国文学解釈と教材の研究』1965年11月。
② 温井信正：「文学に見る八月十五日（一）」，『大阪電気通信大・研究論集』（人文・社会科学編）1995年3月。
③ 磯田光一：『戰後史の空間』，新潮社1993年版，第38—40页。

第六章 战后派战争小说概论

民的感受与态度。"① 此外，战后因"国民"一词会让人联想到战前，给人以民从属于国家的强烈印象，所以日本人开始更多地使用"市民"这个词。② 这大概是为了迎合战后民主主义的潮流。

对战后派作家而言，8月15日也是重要的一天。如何反省战争期间的生活方式，如何开始战后的生活，是他们文学创作的重要主题。本多秋五指出，日本的战后文学"可以说是一种苦斗的文学，面临历史上从未有过的战败事态，至少预感到世界观和人生观得从正面接受这种现实，并力图创作出战败之前的文学里所没有的东西"。③ 野吕邦畅指出："我国战争文学最大的特色是，它是战败者的文学。""我们的战争文学，不管作者在战争中发挥了什么作用，文章的字里行间有一种难以言表的悲哀。那是发现自己曾拼命守护的一个伦理价值里没有意义的人的悲哀。而且，因为有这种悲哀，体验的记述才能够成为文学。我国战争文学和外国战争文学的本质区别就在于有无这种悲哀吧。"④ 这段论述精准地概括了日本战后战争文学的一个重要特点。包括战后派作家在内的日本人在不同的地点、不同的状况中以各自不同的方式经历了战败，战争小说描写了日本人面临战败时的欣喜、不安等复杂的心情，作品的基调大多比较阴郁、悲哀。《樱岛》、《俘虏记》、《审判》（武田泰淳著）等作品的主人公在得知日本战败的消息时，都表现出了极其复杂的心情。

战后认识也是战后派作家创作时不可回避的问题。武藤功指出："我认为评价战后战争文学的重要指标在于如何认识如何表现战争本身，同时也在于如何认识如何理解战后。这是因为不管是否愿意，

---

① ［日］铃木贞美：《日本的文化民族主义》，魏大海译，武汉大学出版社2008年版，第165页。
② ［日］高桥哲哉：《国家与牺牲》，徐曼译，社会科学文献出版社2008年版，第129页。
③ 本多秋五：『戦後文学の作家と作品』，冬樹社1971年版，第370頁。
④ 野呂邦暢：『失われた兵士たち——戦争文学試論』，芙蓉書房2002年版，第18、19頁。

战后认识问题都介入了作为战后文学实践的战争文学,必然对战争文学的创作产生巨大影响。作家反映战争的主题是通过这种战后认识,而不是将其排除在外,作家和战场以作家和题材的关系直接联系在一起。"① 战后派作家对战后体制的认识大致可分为两个阶段。在盟军占领时期,清理军国主义余毒,实行民主化改造,对出版物实施审查制度。盟军在保护市民民主权益的同时,也有实施统治的一面。这个时期的战争文学一定程度上表现出对美国及其文化的迎合和认同。如大冈升平的《俘虏记》肯定了美军对待战俘的态度,认为自己做了文明国家的俘虏,同时把美军的占领看作是俘虏营的又一种监禁状态。占领结束后,日本人的民族主义逐渐觉醒,战争文学开始出现反美的声音。如堀田善卫的《审判》和饭田桃的《美国的英雄》(1964)都以在广岛投下原子弹的美国飞行员为主人公,追究了他们的战争责任。

四 批判日本军队机构,同情战死的日军

战后派作家集加害者和受害者于一体的身份使他们对日本军队和军人抱有比较复杂和矛盾的情感。他们从战争受害者的立场出发,一方面批判了日本军部、军队机构的冷酷,另一方面对日本军队的"战功"表示赞赏,对死去的战友表示同情和怀念。战后派作家描写日本军队时带有批判意识,指出了日本军队组织机构的特点,揭示了日军官兵间的封建等级关系,士兵个性与军队专治独裁的矛盾等等。如《真空地带》揭露了旧日本军队和军国主义的本质,描写了日军内部的权力斗争。《莱特战记》指出了日军在军事思想、军事体制等方面的缺陷,如以天皇为名义统帅的"不负责任体系"、日本陆军"落伍的素质"、海军指导思想僵化、兵员素质低下等,并批判了日本军队内部存在的隐瞒事实真相、不顾下层士兵死活等问题。

---

① 武藤功:「戦争文学における状況と個人」,『文化評論』1982年11月号。

第六章　战后派战争小说概论

美国哲学家迈克尔·沃尔泽（Michael Walzer）通过宏大的历史视角、丰富的战争案例、严谨的哲学式论证，指出"对战争和正义的探讨依然具有政治和道德上的必需性"，并提出了"战争的正义"和"战争中的正义"的概念。前者涉及战争的理由，后者涉及战争的手段。简单地说，侵略战争是非正义战争，自卫战争是正义战争。而判断战争手段是否正义的标准在于是否遵守"常规性和实体交战的规则"，严格区分战斗人员和非战斗人员。因此，只有在自卫战争中，"崇高的牺牲"才是有效的，且能给人以正当的印象。[①] 日本在二战中也遭受了惨重的人员伤亡，军人和平民死亡总数约310万人。这些人都死于日本的不义之战，充当了日本对外侵略战争的牺牲品，可以说其死亡没有任何意义。

但是，日本人从其民族立场出发不但没有否定这些人死亡的意义，反而赞颂其"为国尽忠"的功绩。小泉纯一郎在2002年参拜靖国神社时曾经说："我参拜的目的在于，对那些在我国的历史上，自明治维新以来，迫不得已撇下亲属，为祖国献出生命的人们表示衷心的哀悼。我认为今天日本的和平与繁荣是建立在许多战殁者的崇高的牺牲的基础之上。"[②] 小泉把充当日本侵略战争走卒而战死视为"崇高的牺牲"，这种观点不仅代表了日本政界部分人的看法，也反映了包括大量战争遗族在内的普通民众的看法。正如高桥哲哉所指出的那样："国家总是不断地要谈'光荣的历史'，把遗属的哀伤、哀悼的感情转换为名誉感、自豪感、幸福感、欢喜的感情，这就是'靖国'的'牺牲'逻辑。可是在'国民的逻辑上'，可以说更强调哀悼和悔悟联结起来的团结心。"[③] 加藤典洋在《败战后论》中指出，日本在第二次世界大战的侵略战争中战败后，国民陷入了人格

[①] ［美］迈克尔·沃尔泽：《正义与非正义战争：通过历史实例的道德论证》，任辉献译，社会科学文献出版社2015年版。
[②] ［日］高桥哲哉：《国家与牺牲》，徐曼译，社会科学文献出版社2008年版，第4页。
[③] 同上书，第109页。

分裂状态,要统一分裂的人格,首先要以与靖国神社不同的形式祭奠本国的死者,恢复国民的主体性,建立国民共同体,然后再涉及亚洲的受害者。他认为,尽管这些日本士兵死于错误的战争,但他们毕竟是自己的父辈或祖辈,因此作为日本人应该向他们表示感谢、表示深切的哀悼。① 其问题在于优先考虑日本的死者,排除了亚洲的受害者。因此,该观点遭到了高桥哲哉的批驳。

埴谷雄高指出:"野间宏的《阴暗的图画》、梅崎春生的《樱岛》、椎名麟三的《深夜的酒宴》和《在沉重的潮流中》、中村真一郎的《在死亡的阴影下》、武田泰淳的《审判》和《蝮蛇的后裔》、大冈升平的《俘虏记》和《野火》以及我的《亡魂》,全都由死者支撑着。对我们这些战后出发的人来说,的确正是死者作为不说话的现实存在,是我们无法回避且必须面对的最初的生者。(略)而且,战后文学的现实性就是靠这些死者得以保证的。"② 战后派作家作为战争的幸存者,在其作品中或多或少地表现出对战死者的负疚感、羞耻感,认为其幸存建立在死者付出的牺牲之上,由此肯定了战死者的价值。如大冈升平作为战争的参与者,不愿彻底否认自己和同伴在战争期间的生存价值,认为死去的战友是"为国捐躯",因此对日军的战死者常怀有怀念乃至崇敬之情。他在《再赴民都洛岛》等作品中甚至称战死者为"英灵"。在日语中,"英灵"本是尊敬死者灵魂的词语,明治维新以后多用于指称战死者的灵魂。高桥哲哉指出,"英灵"这个词,"在日本是以靖国神社为中心,是表彰战殁士兵的词语。在日俄战争后,这种称法普遍化了。'英灵'在靖国神社的教义上是'祭神';社会上一般用'英灵'表示战殁者的优秀的灵魂,以此颂扬战殁者"。③ 岛尾敏雄作为特攻队长在日本战败投降前夕没

---

① 详见[日]加藤典洋『敗戦後論』,講談社1997年版。
② 转引自中野孝次『ミンドロ島ふたたび・解説』,中央公論社1976年版,第255—256頁。
③ [日]高桥哲哉:《国家与牺牲》,徐曼译,社会科学文献出版社2008年版,第117页。

有出动攻击得以幸存，战后也流露出对死者深深的负疚感。

五 追究战争指导者的责任，弱化普通士兵的战争责任

日本战败投降后，国内各界一直在围绕战争责任问题进行探讨和争论。柄谷行人将战争责任区分为以下几个层次：

> （1）刑事责任：杀害了他人生命；（2）政治责任：对杀害他人生命负有领导或监督责任；（3）道德责任：没有或没有能够拯救他人生命；（4）形而上学责任：自己侥幸得救而他人却遇害了。①

也就是说，战争责任包括法律责任、政治责任和道德责任等不同层次。此外，从责任的主体看，又有个人责任和集体责任之分。

日本的侵略战争是在昭和天皇和军部的策划下进行的，因此战后派作家的一些作品指出了军国主义分子的战争责任，但主要是指责他们没有在败局已定的情况下早点停止战争，由此导致了日本人不必要的伤亡，而没有批判他们发动战争的责任。如大冈升平对日本政府不及时接受《波茨坦公告》，导致更多日本人死伤感到愤慨，指出："现在指导着战争的狂人们，横竖是不达到目的不舒心吧。不管国民挨上几颗原子弹，他们永远在安全的防空洞里做着桶狭间的美梦。"② 事实上，同时期的其他作家也表达了类似的看法，如大田洋子在《尸体狼藉的市街》中写道："假如军国主义者不进行垂死挣扎的话，战争真的就结束了。无论是广岛还是其他地方，只能认

---

① 转引自魏育邻《〈灰色的月亮〉与〈脸上的红月亮〉中的责任问题：对两个文本的空间象征性及人物行为的比较》，《外语研究》2012年第5期。
② 大冈昇平：「八月十日」，『大冈昇平集1』，岩波书店1983年版，第356页。1560年5月，织田信长在尾张的桶狭间突袭前往京都的今川义元，今川战死，军队溃败。织田信长由此迈出统一天下的第一步。

为原子弹是已经结束的战争之后的丑恶余音。战争在从硫磺岛到冲绳的波涛中已经结束。因此，我心里有点混乱。是美国把原子弹扔到我们的头上，同时也是日本的军阀政治把它扔到了我们的头上。"①

关于天皇的战争责任，战败初期日本兴起过批判性的讨论，之后悄无声息，没有深入展开。战后派作家也只有少数作品涉及了天皇制，在这方面的探究还很不充分。梅崎春生在随笔《关于天皇制》（1953）中指出在现代社会天皇制是一种错误，文中写道："对我来说，从天皇一家受到了很多伤害。我被拉去打仗，牺牲了青春，身心两方面都受到了伤害。或许我等算是受害较轻的，有很多人失去生命，受到的损害无以言表。"② 大冈升平在其战争文学作品和文艺随笔中表达了对天皇和天皇制的否定态度。他在《俘虏记》中写道："我不懂天皇制的经济基础啦、人间天皇的笑颜啦之类高深的问题，但是从俘虏生物学的感情推断，对于8月11日到14日这4天时间内无意义地死去的人们的灵魂，天皇的存在也是有害的。"③《莱特战记》则通过第16师团一个士兵的视角表达了对天皇的不满，这个士兵"痛恨自己出生在这样的国家，天皇陛下等高高在上，人们被迫毫无意义地献出生命"。④

需要注意的是，近代战争的最大特点是"总体战"，从军队到全体民众都以不同的形式参与战争。战争的牺牲者大多是底层士兵和无辜的民众，但另一方面，支撑着战争的也是这些普通士兵和民众。日本一些学者在追究军部、天皇的战争责任的同时，提到了一般国民的战争责任问题。竹内好指出：

---

① 转引自黑古一夫『原爆は文学にどう描かれてきたか』，八朔社2005年版，第21页。
② 梅崎春生：「天皇制について」，『梅崎春生全集』第七卷，新潮社1967年版，第114页。
③ 大冈昇平：「八月十日」，『大冈昇平集1』，岩波书店1983年版，第374页。
④ 大冈昇平：「レイテ戦記（下）」，『大冈昇平集10』，岩波书店1983年版，第442页。

第六章　战后派战争小说概论

"举国家之总力"而战的，不仅仅是一部分军国主义者，还有善良的绝大多数国民。认为国民只是服从了军国主义者的命令并不正确。国民为了民族共同体的命运才"举其总力"。今天，我们能够将作为象征的天皇、作为权力主体的国家和作为民族共同体的国民区别开来，这是战败的结果使然，却不能将这种区别类推到总体战争的那个阶段。①

江口圭一也持同样的看法，他指出：

除了天皇等战争指导者外，日本国民也不能逃避十五年战争的责任，他们深受国家利己主义诱惑之害，除了极少数的例外，压倒多数的国民支持了战争，有时甚至达到狂热程度。……日本国民的战争认识与十五年战争实际造成的加害与受害是不成正比的，他们的意识中主要是把自己看成受害者，却很少想到自己是加害者，这就很难认识到自己的战争责任。②

从广义的角度看，作为一个侵略者，在他国的领土上，不管是否杀害了对方的士兵和平民，在场本身就意味着犯罪。作为普通士兵，其责任意识涉及的主要是道德责任和形而上学责任的问题。武田泰淳的《审判》提出了一般士兵的战争责任问题。总体而言，日本战后派的战争小说鲜能看到对个体或集体战争责任的追问，对此呈现出一种集体的失语和失忆，更多的是对杀人行为的冷漠和开脱。《审判》的主人公二郎对杀人进行了忏悔，武田泰淳在与堀田善卫对谈时也曾经说："就我来说，没有为中国做过一件好事，尽管中国人

---

① ［日］竹内好：《近代的超克》，李东木等译，生活·读书·新知三联书店2005年版，第331页。
② ［日］江口圭一：《日本十五年侵略战争史（1931—1945）》，杨栋梁译，江苏人民出版社2016年版，第234—235页。

对我说并非如此。我做过危害他们的事，却没有做过有益于他们的事。"① 但是，另一方面为了把虚构的小说和现实世界区分开来，武田又在《没有做坏事的辎重兵》一文中强调自己在中国战场没有做过坏事。

综上所述，战后派作家在战争责任问题上认识的局限和不足并不仅仅是他们的问题，与日本战后的战争记忆、和平教育中缺失加害者意识、回避战争责任的社会环境有密切关系。魏育邻指出："只有将他者融入自我之中的主体才具有承担责任的资格和能力，而日本战后社会久拖不决的战争责任问题，从精神层面来看，就是由于缺乏'对他者的想象'，因而未建立起坚实的责任主体。"② 也就是说，日本人只有超越狭隘的民族立场，把目光转向亚洲各国的战争受害者，采用"他者"的视角描写战争，才能对战争责任有全面的正确的认识。同时，日本作为一个在二战中犯下暴行的民族，在反思战争时只有与受害者联系起来，才能真正恢复自己的人性。

第五节　战后派战争小说与中国当代战争小说之比较

第二次世界大战不仅改变了战后世界的政治格局，也对各国的政治、经济、文化等产生了深远的影响。就文学方面而言，日本文学以 1945 年 8 月日本战败投降为契机进入新的发展时期，一般把这看作是日本现代文学的起点。中国文学则以 1949 年 7 月举行的第一次全国文代会（全称"中华全国文学艺术工作者代表大会"）为标志进入当代文学的发展阶段。在日本战后初期和中华人民共和国诞生之初，中日两国都出现了大量战争题材的文学作品，在日本是以

---

① 武田泰淳、堀田善衞：『私はもう中国を語らない』，朝日新聞社 1973 年版，第 185 頁。
② 魏育邻：《〈灰色的月亮〉与〈脸上的红月亮〉中的责任问题：对两个文本的空间象征性及人物行为的比较》，《外语研究》2012 年第 5 期。

第六章 战后派战争小说概论

战后派为代表的战争文学,在中国是"十七年文学"时期的战争文学。由于两国社会状况、历史文化传统、审美情趣和作家生活体验等方面的差异,两国该时期的战争文学也呈现出不同的特点。下面将就两国该时期战争小说的异同进行简要的探讨。

一 战争体验与创作

文学是一种精神产品,作家个人的生活体验必将对其文学创作产生重大影响。作家创作所需的材料,主要是通过自己的生活实践去积累。从大的方面来看,中日两国战争文学的作者都经历了第二次世界大战,他们既是战争的目击者,也是战争的参与者。但是,由于两国战争的性质不同,日本发动的是图谋海外霸权的侵略战争,中国进行的是争取民族独立和民主、自由的正义战争,因此,两国作家对战争的态度大不相同。中国战争文学的创作主体多来自当年的陕北及解放区。他们都是在民族危亡、国难当头之际,抱着满腔救国热情,积极投身到抗日战争、解放战争中去的。他们主要是军队的随军记者和文艺工作者,如《保卫延安》的作者杜鹏程、《红日》的作者吴强。也有一些作家曾直接担任过军队的指挥工作。如《林海雪原》的作者曲波,曾亲自率领一支小分队,深入牡丹江一带的深山密林进行剿匪战斗。二战结束后,日本战争文学的主要承担者是战后派作家。他们大多极不情愿地入伍,并直接参加了战争。如野间宏曾在军队服役三年多时间,大冈升平在菲律宾战场做了美军的俘虏。可以说,两国作家战争期间的生活积累为其日后的创作提供了必要的原材料,其间浓烈的情感积累激发了他们的创作欲望。

每位作家都生活在一定的社会历史环境之中,其创作除主观因素外,还要受这些客观因素的影响,那个时代的物质生活和精神生活总要在他们的作品中留下鲜明的印记。第二次世界大战期间那段波澜壮阔的历史为作家的创作提供了丰富的素材。中日两国该时期的战争题材文学作品也主要取材于二战及其前后的历史事件，大都来源于作家自身的战争体验。但是，由于两国作家的战争体验和战争的结果等均不相同，他们的作品在题材内容上也有所不同。中国人民经过八年浴血奋战，赢得了抗日战争的胜利，洗刷了中国人民鸦片战争后一百余年受外国列强奴役的屈辱历史。之后，中国共产党又领导全国人民进行了三年国内革命战争，最终建立了工农大众当家做主的新政权。举国上下一片欢腾，胜利的喜悦冲淡了人们在战争中失去亲人、失去家园的悲伤。周扬在第一次全国文代会上呼吁作家："不但写出指战员的勇敢，而且还要写出他们的智慧、他们的战术思想，要写出毛主席的军事思想如何在人民军队中贯彻，这将成为中国人民解放斗争历史的最有价值的艺术的记载。"[①]

会后，很多作家纷纷响应这一号召，热情歌颂中国共产党领导的各个时期的革命斗争，这些作品成为中国20世纪50年代文学创作中最富有生气的部分。其中，抗日战争和解放战争是众多作家竞相反映的热门题材。袁静、孔厥的《新儿女英雄传》（1949）、孙犁的《风云初记》（1951）等一系列表现华北抗日根据地战斗生活的作品率先拉开了战争小说的序幕。之后，冯志的《敌后武工队》（1958）描写了冀中抗日民主根据地针对日军的大"扫荡"而展开的反"扫荡"斗争。杜鹏程的《保卫延安》（1954）真实地再现了延安保卫战的历史进程，热情歌颂了党中央的军事思想。此外，知侠的《铁道游击队》（1955）、冯德英的《苦菜花》（1958）、李英儒的《野火春风斗古城》（1958），分别反映了鲁南、胶东、保定等地区的敌后抗日斗争。吴强的《红日》（1957）、曲波的《林海雪原》（1957）和罗广斌、杨益言的《红岩》（1961），分别描写了解放战争时期华东战场、东北剿匪和重庆的狱中斗争。该时期也有一些反映抗美援朝战争的作品，但数量上要比前两种题材少得多，影响也

[①] 转引自陈思和主编《中国当代文学史教程》，复旦大学出版社1999年版，第55页。

第六章　战后派战争小说概论

较小。以上作品在表现这些历史事件时迎合了大众的心理需求，作品基调充满了英雄主义、乐观主义色彩，内容喜大于悲，结局基本上都是大团圆式的。敌人无论多么凶狠、狡诈，最终都逃脱不了灭亡的命运。对此，陈思和做出过精辟的论述：中国当代战争小说"强调战争的最终胜利意义，将过程的意义溶解到最后的结果中去，将个体生命的价值溶解到集体的胜利中去。英雄人物不会轻易死去，即使是非死不可的时候，也必须要用更大的胜利场面去冲淡它的悲剧气氛。英雄的死不能引起传统悲剧中的恐惧效果，而是以道德价值的认识来取代生命本体价值的认识，其结果是消解了战争文学的悲剧美学效果"。它"重在表现战争中的群体风貌、战争的整体和现实结果"。[①]

日本的情况则与中国不同，日本军国主义者发动的侵略战争，不仅给中国等周边国家带来了深重的灾难，也让日本人民付出了惨痛的代价。日本人民战时在绝对主义天皇制的重压下，身心受到摧残。战败后的日本，经济萧条，家园荒芜，以美国为首的联合国军又随即进驻日本。虽然战争结束使大多数人从长期痛苦压抑的状态下解放出来，但他们还是难以像中国人那样满怀发自肺腑的喜悦之情来庆祝这一天的到来。日本的作家痛定思痛，对这场战争进行反思，并严厉追究文学工作者的战争责任，形成了一股强大的反战文学思潮，批判战争成为日本战争题材文学作品的中心主题。战后派战争小说主要包括两方面的内容。一是直接描写某次战役、某个战斗场面。但这类作品的数量不仅比中国同时期的作品要少得多，在日本所占的比例也很小。同时，由于二战期间日本军国主义的魔爪伸到了周边很多国家和地区，日军大规模的战役、战斗多在海外进行。包括战后派一些作家在内的军人应征到海外作战，在异国他乡经历了这场战争。因此，战后派作家的笔触由国内延伸到国外，创作了一批反映中国抗日战场、菲律宾

[①] 陈思和主编：《中国当代文学史教程》，复旦大学出版社1999年版，第57—58页。

战场等海外题材的作品，如大冈升平的《莱特战记》、武田泰淳的《审判》等。二是暴露日本军队组织反人性的特点，并从各种角度探讨人在战争中的奇异行径，揭示人性中的阴暗面，描写战争给人们战后生活带来的深刻影响，尤其是战争给人们心灵上留下的巨大创伤等。这类作品数量庞大，构成日本战后派战争小说的主流。这也是中日当代战争文学在题材内容方面的一个显著区别。战后派作家将文学表现的重点放在人的内心世界上，而不是外部行为上。因此，这些作品带有伤痕文学的特点，作品基调比较低沉，大都笼罩着一种阴暗悲凉的气氛。例如，野间宏的《真空地带》《脸上的红月亮》《崩溃感觉》和武田泰淳的《审判》均以战场上的幸存者为主人公，描写了他们战后仍背负着战争的阴影，难以融入正常的社会生活，从而探讨了战争对人性的破坏之深。

二 文学创作方法

中日两国的作家在创作战争小说时都运用了现实主义的创作方法。现实主义主张正视现实，客观反映生活的本来面目。但是，由于两国的国情不同，两者对现实主义的理解与吸收不同，因此在进行创作实践时也表现出不同的特点。中国传统文学中的现实主义，本来就是以"经世致用"为主的。20世纪30年代中后期社会主义现实主义从苏联传入中国，它"要求艺术家从现实的革命发展中真实地、历史地和具体地去描写现实。同时艺术描写的真实性和历史具体性必须与用社会主义精神从思想上改造和教育劳动人民的任务结合起来"。[①] 此后，作品的教育功能被提到最重要的位置，"理想性"成为现实主义的美学目标。40年代，中国的现实主义理论开始形成不同的体系，其中影响最大、居主导地位的是以毛泽东的文艺思想为代表的理论体系。1942年，毛泽东在延安文艺座谈会上提出

[①] 李慈健等：《当代中国文艺思想史》，河南大学出版社1999年版，第49页。

第六章　战后派战争小说概论

"主张社会主义的现实主义"。他指出：虽然人类的社会生活和文学艺术都是美，但是"文艺作品中反映出来的生活却可以而且应该比普通的实际生活更高，更强烈，更有集中性，更典型，更理想，因此就更带普遍性"。① 他还从当时根据地需要实现政治思想上团结统一这一大局出发，提出了"写光明为主"的基本原则。在这一创作思想指导下，在延安逐步形成了以社会主义现实主义为基本创作原则的文学运动。

1949年7月，第一次全国文代会在北平（今北京）召开。大会总结了"五四"以来文艺工作的成绩与经验，确定以毛泽东《在延安文艺座谈会上的讲话》（以下简称《讲话》）为新中国文艺事业的总方针。1953年召开的第二次全国文代会把社会主义现实主义确定为文艺创作的方法和文艺批评的准则，把塑造新的英雄人物形象确定为社会主义文艺的基本要求。这些战争小说现实主义与浪漫主义互相渗透与包容，浪漫主义融于现实主义的大潮之中，具有相当的主观性或理想性色彩。此外，中华人民共和国成立后，文艺界还坚持了"写光明为主"的基本原则，即只承认肯定性的歌颂是对现实生活的真实客观的反映，是对社会本质规律的揭示，而排斥敢于正视生活矛盾、揭露生活阴暗面的作品。这反映到战争小说中来，就是作家一味追求"高、大、全"式的英雄人物形象。周扬认为，"许多英雄人物并不重要的缺点在作品中是完全可以忽略或应当忽略的"，这是与社会主义现实主义的创作原则完全一致的。应该说，在当时国内百废待兴、国际上又面临着敌对势力严重威胁的情况下，这样做客观上起到了激发全国人民斗志和建设热情的积极作用。但是，另一方面，这种创作方法违背了现实主义尊重生活的基本原则。

在日本，19世纪末西方自然主义文学思潮传入后，与其文学传

---

① 毛泽东：《在延安文艺座谈会上的讲话》，《解放日报》1943年10月19日。

统相交融，产生了"私小说"这一独特的文学形态。其主要创作手法是采用第一人称叙事的形式，脱离时代背景和社会生活，排除虚构和想象，孤立地描写个人的生活体验和心理活动。战后派作家虽然没有统一的文学纲领，但他们在创作方法上仍有一些共同点，即试图从否定日本的文学传统出发，以西欧的近代思想为立脚点，在探讨西欧近代文学方法的基础上，创造新的日本文学。这是因为，他们认为私小说的方法只是单纯地无意识地罗列个人的体验，如实记录自己的心境和行为，而不去分析自己的本质，很难刻画人们在战败这种异常的现实里的状态。平田次三郎在《〈战后文学〉宣言》（1949）中就战后派文学的理念和方法论述到：

> 它的直接表现是，对于在明治末期出现的自然主义文学及其末流私小说的文学方法的否定，想发现可以从整体上描写生活在战后革命期的人们的表现方法。与这个目标相联系的就是，要对欧洲十九世纪式的现实主义进行批判，努力摄取二十世纪的现实主义。（中略）因此，"战后文学"的现实主义应该是社会的现实主义和存在的现实主义的综合。它力图促使受社会现实制约并在社会现实中行动的人得到现实的表现和与现实相关的人类主体内部世界的有意识状态、无意识状态的表现这两者综合起来。[①]

这里所说的"战后文学"指的就是战后派文学。本多秋五也在《战后文学的作家和作品》（1971）的后记里写道：战后派文学"是一种对战败以前的一切文学怀有不满情绪的文学，是自以为与战败之前的文学已一刀两断、至少希望与它一刀两断的文学"。[②]

---

① 平田次三郎：「『戦後文学』宣言」,『文芸』1949 年 1 月号。
② 本多秋五：『戦後文学の作家と作品』,冬樹社 1971 年版，第 370 頁。

第六章　战后派战争小说概论

战后派作家在现实主义的基础上，吸收了存在主义、意识流等现代文学的创作手法，着重描写人的内心世界，探讨战争和战后人的基本存在的关系。但事实上他们也未能完全摆脱其文学传统——私小说的影响。这主要表现在其战争小说注重自传性、纪实性，多描写作者个人的战争体验和痛苦经历。

三　对文学政治功能的认识

一般认为，文学具有审美功能、认识功能和教育功能，文学的教育功能又包括政治功能、伦理道德功能和文化教育功能。每个作家都生活在一定的经济关系和政治关系中，其思想和观点必然或多或少受其影响，并会自觉不自觉地反映到文学作品中来。因此，文学和政治总有千丝万缕的联系，很难完全排除文学的政治功能。但是，在文学和政治的关系上，中日两国的认识有明显差别。

中国人一直强调文学艺术的教育功能，尤其是其政治功能，因而中国文学自古就有"文以载道"的传统。中国的知识分子历来比较讲求建功立业，对国家、对社会尽责，大多数现实主义作品都多少带有某种使命感。可以说，从强烈的历史使命感出发，自觉地将文学创作同国家的命运结合起来，是中国现实主义文学的创作特点。毛泽东在《讲话》中阐述了中国共产党的文艺政策，提出文艺必须服务于政治。他说："无产阶级的文学艺术是无产阶级整个革命事业的一部分。""要使文艺很好的成为整个革命机器的一个组成部分，作为团结人民、教育人民、打击敌人、消灭敌人的有力的武器，帮助人民同心同德地和敌人作斗争。"他还提出"文艺批评有两个标准，一个是政治标准，一个是艺术标准"。并把政治标准放在第一位，把艺术标准放在第二位。要求文艺作品达到"政治和艺术的统一，内容和形式的统一，革命的政治内容和尽可能完美的艺术形式的统一"。①

　　1949年，第一次全国文代会再次确定了文艺必须为人民服务，首先为工农兵服务的总方向。因而中国战争小说作家普遍都有强烈的历史使命感，注重作品的社会性及教化作用。这种强烈的历史使命感还带来了当代战争小说创作的政治化倾向。它主要表现在简单、机械地理解文艺与政治的关系，把文艺为社会服务的功能，等同于直接服务于政治，过分强调文学创作的政治目的性和政治功利性。有些作品旨在通过描写战争来普及中国革命史，对青少年进行爱国主义教育。例如，罗广斌、杨益言说他们创作《红岩》事实上是在完成领导分派的一项任务。事前领导提出作品要"揭露敌人，表彰先烈"，并给了作者足够的时间和各方面的工作条件。在创作过程中，领导又为作者"出了一些好主意"，"省市的领导同志和文联负责同志都曾多次校阅稿件，提出了许多宝贵意见，给予了许多支持。同时，中国青年出版社对读者和作者负责，注意作品的教育意义和战斗性"，也给了作者很多帮助和启发。②

　　由于传统文化的差异，日本形成了与中国不同的文学观。总体而言，日本人较强调文学艺术的审美功能，注重表现个人的审美情趣，文学作品多带有"脱政治性"的倾向。战后派作家的战争小说创作也表现出这样的特点。就"政治和文学"的关系，日本战后派作家和中国作家的认识有很大区别。平野谦、荒正人等文学评论家在理论上指导着战后派文学运动。他们虽然在青年时期都有过接触马克思主义思想的体验，大都以某种形式与左翼运动有过关系，但是对文学和政治的混同持批判态度。《近代文学》创刊时，他们对这本杂志的基本性质定出了若干项目，其中提到"艺术至上主义，精

---

　　① 毛泽东：《在延安文艺座谈会上的讲话》，《解放日报》1943年10月19日。
　　② 罗广斌、杨益言：《创作的过程　学习的过程——略谈〈红岩〉的写作》，《中国青年报》1963年5月13日。

第六章 战后派战争小说概论

神贵族主义""不受意识形态观念的束缚，追求文学的真实性""反对文学功利主义"等。

战后派作家在创作上修正了无产阶级文学兴起后政治优先的文学理论，认同文学的自律性。本多秋五指出，他们身上"政治和文学"的问题有下面两个主张、两个侧面："（1）对政治完全视而不见的文学是隐居文学或发育不良的文学，是有点欠缺的文学。（2）但是，文学和政治分属不同的层次，以政治的尺度来衡量文学是错误的。"[①] 也就是说，战后派作家反对政治主义是以"政治"和"文学"的完美调和为前提的"艺术至上主义"。在实际创作过程中，他们大都是站在自己是受害者的立场上描写战争，不能区分正义战争和非正义战争，没有多角度地反映战争的全貌，几乎没有涉及战争给其他国家带来的灾难。可以说这正是他们战争小说的局限性。战后已经过去了七十余年，日本政府乃至相当多的日本人对第二次世界大战仍未进行深刻的反省，阁僚的"失言"事件不绝于耳。这里面固然有多方面的原因，但这与日本战后派作家等没有从整体上描写这场战争的全貌，没有充分发挥文学的社会功能当有一定的关系。

四 作家的表现手法

同样是描写第二次世界大战及其前后的历史事件，中日两国作家的表现手法却截然不同。简单地说，中国的战争小说具有以下特点：一是作家们努力以宏大的结构和全景式的描写揭示战争，追求革命史诗式的艺术效果。作家创作时不囿于个人的体验，几乎没有以个人体验为主要内容的战争小说，也很少有以第一人称叙述的战争小说。例如，杜鹏程的《保卫延安》并没有孤立地写陕北战场，而是把该战役放在全国性战争的大背景中去写，还描写了刘邓大军

[①] 本多秋五：『物語戦後文学史』，新潮社1979年版，第767页。

挺进大别山、陈谢大军东渡黄河等军事行动,从而展现了中国人民解放军由战略防御转入战略进攻的宏大历史画卷。吴强的《红日》以1947年山东战场的涟水、莱芜、孟良崮三大战役为情节发展的主线,以陈毅、粟裕统帅的华东野战军与国民党王牌军74师之间展开的大规模战役为叙述中心,将笔触从军、师、团一直延伸到连、排、班,从高级将领写到普通战士,从军队写到地方,从前方战场写到后方医院,视野开阔而层次分明,场面宏大而结构紧凑。二是塑造出了一批具有鲜明时代特色的典型人物形象,尤其是典型英雄人物形象。毛泽东在《讲话》中指出:"在阶级社会里就是只有带着阶级性的人性,而没有什么超阶级的人性。"中华人民共和国成立后,中国主要从苏联引进了"阶级典型"说。该学说把典型性和阶级性等同起来,认为典型性就是阶级性的具体体现,典型人物就是把某个阶级的共同特征集中于独特的形象之中。因此,中国战争小说中的人物形象敌我分明,甚至用于描写敌我人物形象的语言都褒贬分明。这可以用"正面人物一切都好""反面人物一切都坏"的模式来概括。作家们热情歌颂革命战争中涌现出来的战斗英雄,用无产阶级革命战士的标准来塑造他们。例如,杨子荣(《林海雪原》)、江姐(《红岩》)、刘洪(《铁道游击队》)等艺术形象,在中国可谓家喻户晓、妇孺皆知。但是,由于把典型化仅仅归结为塑造高大完美的无产阶级英雄形象,非难人性、人情,作家普遍不重视描写人的心灵和情感,揭示人物复杂的内心世界,这些典型人物很少突破英雄主义基调和人物程式化的模式。英雄人物大都相貌堂堂,高大威武,爱憎分明,立场坚定,机智勇敢,不怕牺牲,大公无私,对阶级兄弟充满爱心等等。与此相对,作品中的反面人物,如国民党官兵、日伪汉奸以及地主恶霸、土匪特务等,则相貌丑陋,阴险狡诈,贪生怕死,自私自利,唯利是图,最终都没有好下场。此外,中国当代战争小说的服务对象是人民大众,而他们的整体文化水平较低。

第六章 战后派战争小说概论

因此,为了使这些作品能为广大群众接受,中国的作家追求民族化、大众化,注重情节的生动和语言的通俗,致使部分作品的艺术性不太高。

日本的战争小说则呈现出不同的特点。一方面,战后派作家主要从自己在战争期间的生活体验、感受和认识出发,反映战争对人们正常生活的破坏以及给人们造成的心理创伤,描写个人或普通人在战争中的命运。众所周知,政治的暴力,在战争时期达到了极限。在战争中,多数人必须面对"死"和"杀人"的问题。高桥和巳在《战争文学序说》(1964)中,提出了以下三个带极限性的问题:"第一,使自己杀他人正当化的东西究竟是什么?第二,为什么自己不能寿终正寝而非得死在那里不可?第三,在同样的情况下,为什么不是自己而是其他人死在那里?"他说:"这是斯芬克司对所谓战争和革命世纪的现时代的询问。"[①] 事实上,战后派作家也在作品里努力答复"斯芬克司的询问"。例如,梅崎春生的《樱岛》用简洁的文体描绘出了主人公面对死亡、处于紧迫情况下的内心世界。"我"一直在想象并探究自己会如何面对死亡,而直到最后一瞬间才会明白答案。大冈升平的《俘虏记》围绕"我"为什么没有开枪射击靠近的美国兵进行了细致的精神分析,依次举出了人类爱、厌恶人血、意志受抑、父亲的感情等理由,但最终也未得出令人信服的结论。另一方面,战后派作家的多数作品带有私小说的色彩,且多以"我"为主人公,以第一人称叙述,使得其战争小说虽不乏优秀的作品,却较少留下感人至深的典型艺术形象。此外,战后派作家在创作战争小说时,头脑中没有中国作家那种强烈的敌我对立意识。虽然一些作品中也出现了敌对国家的人物形象,但作家并没有刻意丑化他们,对他们的描写也比较客观。

---

① [日]松原新一等:《战后日本文学史·年表》,罗传开等译,上海译文出版社1983年版,第90页。

综上所述，中日两国当代的战争小说分别扎根于本国深厚的土壤之中，具有鲜明的民族特色。在艺术的百花园中，从不同的视角出发反映了战争的不同侧面，构成了世界战争文学园地里两道亮丽的风景线。

参考文献

一 中文文献

(一) 著作

陈思和:《中国当代文学史教程》,复旦大学出版社1999年版。

高宁、韩小龙:《日本近现代文学作品选析》,上海外语教育出版社2004年版。

格非:《小说叙事研究》,清华大学出版社2002年版。

何建军:《大冈升平战争文学研究》,世界图书出版广东有限公司2012年版。

何乃英:《日本当代文学研究》,北京师范大学出版社1997年版。

胡亚敏:《美国越南战争:从想象到幻灭》,复旦大学出版社2009年版。

李慈健等:《当代中国文艺思想史》,河南大学出版社1999年版。

李德纯:《战后日本文学》,辽宁人民出版社1988年版。

李德纯:《战后日本文学史论》,译林出版社2010年版。

李桂荣:《创伤叙事:安东尼·伯吉斯创伤文学作品研究》,知识产权出版社2010年版。

李国庆:《日本社会》,高等教育出版社2001年版。

李先瑞:《日本战后文学:作家评论、作品赏析》,香港新华彩印出版社1999年版。

刘炳范:《战后日本文化与战争认知研究》,中国社会科学出版社2003年版。

刘振瀛、卞铁坚、潘金生:《日本近现代文学阅读与鉴赏》(下册),商务印书馆1993年版。

柳晓:《创伤与叙事:越战老兵奥布莱恩20世纪90年代后作品研究》,中国社会科学出版社2013年版。

莫琼莎:《野间宏文学研究:以"全体小说"创作为中心》,南开大学出版社2012年版。

申丹:《叙述学与小说文体学研究》,北京大学出版社1998年版。

司马迁:《史记》,中华书局2005年版。

田桓:《战后中日关系文献集1945—1970》,中国社会科学出版社1996年版。

王守仁:《终结与起点:新世纪外国文学研究》,译林出版社2002年版。

王希亮:《战后日本政界战争观研究》,社会科学文献出版社2005年版。

王向远:《"笔部队"和侵华战争:对日本侵华文学的研究与批判》,北京师范大学出版社1999年版。

王向远:《王向远著作集第9卷 日本侵华史研究》,宁夏人民出版社2007年版。

王岳川:《后殖民主义与新历史主义文论》,山东教育出版社2001年版。

徐静波:《近代日本文化人与上海:1923—1946》,上海人民出版社2017年版。

徐志民:《战后日本人的战争责任认识研究》,社会科学文献出版社

2012年版。

叶渭渠：《日本文学散论》，吉林人民出版社1990年版。

叶渭渠：《日本文学思潮史》，经济日报出版社1997年版。

殷作桢：《战争文学》，大风社1935年版。

赵乐甡：《中日文学比较研究》，吉林大学出版社1990年版。

中共中央文献研究室：《三中全会以来重要文献汇编》（下），人民出版社1982年版。

中国基督教三自爱国委员会、中国基督教协会：《圣经》，2003年。

朱立元：《新时期以来文学理论和批评发展概况的调查报告》，春风文艺出版社2006年版。

朱维之：《外国文学史》，南开大学出版社1998年版。

（二）译著

[苏] Л. Н. 斯米尔诺夫、Е. Б. 扎伊采夫：《东京审判》，李执中等译，军事译文出版社1987年版。

[美] 艾·弗洛姆：《爱的艺术》，李健鸣译，上海译文出版社2008年版。

[英] 布衣：《罪孽的报应》，戴晴译，社会科学文献出版社2006年版。

[日] 大冈升平：《大冈升平小说集》（上、下），尚侠等译，作家出版社1998年版。

[日] 大江健三郎：《广岛·冲绳札记》，王新新译，河北教育出版社2002年版。

[日] 德永直等：《日本当代短篇小说选》，萧萧等译，辽宁人民出版社1980年版。

[日] 高桥哲哉：《国家与牺牲》，徐曼译，社会科学文献出版社2008年版。

[美] 汉娜·阿伦特等：《〈耶路撒冷的艾希曼〉：伦理的现代困境》，孙传钊编，吉林人民出版社2003年版。

[日] 江口圭一：《日本十五年侵略战争史（1931—1945）》，杨栋梁译，江苏人民出版社2016年版。

[日] 津田道夫：《南京大屠杀和日本人的精神构造》，程兆奇、刘燕译，新星出版社2005年版。

[日] 井上清：《日本历史》，闫伯纬译，陕西人民出版社2010年版。

[瑞士] 卡尔·古斯塔夫·荣格：《荣格自传 回忆·梦·思考》，刘国彬、杨德友译，译林出版社2014年版。

[美] 劳拉·赫茵、马克·赛尔登：《审查历史：日本、德国和美国的公民身份与记忆》，聂露译，社会科学文献出版社2012年版。

[日] 李芒、高慧勤：《世界反法西斯文学书系25　日本卷》（1），重庆出版社1992年版。

[美] 列斯特·坦尼：《活着回家：巴丹死亡行军亲历记》，范国平译，世界知识出版社2009年版。

[日] 铃木贞美：《日本的文化民族主义》，魏大海译，武汉大学出版社2008年版。

[美] 刘若愚：《中国的文学理论》，田守真、饶曙光译，四川人民出版社1987年版。

[美] 鲁思·本尼迪克特：《菊与刀》，吕万和等译，商务印书馆1990年版。

[美] 马尔库塞：《爱欲与文明》，黄勇等译，上海译文出版社1987年版。

[美] 迈克尔·沃尔泽：《正义与非正义战争：通过历史实例的道德论证》，任辉献译，社会科学文献出版社2015年版。

[日] 梅崎春生：《幻化》，赵仲明、朱江译，南京大学出版社2019年版。

[法] 米歇尔·福柯：《疯癫与文明》，刘北成、杨远婴译，生活·读书·新知三联书店2007年第3版。

［英］齐格蒙·鲍曼：《现代性与大屠杀》，杨渝东、史建华等译，译林出版社2011年版。

［法］萨特：《萨特戏剧集》，沈志明等译，人民文学出版社1985年版。

［美］萨义德：《知识分子论》，单德兴译，生活·读书·新知三联书店2002年版。

［日］松原新一等：《战后日本文学史·年表》，罗传开、柯森耀等译，上海译文出版社1983年版。

［日］田中正俊：《战中战后：战争体验与日本的中国研究》，罗福惠等译，广东人民出版社2005年版。

［俄］托尔斯泰：《战争与和平》第3卷，董秋斯译，人民文学出版社1978年版。

［奥］西格蒙德·弗洛伊德：《弗洛伊德五大心理治疗案例》，李韵译，上海社会科学院出版社2014年版。

［日］野间宏：《真空地带》，肖肖译，人民文学出版社1959年版。

［日］竹内好：《近代的超克》，李东木等译，生活·读书·新知三联书店2005年版。

（三）论文

［日］坂井洋史：《武田泰淳·主体性·公共空间》，谭仁岸译，《现代中文学刊》2013年第6期。

陈晨：《从〈樱岛〉看梅崎春生对战争和人生的思考》，硕士学位论文，吉林大学，2016年。

陈端端：《从大冈升平的战争小说看其人生观和价值观的折射》，《外国文学研究》2001年第3期。

陈进、费小兵：《佛教与基督教忏悔思想之比较研究》，《宗教学研究》2015年第1期。

陈思广：《战争观·历史观·审美观：当代战争小说研究的三个要素》，《当代文坛》2007年第1期。

崔新京：《文本解读：野间宏的〈脸上的红月亮〉》，《日本学刊》2001年第6期。

《大冈升平特辑》，《日本文学》1986年第3期。

戴焕：《大冈升平〈野火〉：重塑战争记忆》，《河南师范大学学报》（哲学社会科学版）2006年第2期。

丁国旗：《大冈升平的东南亚叙事与战争认知：文学文本的政治指涉阐析》，《东南亚研究》2007年第4期。

冯裕智：《武田泰淳的中国战争经历与战争反思》，《日本问题研究》2016年第5期。

高宁、韩小龙：《试论中日教科书里的日本二战小说：从文学批评的历史把握谈起》，《华东师范大学学报》（哲学社会科学版）2003年第5期。

何建军：《论日本战后派战争文学的主题》，《解放军外国语学院学报》2007年第2期。

何建军：《浅析大冈升平的战争题材文学作品》，《解放军外国语学院学报》2002年第3期。

胡亚敏、李公昭：《从幻想走向噩梦的深渊：论美国越战小说》，《解放军外国语学院学报》2004年第1期。

蓝泰凯：《对战争的反思与控诉——略论大冈升平的〈俘虏记〉、〈野火〉》，《贵阳师专学报》（社会科学版）2002年第1期。

雷慧英：《日本战后派文学兴衰原因之剖析》，《外国文学研究》2004年第5期。

李德纯：《论日本战后派文学》，《外国文学》1987年第2期。

李德纯：《反思·悲愤·醒悟：日本战后派文学述评》，《日语学习与研究》1989年第5期。

李公昭：《机器与战争机器：美国战争小说中的士兵命运》，《外国文学》2013年第2期。

李建军：《战争罪责岂能转嫁：驳日本右翼的"英美与日本同罪史观"》，《贵州大学学报》（社会科学版）2003 年第 6 期。

李先瑞：《象征主义与意识流手法的完美结合：评野间宏的短篇小说〈脸上的红月亮〉》，《日语学习与研究》2005 年第 1 期。

刘炳范：《亵渎"上帝"的人：大冈升平的小说〈野火〉主题批判》，《日本研究》2002 年第 4 期。

刘炳范：《野间宏的战争文学批判研究》，《齐鲁学刊》2002 年第 5 期。

刘炳范：《"善良"与"人性"的质疑：大冈升平的〈俘虏记〉主题批判》，《日本学论坛》2003 年第 2 期。

刘炳范：《日本战后文学"战争受害"主题论》，《日本研究》2004 年第 1 期。

刘金举：《基督教忏悔制度及忏悔体文学对日本私小说的影响》，《解放军外国语学院学报》2007 年第 1 期。

刘立善：《论野间宏作品的反战特色》，《日本研究》2014 年第 2 期。

莫琼莎：《野间宏笔下的战后日本人：小说〈脸上的红月亮〉及〈崩溃感觉〉主人公评析》，《北方工业大学学报》2005 年第 4 期。

尚侠：《日本战后派文学及其主要作家》，《东北师大学报》（哲学社会科学版）1990 年第 6 期。

尚侠、徐冰：《倾听作家最后的诉说：大冈文学对话录》，《日本学刊》1995 年第 5 期。

尚侠：《战后日本文化演进与大冈小说精神》，《日本学论坛》2001 年第 1 期。

孙立祥：《日本右翼势力的"美英同罪史观"辨正》，《东北师大学报》（哲学社会科学版）2006 年第 3 期。

唐月梅：《战后日本"战争文学"概述》，《外国文学报道》1985 年第 4 期。

汪正龙：《文学与战争：对战争文学和文学中战争描写的美学探讨》，

《中山大学学报》（社会科学版）2010 年第 5 期。

王京：《日本战争文学"反战"的可能性及其困境：对〈麦与士兵〉和〈活着的士兵〉的思考》，《名作欣赏》2015 年第 22 期。

王伟军：《武田泰淳和〈审判〉》，《东北师大学报》（哲学社会科学版）2015 年第 6 期。

王伟军：《武田泰淳反战思想的生成及价值取向》，《北方论丛》2016 年第 5 期。

王向远：《法西斯主义与日本现代文学》，《社会科学战线》1996 年第 2 期。

王向远：《日本有"反战文学"吗？》，《外国文学评论》1999 年第 1 期。

王向远：《战后日本文坛对侵华战争及战争责任的认识》，《北京师范大学学报》（社会科学版）1999 年第 3 期。

卫岭：《奥尼尔的创伤记忆与悲剧创作》，博士学位论文，苏州大学，2008 年。

魏育邻：《〈灰色的月亮〉与〈脸上的红月亮〉中的责任问题：对两个文本的空间象征性及人物行为的比较》，《外语研究》2012 年第 5 期。

武跃速、蒋承勇：《20 世纪西方战争文学中的"毁坏"意识》，《浙江社会科学》2011 年第 8 期。

席忍学：《20 世纪西方战争文学的人本意识》，《西安外国语学院学报》2005 年第 4 期。

肖向东：《论中国当代战争文学：基于"战争文化"与"人学"视角的观察》，《江海学刊》2013 年第 6 期。

徐贲：《平庸的邪恶》，《读书》2002 年第 8 期。

徐冰：《大冈升平和他的创作》，《日语学习与研究》1994 年第 2 期。

徐东日、李玉珍：《战后派文学：日本现代反战文学的高峰》，《东疆学刊》1997年第4期。

徐静波：《昭和时期日本知识人的中国观管窥：以作家武田泰淳的中国因缘和中国叙说为例》，《日本学刊》2011年第6期。

徐静波：《〈时间〉：堀田善卫对南京大屠杀的解读及对中日关系的思考》，《日本问题研究》2013年第4期。

徐静波：《昭和中期日本自由派知识人对中国和中日关系的认识：以作家堀田善卫为例》，《复旦学报》（社会科学版）2014年第2期。

徐静波：《作家武田泰淳的上海因缘和上海意象》，《中国比较文学》2012年第4期。

徐晓利、岳春梅：《构建人性的神话：试论他者视角下二战题材电影〈南京！南京！〉和〈硫磺岛家书〉》，《温州大学学报》（社会科学版）2012年第2期。

［日］野间宏：《残像》，申非译，《世界文学》1992年第6期。

晏妮：《战争的记忆和记忆中的战争：简论日本电影的战争表象》，《当代电影》2015年第8期。

杨洪俊：《〈俘虏记〉之二重性建构解析》，《名作欣赏》2010年第15期。

杨正润：《论忏悔录与自传》，《外国文学评论》2002年第4期。

叶菁：《日本战后战争文学及其创作特点》，《外国文学报道》1985年第4期。

叶琳：《试析野间宏文学创作的艺术风格》，《解放军外国语学院学报》1999年第6期。

叶渭渠：《战后派文学运动诸问题》，《日本学刊》1988年第5期。

张晓莉：《鲜明的形象 独特的构思：〈樱岛〉读后随想》，《外语与外语教学》1986年第2期。

周骥：《日本军国主义"战争史观"的价值观省思》，《南京政治学院学报》2008年第5期。

（四）报纸文章等

罗广斌、杨益言：《创作的过程学习的过程：略谈〈红岩〉的写作》，《中国青年报》1963年5月13日。

毛泽东：《在延安文艺座谈会上的讲话》，《解放日报》1943年10月19日。

皮明勇：《甲午战败实为"文化力"之败》，《参考消息》2014年3月11日第11版。

朴喆熙：《用复眼式视野看待东亚历史》，《参考消息》2013年5月14日第10版。

王晓雄：《日本八旬天皇庆生之际谈战争》，《环球时报》2013年12月24日第4版。

于青：《日本防卫大臣被迫辞职》，《人民日报》2007年7月4日第3版。

钟声：《不是正常国家的日本注定如此反扑》，《人民日报》2014年6月13日第2版。

朱彤、谢开华：《历史学术分歧不等于中日关系鸿沟：专访社科院近代史研究所所长步平》，《人民日报》2010年1月14日第11版。

陈霄、冯芸清：《日本为二战"神风特攻队"遗书申遗被否》，人民网，http://gd.people.com.cn/n/2014/0613/c123932-21420481.html，2014年6月13日。

二 外文文献

（一）文本

大岡昇平：『私自身への証言』，中央公論社1972年版。

大岡昇平：『戦争と文学と：大岡昇平対談集』，中央公論社1972年版。

大岡昇平：『作家の体験と創造』，潮出版社1974年版。

大岡昇平:『わが文学生活』，中央公論社 1975 年版。

大岡昇平:『大岡昇平対談集』，講談社 1975 年版。

大岡昇平:『ミンドロ島ふたたび』，中央公論社 1976 年版。

大岡昇平:『戦争』，九藝出版 1978 年版。

大岡昇平:『大岡昇平集 2』，岩波書店 1982 年版。

大岡昇平:『大岡昇平集 3』，岩波書店 1982 年版。

大岡昇平:『大岡昇平集 15』，岩波書店 1982 年版。

大岡昇平:『大岡昇平集 1』，岩波書店 1983 年版。

大岡昇平:『大岡昇平集 9』，岩波書店 1983 年版。

大岡昇平:『大岡昇平集 10』，岩波書店 1983 年版。

大岡昇平:『大岡昇平集 11』，岩波書店 1983 年版。

大岡昇平:『大岡昇平集 16』，岩波書店 1983 年版。

大岡昇平、埴谷雄高:『大岡昇平・埴谷雄高　二つの同時代史』，岩波書店 1984 年版。

島尾敏雄:『島尾敏雄全集』第 2 巻，晶文社 1980 年版。

堀田善衛:『堀田善衛全集 1』，筑摩書房 1974 年版。

堀田善衛:『堀田善衛全集 3』，筑摩書房 1974 年版。

堀田善衛:『堀田善衛全集 4』，筑摩書房 1974 年版。

堀田善衛:『堀田善衛全集 6』，筑摩書房 1974 年版。

堀田善衛:『堀田善衛全集 12』，筑摩書房 1974 年版。

堀田善衛、深沢七郎:『堀田善衛・深沢七郎集』，学習研究社 1978 年版。

堀田善衛:『堀田善衛全集 13』，筑摩書房 1994 年版。

堀田善衛:『堀田善衛全集 14』，筑摩書房 1994 年版。

堀田善衛:『めぐりあいし人びと』，集英社 1999 年版。

堀田善衛:『上海にて』，集英社 2008 年版。

堀田善衛:『堀田善衛上海日記：滬上天下一九四五』，集英社 2008

年版。

梅崎春生：『梅崎春生全集』第一卷，新潮社 1966 年版。

梅崎春生：『梅崎春生全集』第二卷，新潮社 1966 年版。

梅崎春生：『梅崎春生全集』第六卷，新潮社 1967 年版。

梅崎春生：『梅崎春生全集』第七卷，新潮社 1967 年版。

武田泰淳、堀田善衛：『対話　私はもう中国を語らない』，朝日新聞社 1973 年版。

武田泰淳：『武田泰淳全集』第一卷，筑摩書房 1971 年版。

武田泰淳：『武田泰淳全集』第二卷，筑摩書房 1971 年版。

武田泰淳：『武田泰淳全集』第十一卷，筑摩書房 1971 年版。

武田泰淳：『武田泰淳全集』第十二卷，筑摩書房 1972 年版。

武田泰淳：『武田泰淳全集』第十卷，筑摩書房 1973 年版。

武田泰淳：『武田泰淳対談集　精神の共和国は可能か』，筑摩書房 1973 年版。

武田泰淳：『生きることの地獄と極楽：武田泰淳対話集』，勁草書房 1977 年版。

武田泰淳：『武田泰淳集』，学習研究社 1978 年版。

武田泰淳：『評論集　滅亡について　他三十篇』，岩波文庫 1992 年版。

武田泰淳：『司馬遷：史記の世界』，講談社 1997 年版。

野間宏：『全体小説と想像力』，河出書房 1969 年版。

野間宏：『野間宏全集』第一卷，筑摩書房 1969 年版。

野間宏：『野間宏全集』第九卷，筑摩書房 1969 年版。

野間宏：『野間宏全集』第十四卷，筑摩書房 1970 年版。

野間宏：『野間宏全集』第十七卷，筑摩書房 1970 年版。

野間宏：『野間宏全集』第二十卷，筑摩書房 1970 年版。

野間宏：『野間宏全集』第二十一卷，筑摩書房 1970 年版。

（二）著作

岸本隆生：『武田泰淳論』，桜楓社 1986 年版。

安田武、有山大五編：『近代戦争文学』，国書刊行会 1992 年版。

安田武：『定本戦争文学論』，朝文社 1994 年版。

奥野健男：『日本文学史』，中央公論社 1970 年版。

本村敏雄：『傷痕と回帰：流亡する日本人』，講談社 1976 年版。

本多秋五：『転向文学論』，未来社 1957 年版。

本多秋五：『戦後文学の作家と作品』，冬樹社 1971 年版。

本多秋五：『物語戦後文学史』，新潮社 1971 年版。

柄谷行人：『日本近代文学の起源』，岩波書店 1980 年版。

柴口順一：『大岡昇平と歴史』，翰林書房 2002 年版。

長浜功編：『国民精神総動員運動　民衆教化動員史料集成Ⅰ』，明石書店 1989 年版。

長谷川泉：『近代日本文学思潮史』，至文堂 1996 年版。

川村湊他：『戦争はどのように語られてきたか』，朝日新聞社 1999 年版。

川西政明：『昭和文学史』（中巻），講談社 2002 年版。

川西政明：『武田泰淳伝』，講談社 2005 年版。

村松剛他：『昭和批評大系　第三巻（昭和 20 年代）』，番町書房 1974 年版。

大江健三郎他：『大岡昇平の世界』，岩波書店 1989 年版。

大津透ほか：『岩波講座　日本歴史』第 20 巻，岩波書店 1976 年版。

大久保典夫他：『現代日本文学史』，笠間書院 2002 年版。

道場親信：『占領と平和：「戦後」という経験』，青土社 2005 年版。

渡辺一民：『武田泰淳と竹内好　近代日本にとっての中国』，みすず書房 2010 年版。

渡辺広士：『野間宏研究』，筑摩書房 1976 年版。

福間良明：『「反戦」のメディア史：戦後日本における世論と輿論の拮抗』，世界思想社 2006 年版。

高崎隆治：『戦争文学通信』，風媒社 1975 年版。

高崎隆治：『ペンと戦争：その屈辱と抵抗』，成甲書房 1976 年版。

高崎隆治：『戦争と戦争文学と』，日本図書センター 1986 年版。

亀井秀雄：『個我の集合性：大岡昇平論』，講談社 1977 年版。

亀井秀雄：『大岡昇平「野火」作品論集』，クレス出版 2003 年版。

Hannah Arendt, *EICHMANN in Jerusale M*: *A Report on the Banality of Evil*, New York: The Viking Press, 1964.

河出書房新社編集部：『戦争はどのように語られてきたか』，河出書房新社 2015 年版。

鶴見俊輔：『共同研究　転向』，平凡社 2013 年版。

黒古一夫：『戦争は文学にどう描かれてきたか』，八朔社 2005 年版。

戸塚麻子：『戦後派作家梅崎春生』，論創社 2009 年版。

花﨑育代：『大岡昇平研究』，双文社 2003 年版。

吉本隆明：『転向論』，講談社 1990 年版。

吉田凞生、菊田均：『鑑賞日本現代文学 26　大岡昇平・武田泰淳』，角川書店 1990 年版。

吉田精一：『日本文学鑑賞辞典　近代編』，東京堂出版 1978 年版。

吉田裕：『日本人の戦争観』，岩波書店 2003 年版。

磯田光一：『戦後史の空間』，新潮社 2000 年版。

加藤典洋：『敗戦後論』，講談社 1997 年版。

家永三郎：『日本近代思想史研究』，東京大学出版会 1980 年版。

金井美恵子他：『群像日本の作家 19　大岡昇平』，小学館 1992 年版。

開高健：『紙の中の戦争』，岩波書店 1996 年版。

鈴木斌：『大岡昇平論：柔軟にそして根源的に』，教育出版センター 1990 年版。

参考文献

明右博隆ほか:『昭和特高弾圧史』第 1 巻,太平出版社 1976 年版。

木村毅:『明治文学全集 97 明治戦争文学集』,筑摩書房 1969 年版。

平松達夫:『三島由紀夫と大岡昇平:一條の道』,朝日新聞社 2008 年版。

青木保:『戦争と軍隊』,岩波書店 2001 年版。

日本外務省編:『日本外交年表並主要文書』下巻,原書房 1968 年版。

日本文学研究資料刊行会:『日本文学研究資料叢書 大岡昇平・福永武彦』,有精堂 1978 年版。

三好行雄、浅井清:『近代日本文学小辞典』,有斐閣 1981 年版。

三好行雄:『作品論の試み』,筑摩書房 1993 年版。

矢野貫一:『近代戦争文学事典』(第一輯),和泉書院 1989 年版。

松元寛:『小説家大岡昇平』,創元社 1994 年版。

松村明:『大辞泉』(CD-ROM 版),小学館 1997 年版。

粟津則雄:『主題と構造:武田泰淳と戦後文学』,集英社 1977 年版。

藤堂正彰:『野間宏論』,文泉堂 1978 年版。

藤原彰:『餓死した英霊たち』,青木書店 2001 年版。

樋口覚:『一九四六年の大岡昇平』,新潮社 1993 年版。

樋口覚:『三人の跫音:大岡昇平・富永太郎・中原中也』,五柳書院 1994 年版。

文芸理論研究会:『本多秋五の文芸批評:芸術・歴史・人間』,菁柿堂 2004 年版。

西田勝:『戦争と文学者 現代文学の根底を問う』,三一書房 1983 年版。

西田勝:『近代日本の戦争と文学』,法政大学出版局 2007 年版。

暁烏敏:『歎異抄講話』,講談社 1981 年版。

薬師寺章明:『叢書現代作家の世界 野間宏』,文泉堂 1978 年版。

野呂邦暢:『失われた兵士たち:戦争文学試論』,芙蓉書房 2002

年版。

野上元：『戦争体験の社会学：「兵士」という文体』，弘文堂2006年版。

野田康文：『大岡昇平の創作方法』，笠間書院2006年版。

伊藤整等：『新潮日本文学小辞典』，新潮社1979年版。

昭和戦争文学全集編集委員会：『昭和戦争文学全集』（全十五巻別巻一），集英社1965年版。

埴谷雄高：『増補　武田泰淳研究』，筑摩書房1980年版。

埴谷雄高：『武田泰淳研究』，筑摩書房1973年版。

中井正義：『梅崎春生：「桜島」から「幻化」への道程』，沖積舎1986年版。

中村正義：『大岡昇平ノート』，沖積舎1989年版。

中野孝次：『大岡昇平の仕事』，岩波書店1997年版。

中野信子ほか：『堀田善衛：その文学と思想』，同時代社2001年版。

澤地久枝、佐高信：『世代を超えて語り継ぎたい戦争文学』，岩波書店2009年版。

マイク・モラスキー：『占領の記憶・記憶の占領』，青土社2006年版。

（三）杂志特辑

「特集　戦争文学の新しい段階」，『新日本文学』1949年3月号。

「戦後文学の旗手三人」，『国文学　解釈と鑑賞』1966年7月号。

「特集・日本の反戦文学」，『民主文学』1967年9月号。

「70年代の東洋と日本・武田泰淳（特集）」，『国文学：解釈と鑑賞』1972年7月号。

「特集　占領下の文学　昭20—26」，『国文学　解釈と教材の研究』1973年6月号。

「追悼　武田泰淳」，『群像』1976年12月号。

「追悼　武田泰淳」，『新潮』1976 年 12 月号。

「特集　大岡昇平：詩心・歴史のなかの不易」，『国文学　解釈と教材の研究』1977 年 3 月号。

「特集　野間宏論」，『新日本文学』1979 年 3 月号。

「特集　大岡昇平」，『国文学　解釈と鑑賞』1979 年 4 月号。

「特集＝現代文学と『戦争』」，『民主文学』1982 年 8 月号。

「特集＝戦後派作家を問いなおす」，『民主文学』1986 年 6 月号。

「大岡昇平追悼特集　大岡昇平　人と文学」，『新潮』1989 年 3 月号。

「大岡昇平追悼特集　大岡昇平」，『群像』1989 年 3 月号。

「特集　大岡昇平：葛藤と表象」，『文学』1990 年 4 月号。

「追悼　野間宏」，『群像』1991 年 3 月号。

「追悼　野間宏〈特集〉」，『新日本文学』1991 年 4 月号。

「野間宏のまなざしのむこうへ〈特集〉」，『新日本文学』1991 年 10 月号。

「特集　大岡昇平と戦争」，『文学界』1995 年 11 月号。

（四）论文

安田武：「大岡昇平の戦争文学」，『国文学　解釈と鑑賞』1966 年 7 月号。

岸田正吉：「『桜島』私論——〈その生と死〉」，『日本女子体育大・紀要』1991 年 4 月号。

奥野健男：「大岡昇平論：シニズムの文学」，『文学』1954 年 1 月号。

奥野政元：「『俘虜記』ノート」（一），『活水論文集』1986 年 3 月号。

半藤一利：「『レイテ戦記』読後ノート：とくに「海戦」と「神風」の章について」，『文学界』1995 年 11 月号。

北村耕：「戦争責任の追及と主体の回復：戦後派作家の諸作品」，

『民主文学』1967 年 9 月号。

兵藤正之助:「武田泰淳論（中）：作家としての出発をめぐって」，『文学』1976 年 7 月号。

兵藤正之助:「続武田泰淳論（三）：『富士』をめぐって」，『文学』1977 年 6 月号。

倉西博之:「一兵卒の目：大岡昇平の視点」，『金蘭国文』1997 年 3 月号。

長谷川泉:「桜島（梅崎春生）：現代文の鑑賞 26」，『国文学　解釈と鑑賞』1955 年 1 月号。

陳童君:「『留用』日本人の〈まなざし〉：堀田善衛『歯車』の生成とその問題意識」，『国語と国文学』2013 年 6 月号。

陳童君:「戦後文学における『対日協力者』の表象：堀田善衛『漢奸』を中心に」，『国語と国文学』2015 年 1 月号。

池内輝雄:「堀田善衛論：その戦後文学の出発点について」，『言語と文芸』1970 年 4 月号。

池田純溢:「大岡昇平について：その展望と課題」，『国文学　解釈と教材の研究』1969 年 10 月号。

池田純溢:「大岡昇平『野火』の研究：成立過程における『疎開日記』の位置」，『上智大学国文学論集』1971 年 12 月号。

池田純溢:「大岡昇平と比島戦線」，『国文学　解釈と鑑賞』1975 年 5 月号。

池田純溢:「大岡昇平：『野火』論のための試み」，『国文学　解釈と鑑賞』1976 年 4 月号。

池田純溢:「戦争体験を軸として」，『国文学　解釈と鑑賞』1979 年 4 月号。

池田純溢:「『レイテ戦記』における歴史と文学」，『日本文学』1979 年 12 月号。

参考文献

池沢夏樹：「悲劇と鎮魂」、『文学界』1995年11月号。

川村湊：「『隣人』のいる風景：戦後と梅崎春生」、『文学界』1987年5月号。

川西政明：「武田泰淳　僧侶の家系」、『群像』2004年4月号。

村上克尚：「狂気と動物：武田泰淳『富士』における国家批判」、『言語情報科学』2016年14月号。

大岡昇平、藤原彰（対談）：「アジア侵略と天皇の軍隊：大岡昇平著『レイテ戦記』によせて」、『歴史評論』1973年1月号。

大岡昇平、吉田凞生（対談）：「政治と無垢」、『国文学　解釈と教材の研究』1977年3月号。

大岡昇平（インタビュー）：「戦争と人間を考える」、『現代の眼』1981年9月号。

大岡昇平、結城昌治（対談）：「兵士と国家」、『中央公論』1989年7月号。

大岡信：「『無垢』と『小宇宙』への夢」、『国文学　解釈と教材の研究』1977年3月号。

大江健三郎：「大岡昇平・死者の多面的な証言：同時代としての戦後（2）」、『群像』1972年2月号。

大江健三郎：「大岡昇平氏と現代」、『国文学　解釈と教材の研究』1977年3月号。

大江志乃夫：「『俘虜記』『野火』『レイテ戦記』」、『文学』1990年4月号。

大久保典夫：「戦後の戦争文学：『日の果て』から『雲の墓標』へ」、『国文学　解釈と教材の研究』1965年11月号。

島尾敏雄：「人間劇としての執拗な追求：大岡昇平『レイテ戦記』」、『群像』1972年1月号。

渡辺正彦：「戦後の戦争文学の問題点：第一次戦後派およびその前

後の作家を中心に」,『国文学　言語と文芸』1970年9月号。

多岐祐介:「堀田善衛の戦後意識」,『早稲田文学（第8次）』1994年8月号。

飯野博:「戦争体験の文学化：梅崎春生の『桜島』」,『民主文学』1966年10月号。

服部達:「堀田善衛論」,『文學界』1954年3月号。

富永太郎:「青年時代の大岡昇平」,『近代文学』1960年10月号。

高木伸幸:「梅崎春生『幻化』論：久住五郎の精神世界」,『近代文学試論』2012年12月号。

高木伸幸:「梅崎春生『狂い凧』論：『戦争』『家父長制』そして『天皇制』」,『国文学攷』2013年6月号。

亀井秀雄:「戦争における生と死」,『国文学　解釈と教材の研究』1977年3月号。

亀井秀雄:「大岡昇平の戦後文学における位置」,『国文学　解釈と鑑賞』1979年4月号。

関塚誠:「大岡昇平『俘虜記』と戦死者：『新しき俘虜と古き俘虜』を中心に」,『昭和文学研究』2009年9月号。

鶴岡征雄:「『桜島』から『幻化』まで：梅崎春生論」,『民主文学』1986年6月号。

和田勉:「梅崎春生『桜島』論」,『福岡女子短大紀要』1979年6月号。

和田勉:「梅崎春生『砂時計』『つむじ風』『狂い凧』論」,『福岡女子短大紀要』1981年6月号。

和田勉:「梅崎春生の文学史的位置」,『国語国文学研究』1986年2月号。

河野基樹:「戦争と日本知識人の近代主義：大岡昇平『俘虜記』」,『芸術至上主義文芸』1999年11月号。

参考文献

黒田大河：「堀田善衞と上海：『祖国喪失』と『無国籍』のあいだで」、『日本近代文学』2009 年 11 月号。

花崎育代：「大岡昇平における〈光〉のイメージと意味」、『日本近代文学』1991 年 5 月号。

花崎育代：「大岡昇平『野火』論：〈社会的感情〉の彷徨」、『国語と国文学』1993 年 7 月号。

花崎育代：「大岡昇平：俘虜としての戦中戦後」、『国語と国文学』2006 年 11 月号。

戸塚麻子：「梅崎春生『櫻島』：戦争体験とイロニーの発現」、『日本文學誌要』1997 年 7 月号。

戸塚麻子：「〈運命〉への反逆：梅崎春生『日の果て』にみる戦争観と戦後意識」、『芸術至上主義文芸』2007 年 11 月号。

磯貝英夫：「大岡昇平」、『国文学　解釈と教材の研究』1969 年 1 月号。

磯田光一：「大岡昇平の文学」、『国文学　解釈と教材の研究』1965 年 12 月号。

磯田光一：「二つの小説作法：丹羽文雄と大岡昇平」、『国文学　解釈と教材の研究』1966 年 5 月号。

吉田凞生：「市民としての大岡昇平」、『国文学　解釈と鑑賞』1979 年 4 月号。

加賀乙彦：「大岡昇平における戦争体験と創作」、『国文学　解釈と教材の研究』1977 年 3 月号。

加藤守雄：「堀田善衞の小説」、『三田文学（第 2 期）』1956 年 4 月号。

加藤周一、菅野昭正：「対談『体験』と『思考』：堀田善衞の文学を貫くもの」、『すばる』1998 年 11 月号。

菅野昭正：「『野火』素描」、『国文学　解釈と鑑賞』1979 年 4 月号。

菅野昭正：「環境と個のドラマ：大岡昇平論」，『中央公論』1972年8月号。

菅野昭正：「環境と個のドラマ：大岡昇平論　続」，『中央公論』1972年9月号。

津田孝：「『戦後派』の一つの現在：堀田善衛論」，『民主文学』1986年6月号。

久保田芳太郎：「戦後意識の発生：大岡昇平と三島由紀夫」，『日本文学』1962年9月号。

久保田芳太郎：「梅崎春生『桜島』」，『国文学　解釈と鑑賞』1978年4月号。

酒井規史：「『野火』試論：モチーフの展開と成立過程をめぐって」，『金沢大・国語国文』1986年3月号。

酒井恵子：「梅崎春生『幻化』論：『同行者』というモチーフ」，『日本文学誌要』2008年7月号。

菊池祐則：「戦後文学と民族の問題：霜多正次、堀田善衛、大江健三郎に即して」，『民主文学』1975年5月号。

瀬古確：「大岡昇平の表現：孤独と死をめぐって」，『フェリス女学院大学紀要』1971年3月号。

立尾真士：「増殖する『真実』：大岡昇平『俘虜記』論」，『日本文学』2006年4月号。

立尾真士：「『死者は生きている』：大岡昇平『野火』論」，『日本近代文学』2007年11月号。

立尾真士：「『死者』は遍在する：大岡昇平における『死』」，『国文学　解釈と教材の研究』2008年8月号。

林重一：「プロレタリア文学運動と反戦・反軍国主義小説の系譜：一九三〇年まで」，『民主文学』1967年9月号。

鈴木斌：「大岡昇平における方法上の『試み』：『俘虜記』から

『花影』まで」，『日本文学』誌要，1981年2月号。

鈴木昭一：「堀田善衛論：『審判』を中心として」，『日本文学』1967年2月号。

梅崎春生：「大きな共感の下で」，『新日本文学』1949年3月号。

梅崎春生：「終戦のころ」，『世界』1950年8月号。

木村功：「『戦後』を抱きしめて：梅崎春生の戦後認識」，『国文学 解釈と鑑賞』2005年11月号。

平岡敏夫：「『俘虜記』 作品全体の統一的評価を求めて」，『国文学 解釈と教材の研究』1977年3月号。

坪内祐三：「『俘虜記』の『そのこと』」，『文学界』1995年11月号。

平田次三郎：「『戦後文学』宣言」，『文芸』1949年1月号。

千頭剛：「堀田善衛における『政治と文学』」，『民主文学』1973年5月号。

千頭剛：「作家と戦争体験：大岡昇平『俘虜記』『野火』から」，『民主文学』1979年4月号。

清水徹：「日本的なものとの格闘：堀田善衛論」，『三田文学（第2期）』1958年4月号。

秋山駿：「裸の眼と成熟：大岡昇平の問題」，『国文学 解釈と教材の研究』1969年2月号。

秋山駿：「矜恃に満ちた生」，『群像』1989年3月号。

日野啓三：「堀田善衛論」，『近代文学』1951年9月号。

日野啓三：「書評 堀田善衛『時間』・『夜の森』」，『三田文学（第2期）』1955年7月号。

日沼倫太郎：「大岡昇平における神の問題」，『国文学 解釈と鑑賞』1966年7月号。

三好淳史：「戦時期の堀田善衛」，『日本文學誌要』1988年6月号。

三好淳史：「堀田善衛論：敗戦前後の日本を描いた二つの作品」，

『国語と国文学』1992 年 7 月号。

三好淳史：「堀田善衞の戦後」，『日本文学』1993 年 6 月号。

三浦雅士：「絶対的あいまいさ：大岡昇平の世界」，『文学界』1984 年 1 月号。

三浦雅士：「決定不可能性の海——武田泰淳の世界」，『群像』1984 年 3 月号。

森本信子：「大岡昇平の戦争小説」，『東京薬科大学研究紀要』2008 年 11 月号。

山根献：「『国家と革命』の世紀と堀田善衞」，『葦牙』1999 年 4 月号。

上原真：「堀田善衞の知識人像をめぐって：『時間』『夜の森』を中心に」，『葦牙』2004 年 5 月号。

勝又浩：「飢えと旅人——梅崎春生論」，『群像』1976 年 7 月号。

石崎等：「評論家としての大岡昇平（論争史）　覚書風に」，『国文学　解釈と鑑賞』1979 年 4 月号。

矢崎彰：「堀田善衞：上海から被占領下の日本へ」，『文学』2003 年 5 月号。

石原正人：「武田泰淳論：風媒花まで」，『日本文学』1967 年 3 月号。

水溜真由美：「堀田善衞『審判』論：原爆投下の罪と裁き」，『北海道大学文学研究科紀要』2014 年 7 月号。

松木新：「堀田善衞の文学について」，『文化評論』1972 年 9 月号。

松浦雅之：「『同時代人』作家の出発と到達　大岡昇平論」，『民主文学』1986 年 6 月号。

藤原崇雅：「武田泰淳『富士』論：精神医療に対する作家の発言を手がかりに」，『フェンスレス：文学・映画・演劇・文化運動研究誌』2016 年 4 月号。

藤中正義：「知識人兵士の両義的意識：大岡昇平『野火』論」，『岡山大・文学部紀要』1990年7月号。

丸谷才一：「『野火』の思ひ出」，『群像』1989年3月号。

丸谷才一：「末期の眼と歩哨の眼」，『新潮』1989年3月号。

温井信正：「文学に見る八月十五日」（一），『大阪電気通信大・研究論集』（人文・社会科学編）1995年3月号。

梶野吉郎：「装置と構造：『野火』におけるロマネスクのかたち」，『北海道大・言語文化部紀要』1992年3月号。

尾崎一雄：「大岡昇平のあるとき」，『国文学　解釈と教材の研究』1977年3月号。

武田泰淳：「《作家に聴く》第十回　武田泰淳」，『文学』1952年10月号。

武田泰淳他：「大岡昇平：戦後文学の批判と確認」（上），『近代文学』1960年10月号。

武田泰淳他：「大岡昇平：戦後文学の批判と確認」（下），『近代文学』1960年11月号。

武藤功：「戦争文学論：「私」と「国家」の問題をめぐって」，『民主文学』1975年2月号。

武藤功：「戦争文学における状況と個人」，『文化評論』1982年11月号。

香川智之：「大岡昇平『野火』：銃を捨てるために」，『文学と教育』1989年11月号。

西谷博之：「武田泰淳とキリスト教：『審判』『蝮のすえ』をめぐって」，『日本近代文学』1980年10月号。

相馬庸郎：「大岡昇平の『俘虜記』」，『国文学　解釈と教材の研究』1965年11月号。

小島信夫：「大岡昇平のシニシズム」，『群像』1961年7月号。

小田切進他：「大岡昇平：解題と評価」，『国文学　解釈と鑑賞』1966

年 7 月号。

野田康文：「大岡昇平『俘虜記』の創作方法：背景としての記録文学」，『日本近代文学』2004 年 10 月号。

伊豆利彦：「堀田善衛における知識人の戦争責任：『記念碑』と『広場の孤独』を中心に」，『民主文学』2000 年 8 月号。

伊藤成彦：「堀田善衛における『戦争と平和』：『記念碑』と『奇妙な青春』の位置」，『葦牙』2002 年 8 月号。

有山大五：「『戦争文学』をめぐって：特に戦争体験とその文学化の方法について」，『国学院雑誌』1991 年 1 月号。

有山大五：「戦争文学論：〈戦争文学〉とその研究への一視点」，『芸術至上主義文芸』2000 年 11 月号。

羽山英作：「堀田善衛」，『日本文学』1962 年 2 月号。

原子朗：「『野火』」，『国文学　解釈と教材の研究』1977 年 3 月号。

埴谷雄高：「大岡昇平」，『国文学　解釈と鑑賞』1979 年 4 月号。

重岡徹：「武田泰淳」，『国文学　解釈と鑑賞』2005 年 11 月号。

重松泰雄：「大岡昇平の魅力を探る」，『国文学　解釈と鑑賞』1964 年 9 月号。

重松泰雄：「大岡昇平著『文学における虚と実』」，『日本文学』1977 年 1 月号。

重松泰雄：「『レイテ戦記』」，『国文学　解釈と教材の研究』1977 年 3 月号。

中村格：「大岡昇平『俘虜記』：叙述についての二、三の問題」，『日本文学』1965 年 1 月号。

中村勝利：「一人称小説における語りの重層性：大岡昇平『野火』を例として」，『名城大・人文紀要』1990 年 3 月号。

中島健蔵他：「文学として現代史をいかに書くか：堀田善衛著『記念碑』『奇妙な青春』をめぐつて」（座談会），『新日本文学』

1956 年 9 月号。

中島国彦：「大岡昇平『レイテ戦記』の文体」，『国文学　解釈と教材の研究』1990 年 6 月号。

中野好夫：「戦後文学における人間像の問題　大岡昇平と武田泰淳の場合：試論」，『文学』1952 年 6 月号。

中野孝次：「戦後のなかの位相：陽気なる大岡昇平」，『国文学　解釈と教材の研究』1977 年 3 月号。

中野孝次：「戦場体験の抑制と解放」，『新潮』1989 年 3 月号。

中野孝次：「天皇と戦争と兵士と：大岡昇平の文学を通じて考える」，『世界』1989 年 3 月号。

竹田日出夫：「梅崎春生『幻化』——冥府の花」，『武蔵野女子大学紀要』1991 年 2 月号。

佐藤勝：「大岡昇平『俘虜記』：視点について」，『国文学　解釈と教材の研究』1966 年 5 月号。

佐藤静夫：「『戦後派文学』の戦後認識：『自己』と『世界』のかかわりをめぐって」，『文化評論』1975 年 1 月号。

佐藤静夫：「『戦後派文学』を問う：戦後 40 年という時点から」，『民主文学』1986 年 6 月号。

佐藤静夫：「個的体験から全体へ：大岡昇平の戦争小説」，『民主文学』2000 年 8 月号。

佐藤泰正：「大岡昇平入門：人と文学」，『国文学　解釈と鑑賞』1966 年 7 月号。

佐藤泰正：「大岡昇平一面：その宗教性を軸として」，『梅光女学院大・日本文学研究』1990 年 11 月号。

佐藤洋一：「大岡昇平の言語技術：『歩哨の目について』における〈知覚〉の遠近法」，『愛知教育大大学院・国語研究』1996 年 3 月号。

佐藤洋一：「大岡昇平『暗号手』の方法：初期作品の系譜・〈死者〉という分身」，『愛知教育大大学院・国語研究』1999年3月号。

佐々木基一、小島信夫、野呂邦暢：「昭和の文学：梅崎春生」，『群像』1975年12月号。

后　记

本书是在我主持的国家社科基金项目"日本战后派战争小说研究"（项目号：12BWW018）的最终成果的基础上修改而成。在本书即将付梓之际，首先感谢课题组成员的不懈努力。课题成功申报后，因种种意想不到的情况致使研究进展迟缓，史军老师和刘青梅老师克服困难，完成了各自承担的研究内容，保证了课题顺利结项。张剑老师和王磊老师在资料收集等方面做了大量的工作。

感谢洛阳外国语学院的王岚教授、臧运发教授、李先瑞教授、陈榕教授和李茂增教授在百忙之中主持和参加课题组的开题报告会，并针对研究内容、框架结构等提出了宝贵的意见和建议，为课题的顺利开展奠定了良好的基础。感谢国家留学基金委资助我赴日访学，访学期间同一些日本学者进行了学术交流，并收集了大量的文献资料。感谢国家社科基金的评审专家在肯定本课题研究价值的基础上，指出了存在的问题和不足，为课题组进一步修改完善提供了重要参考。

本书部分章节的内容此前已在《外国文学评论》《解放军外国语学院学报》《西安外国语大学学报》等刊物发表，或在研讨会上宣读并被收入会议论文集，在此对登载过这些论文的杂志社和出版社表示真诚的感谢。

本书的出版得到了湖南科技学院校级应用特色学科的资助，中国社会科学出版社的郭晓鸿主任和编辑老师为本书的出版付出了很多辛劳，在此一并表示衷心的感谢。

本课题的研究虽历时六年，却未能完全达到预期目标，留下了不少遗憾，如一些重要的作家作品没有列入研究对象，部分研究内容还不够深入，希望留作今后的课题继续研究。另外，感到欣慰的是我国学界近年来在战后派战争文学研究方面取得了一批高质量的成果，从某种意义上说弥补了本课题研究的不足和缺憾，也期待该领域的研究在广度和深度上不断向前推进。

何建军
2020 年 5 月于永州